T0276252

Mika en la vida real

Mika en la vida real

EMIKO JEAN

Traducción de Mía Postigo

⟡ UMBRIEL

Argentina · Chile · Colombia · España
Estados Unidos · México · Perú · Uruguay

Título original: *Mika in Real Life*
Editor original: William Morrow, un sello de HarperCollins*Publishers*
Traducción: Mía Postigo

1.ª edición: enero 2023

© 2022 by Emiko Jean and Alloy Entertainment, LLC
Published by agreement with Folio Literary Management,
LLC and International Editors' Co.
Confetti pattern by Anastasiia Gevko / Shutterstock.com
All Rights Reserved
© de la traducción 2023 *by* Mía Postigo
© 2023 *by* Ediciones Urano, S.A.U.
 Plaza de los Reyes Magos, 8, piso 1.º C y D – 28007 Madrid
 www.umbrieleditores.com

ISBN: 978-84-16517-90-9
E-ISBN: 978-84-19251-27-5
Depósito legal: B-20.488-2022

Fotocomposición: Ediciones Urano, S.A.U.
Impreso por: Romanyà Valls, S.A. – Verdaguer, 1 – 08786 Capellades (Barcelona)

Impreso en España — *Printed in Spain*

Para Yumi y Kenzo,
quienes me inspiraron a escribir esta novela

Querida Penny:

Llovía el día que naciste. Fuera de la planta de maternidad, el cielo tenía el color de la ceniza líquida y había un
cartel que rezaba: LOS NACIMIENTOS SON NUESTRA ESPECIA-
LIDAD. Me concentré en eso mientras daba a luz, mientras las enfermeras y la médica se gritaban entre ellas a
mi alrededor. «¡Ya casi!», me dijo una enfermera.

Me estremecí y pujé, deseando que todo ello acabara. Un grito se escapó de mis labios. Pujé una vez más.
La médica tiró. Y allí estabas. Allí. Estabas. Tú. Suspendi-
da en un haz de luz cegador.

Lo siguiente fue un silencio aterrador, un tortuoso
segundo que se extendió durante toda la eternidad,
como si estuvieses decidiendo cómo querías que fuese
tu entrada al mundo. Finalmente, lloraste. Tan alto y tan
fuerte que hasta la médica hizo un comentario. «Esta
niña ya tiene mucho que decir», exclamó. Por dentro, me
complacía oír la furia en tu voz. Creía que era una buena
señal para ti, que nadie podría hacerte callar con facilidad.

La médica cortó el cordón umbilical, y alargué los
brazos para sostenerte. Por un momento, olvidé que no
podía quedarme contigo. Te puso en mis brazos y me
quedé encandilada con tus manitas, tu cabello color
azabache, tus labios redondeados y tu nariz que se asemejaba a la de un toro cuando respirabas con fuerza. Mi
cuerpo tenía un propósito, y ese eras tú. En el transcurso
de un solo segundo, me deshice y cobré forma de nuevo.

A continuación, se produjo una confusión de puntos de sutura, sábanas limpias y un atracón de comida. Hana estaba allí. Había estado allí desde el principio. Una enfermera nos había echado un vistazo a Hana y a mí, a nuestros rostros de diecinueve años, a lo aterradas que parecíamos, y había chasqueado la lengua. «Niñas trayendo niños al mundo», había dicho. No era difícil comprender lo que quería decir: niñas tontas, niñas irresponsables, *esas niñas*. Vio a Hana aprovecharse de la comida que traían a la habitación como si fuese su propia máquina expendedora. La vio birlar cubetas con forma de riñón y llenarse los bolsillos de compresas. Lo que no vio fue a Hana ayudarme a darme una ducha cuando estaba demasiado mareada como para ponerme de pie. No me vio llorando en el baño, balbuceando «lo siento» una y otra vez mientras Hana me dibujaba círculos de jabón sobre el cuerpo, mientras me frotaba bajo los brazos y me lavaba con delicadeza entre las piernas. Y no vio la forma en la que Hana sonreía en respuesta, como si no fuera mayor problema.

La señora Pearson, mi coordinadora de adopción, llegó cuando aún tenía el cabello mojado. Sacó unos formularios de su bolso que ya habían sido rellenados, por lo que lo único que me correspondía hacer a mí era firmar. Unas campanillas sonaron desde el fondo del pasillo del hospital. Se escuchaba una canción llamada «Aliento de vida», que ponían cada vez que nacía un bebé. Cuando estiré la mano hacia el bolígrafo, Hana me dio un ligero apretón en ella. «¿Estás segura?», me preguntó.

Lo único que pude hacer fue asentir. Respirar. Pasé las páginas y garabateé mi nombre sobre ellas. Hice caso omiso de los ruiditos que hacías al dormir. Ignoré cómo la habitación entera olía a antiséptico. Enfoqué toda mi atención en la flecha rosa fosforescente que señalaba dónde debía ir mi última firma. Sobre ella había una advertencia en negrita: **«Tras la renuncia, el certificado de nacimiento original quedará sellado y se emitirá uno nuevo».** Uno con los nombres de tus padres adoptivos.

Firmé y me borré a mí misma de tu vida. Estaba hecho.

Entonces te sostuve por última vez entre mis brazos. Aparté las mantas que te envolvían y besé cada uno de tus diez dedos, ambas mejillas y tu naricita. Por último, apoyé la mano sobre tu pecho. Estabas cálida y noté cómo me marcabas. «Lo siento», susurré, disculpándome por lo que quería, pero no podía tener. Te sostuve entre mis brazos un minuto más. Y luego te dejé ir. Dejé que la señora Pearson te alejara de mí.

No pude mirar. En su lugar, agaché la cabeza y me aferré al recuerdo de la primera vez que te vi en una ecografía —con tu barriga redondita, agitando una mano y el cordón umbilical flotando—, como una pequeña buceadora. Me veía a mí misma como una de esas crías de ballenas que nadan en círculos en aguas poco profundas y terminan quedando varadas, una y otra vez, fracasando sin cesar. No quería que nadaras en vano. Quería que encontraras el mar abierto, que bucearas profundo, que tu vida fuera una sola línea recta y perfecta.

La puerta se cerró, y recuerdo el suave chasquido, el sonido de cuando saliste de mi vida. Cuando te fuiste, la habitación del hospital parecía tan vacía que pensé que iba a morir de soledad. Sería otra persona quien te vería dormir. Otra persona apoyaría una mano en tu pecho y comprobaría tu respiración. Lloré con semejante desamparo que Hana creyó que se me iban a saltar los puntos.

Y así fue. Eso es todo. Todos esos momentos aún viven en mí. Tú aún vives en mí. La mitad de mis respiraciones, un cuarto de cada uno de mis latidos, es tuyo. Supongo que eso es lo que pasa cuando tienes hijos: se llevan una parte de ti.

Aquel día no pensé en el futuro. No pensé en los Calvin, en tus nuevos padres, en lo blancos que eran. ¿Quién te enseñaría a ser asiática en Estados Unidos? No pensé en lo que te diría si vinieras a verme y me preguntaras: «¿Por qué? ¿Quién eres? ¿Quién soy?». Claro que soñé con poder formar parte de tu vida, solo que del mismo modo en que alguien le pide un deseo a una estrella fugaz o juega a la lotería. Nunca creí que fuese a ocurrir de verdad y mucho menos que fuésemos a estar de vuelta en el mismo hospital —tú con dieciséis años, yo con treinta y cinco— o que, esta vez, serías tú la que estuviera en la cama de hospital y que estaría disculpándome de nuevo.

Lo siento mucho, Penny. Me equivoqué y te hice daño.

No puedo prometerte que no lo volveré a hacer. La verdad, no puedo prometerte mucho. Pero, aun así, lo poco que tengo es tuyo. Sin importar lo que pase. Sin importar si me perdonas o no. Quiero que sepas que siempre estaré para lo que necesites. Como cualquier madre, siempre estaré aquí, a la espera de que mi niña vuelva a casa.

Mika

HACE SIETE MESES...

CA PÍ TU LO 1

Despedida.

Mika parpadeó, sorprendida.

—Perdona, ¿cómo dices? —le preguntó a Greg, en el cuartucho que este tenía como oficina. De hecho, ni siquiera era una oficina, sino un cubículo montado en la gran sala de fotocopias del bufete de abogados de Kennedy, Smith & McDougal. Aun así, Greg hacía uso del pequeño espacio como si este fuese la mejor oficina de la trigésima planta. Incluso la había decorado: un bonsái en el rincón de su escritorio, una espada samurái de imitación clavada con chinchetas en la pared y algo torcida. Greg era blanco y se describía a sí mismo como japonófilo. Más de una vez había tratado de hablar con Mika en japonés, y ella se había negado. Sí que hablaba japonés, solo que no con él. Así que, bueno, era ese tío.

Greg se reclinó en su silla.

—No debería sorprenderte —le dijo, entrelazando los dedos y apoyándolos bajo su barbilla sin barba—. Seguro que has oído los rumores.

Mika asintió, con la mirada perdida. Uno de los socios mayoritarios, de los que traían más dinero a la empresa, se había ido a otro bufete. Las ganancias estaban por los suelos.

—Pero si me pagan veinte dólares la hora —exclamó, alzando las manos. Era una miseria en comparación con lo que ganaban otros empleados asalariados. ¿Acaso los mandamases creían que despidiendo a la chica de las copias se iban a solucionar sus problemas económicos?

Greg hizo un ademán con la mano.

—Lo sé —le dijo—. Pero ya sabes cómo funcionan estas cosas, el último mono... —dejó la frase a medias.

—Por favor. —Odiaba rogar, en especial a Greg—. Necesito este trabajo. —Le gustaba trabajar en Kennedy, Smith & McDougal: era fácil y le pagaban bien. Lo suficiente para pagar el alquiler y los servicios cada mes y que le quedara lo justo para la compra, más que nada para los quesos suaves. Además, el edificio estaba cerca del museo. Iba allí durante la hora de la comida y dejaba que su estómago digiriera la comida mientras observaba las obras de Monet y paseaba por la zona de antigüedades, con el alma en paz—. ¿Qué hay de Stephanie? —A ella la habían contratado después que a Mika.

—Stephanie tiene más experiencia en el ámbito jurídico. Escogimos a quien podría ser un mejor recurso para la empresa. Mira, estoy seguro de que encontrarás algo. Por desgracia, no calificas para la prestación por desempleo porque has trabajado menos de un año, pero te escribiré una excelente carta de recomendación. —Greg empezó a ponerse de pie. Fin de la discusión.

—Aceptaré que me bajen el sueldo —soltó Mika. Clavó la vista en el suelo, cerca de donde se encontraba su orgullo. No podía soportarlo. Las lágrimas amenazaban con caer. Treinta y cinco años y despedida de otro empleo. De nuevo.

—Lo siento, Mika —dijo Greg, negando con la cabeza—. No hay más que hacer. Hoy es tu último día.

● ● ●

El tenue aroma a palomitas rancias. Las velas que le subían a uno el ánimo, en oferta. ¿Qué tenía aquella tienda en particular que atraía tanto a Mika? Se detuvo en la sección de hogar y examinó un cojín con la frase EL DINERO PUEDE COMPRAR UNA CASA, PERO NO HACER DE ESTA UN HOGAR bordada en él.

—*Bueno, déjame ver si lo he entendido* —dijo Hana, riendo por el teléfono—. *¿Te ha invitado a salir al mismo tiempo que te despedía?*

—Justo después —la corrigió Mika. Greg la había acompañado a su escritorio, la había observado mientras recogía sus cosas y *entonces* le había preguntado si quería ir a ver una película más tarde o quizás asistir a la fiesta del Cerezo en Flor de la universidad que se celebraba el próximo fin de semana. Su humillación llena de furia había bullido en su interior.

Hana soltó otra carcajada.

—No te rías —le pidió Mika, sonriendo—. De verdad. Me encuentro en una posición muy vulnerable en estos momentos.

—*Estás en un Target* —señaló Hana.

Mika ladeó la cabeza para observar el cojín con atención. Había sido diseñado por una pareja que se había vuelto asquerosamente rica al hacer que las casas nuevas tuvieran una apariencia antigua. El secreto estaba en los revestimientos de madera. El cojín podía ser suyo por 29,99 dólares.

—Nunca pensé que podrían despedirme y acosarme sexualmente y todo en el mismo día. Es un récord. —Mika dejó el cojín atrás y se dirigió a la sección de vinos. Su cartera no tenía muchos fondos, pero una botella de vino de cinco dólares era algo necesario.

—*Podría ser peor* —dijo Hana, tras dejar escapar un sonidito de compasión—. *¿Recuerdas cuando te despidieron de aquella tienda de dónuts por tener una caja de cañas guardada en el congelador y comerlas mientras atendías a los clientes?*

—Eso fue en la universidad. —Mika sujetó el teléfono contra su oreja apoyándolo en su hombro y terminó de escoger el vino que quería. En aquellos momentos se encontraba en el pasillo de comida y llenaba su cesta de galletas de queso Cheez-Its. Un ejemplar del buen gusto, sin duda.

—*¿O esa vez que fuiste canguro de unos niños y les pusiste* El resplandor?

—Me dijeron que querían una peli de miedo —se excusó.

—¿Y *cuando escribiste* fan fiction *subida de tono de* Predator *y te dejaste el archivo abierto en tu ordenador del trabajo?*

La confusión cubrió el rostro de Mika.

—Eso nunca pasó. —Hana volvió a reír y Mika se frotó la frente, pues se sentía como si se hubiese caído del árbol de la mala suerte, hubiese chocado con cada rama y hubiese terminado cayendo de lleno en un foso repleto de osos y serpientes—. ¿Y ahora qué hago?

—*No sé, pero estás en buenas manos. Esta mañana me he enterado de que Pearl Jam ha escogido a Garrett para su gira de verano.* —Hana era una intérprete de lengua de signos para grupos musicales, y Garrett, quien antes había estado metido en el mundillo del rock cristiano alternativo, se estaba acercando un poco al territorio de Hana—. *Es probable que ahora me toque cubrir un montón de conciertos de Earth, Wind & Fire. Puto Garrett. Vuelve a casa, nos daremos un atracón y nos sentiremos mejor.*

—Ya voy. —Mika colgó y guardó el teléfono en el bolso. Pasó un minuto y paseó por los pasillos. Su teléfono empezó a sonar. Quizás era Hana de nuevo. O Hiromi, su madre (ya le había dejado un mensaje aquella mañana que decía: «Acabo de pasar por la iglesia y he conocido al chico nuevo. Se llama Hayato y trabaja para Nike. Le he dado tu número»).

Su teléfono volvió a sonar. En ocasiones, Hiromi llamaba dos o tres veces seguidas, lo que hacía que Mika entrara en pánico. La última vez que había hecho eso, Mika había contestado casi sin aliento, agarrando las llaves y lista para dirigirse al hospital.

«¿Qué pasa?», le había preguntado.

«Nada», había contestado Hiromi. «¿Por qué suenas tan agitada? Quería contarte que en Fred Meyer hay una oferta de pollo…».

Mika la había escuchado, soltando chispas.

«No puedes llamar tantas veces, he pensado que te había ocurrido algo», le había explicado.

Ante eso, Hiromi había soltado un bufido.

«Disculpa que no te esté llamando para decirte que estoy muerta».

El teléfono siguió sonando. Mika rebuscó en su bolso y le echó un vistazo a la pantalla: un número privado.

Por curiosidad, deslizó el dedo para contestar.

—¿Hola? —preguntó, frunciendo el ceño. *Mierda*, pensó demasiado tarde. Podría tratarse del nuevo miembro de la iglesia, Hayato. No tardó en pensar posibles excusas: «Se me está agotando la batería. *Yo* estoy agotada».

—*¡Vaya! ¡Has contestado! No sabía si ibas a hacerlo* —dijo una voz excesivamente joven y optimista. La conexión se volvió algo amortiguada, como si alguien hubiese tapado el altavoz con la mano—. *Ha contestado. ¿Qué hago?* —le preguntó la voz a alguien más, al otro lado de la llamada.

—¿Hola? —insistió Mika, más fuerte.

—*Perdona, mi amiga Sophie está aquí. Ya sabes, de apoyo moral. ¿Eres Mika Suzuki?*

—Sí. —Mika apoyó la cesta en el suelo—. ¿Quién habla?

—*Soy Penny. Penelope Calvin. Creo que soy tu hija.*

●　●　●

Mika consiguió seguir sujetando el teléfono incluso cuando sus extremidades parecieron volverse de gelatina. Incluso mientras la sangre corría por sus venas, la visión se le nublaba y luego se le oscurecía cada vez más. Incluso cuando pareció volver en el tiempo a toda velocidad, al hospital, cuando Penny era una recién nacida. Aquel día volvió a ella en destellos que amenazaban con pararle el corazón. Sostenía a Penny entre sus brazos. Le besaba la frente. Le apartaba el cabello para ponerle un suave gorrito de rayas rosas y azules sobre la cabeza. Todos aquellos momentos tan insoportables y hermosos.

—*¿Sigues ahí?* —preguntó Penny—. *¿Estoy hablando con la Mika Suzuki correcta? Pagué por una de esas búsquedas online. Usé la tarjeta de crédito de mi padre para que me dieran una prueba gratis. ¡Me matará si se entera! Pero no pasa nada, la cancelaré antes de que le cobren.*

Entonces solo se oyó el silencio. Penny estaba esperando a que Mika dijera algo. Mika cerró los ojos y los abrió de nuevo.

—Qué lista —murmuró, temblando. Sentarse. Necesitaba sentarse. Llegó a trompicones a una silla de plástico, de esas de patios o terrazas, y se apoyó en uno de los brazos para recuperar el equilibrio con tanta fuerza que los nudillos se le pusieron blancos. ¿Cómo había acabado en la zona de jardinería?

—*¿Verdad que sí? Mi padre siempre dice: «¡Si tan solo usaras tus poderes para el bien!».* —Penny puso la voz más grave para imitar a su padre. Mika casi sonrió. Casi—. *Entonces… ¿estoy hablando con la Mika Suzuki correcta? No hay muchas en Oregón. Las otras dos candidatas eran mayores. Quiero decir, supongo que también podrían ser mi madre biológica. Había una mujer como de… ¿cincuenta años? que dio a luz a unos mellizos. Pero estaba convencida de que serías tú… ¿Sigues ahí?*

Mika estaba sudando y el teléfono se le resbalaba de la oreja. Respiró profundamente una vez. Y luego otra.

—Aquí sigo —dijo.

—*¿Y eres Mika Suzuki? ¿Diste a una bebé en adopción hace dieciséis años?*

Empezó a sentir un latido en las sienes.

—Soy yo y sí, lo hice —dijo ella, con la garganta seca. En secreto, había soñado con aquel momento, con el día en el que podría oír la voz de su hija de nuevo. Hablar con ella. En ocasiones, su fantasía casi parecía un delirio. Con el transcurso de los años, le pareció haber visto a Penny un par de veces. Lo que era de lo más absurdo, pues sabía que Penny vivía en la región del Medio Oeste del país. Pero entonces había visto a una niñita de cabello oscuro y flequillo recto, y el cuerpo de Mika se había llenado de certeza. Había sentido un tirón invisible. *Es mi hija*, había pensado, solo para llenarse de decepción cuando la niña se había girado, y Mika había visto que no tenía la nariz correcta, o que tenía los ojos de color verde, no marrón oscuro. No había sido Penny, sino una impostora.

Mika dejó escapar la silla de su férreo agarre y notó las piernas flojas mientras se ponía de pie. Empezó a merodear por los pasillos. Necesitaba moverse, pues ello la ayudaba a poner los pies sobre la tierra, a mantenerla en el presente. La ayudaba a librarse de la tormenta de emociones que se estaba formando en su interior.

—¡*Qué increíble!* —chilló Penny.

—No puedo creer que me hayas encontrado —dijo Mika, aún sin poder articular demasiadas palabras. Pasó al lado de unas pastillas de magnesio de botella lila.

—*No ha sido tan complicado. Tu nombre mola y es superúnico. Me habría gustado tener un nombre japonés* —suspiró Penny, apesadumbrada.

—Oh. —Mika frunció el ceño, sin saber qué decir. Había sido ella misma quien había escogido el nombre de Penny. Se lo había tomado muy en serio y había insistido en que formara parte del acuerdo legal. *Puedes quedarte con mi hija, pero no con su nombre.* Si bien la señora Pearson había intentado que la adopción no pareciera tanto un asunto de negocios, algunas partes habían sido inevitables. Había habido abogados, negociaciones, papeleo inalterable que favorecía ligeramente a la familia adoptiva. Pero el nombre... el nombre se lo había puesto Mika. Al principio había considerado *Holly*, una planta que florecía en invierno. En Japón se acostumbraba a escoger el nombre de un hijo basado en las esperanzas que se tenía en él. El nombre de Mika en japonés significaba «hermosa fragancia», lo que le decía mucho sobre cómo la veía su madre: como un accesorio. Como algo pensado para llamar la atención. Mika no había querido eso para su hija, por lo que, al final, se había decantado por *Penelope*, que significaba «tejedora». Lo sabía sacado de la *Odisea*, de Homero, y era un nombre fuerte, resistente y con muchas aspiraciones; encajaba con la vida que Mika quería para su hija. Con la persona que creía que podía ser. Con la familia a la que podría pertenecer.

También había pensado que un nombre que sonara más estadounidense podría facilitarle la vida a Penny. Mika había sufrido años de malas pronunciaciones y errores al escribir su nombre. La habían llamado *Mickey* más veces de las que podía contar. Había querido que Penny encajara. Solo que no parecía el momento apropiado para contarle todo ello.

—Me enteré de lo de tu madre; lo lamento mucho —dijo en su lugar. Cuando la señora Pearson le había informado hacía cinco años de que Caroline Calvin tenía cáncer y estaba muriendo, Mika le había rogado que la pusiera en contacto con Penny. Le había jurado que podía sentir el dolor de su hija presionando contra su piel como si se tratara de un hierro ardiente.

«Me necesita», le había dicho Mika.

«Lo intentaré», le había contestado la señora Pearson, la coordinadora de adopción. Pero entonces Thomas Calvin se había negado. «Lo siento, Mika. A Caroline no le queda mucho tiempo. Cáncer. Fase terminal. Ha sido todo muy súbito, y Thomas quiere que los tres pasen tiempo juntos estos últimos días», le había explicado la señora Pearson.

—*Sí.* —La voz de Penny sonó más baja—. *Fue una mala época. Justo hace cinco años de eso, y como que no me puedo creer que haya pasado tanto tiempo.*

Se hizo el silencio una vez más. Mika siguió caminando sin un destino en mente. Toda ella era un caos. Pasó por el pasillo de las pruebas de embarazo. Hacía casi diecisiete años, había rebuscado en el coche de Hana para encontrar dinero suficiente para comprar una prueba de embarazo en una tienda de «todo a un dólar» y luego había orinado sobre el palito en el baño de un súper que había cerca. Apenas había terminado de limpiarse cuando las dos rayitas rosas aparecieron y su mundo se vino abajo.

Mika se percató de que había pasado mucho tiempo sin decir nada.

—Tu madre me escribió cartas y me envió paquetes con fotos tuyas y algunos dibujos que hacías. Tenía una letra muy bonita —soltó, sin pensar. No sabía mucho acerca de la pareja que había adoptado a Penny. Los había escogido entre montones de perfiles de familias de un álbum de recortes. Solía quedarse mirando las fotos de los futuros padres de Penny. A Thomas, un abogado especialista en propiedad intelectual, cuya foto era de su época en la universidad con su club de remo. Se concentraba en sus manos, envueltas alrededor de los remos, y en su ceño fruncido entre sus ojos verdes. «Es fuerte», recordaba haber pensado. «No dejará que a Penny le pase nada». Entonces miraba a Caroline, también en la universidad, sonriendo y vistiendo una camiseta con letras griegas. Era sencillo imaginarla sonriéndole del mismo modo a Penny, diciéndole cosas maravillosas como: «Estoy muy orgullosa de ti», «Cuánto me alegro de que seas mi hija» o «Lo daría todo por ti».

—*Sí, su letra era muy bonita. Era perfecta* —dijo Penny, con cariño. Aquello no le sorprendía a Mika. Caroline parecía perfecta en todos los sentidos—. *La mía es muy chapucera. Siempre me he preguntado si es algo hereditario.*

Mika no creía que fuera así, pero ansiaba tener una conexión con Penny, lo que fuera que las uniera.

—Mi letra también es horrible —le dijo.

—*¿Sí?* —Había un atisbo de esperanza en la voz de Penny.

Mika caminó un poco más despacio y trató de calmarse.

—Me gusta pensar que es mi propio tipo de letra. La llamaría «Demasiado café y dónuts».

Penny se rio. Era un sonido agradable, intenso y sincero. *Su hija.*

—*O «Recoge tu desastre»* —añadió Penny.

Finalmente, Mika se detuvo en el pasillo de los detergentes. No había nadie, por lo que se apoyó e inspiró el aroma de la ropa limpia. Había creído que los recuerdos de Penny, todo lo que había pasado antes, irían desapareciendo, pero se habían vuelto más intensos comparados con los recuerdos borrosos y menos importantes de su pasado reciente. Su graduación, su primer trabajo, incluso parte de su embarazo, todo ello se había vuelto ligeramente borroso en los bordes por el transcurso del tiempo. Sin embargo, Penny, la bebé, la bebé de Mika, se había quedado como la huella de una mano marcada en el cemento. Le gustaría haber sabido entonces lo que sabía en aquellos momentos. Que cada día se iba a despertar y pensar en Penny. En la edad que tendría, en la ropa que llevaría puesta, en las personas a quienes les dedicaría una sonrisa. Que su amor sería uñas y dientes, reacio a dejarla ir.

—¿Te encuentras bien? —le preguntó la madre de un par de niños que acababa de entrar al pasillo.

—Sí, sí. Estoy bien —contestó Mika, enderezándose de pronto.

Uno de los niños tenía chocolate por toda la cara y se relamió los labios poco a poco, trazando un círculo. La madre esperó a que Mika se moviera para moverse ella también.

—¿*Hay alguien ahí contigo?* —preguntó Penny.

—No, estoy haciendo la compra. Estoy en un Target —contestó Mika sin pensárselo. Quiso darse un puñetazo en la cara. Uno bien fuerte. ¿Qué iba a pensar Penny de ella? Una mujer adulta en un Target un miércoles por la tarde. ¿Se preguntaría por qué no estaba trabajando?

Penny maldijo.

—*Lo siento. Debí haberte preguntado si te iba bien hablar. Debería colgar.*

A Mika no le gustó nada oír eso. La amenaza de que aquel tenue y pequeñito hilo se cortara de nuevo. ¿Podría percibirlo Penny también? Aquella especie de dicha que fluía entre ellas como la energía.

—No te preocupes, no pasa nada.

—*Debería irme de todos modos. Mi padre volverá pronto.*

No. Sigue hablando. Te escucharía mientras lees Guerra y paz.

—Claro. Qué bien que hayamos podido hablar un rato —dijo Mika, conteniendo las ganas de llorar.

Salió de la tienda. El cielo estaba gris, como solía ocurrir en Portland durante la primavera. Un par de cuervos picoteaba la basura en el aparcamiento. Mika parpadeó y, en el interior de sus párpados, pudo ver otra pareja de cuervos. Unos de hacía mucho tiempo, que peleaban por una caja de sandías tirada por ahí.

—Si en algún momento necesitas algo, si puedo hacer algo por ti... —empezó, apartando la imagen de su mente.

—Pues... —Penny exhaló de forma ruidosa—. *Me gustaría seguir hablando contigo. Llamarte otra vez. ¿Quizás por Skype? Estaría bien poder vernos cara a cara.*

—Oh —exclamó Mika, demasiado aturdida para respirar, demasiado aturullada por la sorpresa. Penny la quería. A *ella*. La añoranza le dio un pinchazo tan fuerte que Mika temió que fuera a romperse. Fue así que contestó en un impulso, llevada por un deseo incontenible—: Claro, me encantaría.

CAPÍTULO 2

Mika condujo de vuelta a casa en un estado de confusión total. No recordaba haber metido la llave, arrancado el coche ni salido del aparcamiento. No recordaba las farolas, los intermitentes, los giros que había hecho ni el aparcar cerca del bordillo. Cuando llegó, se quedó en su asiento, con el motor apagado. La lluvia salpicaba el parabrisas.

—Penny —susurró en medio del silencio. Pronunciar el nombre de su hija le parecía una plegaria, como un secreto, como una campana que tañía y la llamaba de vuelta a casa a la hora de la cena—. Penny, Penny, Penny —dijo una y otra vez. Las comisuras de los labios se le alzaron y se convirtieron en una gran sonrisa mientras salía del coche.

La maleza y varias plantas puntiagudas se asomaban a través de una valla blanca descascarada. El sendero del jardín apenas era visible. La casa era una especie de cabaña. Una de sus contraventanas pendía de un lado, y un solo clavo era lo único que la mantenía en su sitio. Decir que era un desastre era quedarse corta. Mika giró la llave dentro de la cerradura y cuando fue a abrir la puerta... algo la bloqueaba. Entre gruñidos y empujones, consiguió abrirse paso y apartar las cajas que se encontraban en el medio. El fastidio hizo mella en su felicidad.

—Caray. ¿Acaso te has despertado esta mañana y has dicho: «Venga, hoy es el día en el que llevaré todo este acaparamiento al siguiente nivel y haré una barricada para encerrarme a mí misma hasta que encuentren mi cadáver dentro de veinte años»? —le preguntó a Hana, entre resoplidos.

Hana mantuvo la vista clavada en la tele, con un pastel a medio comer sobre el regazo.

—Qué raro. Eso es justo lo que me he dicho a mí misma. Llegas tarde. —Se metió un trozo de pastel a la boca—. He empezado sin ti. Ah, y he estado pensando. Creo que deberíamos tener un perro y enseñarle que cagar significa «Garrett». Así, en lugar de decirle «ve a hacer tus cosas», le decimos «ve a hacer un Garrett». Entonces lo grabo y se lo envío. —Alzó la vista y miró a Mika—. ¿Y el vino?

—Nada de perros, ni de vídeos ni de enviárselo a Garrett. Y he olvidado comprar el vino. —Mika rodeó algunas cajas sin abrir y unas plantas muertas y luego empujó una pila de revistas de una silla para poder sentarse en ella. Durante un tiempo, Hana había conseguido mantener bajo control su costumbre de acumular cosas de manera compulsiva. Había comprado aquella casa con su novia, Nicole, y habían sido felices allí, llenándola de cachivaches que compraban en ventas de garaje y mercadillos. Incluso habían adoptado a un cachorro. Pero entonces Nicole la había engañado; Hana se había quedado con la casa, y Nicole, con el golden retriever. Mika, que acababa de cortar con Leif y no tenía mucho dinero, se había ofrecido a mudarse con Hana. Juntas habían ahogado sus penas en vino y comida a domicilio cara y habían llegado al acuerdo de que su amistad era mucho mejor que lo que ambas habían tenido con sus antiguas parejas. Se entendían bien. A Mika no le importaba que Hana se tomara las compras por internet con tanta seriedad como si fuese su deber patriótico. A Hana no le importaba que Mika tuviese un récord de empleos que dejaba mucho que desear. La perfección no existía, y aceptar los defectos de la otra era la base sobre la que se había formado su amistad.

Fue por ello que a Mika no le perturbó ver a Hana tirada en el sofá, quejándose sobre un compañero de trabajo y viendo…

—¿*Monster*? ¿De verdad estás viendo *Monster*? ¿Una película sobre lesbianas asesinas en serie? —Mika encontró el mando entre latas de Red Bull y Mountain Dew y apagó la tele.

—Oye —se quejó Hana.

—Hay mucho de lo que hablar aquí —dijo Mika haciendo un gesto que abarcaba toda la habitación: los problemas de acumulación compulsiva, los atracones de pastel y el ver la película *Monster* en general—, pero no tengo tiempo para eso ahora. Tengo que contarte algo.

Hana se enderezó y dejó el pastel a un lado.

—Tienes mi atención. —Había un trocito de glaseado sobre la camiseta corta de roller derby que llevaba puesta.

—Me ha llamado Penny.

—¡Ja! —soltó Hana en una risotada. Luego vio la expresión de Mika y añadió—: Joder, lo dices en serio.

Lo único que Mika pudo hacer fue asentir. El estómago le dio un brinco al recordarlo. «Huele a bebé nuevecito», había susurrado Hana en el hospital mientras cargaba a una Penny recién nacida y frotaba su mejilla contra la de la bebé.

—Caray —dijo Hana, volviendo a reclinarse en el sofá—. Qué fuerte.

—Y que lo digas —contestó Mika, pero antes de que pudiera añadir nada más, su teléfono emitió un pitido. Un nuevo mensaje de texto. ¿*Sería Penny de nuevo*?

—¿Es ella? —Hana se inclinó hacia adelante, como si pudiera leerle la mente.

Mika echó un vistazo a su teléfono.

—No, es Charlie. —Leyó el mensaje—. Está pensando si debería comprarle a Tuan —El marido de Charlie— un retrato de Lego a tamaño real.

Hana puso los ojos en blanco.

—No le hagas caso. ¿Cómo te ha encontrado Penny? —Hana se estiró para agarrar una cajita de madera que había en la mesilla y la abrió. Dentro había una bolsa diminuta de marihuana y algunos papeles, y se dispuso a liarse un porro entre sus largos dedos.

Mika se encogió de hombros.

—Según Penny, gracias a internet, estos días uno puede encontrar de todo. —Pero... ¿Cómo la habría encontrado Penny? Mika había escogido una adopción anónima: no se revelaba su identidad, y, a cambio, ella recibía noticias de su hija cada año. Cualquier otro arreglo más habría sido demasiado doloroso para Mika. Había optado por recibir migajas porque sabía que, de otro modo, se atiborraría a sí misma con la información que recibiera. Supuso que no importaba si Thomas Calvin le había dicho a Penny cómo se llamaba o si Penny había dado con la información mientras rebuscaba entre las cosas de sus padres. Lo que importaba era el presente. Que Penny la había llamado. Que Penny quería conocerla.

—Cierto. —Hana lamió el papel y selló el porro. Si había alguien que sabía lo fácil que era encontrar a alguien por internet esa era la mejor amiga de Mika. Hacía algunos años había rastreado a su exprofesora de primaria, aquella que le había dicho que su piel era «mitad y mitad», como el café con leche. Hana era mitad negra, un cuarto vietnamita y un cuarto blanca (de Hungría e Irlanda). Había troleado a la mujer hasta que esta había cerrado sus redes sociales.

Hana encendió el porro, dio una calada y se lo ofreció a Mika.

—¿Y cómo es Penny?

Mika apretó el porro entre sus dedos, con los ojos clavados en el techo. Había una grieta que lo atravesaba por completo, se dirigía hacia abajo y partía la pared. Estaba segura de que había problemas con los cimientos de la casa.

—No sé, no hablamos mucho. Es joven y optimista y está llena de esperanza. —*Una fuerza de la naturaleza*—. Usó la tarjeta de crédito de su padre para que le dieran una prueba gratis para encontrar a una persona. —Mika le dedicó una sonrisa torcida a Hana y se llevó el porro a los labios—. La iba a cancelar antes de que le cobraran. —Le devolvió el porro a Hana.

—Me recuerda a nosotras —dijo Hana con una sonrisa, antes de dar una calada—. Y... ¿qué quería? —añadió, exhalando.

Mika se mordió el labio inferior. La puerta de su habitación estaba abierta, y su cama era un desastre de sábanas arrugadas, con el edredón apartado hacia los pies. No tenía sentido hacerla si iba a volver a meterse entre las sábanas en unas pocas horas. En el suelo estaba tirada su camiseta favorita, la cual tenía un estampado de Gudetama, una caricatura de los creadores de Hello Kitty. Lo que parecía ser una mancha amarilla era en realidad un huevo perezoso.

—Quiere conocerme —dijo ella, y los engranajes de su mente empezaron a girar. Fue consciente de lo que había a su alrededor, de su vida y de ella misma y se arrepintió de inmediato.

¿Qué podía ofrecerle a Penny? ¿Qué había hecho en la vida? Su vida amorosa estaba anémica. Había tenido unos cuantos novios, y su única relación seria había sido con Leif, la cual había terminado patas arriba. Su vida laboral tampoco era mucho mejor: había tenido una serie de trabajos poco satisfactorios, todos mientras esperaba encontrar alguno mejor. Había pensado en sí misma como si fuera una piedra rebotando sobre agua turbia. El tiempo transcurría sin mayor consecuencia, sin pensar, siempre igual, mientras se alejaba más y más de la orilla. Solo que dicha piedra nunca alcanzaba la otra orilla, sino que en algún momento se acababa hundiendo. *¿Cuándo me hundí yo?*, pensó Mika, y notó un vacío en el estómago.

—Le he dicho que podríamos hablar de nuevo, pero... ya no sé. —Se sentía igual de inadecuada como aquel día en el hospital.

—Continúa. —Hana apagó el porro.

Mika apartó la mirada de la casa y se concentró en su regazo. ¿Qué podía pasar si se involucraba en la vida de Penny?

—Podría acabar odiándome. O yo a ella —pensó en voz alta. Aunque no podía imaginarse a sí misma odiando a Penny en ningún momento. Penny podía asesinar a alguien y Mika le llevaría una pala para enterrar el cadáver. Siempre le daría el beneficio de la duda. Siempre le creería—. Estoy segura de que tiene preguntas. Muchas preguntas. Parece... persistente. Quizás quiera saber sobre su padre biológico. Le habría gustado tener un nombre japonés.

Hana tomó aire y se movió en el sofá, más cerca de Mika.

—Es normal que tenga curiosidad. Todos queremos saber de dónde venimos, pero no estás obligada a contárselo hasta que tú estés lista.

Bajo pena de ley, Mika había firmado un documento en el que afirmaba no saber nada sobre el padre biológico del bebé, como su edad, dirección ni que tenía una marca de nacimiento con la forma del estado de Maine en el pecho.

—¿Y si está enfadada conmigo? —preguntó Mika a media voz.

Hana volvió a respirar hondo.

—¿Puedo darte un consejo que no me has pedido?

—Como si eso te hubiese detenido alguna vez.

—Cuando Nicole me engañó, Charlie se sentó conmigo y me dijo: «Hace falta fuerza para irse, pero también para quedarse». —Hana apartó un poco de cenizas de su rodilla—. Seguro que lo sacó de uno de esos gurús de autoayuda.

—No te sigo —dijo Mika, frunciendo el ceño.

—Lo que quiero decir es que habrías necesitado fuerza para quedarte con Penny, pero también la necesitaste para dejarla ir. Y si Penny es tan lista como parece, no le importará lo que hiciste en el pasado, sino la persona que eres ahora.

—Y ¿quién soy? —le preguntó a Hana como si la estuviera retando. Pensó en la mediocridad de su currículum de vida. Aficionada al desempleo. Fumadora de marihuana. Madre biológica.

—En primer lugar, eres leal. —Hana empezó a contar con los dedos—. En segundo lugar, eres compasiva. En tercer lugar, tienes un corazón de oro. En cuarto lugar, eres una artista increíble que sabe un montón de cosas sobre arte, en particular cosas nada interesantes como en qué cuevas hay dibujos de cavernícolas en pelotas. En quinto lugar...

—Ya está bien —la interrumpió Mika, alzando las manos—. No estoy ni de lejos preparada emocionalmente para esto. —Hana sabía lo complicado que se podría poner todo ello. Cada año, cerca del cumpleaños de Penny, llegaba un paquete. Mika leía la carta que le había escrito Caroline o Thomas, se quedaba mirando las fotos de Penny con su familia feliz, acariciaba con los pulgares los dibujos de Penny hechos con ceras y luego lo esparcía todo encima de ella como una especie de abrazo sofocante. Se quedaba en la cama todo el día, y Hana la acompañaba. Su amiga se acurrucaba detrás de ella, la rodeaba con los brazos sin decir nada en un capullo de tristeza, y juntas lloraban. Mika por Penny. Y Hana por Mika.

—¿Acaso lo estamos en algún momento? Esa es la cuestión con los sentimientos. Cuanto menos te los esperas, más intensos son. Ahí está lo bonito de sentir.

—Menuda tontería. —Mika echó la cabeza hacia atrás sobre la silla. Todo ello era demasiado agobiante en todos los sentidos. Pero Hana estaba allí. Hana siempre había estado allí—. Me gusta tu cara —le dijo a su mejor amiga. Aquellas palabras se habían convertido en su mantra desde que se conocieron como estudiantes de primer año en una secundaria no tradicional, el tipo de escuelas a las que los padres enviaban a hijos de los cuales no esperaban grandes cosas. Mika le había echado un solo vistazo a Hana y había intuido que era un espíritu afín. Ambas eran ramas descarriadas que crecían de sus respectivos árboles familiares.

—A mí también me gusta tu cara.

Mika tanteó alrededor de la silla hasta dar con su teléfono. Justo antes de colgar, Penny le había dado su número, así que decidió enviarle un mensaje:

Tengo muchas ganas de vernos por videollamada. ¿A qué hora te va bien?

Listo, hecho. Dejó su teléfono lejos de su alcance y tamborileó los dedos sobre sus muslos. *Todo irá bien*, se dijo. Volvió a recordar el hospital, la primera vez que había visto a Penny en los brazos de la médica. Sí, todo iría bien. ¿Cómo podría ser de otro modo? La de Penny y Mika había sido una historia de amor desde el principio.

CAPÍTULO 3

Una semana después, Mika fue a misa. Con sus padres. Apretujada contra un rincón de uno de los bancos de la iglesia, observó a su madre de reojo. Hiromi Suzuki miraba hacia el frente y tenía sus ojos negros como botones centrados en el púlpito. Su figura era menuda y de facciones delicadas, con una boca que solía mostrar más muecas de disgusto que sonrisas. En casa, tenía un armario lleno de chándales de terciopelo de imitación. El que vestía aquel día era lila oscuro. El color iba bien con su cabello corto y oscuro, el cual, gracias a la permanente, enmarcaba su rostro con unos rizos bien formados, como la reina de Inglaterra. Junto a Hiromi se encontraba el padre de Mika, Shige, echándose una siesta.

El sermón continuó con algo sobre la amistad, y Mika sacó su teléfono y abrió su perfil de Instagram. Este mostraba precisamente cinco fotos: una de los dedos de sus pies en la arena en un viaje que había hecho a Puerto Rico con Leif, justo antes de cortar con él. Otra que la mostraba a ella junto a Leif en aquel mismo viaje vestidos con ropa elegante para la noche. El jardín trasero de Hana justo cuando se había mudado; donde habían colgado pequeñas lucecitas por doquier y habían bebido margaritas hechos con tequila del bueno. Una foto como dama de honor en la boda de Charlie y una de una ensalada de queso de cabra y remolacha. Eso era todo. Penny le había dado «me gusta» a todas. Habían acordado una llamada por

Skype el día siguiente, su primera videollamada. Mika salió de su perfil y le dio *clic* a la lupa, la opción de buscar.

Su pantalla se llenó de posts, pues el algoritmo le mostraba contenido basado en sus búsquedas y *clics* anteriores. Había montones de mujeres de rostros simétricos que hacían juego con las perfectas casas beis en las que vivían. Un anuncio que la invitaba a celebrar un nuevo festivo al comprar papel higiénico conmemorativo. Una celebridad que le encantaba a Hiromi porque no disponía de los servicios de una canguro. Impresionante de verdad.

En la barra de búsqueda, tecleó la palabra *adopción*. La pantalla se volvió a llenar de imágenes, en su mayoría de madres adoptivas describiendo sus vivencias: «Por fin está aquí. Mateo (¡lo hemos estado llamando Matty!) tiene seis semanas y nunca antes lo habían sostenido en brazos. Para acostumbrarlo, lo he estado cargando con ayuda del Ring Sling (no me pagan por darles promoción) tanto como ha sido posible. Me duele la espalda y todo en general; Mateo se ha estado despertando cada dos horas. ¿Alguna otra mami por ahí que esté igual de abrumada hoy?». La gente había contestado con comentarios como: «¡Tú puedes!» o «Prueba esta receta de *smoothie* para que te dé un subidón de energía». Mika frunció el ceño al notar que se le retorcía el estómago. Nadie le había dicho: «No tiene nada de malo parar. No tiene nada de malo admitir que no puedes, que esto te sobrepasa». Se ponía muchísimo énfasis en las mujeres que lo hacían todo por sí mismas. En seguir adelante incluso cuando una estaba cansada, no tenía dinero o se sentía al límite de sus fuerzas. Mika volvió a ver la foto de la mujer que sostenía a su hijo recién adoptado. Sonreía como una heroína. ¿Sería aquello lo que Thomas y Caroline habían pensado? ¿Que estaban rescatando a Penny?

Una mano se deslizó por detrás del brazo de Mika y la pellizcó en la delicada piel de la parte de abajo del brazo.

—Presta atención —le dijo su madre en el mismo tono que usaba cuando la mandaba a su habitación cuando estaba en primaria.

—Ay —se quejó Mika, frotándose el brazo y fulminando con la mirada a su madre. *Y pensar que esto es mejor que visitarlos en casa.*

Pensar en su hogar de la infancia hizo que su ansiedad estirara y se preparara para salir a correr. La casa en sí no era particularmente intimidante. Se trataba de una casa de una planta de la década de los setenta, con todo su encanto original: alfombras gruesas color verde vómito, bombillas de luz amarilla y una sala de estar con paneles de madera. Por fuera se parecía al resto de casas que había en el barrio, con una arquitectura común y corriente, en definitiva, nada que la hiciera merecedora de aparecer en un libro de historia del arte. Sin embargo, por dentro se encontraban todos los toques japoneses clásicos: paquetitos de salsa de soja y de cubiertos de plástico metidos en cajones, zapatillas de andar por casa perfectamente alineadas cerca de la puerta principal, un tendedero en el jardín trasero, unas cuantas cáscaras de los pistachos que le gustaba comer a su padre mientras veía NHK, el canal de televisión de Japón, o a los Hanshin Tigers, su equipo favorito de béisbol japonés.

A pesar del desorden, el olor a incienso y la decoración pasada de moda, la búsqueda de la perfección aún podía percibirse dentro de aquellas paredes. Se encontraba en el polvoriento kimono que Mika se había negado a ponerse después de dejar de asistir a sus clases de *odori,* una danza tradicional japonesa. En los marcos de fotos vacíos en los que debían haber estado el diploma de graduación de Mika de una universidad perteneciente a la Liga Ivy y sus fotos de boda. En las ollas y sartenes con las que Mika nunca había aprendido a cocinar.

Para cuando Mika se encontraba en su quinto mes de embarazo, se le había empezado a notar la barriga, y no podía ni quería seguir escondiéndolo. Ella y su madre habían estado limpiando la cocina de baldosas verde limón cuando Mika lo había soltado:

«Estoy embarazada».

El padre de Mika había estado viendo la televisión en la habitación contigua. Todas las puertas del pasillo habían estado cerradas, pues solo se podía ver aquello que su madre quería que fuese visible. Hiromi dejó de limpiar la encimera. Por un momento, se quedó completamente quieta, incapaz de comprender aquella nueva realidad.

«¿Me has oído? He dicho que estoy embarazada». Dentro de Mika, Penny se movió, con un suave aleteo como de alas. El ginecólogo de la clínica gratuita que había en el campus le había dicho que se llamaba vivificación.

Hiromi parpadeó una vez y se enderezó.

«¿Quién es el padre?», le preguntó, sin mayor emoción.

La casa olía a *sukiyaki,* un plato hecho de carne y verduras marinadas en vino de arroz, salsa de soja y azúcar. Siempre comían guisos tradicionales japoneses cuando empezaba a hacer frío. Aquella noche el pronóstico del tiempo anunciaba que iba a nevar.

«Es una niña», dijo Mika.

Hiromi estrujó la esponja en el fregadero.

«Las niñas son difíciles». *Tú eres difícil,* era lo que quería decir. En la tele, alguien soltó una carcajada.

«La daré en adopción». El anuncio fue algo espontáneo. Mika no se había decidido aún. Aún se encontraba procesando el embarazo, como un péndulo que se balanceaba entre la incredulidad y el absoluto terror. ¿Qué había esperado que su madre le dijera? Demasiado tarde, se percató de que quería que Hiromi le dijera que se quedara con el bebé. Quería que le prometiera que la iba a ayudar a criar a aquel conjunto de células. Pero debería haber sabido que no iba a ser así. El apoyo de Hiromi siempre salía caro, y ella aún no había descubierto cómo permitírselo. Aun con todo, no había podido evitar acudir a su madre, ofrecerle su desesperación en bandeja de plata y esperar que ocurriera algo más, algo mejor. Que su madre cambiara y la ayudara a curarse. La palabra *adopción* había sido una especie de reto.

Hiromi se giró hacia el fregadero para dejar que unos restos de comida se fueran por el desagüe. El agua caliente le quemó las manos hasta dejarlas rojas, y el vapor le humedeció la garganta.

«Quizás sea lo mejor. ¿Qué sabes tú de criar a un bebé?», le dijo. Otro ejemplo más de cómo había decepcionado a su madre. Hiromi había intentado enseñarle a Mika a ser una buena esposa, a cocinar, a hacer de anfitriona y de ama de casa. Todo ello en anticipación a cuando ella misma tuviera su propio hijo y marido. Pero Hiromi nunca le había enseñado sobre métodos anticonceptivos, sexo, amor ni sobre qué hacer si de pronto se percataba de que estaba embarazada. Porque aquello era un escenario no deseado, y uno no hablaba de aquello que no deseaba que pasara.

En medio de la cocina, Mika se quedó sin saber qué decir por unos instantes. La decepción la asfixiaba como un cúmulo de arroz demasiado hecho atascado en la garganta.

«¿Y ya está? ¿Eso es todo lo que me vas a decir?».

Hiromi le devolvió la mirada de pronto y sus ojos descendieron hasta posarse sobre su vientre. Tenía la misma expresión que cuando, en el instituto, su hija había vuelto a casa vestida con ropa de una tienda de segunda mano. Por aquel entonces, aquello era lo que se había acostumbrado a vestir: tejanos rasgados, camisas de franela y camisetas cortas. «¿Qué van a pensar las señoras de la iglesia?», le había dicho Hiromi, con toda su atención puesta en la barriga descubierta de Mika.

«¿Qué más quieres que te diga? Ya le contaré a tu padre sobre eso». *Eso.* Así era como Hiromi hablaba sobre Penny. Le dio la espalda a su hija, con las manos apretadas en puños. «¿Quieres llevarte las sobras para comer en la universidad?».

«No. No, gracias», había contestado Mika, apoyando una mano sobre su vientre.

No había vuelto a ver a sus padres hasta después de que naciera Penny, hasta después de haber suspendido varias asignaturas de su primer y segundo año de universidad. *Eso* se convirtió en algo innombrable, escondido detrás de una de las puertas cerradas de la casa de Hiromi.

En la iglesia, Mika apoyó la espalda en el asiento. Al otro lado de las vidrieras de colores, una bandera del movimiento Black Lives Matter y LGBT+ ondeaba al viento. Hiromi y Shige toleraban las ideas progresistas de la iglesia y acudían a misa todos los domingos. Mika no estaba convencida de que creyeran en el dios del cristianismo, pues estatuas de Buda y pequeños altares budistas, llamados *Butsudan*, cubrían cada superficie de su hogar. Sus padres iban a la iglesia a beber té verde, a relacionarse con los asistentes, quienes eran casi todos japoneses, y a buscarle citas a Mika.

—Estamos buscando a alguien que se encargue de nuestras redes sociales —anunció la pastora Barbara desde el púlpito—. Que mantenga las cuentas actualizadas con todas nuestras actividades. —La pastora Barbara hablaba japonés con fluidez, a pesar de ser una mujer blanca. Era robusta y de voz suave, y le gustaba sostener las manos de la persona con quien hablaba. Detrás de ella se encontraba la figura de un Jesús asiático encargado de manera especial: el carpintero solo había usado madera de unos troncos caídos que había encontrado en tierras no tribales y plástico reciclado hecho de la basura que flotaba en el océano Pacífico.

La verdad era que la madre de Mika era quien debía recibir todos los aplausos por su estilo de vida sostenible. La mujer llevaba los últimos veinte años usando el mismo contenedor de crema agria como táper. También reutilizaba el papel de regalo como si la vida se le fuese en ello. Durante cinco años seguidos, Mika había recibido sus regalos envueltos en el mismo papel de My Little Pony. Los padres de Hiromi habían sobrevivido la Segunda Guerra Mundial en Japón, se habían criado en una época en la que la fruta era tan solo un recuerdo, y sus vidas habían quedado determinadas por la guerra y la hambruna. Le habían inculcado a Hiromi la costumbre de ahorrar cada trocito de papel y le habían enseñado a saltear hierbas del campo y a convertir la tierra carbonizada por las bombas en tierra fértil una vez más.

—También buscamos voluntarios que quieran preparar comida para el festival anual de la iglesia —siguió diciendo la pastora Barbara—.

Pero lo que de verdad necesitamos son bailarines o personas que sepan tocar el *taiko* para la parte de la presentación. Si tenéis algún talento especial, ¡ha llegado vuestro momento de brillar! —Una vez al año, durante la primavera, la iglesia organizaba una colecta de fondos. Alzaban carpas en el aparcamiento y maceraban pollo en cubos llenos de salsa teriyaki. Los fideos *soba* siseaban en woks. Fuera de la iglesia vendían comida callejera japonesa y en el interior exponían manualidades sobre las mesas: manoplas hechas con ganchillo, muñecas *kokeshi* y cajitas de madera *yosegi*. Por la noche, los participantes bailaban y tocaban música en una presentación.

Otro pellizco de su madre.

—Deberías hacer eso. Ayudar con la comida o bailar en la presentación. —Hiromi le dio un codazo a Shige y lo despertó con un sobresalto—. ¿Recuerdas cuando Mika bailaba? —Antes de que Shige la hubiera cortejado, antes de convertirse en su mujer, la madre de Mika había recibido formación para convertirse en *maiko,* una aprendiz de *geisha.* Y, tras mudarse a los Estados Unidos, Hiromi había buscado a un *sensei* para que le diera clases a su hija. Si Hiromi no podía ser una *maiko,* Mika sería una bailarina. Hiromi quería un títere, pero Mika solo quería ser libre.

—Sí, sí, claro que lo recuerdo —dijo Shige, medio dormido.

Mika se arrimó más hacia el final del asiento, hasta que estuvo apretujada contra él. No dijo nada. Su negativa era obvia en el gesto serio de sus labios. Solo volvería a bailar el día en que su madre usara un microondas. Y ese día nunca llegaría.

—Qué desperdicio, todas esas clases. —Hiromi chasqueó la lengua.

La escuela. Las tareas del hogar. La danza. Hacía mucho tiempo, Mika había sido una diminuta figura hecha con cerillas y dispuesta en la palma de la mano de su madre.

Cuando la misa acabó, Mika se dirigió a la mesa de los refrescos. Llenó un plato con *dorayaki,* cuadraditos de chifón y pastel de té verde... todo ello mientras balanceaba una taza de té con la otra mano. Las sienes le latían. La excusa oficial era que tenía jaqueca, en lugar de la resaca por el vino barato que había bebido la noche anterior.

Se llevó un trozo de pastel de boniato a la boca.

—¿Y qué has hecho estos últimos días, papá?

Shige se giró para mirarla.

—Vi un documental sobre el servicio postal de los Estados Unidos.

—Ah, ¿sí? —Mika pretendió interesarse. Su madre estaba observando la sala, inclinaba la cabeza cuando veía a algún conocido y luego seguía con su búsqueda, claramente concentrada en encontrar a alguien más.

Su padre le dio un sorbo a su té, el cual le había servido Hiromi. Al ya no poder convertirse en *maiko,* su madre era una *sengyo shufu* en aquellos momentos, una esposa profesional. Aquello era su razón de vivir, su *ikigai,* su motivación para servir y cuidar de los demás. Mika era incapaz de recordar ni una sola comida o aperitivo que se hubiera preparado su padre por sí mismo en algún momento.

—¿Sabías que puedes enviar aves por correo? —le preguntó Shige con una sonrisa, y esta fue completamente encantadora. Cuando Mika aún era una niña, su padre había sido amable con ella, pero no había intervenido en su crianza. Podía entender por qué: Hiromi Suzuki era una fuerza con la que Shige no estaba dispuesto a lidiar. Por desgracia, aquello había dejado a Mika sola para hacerle frente a las tormentas de su madre. Cuando iban en su Ford Taurus familiar, Mika solía escribir en la condensación de las ventanas: «Auxilio, me han secuestrado», con la esperanza de que alguien los parara.

Le devolvió la sonrisa a su padre, contagiada por su buen humor. Su madre se encontraba distraída por el momento por la señora Ito, quien le estaba mostrando fotos de su viaje a Japón. Hiromi y la señora Ito eran mejores amigas y enemigas a muerte. Habían hecho de la maternidad un deporte competitivo. O más bien una guerra, cuya arma preferida de tortura era la opinión de la otra.

Fuera como fuese, aquel era el momento perfecto. Tenía la atención de su padre, pero no la de su madre.

—*Otosan*... —empezó a decir Mika—. Hace poco he tenido un pequeño contratiempo.

—Otra vez no —dijo Shige, frunciendo el ceño.

A Mika nunca se le había dado bien ahorrar. Vivía su vida de manera impulsiva, de nómina a nómina. Su lema era: «No te puedes llevar el dinero contigo a la tumba». El dinero se le había acabado bastante rápido. En pocos días, sus circunstancias se habían vuelto insostenibles. Tenía que pagar el alquiler y los servicios. Su plan A, que era encontrar otro trabajo lo antes posible, no había dado resultados. Su plan B, que era no comer, solo le había durado cuatro horas. Había llegado el momento del plan C, pedirles dinero a sus padres, lo cual, en la opinión de Mika, era una mierda. Se lamió los labios y se obligó a seguir.

—Estoy buscando trabajo como loca, estoy segura de que no tardará en salirme algo. Solo necesito un poco de ayuda para llegar a fin de mes. Lo siento. —Eran unas disculpas generales: por todos sus defectos, por pedirle dinero en un lugar público. No podía soportar visitarlos y pedírselo en casa.

—¿Qué está pasando? —preguntó Hiromi, al volverse tras haber terminado de hablar con la señora Ito.

Durante unos segundos, su padre no dijo nada. Miró a su alrededor, para asegurarse de que nadie los oía.

—Mi-chan necesita dinero —dijo Shige con la voz tan baja que era prácticamente inaudible.

La expresión de Hiromi se volvió fría. Mika conocía a la perfección aquella mirada, aquellos ojos vacíos. Era como si su decepción disimulada pudiera atravesarla. Pero también había miedo en sus ojos. *¿Quién es esta niña mujer que he criado? Tan ignorante, tan desconectada de su propio pasado. ¿Cómo va a tener un futuro así? Me arrepiento de tantas cosas...* Sintiéndose avergonzada e insignificante, Mika clavó la vista en su plato.

—¿Cuánto necesitas? —le preguntó su padre.

—Unos dos mil, os lo devolveré —aseguró Mika, pasando el pulgar por el borde de su plato.

—Sí, sí. Eso es lo que dices siempre —interpuso Hiromi, con un ademán de la mano.

Mika permaneció en silencio y se juró que nunca más les pediría dinero a sus padres. ¿Cuántas veces había roto esa promesa ya?

La mirada de Hiromi se iluminó al centrarse en alguien.

—Deja tu plato en la mesa —le ordenó, frunciendo el ceño al ver la cantidad de comida que había en él. La señora Ito solía hacer comentarios sobre lo bien que comía Mika—. Veo al nuevo miembro de la iglesia. —Le echó un vistazo al atuendo de su hija: unos pantalones deportivos y una blusa a la que le faltaba un botón, las últimas prendas de ropa limpia que le quedaban en el armario—. ¿Eso llevas puesto?

—No tengo ganas de conocer a nadie —dijo Mika, frunciendo el ceño. Cuando había cortado con Leif, su madre le había dicho «¿Y ahora cómo vas a sobrevivir?»—. ¿Y qué hay del dinero...?

—Shh —la calló Hiromi—. Todos se van a dar cuenta de que estamos discutiendo. Vas a conocer a este hombre —Los ojos de Hiromi centellearon—, y tu padre te escribirá un cheque. —Mika había estado esperando aquella parte. Sentir el tirón de los hilos que venían atados al dinero.

Salir con alguien que su madre aprobara le resultaba tan tentador como que la sometieran a un examen de cavidades corporales.

—Pero...

—Hazle caso a tu madre. Demuéstranos que estás dispuesta a cambiar —la interrumpió su padre. Cuando se trataba de escoger bandos, Shige siempre estaba del lado de su esposa—. Tienes que empezar a tomarte tu vida más en serio, lo que incluye buscar a una pareja adecuada.

Mika tragó en seco y dejó su plato a un lado.

—De acuerdo.

Hiromi sonrió como el gato que se comió al ratón y empujó a Mika en dirección al nuevo miembro de la iglesia, quien en aquel momento estaba hablando con la pastora.

—Querida Mika —la saludó la pastora, tomándole ambas manos y esbozando una cálida sonrisa—. ¿Cómo estás?

—He venido a presentar a Mika a nuestro nuevo miembro. —Hiromi sonrió con dulzura y apretó suavemente el brazo de su hija como si se acabara de encontrar con un amuleto de buena suerte.

—¡Oh, claro! —dijo la pastora, soltando las manos de Mika—. Este es Hayato Nakaya. Lo acaban de transferir de la sede de Nike en Japón a nuestra buena ciudad.

Hayato hizo una reverencia.

—¿Qué tal? —Era delgado y más alto que Mika, lo que no quería decir mucho, pues ella apenas pasaba el 1,55 m en un buen día. Tenía una bonita sonrisa, al menos.

—Pastora, tengo que hablarle sobre el festival —dijo Hiromi, muy seria—. Esther Watanabe quiere preparar su tempura de nuevo y me pregunto si podemos convencerla de preparar otra cosa.

—Claro, claro —asintió la pastora, apartándose junto a Hiromi, lo cual dejó a Mika en compañía de Hayato.

—Bueno, esto es un poco incómodo —comentó Hayato en un inglés perfecto.

—¿Te criaste en Japón? —preguntó Mika para hablar de algo.

—No, en California, en Los Ángeles —dijo él, apoyando su peso en sus talones—. Mi madre es japonesa estadounidense de primera generación. ¿Y tú?

—La mía también. Nací en Daito, a las afueras de Osaka. —Mika recordaba vagamente su hogar en Japón. El tejado a dos aguas de tejas curvas. Los paneles de plástico alrededor del porche. El jardín trasero lleno de barro que colindaba con la granja de boniatos. El baúl *tansu* que el dueño anterior de la casa había dejado, el cual su madre adoraba, pero que habría sido demasiado caro transportar hasta Estados Unidos—. Nos mudamos cuando tenía seis años.

Recordaba el día en que había llegado al país. Su pequeña familia de tres personas con la ropa arrugada y fastidiados por haber tenido que viajar durante casi quince horas. ¿Qué día era? ¿Qué hora? No había cómo saberlo en el pasillo sin ventanas de la aduana. Los ventiladores soplaban, y el aire estaba estancado debido a las respiraciones de los viajeros. Un hombre en un uniforme azul detrás de una ventanilla transparente examinaba sus pasaportes mientras su padre le hablaba de su empresa, de cómo habían organizado su visado de trabajo e incluso un piso. Hiromi observaba al trabajador como si la estuviera apuntando con un arma. Y Mika había aprovechado para escabullirse. Recordaba los pasos. Uno, dos, tres, como caminar por una cuerda floja hasta dar con una pared y alzar la mirada.

Hacia un retrato al óleo de Louis Armstrong.

Había sido como si se hubiera abierto una puerta en el cielo, y Mika hubiera estado echando un vistazo hacia otro mundo. Tuvo que contener las lágrimas. Algo en su interior pareció despertarse. *Un milagro*, recordaba haber pensado mientras seguía las pinceladas con la mirada. *Es un milagro*. Aquel fue el día en que su mundo colapsó y se volvió a formar. Las carreteras eran líneas que dibujar. Los árboles eran colores con los que pintar. El sol era luz que utilizar. Las posibilidades eran infinitas. De forma similar a su amor por Penny, el amor que Mika sentía por la pintura era algo instintivo y que no se podía expresar con palabras. Mika dejaba de ser una persona para convertirse en el movimiento de un pincel, un botecito de pintura, un lienzo en blanco a la espera.

—Lo imaginaba. Tengo experiencia con todo eso de forzar juntos a dos solteros con la esperanza de que surjan retoños japoneses productos del amor —dijo Hayato, lo que provocó que Mika volviera al presente.

Se obligó a sonreír.

—Sé que mi madre te dio mi número el otro día, pero no estoy buscando salir con nadie por el momento. Sin ofender.

—No te preocupes. De hecho, a mí solo me interesa salir con hombres. —Hayato se señaló a sí mismo con los pulgares—. Soy supergay.

—Perfecto, entonces. —Aquella vez, la sonrisa de Mika fue real.

—Exacto. —Hayato le devolvió la sonrisa.

Charlaron durante un rato y acordaron quedar algún día. Quizá Mika lo invitaría a la fiesta que estaba organizando Charlie tras haberse mudado. Luego, su padre le escribió un cheque en el aparcamiento.

—Si sales con él —empezó Hiromi, refiriéndose a Hayato—, ponte un vestido. Quizás algo de perfume, pero nada demasiado fuerte.

—No le intereso —dijo Mika, quitándole el cheque a su padre de los dedos.

—¿Cómo que no le interesas? ¿Qué has hecho? —El tono de Hiromi se volvió agudo, como el de las gaviotas cuando pelean por un trozo de pescado podrido.

—No he hecho nada —contestó Mika, tensándose.

—Tienes que llamar su atención —insistió Hiromi.

—No es no —contraatacó Mika, con firmeza.

—Eh. —Shige se pasó una mano por la frente—. ¿Es que no podéis dejar de pelear? Sois como un par de llamas que lo incendiáis todo a vuestro alrededor.

Mika tensó la mandíbula, pero no dijo nada. Dobló el cheque, se lo guardó en el bolsillo y les dio las gracias en voz baja antes de marcharse.

Una videollamada.

Mika no cayó en cuenta de que iba a ver a su hija en vivo y en directo por primera vez en dieciséis años hasta unos pocos minutos antes de marcar el número de Penny. Claro que había visto las fotos que acompañaban la carta que Caroline le enviaba cada año, pero aquellas eran piezas estáticas. Momentos congelados en el tiempo, atrapados en un ámbar grueso. No podía observar los tics faciales de Penny, la forma en que sus manos se movían cuando estaba emocionada, triste o asustada, ni tampoco podía oír el sonido de su voz cuando hablaba, cómo cambiaba la inflexión. Lo más viva que había visto a Penny había sido cuando era una bebé.

Se sentó a la mesa de la cocina en la que solían comer. Hana se había marchado después de ayudarla. Mika encendió la cámara y se estudió a sí misma. Su jersey tenía un pequeño agujero en la manga. Hana lo había escogido tras rebuscar entre la ropa de Mika hasta encontrar una prenda que no la ofendiera.

—Esto valdrá —había dicho, sosteniendo el jersey tejido de color azul claro entre los dedos y entregándoselo a Mika.

Entonces la había dejado a solas con la pantalla, con el corazón latiéndole a mil por hora y las palmas de las manos húmedas por el sudor. Solo quedaba un minuto. Habían planeado la llamada para las 4 p. m., lo que serían las 7 p. m. para Penny. Mika introdujo su información para acceder a Skype y marcó el número de Penny.

Sonó una vez y allí estaba. Allí estaba: su hija. Se quedó encandilada con sus pómulos, con su nariz obstinada y su pelo brillante. *Yo la hice.* El sentimiento era similar al que sintió cuando dio a luz y sostuvo a Penny por primera vez entre sus brazos. Era una sensación de asombro y fascinación. Una parte del alma de Mika que se reconocía a sí misma.

—Hola —saludó, sonriéndole a su hija como si se tratara de una vieja amiga.

—¡Guau! —La sonrisa de Penny era enorme y abierta y mostraba cada uno de sus dientes. Mika había sonreído de ese modo alguna vez, cuando tenía dieciséis años. Cuando una sentía que tenía el mundo a sus pies. Cuando sostenía el paso del tiempo entre sus manos. Era una sensación especial, como si no se tuviera nada que perder—. Eres tan joven... —le dijo Penny.

—Ya, bueno, ya sabes lo que dicen, los asiáticos no envejecemos.

Penny se rio.

—Es de locos, pero lo único en lo que puedo pensar es: «¡Tiene mi cara! ¡Tiene mi cara!».

Mika sonrió un poco más, y ambas se quedaron en silencio. Casi oscurecía donde estaba Penny. Los últimos preciados rayos de luz se filtraban por alguna ventana y oscurecían las facciones de Penny cuando se movía de cierta forma. Antes, cuando Mika solía pintar, habría tomado una foto de aquel momento, para luego dibujar a su hija con carboncillo y usar la parte más afilada para delinear la curva sonriente de su boca. En su lugar, Mika pensó en el tiempo del exterior, la noche que se avecinaba, la lluvia que golpeaba las ventanas, lo extraño de encontrarse con su hija en dos tiempos diferentes. Ambos parecían como si fuera la primera vez.

—Siempre me he preguntado cómo serías —admitió Penny, como si fuera algo que ocultar. Estaba en su habitación, con un empapelado rosa de flores de cerezo tras ella. Cuando Mika había estado embarazada, Caroline le había prometido que haría que su herencia japonesa formara parte de sus vidas. Le había llegado una carta en la que describían la habitación de bebé de Penny con temática de flores de cerezo y en la que le contaba que ella y su marido se habían inscrito en una clase para aprender a preparar sushi. Mika estaba segura de que la mayor parte de lo que los Calvin habían aprendido sobre Japón provenía de una página de Wikipedia.

—Aquí me tienes. ¿Tus...? ¿Thomas y Caroline te han contado algo sobre mí? —Detrás de la pantalla había un par de pañuelos de papel que Mika había usado para secarse las axilas.

—No mucho. —Penny dio un sorbo a una taza humeante. ¿Café? No, té. Mika deseó haberse servido un vaso de agua. Al lado de Penny también había un platito con pretzels y una libreta con un boli. Se había preparado a conciencia—. Eras superjoven. Tenías diecinueve años y acababas de empezar la universidad. No querías un bebé.

¿Que no quería? No era que no hubiera querido a Penny, sino que no había podido tenerla. Lo que había querido era que Penny viviera y creciera con una familia mejor que la suya. *Mejor que yo.* Amaba a Penny y se había sentido avergonzada de no poder encargarse de ella, de no haber sido suficiente para ella. «¿Qué sabes tú de criar a un bebé?», las palabras de Hiromi aún la atormentaban.

—Y bueno —siguió Penny, dejando su taza a un lado—, nunca intentaron escondérmelo, porque *¡tachán!* —dijo, señalándose la cara—. Era bastante obvio. Niña medio japonesa, padres blancos. De hecho, durante un tiempo pensé que todos los niños eran adoptados —dijo, soltando una risita—. Como si hubiese un sitio al que los padres acudían a escoger a sus bebés. Pero entonces mi amiga Sophie, a la que conozco desde preescolar, me contó que caminaba con los pies hacia afuera y que lo había heredado de su padre. Así que volví a casa y les pregunté qué era lo que había heredado yo de mis padres. Me explicaron que el sentido del humor, la amabilidad y cosas así. —Penny apretó los puños y golpeó la mesa. Mika se enderezó. ¿Había sido ella así de consciente de sí misma a los dieciséis o a los dieciocho? Recordaba haberse sentido emocionada, vulnerable y sola. Poco preparada. No, a Penny la habían criado de un modo diferente. Era muy... segura de sí misma—. Y yo les dije: «No, de apariencia física, ¿qué parte de mí viene de vosotros?». Y entonces me lo explicaron todo. No teníamos el mismo grupo sanguíneo ni las mismas manos o pies o lo que fuera. Otra persona en el mundo tenía mi ADN. Llevo pensándolo desde entonces. Sobre esa parte de mí que puede que exista en otro lado. O sea... ¿quién soy?

Mika se apretó las rodillas con las manos. «¿Quién soy?», no podía responder eso por su hija. Ni siquiera podía hacerlo consigo misma. Otra cosa más en la que fracasaba.

—Uff —terminó Penny—. Tengo la sensación de que estoy hablando solo yo. Lo siento. Estoy acostumbrada a ser el centro de atención. —Se señaló a sí misma—. Ya sabes, hija única.

—No pasa nada —le aseguró Mika. De verdad no tenía ningún problema. El poder escuchar a su hija, el poder verla, la hacía sentir como si la hubiesen rescatado de la parte más fría y profunda del océano y pudiese ver el sol de nuevo—. Me gusta que me hables de ti.

—Guay —dijo Penny, sonriendo una vez más—. Yo también quiero que me hables de ti.

Mika pensó al respecto y se apartó el pelo detrás de la oreja. Vio el montón de platos apilados en el fregadero, las montañas de cajas y las cartas en la encimera que le recordaban que la factura de su teléfono ya iba con retraso.

—No hay mucho que contar. Me temo que soy un poco aburrida, la verdad.

—¿Aún vives en Oregón?

—En Portland —asintió Mika. Era la ciudad que tenía más clubs de *striptease* per cápita del país, pero también tenía una tienda de dónuts que vendía *eclairs* de zombis y el mercado al aire libre más grande y más antiguo de los Estados Unidos. La gente iba a comprar cáñamo y joyas y a comer comida callejera. Uno de cada cuatro coches tenía una pegatina que rezaba: QUE PORTLAND SIGA SIENDO RARO—. Vivo en el barrio de Alberta. —Un lugar muy típico en Portland—. Hay algunas tiendas más abajo. Unos estudios de Goat yoga cuyos propietarios son unos hípsters con barba que venden café orgánico y sostenible que no experimenta con orangutanes de manera extraoficial. Ese tipo de cosas.

—Mola —dijo Penny con una sonrisa—. Tu casa es superbonita.

—«Super». Penny usaba mucho aquella palabra y le iba bien. Le iba bien a todo. Era más grande que la vida misma—. Bueno, el jardín. Eso fue todo lo que pude ver en Instagram.

Por la ventana, Mika podía ver el jardín trasero: la valla que se caía a pedazos, el césped sin cortar, los muebles de patio tirados por doquier y las botellas de cerveza vacías llenas de caracoles. Entonces se percató de que Penny había dicho «*tu* casa». Como si fuera propiedad de Mika.

—Bueno, en realidad no es... —intentó corregirla.

—Qué ganas tengo de tener mi propia casa —la interrumpió Penny—. Voy a intentar entrar en cualquier universidad de la costa este u oeste. Ninguna en el Medio Oeste. Pero no me malinterpretes, me encanta vivir en Dayton, en Ohio. Es solo que es muy pequeño, ¿sabes? Sophie y yo nos mudaremos juntas a donde sea que vayamos.

—Por fin, algo en común. A los dieciséis, Mika y Hana habían trabajado en un Taco Bell. Habían escuchado hiphop mientras vaciaban carne en máquinas que la mantenían caliente, charlaban sobre sus futuros y compartían sus experiencias sobre ser estadounidenses de ascendencia asiática. ¿Cuántas veces les habrían preguntado de dónde eran? «Algún día voy a viajar y a pintar», presumía Mika. Había hecho tantos planes... Quería ir en motocicleta por todo Sudamérica, navegar en góndola por los canales de Venecia, comer *croissants* de chocolate en París.

»¿Y qué más? —Penny tamborileó los dedos—. ¿Qué hay de tu trabajo? Y, madre mía, ¿el de la foto era tu novio? —Se refería a Leif. Hacía dos años que Mika no lo veía. Decir que las cosas habían terminado mal era como decir que Van Gogh era un pintor del montón—. Es guapo. ¿Tú también sueles viajar? ¿A qué instituto fuiste? —Penny dejó de hablar y tomó aire, claramente preparándose para hacer más preguntas.

Mika se rio y alzó una mano para evadir sus preguntas.

—Espera, espera. Quiero que me cuentes más sobre ti.

Penny frunció el ceño. Mika tenía una foto justo con aquella expresión. Era una de sus favoritas. Caroline le había enviado una foto de Penny sosteniendo un cucurucho vacío y dos bolas de helado derritiéndose sobre la acera. Penny iba con un vestidito blanco con flores bordadas a mano y el cabello alborotado por una brisa veraniega.

—Hago *cross* y leo un montón, pero nada demasiado conocido o significativo, ya sabes. Aunque, hace poco, mi padre me regaló *La soledad del corredor de fondo*. Creo que lo compró solo por el título y pensé que sería superdeprimente, pero al final me gustó. Tenía toda una temática antisistema detrás.

—No lo he leído.

—Es bueno, deberías leerlo. ¿Cómo te iba en el instituto? Tengo mucha curiosidad.

Mika se dio un tirón en la oreja. De adolescente le había costado adaptarse y no había tenido muchos amigos. Aquel vacío lo habían llenado Hana y la pintura. Por las noches, se escabullía debajo de las mantas con una linterna, un lápiz y una libreta. Había empezado haciendo bosquejos de su mano, luego de las de otros, y había explorado las venas que se retorcían en los dedos de su madre y las manchas ocasionadas por la edad que tenían las manos de su padre. Para Mika, el arte era como el propio aire. Su *ikigai*. Aquello que la ayudaba a atravesar la oscuridad hasta que llegaba el amanecer. Solo que Mika ya no pintaba. Aquello había sido *antes*. ¿Por qué iba a mencionarlo en aquellos momentos?

—Fui a una escuela imán, del tipo al que van los estudiantes que no necesariamente se adaptan a las escuelas convencionales. —La mayoría de los alumnos dormitaba en clases y los profesores se limitaban a hacerse los locos—. Me encantaba la generación beat cuando era más joven: Jack Kerouac, Gary Snyder, Neal Cassady. —Penny empezó a anotar, mientras murmuraba las palabras «generación beat»—. Mi mejor amiga, Hana, iba conmigo a esa escuela. De hecho, ella estuvo en el hospital cuando naciste.

—¿Sí? —Penny se emocionó.

—Sí. —Penny se mantuvo en silencio y Mika vaciló, sin saber si añadir algo más. ¿Qué podría decirle? *Las enfermeras nos odiaron porque no dejábamos de pedir comida. Todavía se me escapa algo de pis si me río muy fuerte. Mis pechos parecen marionetas hechas con calcetines. Te echo de menos cada día*—. Ella también te cargó. Después de mí, quiero decir. —Fue lo que dijo al final.

—¿Crees que pueda ver una foto de ella? —pidió Penny, tras pensárselo un poco.

—Claro. No tengo una a mano ahora —Había una en un cuadro sobre la chimenea arrimado detrás de unos floreros, pero ambas estaban disfrazadas de monjas para Halloween y había una pipa en una mesa entre ellas—, pero te enviaré una.

—Perfecto. —Penny le dedicó una sonrisa y Mika se la devolvió—. ¿Y dónde trabajas? —preguntó finalmente.

—En estos momentos estoy entre una cosa y otra. —Ante su respuesta, Penny se mordió el labio. Su expresión estaba atrapada en el frágil equilibrio entre esperar algo más y controlar sus expectativas. Mika imaginó que aquella expresión cambiaba y se convertía en la que su madre solía llevar cuando estaba a su alrededor. Decepción absoluta. ¿Cómo era una madre perfecta? ¿Una mujer perfecta? Fuera como fuese, Mika sabía que era lo opuesto a lo que ella era—. Quiero decir que dejé mi antiguo empleo para probar suerte por mí misma. —Cerró los ojos. Tenía treinta y cinco años. Un tercio de su vida había pasado ya. Tendría que haber hecho algo con su vida para aquellos momentos. ¿En qué se había metido? Abrió los ojos, y la mentira salió a trompicones de su boca y se tropezó en su lengua—. Me encanta el arte, y… estoy buscando un lugar en el que montar una galería. Quiero encontrar artistas que representar y empezar mi propio negocio. Solo son los primeros pasos…

—Eso mola muchísimo —exclamó Penny, prácticamente brillando de emoción.

Mika se sonrojó. Se sentía demasiado insegura y avergonzada para decirle la verdad. Además, quería que Penny la siguiera mirando de aquel modo. Como si fuera buena y amable y especial. Y bueno, una mentirijilla piadosa no le hacía daño a nadie.

—Sí, supongo...

Siguieron haciéndose preguntas durante un rato. Hablaron de cosas triviales. Penny era una atleta que ganaba medallas, aquellas de las que concedían becas. Su amiga Sophie también hacía atletismo y tenía seis hermanos.

—Son mormones, ya sabes.

Mika no sabía, pero sonrió como si lo hiciera. Antes de que se percataran, ya había transcurrido una hora. Su conversación se apagó un poco.

—¿Podemos hablar otro día? —preguntó Penny.

—Me encantaría —le contestó Mika, y lo decía en serio. Al principio, sus expectativas no habían sido demasiado altas, pues solo quería confirmar que Penny estaba bien y que su familia la quería. Que no le había arruinado la vida. Solo que, en aquel momento, ya no podía contener sus deseos de hablar con su hija de nuevo. Era algo inherente a los humanos el siempre querer algo más.

—Seguimos en contacto —dijo Penny, alzando el índice mientras Mika se disponía a terminar la llamada.

Mika se detuvo, sin entender el movimiento.

—¿Cómo dices?

—Es algo que mi madre... —Penny miró hacia abajo y sus pestañas proyectaron sombras en media luna sobre sus mejillas. Luego alzó la mirada y observó a Mika con atención—. Es algo que hacíamos antes. Estirábamos el índice y lo chocábamos. Es una tontería...

—No es ninguna tontería —le aseguró Mika, tragando en seco. Presionó el dedo contra la pantalla, y Penny hizo lo mismo—. Seguimos en contacto, Penny.

ADOPTION ACROSS AMERICA
Oficina nacional
56544 Avenida 57 O Suite 111
Topeka, Kansas, C. P. 66546
(800) 555-7794

Estimada Mika:

Espero que se encuentre bien. Adjuntos encontrará los elementos requeridos respecto a la adopción acordada entre usted, Mika Suzuki (la madre biológica), y Thomas y Caroline Calvin (los padres adoptivos) en cuanto a Penelope Calvin (la adoptada). Los elementos incluyen:

- Una carta anual de los padres adoptivos que describe el desarrollo y el progreso de la adoptada.
- Fotografías u otros recuerdos de interés.

Llámeme si tiene alguna pregunta (y lamento si el texto de arriba suena demasiado formal, es jerga jurídica, ya sabe).

Saludos cordiales,

Monica Pearson
Coordinadora de adopción

Querida Mika:

No puedo creer que ya hayan pasado seis años desde que Penny llegó a nuestras vidas. El tiempo ha pasado volando. Penny ha crecido muchísimo. Es una niña precoz y muy atlética. ¡El otro día casi le ganó a Thomas en una carrera! Creo que, si proyectáramos su cerebro en una pantalla, lo único que veríamos es: «Preparados, listos, ¡ya!».

Hace un mes, nos dio un pequeño susto. Dejó de responder cuando la llamábamos. El pediatra nos derivó a un audiólogo, y nos pasamos una tarde entera en el hospital infantil. Le hicieron un montón de pruebas, le pusieron unos cascos enormes sobre las orejas y le pidieron que presionara botones cuando oyera determinados sonidos. Luego esperamos los resultados en una salita. Estábamos tan nerviosos... Thomas no dejaba de mover la pierna e insistir en que debíamos llevar a Penny a California. Estaba buscando especialistas en su teléfono cuando llegó el audiólogo. «Todas las pruebas de Penny han salido bien. Parece que vuestra hija tiene sordera selectiva», nos dijo, haciendo énfasis en *selectiva*.

En el aparcamiento, nos esforzamos por poner nuestras expresiones más serias y hablamos con Penny sobre la importancia de prestar atención y el susto por el que habíamos pasado. Le explicamos que podríamos haber evitado todas aquellas pruebas. Dentro del coche, Thomas empezó a reír, y yo también. Lo único seguro aquí es que nuestras vidas nunca van a ser aburridas con Penny en ellas. Como siempre, te adjunto algunas fotos y también un autorretrato que hizo Penny con mostaza y un par de trocitos de pan.

Un abrazo fuerte,
Caroline

CA PÍ TU LO 5

Durante tres semanas, Mika y Penny chatearon sin cesar. Se quedaban despiertas, noche tras noche, y sus conversaciones seguían caminos que parecían laberintos. Penny le escribía: ¿Puedes hablar? Y Mika contestaba: ¡Claro! No era que no tuviese nada que hacer, sino que no estaba haciendo nada.

Celebraron los logros de la otra, en el caso de Penny con botellas de zumo de manzana y, en el de Mika, con champán. Penny ganó una carrera de *cross*, y Mika pretendió haber encontrado el espacio perfecto en el que poner una galería para el artista que quería representar. Tendrían la inauguración oficial en unas pocas semanas, y estaba tan emocionada que no podía esperar. En realidad, había estado enviando solicitudes a empleos en los que le pagaran mejor, pero aún no la habían llamado de ninguno. Con un pánico resignado, veía cómo el dinero desaparecía poco a poco de su cuenta bancaria. Penny cortó con su novio, Jack, después de que él no dejara de insistir en pasar el rato en lugares que tuvieran colchón. Cuando Penny le preguntaba sobre Leif, Mika le contaba que la había invitado a una cena romántica, de excursión, a un museo…

Con cada mentira, Mika iba pintando su vida de colores brillantes: un trabajo exitoso, un novio que la quería. Sentía como si hubiese vivido los últimos dieciséis años en exilio, pero, con Penny, había desembarcado de su anterior vida y había subido a bordo de un nuevo barco rumbo a un destino con el cual siempre había soñado, pero que nunca había conseguido alcanzar. Siguiente parada: amor, trabajo, familia, un hogar. Una vida que podría haber tenido antes de tener a Penny, antes de dejar de pintar. Todo ello hacía que Penny se sintiera bien. Y Mika también, pues era mucho más sencillo hablar de las cosas que una quería que pasaran. Por primera vez en mucho tiempo, se sentía contenta. Realizada.

—Puaj, parece que Charlie ha dejado que Tuan escogiera la música de nuevo —se quejó Hana al llegar a la puerta principal recién pintada de la casa de Charlie. Aquella noche celebraban una fiesta en honor a la casa que Charlie y Tuan se acababan de comprar.

La pareja se había mudado hacía un mes. Mika y Hana habían ayudado a preparar la casa para su debut y habían participado en decisiones importantes como qué cuadro colgar sobre la chimenea, en qué disposición debían situarse los muebles e incluso haciendo una limpieza con salvia por toda la casa cuando habían visto que las luces de la cocina no dejaban de parpadear. Tuan había llegado a casa para cuando estaban terminando de sahumar las esquinas del salón.

«¿Habéis revisado la bombilla?», les había preguntado.

«Pues claro, Tuan», le habían contestado. «Eso es lo primero que hemos hecho. ¿Nos tomas por tontas?».

Cuando Tuan se marchó para dar un paseo en bicicleta, Charlie cambió la bombilla y acordaron no hablar del tema nunca más.

A través de la puerta, Mika podía oír los tonos bajos y lentos de las canciones de R&B que a Tuan le gustaba poner para las fiestas y, según Charlie, también para hacer el amor después. Había ciertas cosas que Mika preferiría no saber nunca en la vida. Además de la música, también podía oír el murmullo de las conversaciones y el tintineo de las copas. La fiesta estaba en pleno apogeo, y, cómo no, Mika y Hana habían llegado tarde.

Oyeron pasos rápidos detrás de ellas, en la acera.

—¡Mika! ¡Hola! Lamento la tardanza, el tráfico era una mierda. Aunque no tan horrible como en Los Ángeles. —Hayato iba vestido con una camisa y pantalones de vestir y llevaba su tarjeta identificativa aún colgada al cuello. Sobre su nombre y cargo destacaba el conocido *swoosh*, y bajo el brazo llevaba una botella de vino.

—¡Has podido venir! —Mika y Hayato habían continuado escribiéndose desde aquel día en la iglesia. Habían pasado todo un sábado intercambiando historias sobre sus madres japonesas y habían hecho una lista con los aspectos que tenían en común: ambas se negaban a usar el lavaplatos, les preparaban *bento* muy elaborado para la comida... ese tipo de cosas. En aquel momento, Mika le dio un abrazo a Hayato y luego se giró para presentárselo a Hana—. Hayato, esta es Hana. Hana, Hayato.

Ambos intercambiaron saludos.

—Qué graciosa —dijo Hayato, señalando la planta que Hana llevaba en las manos. El regalo que Mika y Hana habían escogido para aquella ocasión era una suculenta agave, cuya maceta rezaba: QUÉ CASA MÁS SUCULENTA.

—Veinte pavos a que Charlie la pone en su habitación de invitados —dijo Hana, frunciendo el ceño.

—La habitación de invitados es donde terminan los regalos cutres —le explicó Mika a Hayato. Algunos ejemplares incluían: un retrato de veintisiete por treinta y cinco centímetros de Tuan cuando era bebé que les había regalado la madre de él, una cruz gigante de cristal que también servía como contenedor de flores secas aromáticas que les había dado la madre de Charlie y una guitarra acústica, un regalo que se había hecho Tuan a sí mismo. También había un conejito de peluche de orejitas extrasuaves que habían guardado en el armario. Charlie lo había encontrado en una tienda para niños. Se había encogido de hombros y había murmurado: «Para algún día». Hiromi adoraba a Charlie, pues esta hacía todo del modo correcto y en el orden ideal. En cuanto había terminado su carrera universitaria, había continuado sus estudios con un máster en Educación. El día en el que había conseguido un trabajo, Tuan le había propuesto matrimonio. Se habían casado un año más tarde. Y un año después de aquello, habían comprado aquella casa y estaban planeando tener una familia.

«¿Por qué no puedes ser como tu amiga Charlie?», le solía preguntar Hiromi. *Ser* era la palabra favorita de Hiromi cuando estaba cerca de Mika. «Sé buena», le ordenaba su madre, con su aliento rancio, cuando Mika era pequeña y lloraba. «Sé una bailarina», le decía cuando la preparaba para sus clases de *odori*, ajustándole el *obi* alrededor de la cintura hasta que no podía respirar. Sé. Sé. Sé. Sé algo por mí. Sé algo que no eres.

Hayato se rio y su mirada se posó sobre la puerta y la aldaba de hierro que había en ella. Se quitó la tarjeta identificativa y se la metió al bolsillo.

—¿Esta es la casa de tu amiga? Es muy chula. ¿Estás segura de que no hay problema con que vaya con vosotras? —le preguntó. La casa era preciosa. La habían construido en 1909 en un solar esquinado y desde entonces la habían reformado tanto por dentro como por fuera. Un enorme porche envolvía la vivienda, adornado con sillas de exterior de marca Adirondack y con ventanas de vidrio emplomado que eran el centro de atención de la parte delantera. Charlie y Tuan habían pasado horas arreglando el jardín y escogiendo plantas de la zona noroeste del Pacífico: hierba alta, arces y helechos frondosos.

—Ningún problema —le dijo Hana—. Charlie es increíble. Está casada con Tuan, y él es un encanto. Están muy enamorados. —Hana llevó la mano al pomo de la puerta y la abrió. La luz del interior iluminó el porche. Se detuvo un segundo y bajó la voz hasta susurrar—: Eh, si alguno tiene hambre, he traído sándwiches en el bolso.

—¿Has traído sándwiches a la fiesta de nuestra mejor amiga? —le susurró Mika en respuesta, mientras entraba junto a Hana y Hayato ingresaba detrás de ella. La puerta se cerró a sus espaldas.

—Sabes que nunca pone suficiente comida en estas cosas —dijo Hana, y Hayato la miró, divertido.

Desde el otro extremo del salón, Charlie, rubia y de grandes ojos marrones, se dirigió hacia ellos.

—¡Ya estáis aquí! —Hana y Mika habían conocido a Charlie en su primer año en la universidad. A Charlie le podían los marginados, lo cual era la razón por la que se había sentido atraída hacia ellas. Y, por supuesto, ellas la habían seguido como si fueran patitos.

Charlie había vivido frente a ellas, y, al igual que para el resto de la residencia de estudiantes, Mika le parecía fascinante: embarazada en la universidad y viviendo en la residencia. Al día siguiente de volver del hospital, Mika había empezado a producir leche. Charlie las había visto en el baño, llenando el sujetador de Mika con papel higiénico.

Mika había sido una tonta al creer que, tras firmar los papeles de la adopción, todo lo demás desaparecería y todo volvería a la normalidad. En su lugar, todo había ido a peor. La leche era la señal que le daba su propio cuerpo. Dar a su bebé en adopción no era un proceso natural.

«No puedo hacer que pare», había dicho Mika, entre lágrimas.

«Deberías comprarte unos protectores de lactancia», le había sugerido Charlie, con mucha calma y su neceser en la mano. «Mi hermana tuvo un bebé el año pasado y eso fue lo que usó». Tras ello, Charlie había llamado a su hermana y le había preguntado cómo hacer que Mika dejara de producir leche.

En el salón de su nueva casa, Charlie, que repartía abrazos casi por vocación, envolvió entre sus brazos a Mika, luego a Hana y, por último, a Hayato.

—¿Eres el amigo de Mika de la iglesia? Mika me comentó que te acabas de mudar aquí —le dijo Charlie a Hayato, estrujándolo. Si bien era bajita, tenía una fuerza sorprendente. Acudir a clases de *spinning* tres veces por semana y de Krav Maga dos veces por semana podía hacerle eso al cuerpo humano—. ¿Te interesa hacerte con una cruz gigante de cristal que también funciona como contenedor de flores secas aromáticas? A lo mejor queda bien en tu casa.

Hayato escondió una tos con la mano.

—No es precisamente mi estilo, pero gracias de todos modos.

—Jolín —se quejó Charlie, haciendo un puchero.

—Disculpa por eso —le dijo Mika a Hayato.

Charlie se encogió de hombros, como si no hubiera perdido nada por intentarlo.

—¡Felicidades por la casa! —le dijo Hana mientras le entregaba la planta.

Charlie la estudió mientras Mika recorría la isla de marfil con la mirada. Había montones de alcohol acompañando a un buffet un tanto simplón de aperitivos: hamburguesitas en pan brioche, brochetas de fruta, algunas verduras y salsas. Mika sabía que en algún lugar de la alacena había una lata de Pringles con sabor a salsa ranchera y postres con una cantidad irresponsable de mantequilla para cuando todos se hubieran marchado. Entonces ellas tres se acomodarían en el sofá y Tuan rescataría su guitarra de la habitación de invitados y tocaría la única canción que sabía: «Stairway to Heaven».

—Tuan —lo llamó Charlie—, ven a ver el regalo que nos han traído Hana y Mika.

Tuan se dirigió al grupo. Era vietnamita, más bien alto, de cuerpo atlético y una melena oscura que constantemente se echaba hacia atrás.

—Hola, soy Tuan —se presentó mientras le estrechaba la mano a Hayato.

—Sé exactamente dónde poner esta planta —dijo Charlie, dándose un golpecito en los labios—. La habitación de invitados necesita una planta, ¿no crees? —le preguntó a su marido.

—No sé —contestó él, apartándose el pelo de la cara—. ¿Quizás sobre la chimenea?

Charlie fulminó a su marido con una mirada que decía «voy a darte un puñetazo donde más duele», y Tuan esbozó una media sonrisa antes de besarle la nariz a su esposa.

—La casa está increíble —opinó Mika.

—¡Gracias! —dijo Charlie, dedicándole a Mika la sonrisa más brillante de todas. Era una casa de concepto abierto. La cocina presumía de sus electrodomésticos de acero inoxidable pulido hasta brillar y de sus encimeras de marfil. Un sofá gris con forma de ele dominaba el salón. Un leño ardía en la chimenea. Las luces se controlaban mediante reguladores para atenuarlas y crear el ambiente ideal. El de aquella noche tenía unas luces suaves y cálidas, con un toque de romance. Había vinos y cervezas de distintos lugares del mundo. En otros tiempos, Mika solía beber cerveza. Aunque, desde la universidad, no lo había hecho nunca más. Para nada, aquellos días con barriles de cerveza y los típicos vasos rojos de las fiestas habían pasado a la historia. Pasó al lado de las botellas marrones y se sirvió una saludable copa de vino, tan grande como para hacer desaparecer cualquier recuerdo desagradable.

● ● ●

Dos, tres o cuatro copas de vino después —¿qué más daba?—, Mika estaba sumida en una conversación con Hayato. Estaban sentados en el sofá, cerca el uno del otro, mientras Hana bailaba una canción lenta con uno de los compañeros de Tuan unos metros más allá. Hayato le había estado contando sobre su trabajo, sobre cómo creaba materiales de marketing y diseñaba zapatos para Nike.

—¿Y tú a qué te dedicas? —le preguntó Hayato, mientras hacía girar el vino en su copa.

—Por desgracia, no tengo trabajo —contestó Mika, con un ademán con la mano para quitarle importancia.

—¿No?

—No pasa nada, estoy bien —añadió, al oír su tono compasivo. Tenía el dinero de sus padres.

—¿Dónde has estado buscando?

Mika bebió un sorbo de su vino; el chardonnay se estaba calentando porque se negaba a soltar el vaso.

—En ningún sitio espectacular. —En las pocas semanas que llevaba buscando trabajo, no había encontrado ninguno que le pareciera siquiera llamativo—. Pero he decidido tomármelo como una nueva oportunidad. Ya sabes, cuando una puerta se cierra, otra se abre.

—Qué buena actitud —la felicitó Hayato—. Échale un vistazo a Nike y, si alguno de los puestos que ofrecen encaja con lo que haces, estaré encantando de recomendarte.

—Guau. Muchas gracias, eso estaría genial —le dijo, agradecida, aunque con dificultades para imaginárselo. El momento se alargó en un silencio, y Mika apoyó la cabeza en el respaldo del sofá para observar el techo. Pensó en Hana y su carrera, en Charlie y su matrimonio. En cómo las piedras que eran sus amigas parecían haber llegado al otro lado del río.

—¡Oye, Mika! —La voz de Charlie atravesó la habitación—. Tu teléfono ha estado sonando como loco. Toma. —Le lanzó el aparato a Mika justo cuando este dejó de sonar. Tenía tres llamadas perdidas de Penny.

—Discúlpame un segundo —le dijo a Hayato antes de levantarse del sofá y escabullirse por la puerta trasera. Penny le había dejado dos mensajes de voz. Mika tiritó en aquella fría noche de primavera y se apretó el teléfono contra la oreja para escuchar el primer mensaje de Penny.

¡Hola! Soy yo, llámame en cuanto escuches este mensaje. Tengo una sorpresa para ti.

Y el segundo mensaje:

Bueno, no puedo esperar más, que me va a dar algo. ¿Recuerdas que te conté que mis abuelos me habían enviado un cheque de quinientos dólares cuando cumplí los dieciséis y que estaba tratando de pensar qué hacer con él? Una pausa, quizás para que Penny recuperara el aliento. A menudo, Mika solía encontrarse a sí misma sin aliento tras hablar con su hija. *Iba a guardarlo para comprarme un móvil nuevo, pero entonces se me ocurrió una idea estupenda: ¡voy a ir a visitarte para mis vacaciones de primavera!*

Mika apoyó una mano en la valla para mantener el equilibrio. Portland no solía tener muchos terremotos, pero estaba segura de que algo había hecho sacudir el suelo.

Penny siguió hablando.

¡Nos veremos cara a cara en dos semanas! No puedo creer que haya comprado un billete. Es que no me lo creo. Madre mía, mi padre se va a arrepentir de haberme dado mi propia tarjeta de débito. Pero no te preocupes, se lo contaré esta noche. ¡No puedo creer que vaya a ir a verte! Me muero de ganas de ver tu casa y tu galería. Voy a estar allí sin falta para la gran inauguración. ¡Y quiero conocer a Leif! Un chillido. Un chillido de verdad. *¡Qué nervios!*

Mika escuchó el mensaje de voz tres veces más. Las palabras en él no cambiaron, pero sí que se hundieron tanto en ella que le dieron ganas de vomitar. Su mentiroso corazón se retorció una vez en su pecho y luego otras más de pura culpa. Ay, madre. Penny iba a ir a Portland. Penny, a quien tanto quería. Penny, quien creía que Mika era una persona completamente distinta. Mika alzó la vista al cielo y esperó que unas nubes de tormenta se estuvieran acercando, que unos hombres de torsos desnudos surcaran los cielos a lomos de caballos enormes. Pero no había nada extraño. Todo iba bien, y sin duda no era el fin del mundo. Se alegró de ver que ella era la única metida en un lío de proporciones bíblicas.

CAPÍTULO 6

Mika entró como un bólido a la casa. Primera parada: Hana.

—Disculpa —le dijo a la mujer de pelo azul con la que Hana estaba bailando tranquilamente antes de arrancarla de su lado y llevársela del brazo.

—¡Oye! —La mujer torció el gesto—. Me has dicho que estabas soltera.

—Y lo estoy —se excusó Hana, de forma avergonzada.

El pánico parecía subir poco a poco por la columna vertebral de Mika. Las palabras que había escuchado en el mensaje de Penny brillaban en su cerebro como las señales que le avisaban a uno que un precipicio estaba cerca. «Voy a ir a verte. Dos semanas».

—Emergencia. Código rojo. Te necesito —le dijo a Hana.

Hana alzó una ceja.

—Qué curioso. Lily…

—Me llamo Lola. —La mujer de pelo azul frunció aún más el ceño. Hayato seguía en el salón y en aquellos momentos estaba en medio de una animada conversación con Tuan y otros tipos más.

—Lola —se corrigió Hana, dedicándole un gesto con la cabeza—. Fue bonito mientras duró.

Entonces se marcharon, con Mika a la cabeza guiándolas hacia la habitación de Charlie. Una vez dentro, cerró la puerta y dejó todo el sonido de la fiesta en el exterior.

—Escucha esto —le dijo a Hana, subiendo el volumen de su teléfono. Reprodujo el mensaje de Penny y dejó el aparato sobre la cama matrimonial. La dulce voz de Penny llenó la habitación a oscuras. Mientras escuchaban el mensaje, Mika sintió un retortijón en el estómago. Debería haber sabido que algo así iba a suceder. Tenía años de experiencia con cosas que iban bien, hasta que, de pronto, ya no. No había nada seguro.

—Penny viene de visita, ¡qué bien! —exclamó Hana. Luego, ante la expresión de Mika, añadió—: ¿O no es bueno? —Hana frunció el ceño—. Espera, ¿ha dicho algo sobre tu galería? ¿Y qué era eso de Leif?

Mika se sentó en la cama. O se dejó caer, en realidad. Se rodeó las rodillas con las manos y flexionó los dedos, pero aquello no ayudó.

—Ahí es donde necesito tu ayuda. Puede que haya maquillado la verdad en nuestras llamadas. —Juntó el índice y el pulgar hasta que estos casi se tocaron—. Un poquito.

Hana entrecerró los ojos.

—¿Cómo de poquito?

—Pues… —Mika se pasó una mano por la manga, mientras notaba que empezaba a sudar de nuevo— le dije que me gradué de la universidad en la carrera de Historia del Arte. —Hacía mucho mucho tiempo, había soñado con terminar la carrera de Arte y viajar de mochilera por toda Europa y Sudamérica. En su lugar, se había graduado en Negocios y había tardado siete años en hacerlo, en lugar de los cuatro que solían ser.

—Vale… —La expresión que tenía Hana hacía parecer que las cosas no eran tan malas.

Mika se mordió el interior del labio.

—Con honores.

Hana soltó una carcajada. *La muy atrevida.*

—Ya, ¿y qué más?

—No sé. Que tenía mi propia casa y galería de arte, que viajaba por el mundo y tenía un novio superexitoso. Creo que también le dije que iba en bici a todos lados.

Hana alzó aún más las cejas.

—Así que, básicamente, le has mentido como una bellaca.

—Prefiero decir que he maquillado la verdad, como te decía.

—Pero... ¿por qué? —preguntó su amiga, con una expresión confundida.

Mika suponía que a Hana le costaba entender lo que estaba pasando. Más allá de ser una terrible ama de casa, Hana no tenía nada que esconder. Tenía un trabajo increíble y las mujeres casi se le lanzaban encima. ¿Cómo podía explicárselo?

—¿No me juzgarás? —le pidió.

—Sabes que no —le aseguró ella al instante.

—Es quien quiero ser. Quien pensaba que podría ser... antes. —En la ficción había una especie de lugar seguro para la esperanza. Las posibilidades eran infinitas. Su vida podía ser diferente. Podía tener una cronología más positiva. Si tan solo... Si tan solo... Además, quería darle a Penny lo que había tenido que delegar a Caroline hacía dieciséis años: una buena madre. Una madre adecuada.

—Ay, Mika —suspiró Hana. Finalmente, se puso de pie y se dirigió a la puerta como si fuera a marcharse.

—¿A dónde vas? —El pánico pareció atravesar a Mika con un cuchillo *santoku*.

Hana se volvió hacia ella.

—Voy a buscar a Charlie. Vamos a necesitar refuerzos.

● ● ●

Algunos minutos después, Charlie, Mika y Hana estaban sentadas en el cuarto de baño de Charlie, porque a Hana se le ocurrían las mejores ideas en el baño.

—¿Le dijiste que estuviste entre bastidores para el estreno de *Hamilton*? —le preguntó Charlie. Estaba sentada sobre la tapa cerrada del váter, con su portátil y una hoja de Excel abierta. Y, porque

Charlie era Charlie, había decidido clasificar las mentiras de Mika por categorías: Universidad y trabajo, Pasatiempos, Vida amorosa, etc.

Mika frunció el ceño.

—No es como si le hubiese dicho que formé parte del equipo de producción. Solo que Leif nos llevó a Nueva York y me sorprendió con pases para ir entre bastidores y conocer al elenco en el estreno.

—Qué específica —comentó Hana, bien acomodada en la bañera con patas y con una copa de vino en la mano.

—El truco está en los detalles —le contestó Mika.

—Lo pondré en Pasatiempos —dijo Charlie.

Se escuchó un grito desde el salón. Parecía que ya habían empezado con los juegos de mesa.

—¿Estás segura de que no deberías estar allí fuera con los tuyos? —Mika le preguntó a Charlie.

—Tú eres de las mías —le dijo Charlie sin vacilar—. Además, no pasa nada. Tuan los está distrayendo. Entiende lo que está pasando.

—Tuan es increíble. —Mika deseó tener una pareja como Tuan. Hacía un tiempo, Tuan se había apuntado a una carrera de ciclismo por toda California y había tenido la oportunidad de ganar una importante suma de dinero, pero lo había dejado porque había echado de menos a Charlie «más de lo que podía soportar». ¿Cómo sería que alguien la quisiera así?, pensó Mika, algo triste. Había creído estar enamorada alguna vez, en su primer año en la universidad. Por aquel entonces había sido tonta. Inocente. Había dejado que se aprovecharan de ella con facilidad. Sacudiendo la cabeza, Mika apartó una imagen del padre biológico de Penny de su cabeza. No, no le gustaba recordarlo.

—No te pierdes nada —le dijo Charlie, haciendo un ademán con la mano para restarle importancia—. Cada vez que salgo de la ducha, pasa por mi lado y dice: «Melones». —Alzó las palmas hacia arriba como si estuviera sosteniendo un par de globos—. Y luego yo me paso una cantidad indecible de tiempo tratando de que se golpee las pelotas con su propio brazo. —Sonrió, como la tonta enamorada que era.

—Concentraos —pidió Hana desde la bañera una vez más—. ¿Qué más le has dicho?

Mika rebuscó en su memoria. Otra hora transcurrió. La fiesta bajó de volumen y oyeron cómo la puerta principal se abría y se cerraba. Tuan llamó a la puerta y les dijo que él y Hayato se iban a un bar que estaba por allí cerca. La lista creció.

Universidad y trabajo
Graduada en Historia del Arte
Prácticas en un museo de arte de la zona
Trabajo en un museo de arte de la zona
Se abrió camino poco a poco hasta convertirse en curadora de
arte
Ahorró suficiente dinero para abrir su propia galería de arte
Gran inauguración (¡en dos semanas!)

Pasatiempos
Viajar (ha estado por toda Europa y Sudamérica)
Ir en bici

Vida amorosa
Novio: Leif, empresario
Leif le pide matrimonio con regularidad, pero Mika no está
lista para sentar la cabeza

Charlie se ofreció a hacer una especie de diagrama de flujo, pero Mika se negó. Finalmente, Charlie respiró hondo y cerró su portátil con un *clic* decisivo.

—En mi opinión, tenemos dos opciones.

—Vale... —dijo Mika, muy seria.

—Opción uno: le dices a Penny la verdad. Se lo confiesas todo.

Mika se lo pensó menos de un instante.

—Ya..., creo que esa opción no me vale.

—O la opción dos: creamos toda esta vida para ti.

—Te escucho —dijo Mika. Tenía un nudo en la garganta. Una especie de ansia crecía en su pecho y hacía que le doliera. Desde que había dado a Penny en adopción, había soñado con conocerla en persona algún día. Claro que la fantasía solía consistir en Mika de camino a un destino de ensueño, quizás la instalación de su primera obra de arte en el Met, con una pequeña parada en Dayton. El tiempo justo para comer algo y ver la expresión radiante y llena de orgullo de Penny al ser su hija, al ser parte de ella. Pero Penny nunca la miraría de ese modo si supiera que su vida parecía una torre de Jenga a punto de derrumbarse.

—¿Y cómo se supone que vamos a hacer algo así? —intervino Hana.

Charlie infló las mejillas.

—Bueno, la mayoría de las cosas parecen manejables. Por ejemplo, la casa...

—Mika vive conmigo —la interrumpió Hana, muy solícita.

Mika parpadeó y vio la casa de Hana en su mente. El jardín cubierto de maleza y diversas plantas con espinas. El interior de la casa lleno de cajas y pilas de revistas polvorientas. La nevera con su olorcillo tan particular. Sus niveles de vergüenza batieron récord.

—Sí, y tú vives en una casa —dijo Charlie, pronunciando cada palabra con lentitud—. O eso creo. ¿Una propiedad declarada inhabitable aún se puede considerar un hogar?

—Ay, qué risa —dijo Hana, sin un ápice de diversión.

Mika apoyó la mejilla contra la fría bañera. Le recordaba a cuando había deslizado las manos bajo las sábanas frías del hospital el día en el que había dejado ir a Penny. Parecía que el sentido del tacto tenía sus propios recuerdos. Decidió concentrarse en otra cosa. En el presente. En los aros dorados que tenía Hana como pendientes. En la maquinilla de afeitar de Tuan que se balanceaba en el filo del fregadero. En Charlie negando con la cabeza.

—Qué más da —anunció Charlie—. Digamos que es una casa. Lo único que tenemos que hacer es adecentarla. —Siempre había sido una persona optimista—. En cuanto a los pasatiempos, Tuan hace ciclismo, así que creo que él podría contarte algunas cosas, darte algunos términos que puedas usar.

—¿Y qué hacemos con el lugar para la galería de arte? —preguntó Hana. A diferencia de Charlie, Hana siempre había sido más bien pesimista.

—No lo sé —contestó Charlie—, pero ya pensaremos en algo. Y respecto a toda la situación con Leif... —Charlie hizo un mohín con los labios, pensativa. Penny había visto fotos de Leif. No era una opción que Mika contratara a un acompañante, incluso si se hubiera podido permitir sus servicios, lo cual tampoco era posible. Charlie respiró profundamente como si se estuviera preparando para invocar a alguna especie de demonio antiguo—. Deberías llamarlo.

Mika hizo una mueca de disgusto y abucheó. Leif no sabía que ella tenía una hija. Había tenido la precaución de mantener en secreto aquella parte de su vida. Y tendría que verlo de nuevo. Si fuera por ella, habría pasado con gusto el resto de sus días sin tener que volver a dirigirle la palabra a Leif.

—Pan comido —dijo Charlie. Dos palabras describían la relación entre Mika y Leif a la perfección: tierra carbonizada. Todos sus amigos sabían que no debían entrar en aquel territorio hostil salvo que quisieran salir escaldados—. Tuan lo ve cada dos por tres. —Mika no dijo nada sobre la amistad entre Tuan y Leif, pues sabía que aún eran amigos. Tuan hacía amigos con la misma facilidad con la que un perro movía la cola.

»Le va muy bien desde que legalizaron la marihuana, ha abierto su propia tienda y todo —añadió Charlie, y Mika torció el gesto. Esperaba que a Leif le fuese bien en la vida con las mismas ganas con las que esperaba contraer una ETS. Justo en aquel momento, su teléfono empezó a sonar. Un número desconocido apareció en la pantalla.

—Es de Ohio —susurró Mika, al reconocer el prefijo del estado.

—¿Es Penny? —quiso saber Hana.

—No. —Mika negó con la cabeza. Había añadido a Penny a sus contactos.

—No contestes —dijo Hana.

—Contesta —dijo Charlie.

Mika deslizó el botón para aceptar la llamada y puso el teléfono en modo altavoz.

—¿Hola?

—*Hola, ¿hablo con Mika Suzuki?*

—Sí, soy yo —dijo mientras sentía que un horrible nudo de terror se le formaba en la tripa.

—*Soy Thomas Calvin, el padre de Penny.* —Su voz era profunda e imponente. Demasiado grave y seria. Lo opuesto a la vivacidad de Penny. ¿Aquel era el hombre que estaba criando a su hija?

Mika no dijo nada, sino que se puso de pie de un salto. El vino salió disparado de su copa, y se lamió los dedos mientras continuaba balanceando el teléfono en la palma de la mano.

—*¿Hola? ¿Está ahí?* —preguntó Thomas.

—Sí, sí. Aquí estoy —respondió Mika, con las mejillas encendidas.

—*¿Puede hablar? ¿La llamo en un mal momento? Suena como si estuviera en un túnel, hay eco.*

—Estoy en mi galería.

Hana la felicitó levantando los dos pulgares.

Charlie escondió la cara entre las manos.

—*Mire, lamento llamarla así, tan de improviso. Penny me ha comentado que tiene pensado ir a verla. No sabía que habían estado hablando. Ni siquiera estaba enterado de que supiera su nombre.* —Mika hizo una mueca de dolor. *Ay, Penny, ¿qué has hecho?* No se le había ocurrido preguntarle a Penny qué era lo que sabía su padre adoptivo sobre todo ello, qué pensaba de que ellas dos estuvieran hablando. Sus conversaciones habían estado particularmente enfocadas en ellas mismas. En las cosas que tenían en común, en cómo ambas sufrían de hambre emocional: cuando estaban contentas, tristes o aburridas, cualquier emoción era buena para comer pastel. En cómo a ambas les encantaban los perros, pero eran alérgicas, incluso a aquellos que mudaban menos pelo. Habían bloqueado al resto del mundo, como si solo existieran ellas dos—. *Perdone, pero es que me ha sorprendido muchísimo. Penny no suele ocultarme cosas. Y ahora ha comprado un billete de avión para Portland. Me... bueno, me preocupa que no se lo haya pensado bien.*

—¿Qué tiene que pensarse? —preguntó Mika, inmediatamente a la defensiva. Tenía las mejillas encendidas debido a sus inseguridades. ¿Acaso Thomas la estaba cuestionando? ¿Estaba dudando de quién era? ¿De si tenía las aptitudes suficientes para ser parte de la vida de Penny? ¿Para ser su madre?

—*Todo* —contestó él, tajante—. *Se ha gastado todo el dinero que le dieron por su cumpleaños en un billete de avión y se suponía que lo iba a destinar a sus ahorros para la universidad.* —Hizo una pausa, y las palabras parecieron quedar suspendidas en el aire—. *Le diré... Le diré a Penelope que hemos hablado y que no es un buen momento para que vaya de visita. ¿De acuerdo?*

—Sí —dijo Mika.

—*Perfecto* —dijo Thomas y luego se quedó callado.

—O sea, no —se corrigió ella de pronto, y se sorprendió hasta a sí misma.

—*¿Cómo dice?* —Estaba claro que la gente no solía llevarle la contraria a Thomas.

—Lo que pasa es que justo tengo la agenda bastante libre —le dijo, contenta. Penny quería ir a Portland, y Mika quería conocerla en persona—. Me encantaría ver a Penny, poder conocerla mejor en persona.

—*¿Está hablando en serio?*

—Por supuesto.

—*Señorita Suzuki...*

—Llámame Mika, por favor.

—*Señorita Suzuki, le agradezco que quiera ayudar. Pero, con el debido respeto, no conoce a mi hija. Penelope es impulsiva, necesita que la guíen. Tenía otros planes para sus vacaciones de primavera, para hacer uso de ese dinero... Como le dije, me parece que no se lo ha pensado bien.*

«No conoce a mi hija» fue lo único que Mika escuchó. Y el comentario se clavó en ella como un puñal. Trató de esconder el dolor que sentía, de mantener un tono tranquilo.

—¿Sabes? Cuando alguien tiene mucha prisa por llegar a algún lado, normalmente es porque está intentando escapar de otra cosa.

—*¿Qué quiere decir con eso?*

—Es solo un comentario —dijo Mika, extendiendo un brazo—. Quizás es más que simple impulsividad. Quizás Penny está tratando de resolver algunas cosas. —Mika recordaba cómo había sido ella con dieciséis años. Dibujaba, pasaba el rato con Hana, buscaba la forma de tener una mejor vida. ¿Acaso aquello no era lo que hacían todos? ¿Lo que habían hecho los padres de Mika al mudarse a los Estados Unidos? ¿Lo que ella misma había hecho en la universidad? Había querido más, y lo mismo pasaba con Penny. Mika entendía a la perfección aquel tirón emocional que se sentía al buscar algo mejor, lo irresistible que podía ser.

—*Eso podría ser* —suspiró Thomas, suavizando un poquitito el tono—. *Penny... Pensaba que todo iba bien, pero su madre* —Mika tragó en seco al oír la palabra *madre*— *le escribió una carta que debía abrir cuando cumpliera dieciséis años. No me deja leerla, pero, desde entonces, ha estado actuando de un modo diferente. Este viaje... el verla, el conocerla, quizás vaya a darle más preguntas que respuestas.*

—Thomas. ¿Puedo llamarte Thomas? —Mika empezó a caminar de un lado a otro dentro del diminuto baño. Tres pasos hacia delante. Giro. Tres pasos de regreso—. Te agradezco tu preocupación, pero no voy a rechazar a Penny.

—*Si llega a ir* —Su tono cambió—, *no estará sola. Iré con ella.*

—Perfecto —dijo Mika, sintiéndose bien de una forma un tanto retorcida y con un brillo indignado en la mirada—. Cuantos más, mejor. Por favor, saluda a Penny de mi parte. Estaré encantada de conoceros a ambos. Ahora debo irme. —Mika estaba sudando. Muchísimo—. Adiós.

—*Espere...*

Cortó la llamada.

—Madre mía —dijo Charlie con un suspiro.

—Joder —exclamó Hana.

—Entonces... ¿nos quedamos con la opción dos? —preguntó Charlie, pasando las manos por su portátil.

—Opción dos —confirmó Mika, aún mirando su teléfono.

Hana alzó su copa de vino por encima de la cabeza.

—Brindemos por eso.

CAPÍTULO 7

Muchas cosas pasaron en las siguientes cuarenta y ocho horas. Penny le envió la información de su vuelo. Y luego un mensaje de texto: Arg, mi padre también viene. Pero estoy segura de que podremos sacudírnoslo de encima. Quiere que le pase tu correo. ¿Puedo? De verdad SE PASA. ¡Lo siento! Mika aceptó que le diera su correo electrónico, pues ¿qué otra cosa podía hacer? No mucho después, Thomas le envió una confirmación de que él también llegaría en el mismo vuelo que Penny. Además le envió una propuesta de itinerario, con el control de cambios activado en el documento de Word para que pudieran debatir, o mejor dicho, negociar, algún cambio de horario. Joder con los abogados.

Acordaron ciertas cosas.

Primer día (domingo): llegarían en el vuelo 3021, a las 10:21 a. m. Les llevaría unos quince minutos ir desde su puerta de embarque hasta la zona de recogida de equipaje, donde los esperaría Mika. Ya con las maletas, se irían directos a comer algo. «¿Penny insiste con los *food trucks*?», había escrito Thomas, sin comprender aquel concepto. Después de comer, Penny y Thomas pasarían la tarde descansando en el hotel y cenando porque, al parecer, Thomas era un viejo cascarrabias metido en el cuerpo de un hombre cascarrabias más joven.

Segundo día (lunes): visitarían el Museo de Arte de Portland, donde la Mika falsa había hecho sus prácticas, y cenarían en casa de

Mika, donde los acompañaría Leif, el encantador novio de la Mika falsa.

Y así sucesivamente. En su tercer día (martes): cena en uno de los restaurantes de Portland galardonado con estrellas Michelin. En su cuarto día (miércoles): comida con Hana... Y, por último, en su quinto día (jueves): la inauguración de la inexistente galería de Mika. De la que tanto le había hablado a Penny. «Tengo al mejor artista, es increíble. No puedo creer que no me lo haya quitado otra galería. ¡Qué suerte tengo!».

Mika se sentía indecisa entre el pánico y la emoción. Catorce días. Mentira, doce días. Tenía menos de dos semanas para crearse una nueva vida. Menos de dos semanas para ver a Penny en persona de nuevo. La cuenta regresiva había empezado.

Charlie y Hana le prometieron apoyarla en absolutamente todo. Despejaron sus noches y fines de semana en sus agendas para ayudarla a prepararse. Charlie incluso le iba a pedir al técnico informático de su escuela que falsificara algunas fotos de Mika alrededor del mundo. La casa, los pasatiempos, todo ello ya estaba listo. O lo iba a estar. Pero aún faltaban dos piezas: la galería de arte y Leif. De las dos, Leif parecía la opción más sencilla con la que lidiar, lo más práctico.

Solo que Leif no le contestaba las llamadas ni le devolvía los mensajes, el muy cabrón. Había intentado llamarlo media docena de veces y nada. Estaba segura de que había leído sus mensajes. La burbujita de tres puntitos aparecía y desaparecía como si estuviese pensando qué decir y luego se decidiera por un silencio pasivo-agresivo. No le dejó más remedio. Se encontraba en la avenida 23 noroeste, un distrito comercial a la moda y muy lujoso. Cuando Tuan le había dado la dirección, se había sorprendido, pues había pensado que la tienda de Leif se encontraría en algún lugar del norte de Portland, cerca del algún club de *striptease* de mala muerte llamado «Cocos y Melones». La fachada no parecía la de una tienda de marihuana. Las ventanas estaban cubiertas por pantallas de bambú beis. El nombre —Marihuana 23, nada original en la opinión de Mika— estaba escrito en letras de madera e iluminado ligeramente por debajo. Mika suspiró y abrió la puerta. *Que fuera lo que tuviera que ser.*

Un tipo enorme, blanco y con tatuajes en el cuello, estaba de pie al lado de la puerta.

—Documento de identificación —le pidió.

—Estoy buscando a Leif —le dijo Mika, rebuscando en el interior de su bolso hasta dar con su carné de conducir.

El hombre examinó su carné bajo una luz, la miró a ella, luego de vuelta al carné y, por último, se lo devolvió.

—Pregúntele a Adelle —le dijo, señalando a una chica blanca que tenía un corte con flequillo de los años cincuenta—. Ella se encarga de su horario. Si quiere comprar algo, solo aceptamos efectivo. Hay un cajero en la esquina.

—Gracias. —Mika metió su carné de vuelta en su cartera y se dirigió hacia donde se encontraba Adelle. ¿Leif era el dueño de aquella tienda? ¿Aquel cruce entre tienda de Apple y un spa? Se oía música *new age,* quizá de Enya. Unos mostradores de cristal con marcos de madera clara exponían distintos tipos de parafernalia: semillas, bálsamos, comestibles. Y había mucha gente. La tienda estaba llena de conversaciones en cuanto a lo colocado que quería estar cada uno.

—¿Quieres algo suave? —Oyó que decía un vendedor.

—Sí —contestó un chaval que iba vestido con una sudadera de la Universidad de Portland—. Solo algo para relajarme.

Adelle sujetaba un portapapeles y estaba escribiendo algo en él. Cuando Mika se le acercó, ella alzó la vista.

—¿En qué puedo ayudarte? —le preguntó. Llevaba una tarjeta identificativa con la palabra *Gerente* en ella.

—He venido a ver a Leif.

Adelle ladeó la cabeza.

—¿Tienes cita? —preguntó, masticando chicle.

—Mmm, no.

—Lo siento, Leif solo atiende con cita. Y, de todos modos, no está. —Devolvió su atención a su portapapeles. Tenía un tatuaje de un pez koi en el brazo y algunos *kanjis*.

—Qué tatuaje más guay. ¿Qué dice?

—¡Oh! —Adelle alzó la vista—. Dice *Valiente*.

Pues no. Mika había hecho un curso de caligrafía japonesa durante diez años. Aquel *kanji* significaba «comadreja».

—Mira, sé que Leif está aquí. La furgoneta a la que le hizo modificaciones para que funcionara con aceite vegetal reciclado está aparcada fuera. —Mika se enderezó, sintiéndose valiente y asertiva—. Así que, por favor, dile que la mujer que le solía afeitar la espalda quiere verlo.

Adelle abrió la boca y luego la volvió a cerrar. Hizo una burbuja con su chicle y luego levantó el teléfono y le dio a un botón.

—Hola, sí, perdona que te moleste, hay alguien aquí que quiere verte. —Le echó un vistazo a Mika—. Asiática, bajita, algo enfadada... Vale. —Cortó—. Puedes pasar —le dijo, señalando una puerta blanca que tenía un cartel que rezaba ACCESO EXCLUSIVO PARA EMPLEADOS—. Su oficina es la última de la derecha.

Mika se acomodó la tira del bolso sobre el hombro.

—Un placer conocerte —le dijo y cruzó la puerta antes de que Adelle pudiera responderle.

La puerta de la oficina de Leif estaba entreabierta. No se molestó en llamar, y él no se molestó en ponerse de pie. Mika se concentró primero en la oficina, aunque no había mucho a lo que mirar. Era bastante sencilla, con un escritorio blanco y un ordenador enorme. No tenía ventanas. Al quedarse sin nada a lo que prestarle atención, su mirada se posó en Leif.

Este se recostó en su silla y acomodó su gran figura. Su nueva y delgada figura. Su estómago y rostro redondeados habían pasado a la historia. En aquellos momentos, sus mejillas eran angulosas y se encontraban bajo una barba de algunos días, se había cortado su largo cabello rubio y lo llevaba despeinado a propósito. El corazón de Mika se detuvo por un instante. La primera vez que la había besado, le había pedido permiso para hacerlo. Con unas manos amables que se dedicaban a la jardinería, le había sujetado las mejillas. «Quiero besarte en este instante, ¿puedo?», le había dicho.

—Pero qué ven mis ojos. —Su voz interrumpió los recuerdos de Mika—. Mira quién ha decidido honrarme con su presencia.

—Dale —lo saludó con su nombre real. Aquel que él odiaba—. Me alegro de verte.

Sus labios se alzaron en una sonrisa pícara y revelaron unos dientes más blancos de lo que ella recordaba.

—Mik —le devolvió el saludo, con el apodo que ella detestaba. Se parecía demasiado a Mickey—. Ya me gustaría poder decir lo mismo.

Ella fingió una sonrisa, y él la imitó, en una especie de duelo. Mika entró en la oficina, sin amedrentarse, y se sentó en una silla.

—Ponte cómoda —le dijo Leif, burlón.

—El lugar es bonito —comentó, algo tensa.

—Yo mismo me encargué de la construcción. —Sacó pecho, orgulloso—. Los paneles solares del tejado hacen que nuestra factura de la luz no llegue ni a cien dólares al mes. También somos una empresa de cero residuos, lo compostamos casi todo.

—Vaya. Qué diferencia en comparación con cuando dormías en un futón y jugabas disc golf todo el día. —Hizo una pausa y alzó la cabeza, altiva—. He estado tratando de ponerme en contacto contigo.

—Lo sé. Te he evitado a posta. —Se reclinó más en su asiento y separó las piernas. *Capullo.* Aquel no era su Leif. Su Leif veía *The Blair Witch Project* colocado y en ropa interior. Lo que mejor lo representaba era su falta de confianza en los bancos, las casas pequeñitas y el dar toques a una pelotita de tela. Su Leif odiaba a Ronald Reagan, comía burritos en la bañera y tenía un amigo al que llamaba Mostacho y cuyo verdadero nombre desconocía. Su Leif siempre se aseguraba de dejar la puerta principal bien cerrada, y también las ventanas, en especial porque temía que alguien le fuera a robar su alijo. Aquello hacía que Mika se sintiera segura, y tampoco le importaba que a ella le gustara dejar la puerta de la habitación abierta cuando lo hacían. «Una de sus particularidades», había pensado siempre Leif, como el hecho de que detestara la canción *Return of the Mack* (pues ¿a quién no le gustaba aquella canción?). Y, cada vez que la despedían de algún trabajo, su Leif se ponía ropa que le iba demasiado pequeña y bailaba por todo el piso cantando «un gordo metido en un abrigo pequeñito». El Leif que tenía frente a ella era el nuevo Leif. El nuevo Leif iba vestido con tejanos hechos a medida, se ponía montones de pulseras de cuero y bebía jugo verde. El nuevo Leif probablemente dedicaba la mayoría de su tiempo a hacer ejercicio mientras le sacaba brillo al resentimiento que le guardaba a su exnovia como si este fuera una daga malvada.

—Necesito pedirte un favor —pidió ella, suavizando el tono.

—No —le dijo él, sin vacilar.

Mika esperó a que dijera algo más. Y siguió esperando, pero nada pasó.

—Que tengas un buen día. —Leif levantó el móvil de su escritorio y se dispuso a distraerse con él.

—Leif. —Mika hizo un esfuerzo por mantener su voz firme—. Me lo debes. Por Puerto Rico.

Leif dejó el teléfono y apoyó una mano sobre su pecho cubierto por una delgada camiseta. ¿Acaso Leif tenía pectorales?

—¿Te lo debo? —El tono alto que adquirió su voz hizo que Mika diera un respingo—. ¿Y por qué?

La rabia atravesó a Mika de manera tan violenta y caliente como la electricidad.

—Transporté drogas por ti —siseó. En el aeropuerto, Leif le había pasado la bolsita de drogas, con los ojos brillantes de alguien que había descubierto algo nuevo y completamente desconocido, algo que iba a revolucionar el mundo tal como lo conocían. «Solo ponlas en tu bolso, cari. Venga, esto podría ser la clave para que despegue mi negocio. Una nueva cepa. Podríamos hacernos ricos». Y ella lo había hecho. Empapada en sudor durante todo el viaje y en la cola de aduanas.

—Semillas —la corrigió él, como si lo hubiese ofendido. Como si ella estuviera exagerando—. Solo eran semillas. —Se pasó una mano por el pelo y sacudió la cabeza, tratando de concentrarse.

Cuando habían vuelto a casa de su viaje, Leif había estado de mal humor y con mala cara.

«Nunca has apoyado mis sueños», le había dicho.

«Pero si he transportado semillas por ti», le había contestado ella, sin poder creerse lo que le estaba diciendo.

«Pero no querías hacerlo. No creo que pueda estar con alguien que no esté de mi lado».

«¿Estás de coña?», había explotado ella. «¿Estás cortando conmigo porque he transportado las drogas, pero no quería hacerlo?».

Las cosas se habían salido de control desde aquel comentario. Quizás ella había terminado acusando a sus padres de ser primos. Y, cuando aquello no le había afectado demasiado, había dicho que sus sueños eran una estupidez.

«¿Por qué te ponen tanto las casitas diminutas?», le había preguntado, mientras metía su ropa en bolsas de plástico con la fuerza de un huracán. Ya había llamado a Hana para que pasara a buscarla. «Jamás abrirás una tienda de marihuana. Es una tontería. Tienes treinta y dos años y sigues soñando con imposibles».

«Al menos tengo sueños», le había contestado él.

Mientras se preparaba para salir, Mika había metido en su bolsillo las semillas que Leif tanto apreciaba y luego se había grabado a sí misma tirándolas al váter. Le había enviado el vídeo a Leif y él le había contestado con una sola palabra: Zorra. A lo que ella había contestado: Vete mucho a la mierda y no vuelvas más, Leif. Y así habían acabado las cosas entre ellos.

Mika tenía las mejillas sonrojadas por la vergüenza y se pasó las manos por las rodillas, nerviosa.

—Mira, lamento haber insinuado que tus padres eran primos...
y todo lo demás. Ahora me doy cuenta de lo poco adecuados que
éramos el uno para el otro. —Su relación había sido como un accidente de tráfico leve. Se habían chocado y habían terminado juntos
de un modo que ninguno de los dos había pretendido. No estaban
hechos para durar mucho tiempo juntos. La mayor parte del tiempo, Leif había estado colocado (a veces incluso con pastillas). Mika
se había negado a abrirse de manera emocional. Él no sabía sobre la
existencia de Penny, pero su hija siempre había sido una presencia
entre ellos, como un plato de cristal. Él lo había notado de tanto en
tanto: cuando Mika se quedaba en silencio, cuando se quedaba ida
mirando una olla o sartén y quemaba la comida. Pero Mika no lo-
graba aunar fuerzas para contárselo. Para dejar que viera toda la
oscuridad que guardaba dentro de ella. ¿Qué iba a pensar de ella? En
cualquier caso, Leif no quería sentir, y Mika ya se había vuelto in-
sensible. No se había sentido viva desde... bueno, desde hacía muchísimo tiempo.

—En eso tienes razón —admitió él, negando con la cabeza en
un gesto de arrepentimiento.

Se quedaron sentados en la oficina durante unos instantes. El
silencio, pesado y espeso, se asentó entre ellos.

—Necesito tu ayuda —dijo Mika finalmente. Había llegado el
momento de rogar, y se le había hecho un nudo en el estómago. Él
la tenía justo donde quería: derrotada y ondeando una bandera
blanca. Si le decía que no de nuevo, tendría que ir a casa e idear
alguna historia que contarle a Penny. *Leif ha sufrido un accidente en
medio del mar. Está perdido y lo han dado por muerto. Es una tragedia,
pero lo superaré. ¿Conoces a algún hombre de treinta y tantos que esté
soltero?* El problema era que Mika quería que Penny la viera junto
a Leif. Quería que viera que alguien la quería. Que merecía su
afecto—. Hace dieciséis años di a una bebé en adopción. —Las
palabras salieron de su boca antes de que pudiera impedir que lo
hicieran.

Mika lo observó con atención y trató de leer su expresión. El músculo de su barbilla se puso en movimiento. Tras un largo rato, Leif se puso de pie de improviso y recogió sus llaves del escritorio.

—Leif, por favor. —Ella también se puso de pie y le bloqueó la salida.

—Venga, Mika —le dijo él, mirándola desde arriba. Su voz era suave y demasiado amable—. No he comido. Vayamos a comer algo, yo invito.

Mika se quedó sin palabras. No sabía qué hacer con aquel nuevo Leif. No sabía qué hacer consigo misma.

—Vale —contestó, insegura.

—Ya me lo imaginaba —dijo él, sonriendo en un gesto que era una mezcla entre el antiguo Leif y un libertino—. Nunca le dices que no a una comida gratis.

Cómo odiaba cuando tenía razón.

● ● ●

Leif llevó a Mika a un restaurante a algunas calles de donde se encontraban. Ella pidió una ración doble de tortitas con tocino de acompañamiento. Él, una ensalada sin aliñar, y pareció confundido cuando le dijeron que no servían caldo de huesos. Mientras comían, Mika le contó sobre Penny, sobre las mentiras. De cabo a rabo. Cuando terminaron de comer, Leif levantó su vaso de agua, empezó a beber y la observó por encima del borde del vaso.

—¿Y bien? —le preguntó ella, rasgando su servilleta, haciendo bolitas con los trozos y alineándolos al borde de la mesa como si fueran soldaditos.

Leif dejó su vaso sobre la mesa y se limpió la boca con una mano.

—Jolín, dame un minuto. Me has soltado un montón de información. Siempre supe que había algo que me estabas ocultando.

—Leif procesaba las cosas en voz alta—. Pensé que a lo mejor no era yo quien te gustaba, sino Hana...

Mika alzó una ceja, extrañada. Estaba hablando en serio. No podía estar hablando en serio.

—¿De verdad? ¿Eso fue lo que se te ocurrió? ¿Lo que ha estado en tu cabeza todo este tiempo? —Era una excusa tan típica de hombre: *No le gusto, así que seguro que es lesbiana*—. Por favor, dime que tu ego no es así de frágil.

Un ligero rubor inundó sus mejillas.

—Tienes razón, lo siento. Pero no todo eran cosas mías, ¿verdad? Puede que Hana no te gustara, pero confiabas en ella de un modo en el que jamás confiaste en mí.

—Supongo que tienes razón. —Mika recurría a Hana cuando las cosas se volvían difíciles. Cada año, cuando el cumpleaños de Penny se acercaba, Mika hacía las maletas. «Viaje de chicas», solía decir. Y luego se pasaba la semana en casa de Hana, sin hacer caso a las llamadas de Leif y exponiéndose a las injusticias de la vida. A aquella pena inexplicable.

—¿Y qué hay de...? Quiero decir... ¿Puedo preguntarte por el padre biológico de Penny? ¿Sabe él de su existencia?

—No tiene derecho a saber de su existencia —contestó Mika, tajante.

—Vale, vale —dijo Leif, observándola con cuidado.

—Lo que importa no es él —añadió Mika, apresurando las palabras—. Lo que importa es Penny, que viene de visita y cree que eres mi novio y que me adoras.

—Mika —dijo él, con un tono tan triste que ella tuvo que apartar la mirada o de lo contrario estaba segura de que podría con ella. La camarera les trajo la cuenta. Leif sacó un fajo de billetes y los puso en la bandeja—. Necesito un poco de aire. —Salió del restaurante, y Mika lo siguió, atrapó la puerta a su paso y salió tras él. Aquella parte de la avenida 23 no era muy concurrida. Un ciclista pasó por su lado, y luego una madre acompañada de su bebé.

—Leif —lo llamó Mika, cuando él se detuvo en la esquina—, no puedo hacer esto sin ti. —Se le formó un nudo en la garganta—. Te necesito... Necesito esto.

Leif la observó fijamente durante unos cinco interminables segundos, con la cabeza ladeada y los ojos atentos.

—Bueno —aceptó, aunque sonó a todo lo contrario—. Vale.

—¿De verdad? —Mika sonrió de oreja a oreja.

—Que quede constancia de que esto no me parece nada correcto. —Alzó los brazos, a la defensiva—. Pero si es tan importante para ti...

—Lo es. Más que cualquier otra cosa.

—Entonces dime qué tengo que hacer.

Le indicó el día y la hora, y él anoto todo en su teléfono.

—Ponte un traje o algo así. Te enviaré un resumen de todo lo que le he dicho a Penny, pero, a grandes rasgos: nos amamos con locura, voy a abrir mi propia galería de arte y tú trabajas en agricultura, pero no especifiqué qué tipo. —Hizo una pausa—. Luego puedo inventarme excusas de por qué no estás el resto de su visita.

Leif soltó un suspiro.

—Vale, hecho.

—Ah, y me llevaste a ver *Hamilton* la noche del estreno. —Otra pausa—. Y conocimos al elenco.

—Vaya.

—Fue superromántico. Me diste una sorpresa y, después de eso, nos besamos en Times Square.

—Me sorprendo a mí mismo.

Mika entrecerró los ojos.

—Todo irá bien.

Leif hizo girar sus llaves entre los dedos.

—Hay un 50 % de posibilidades de que esto te explote en la cara. —Chasqueó la lengua—. ¿Y qué harás con lo de la galería?

—Aún no he resuelto eso. He pensado que podría decirle a Penny que la están remodelando o algo.

—Va a querer verla.

—No sé. —Mika hizo un ademán con la mano—. Puedo decirle que hay asbesto o algo así. —¿Cuán fácil le resultaba mentir ya? Demasiado. Se consoló a sí misma diciéndose que todas eran mentirijillas piadosas. Lo que era real era el amor que compartía con Penny. Aquello era lo más importante.

—Puede que tenga un lugar para ti. Es un… almacén de mi propiedad. Pensé que podría usarlo como zona de cultivo, pero entonces un montón de artistas empezaron a abrir estudios en aquella calle porque el alquiler no era caro, así que decidí hacerle caso a lo que el universo estaba tratando de decirme y lo convertí en un estudio. —Mika parpadeó, sorprendida. Una zona industrial convertida en un refugio para artistas. Leif se rascó la nuca—. En cualquier caso, un amigo mío es artista y ha estado usando el almacén. Seguro que te deja exhibir sus obras si quieres.

Sin pensarlo, Mika rodeó a Leif con los brazos.

—¡Gracias! —exclamó, apretando su rostro contra el pecho de él. Todavía seguía usando el mismo jabón, aunque ya no tenía aquel exceso de grasa que envolvía su estómago. Echaba de menos sus rollitos. Una vez, le había confesado que algunos niños se burlaban de él en el colegio, que lo pellizcaban y le pinchaban los costados. Debía haberle dicho lo mucho que le gustaba su cuerpo. Que el sexo era mucho mejor cuando el otro no era perfecto, pues hacía que uno mismo se sintiera menos cohibido. Por aquel entonces no le molestaba que Leif viera sus partes poco firmes.

—No es nada. —Le devolvió el abrazo con un solo brazo.

Mika se apartó y entrecerró los ojos por culpa del sol.

—Oye, ¿recuerdas aquella vez que fuimos a Whole Foods e hiciste que la persona que nos atendía pusiera los códigos de barras a mano porque no querías que los láseres tocaran tu comida?

—Lo recuerdo. —Sus ojos brillaron con diversión.

—Eso es lo más tocapelotas que has sido nunca.

Leif dio un paso atrás.

—Voy a hacer que Adelle te envíe algo de información sobre los láseres y la manipulación de alimentos.

—Vale. —Mika ya estaba a media calle cuando se giró y gritó—: Y ya que estás, dile que el *kanji* de su brazo significa «comadreja». —Se despidió con la mano alegremente—. ¡Ve contándome lo de la galería!

CAPÍTULO 8

—¡Buenos días! —El siguiente sábado por la mañana, Mika se plantó al lado de la cama de Hana, sosteniendo un par de tazas.

Hana soltó un quejido.

—Vete.

—Arriba, tenemos mucho que hacer hoy —dijo Mika, muy animada—. Tengo toda una vida falsa que montar y solo... —Revisó su muñeca, en la que no llevaba ningún reloj— ocho días para hacerlo. Me estoy volviendo *loca*. Ah, y se te ve una teta.

Hana gruñó y se incorporó, tras lo cual se acomodó la camiseta para cubrirse a sí misma.

—Voy a ponerle pestillo a la puerta. ¿Te has puesto un mono?

—¿Te gusta? —le preguntó, posando para ella.

—No. Tenemos que encargarnos de tu armario antes de que llegue Penny. Dudo que tu estilo de chica Walmart vaya a ser suficiente.

Mika le entregó una taza.

—No te preocupes, Charlie me va a vestir con sus mejores atuendos de profesora de preescolar, dígase, mi peor pesadilla estilística. La ropa es la armadura de una mujer. O su talón de Aquiles. ¡Vamos! Estamos a punto de embarcarnos en un viaje no pagado para limpiar la casa.

Hana bebió un sorbo de su taza y lo escupió de vuelta.

—¿Qué carajos es esto?

—Es té kombucha de manzana tibio. Lo compré en el estudio de Goat yoga que hay aquí cerca.

—Es repugnante.

—Es lo que bebe la Mika 2.0. Le van los probióticos y el estilo de vida saludable. Le encanta ir en bici, en especial en esos asientos diminutos que terminan implantándose en el trasero. Esos son los que más le gustan. —Mika dejó su taza a un lado, encajándola entre la caja de una máquina para hacer pan y cuatro plantas muertas. Se agachó y recogió una camiseta, para luego sacudirla—. Esta camiseta huele a humo y malas decisiones. —Se la lanzó a Hana—. Póntela.

—Por favor, deja de referirte a ti misma en tercera persona.

—Hana se cubrió la cara con un brazo.

—Hana —exclamó Mika con fingida seriedad—. Démosle una patada a la vida en el culo pajarero.

—Dios, ni se te ocurra volver a usar ese término.

—¡Venga! Hay dónuts en la cocina.

Eso sí consiguió que Hana se moviera. Salió de su habitación vestida solo con una camiseta y sin pantalones. Se apoyó en la encimera y le dio un mordisquito a una caña.

—¿Cuál es el plan?

—Charlie y Tuan están de camino con un camión. Y también Hayato, porque no tenía nada mejor que hacer. Vamos a empezar… —Mika buscó las palabras apropiadas: *¿Exorcizando el lugar? ¿Quemándolo todo?*— despejando la zona. Luego, por la tarde, nos encargaremos del jardín. Hoy no acabaremos con todo.

Hana dejó su caña en un platito que había comprado en una subasta al otro lado de la calle. Tocó una caja y apretó una pila de revistas *Architectural Digest* con las manos. Todas tenían el nombre de su exnovia Nicole en ellas.

—No sé yo —dijo, con un dejo de necedad en su voz.

Mika apartó con amabilidad los dedos de Hana de la pila de revistas.

—Quizás deberíamos empezar con cosas pequeñas, ¿qué tal con los zapatos que hay en el horno?

Hana respiró hondo por la nariz.

—Vale, vale.

Mika obligó a Hana a ponerse pantalones, y, veinte minutos después, Charlie y Tuan llegaron en un camión verde brillante que rezaba: TRANSPORTE DE CACHARROS DE B. J. Hayato también apareció más o menos a aquella hora, con comentarios como que las mudanzas eran lo peor que había en el mundo. Decidieron no corregirlo. Hana había estado viviendo en aquella casa durante años.

Trabajaron durante todo el día. Vaciaron la nevera de un pastel de carne petrificado, leche cuajada y *kimchi* coagulado. Abrieron cajas y sacaron lo que había dentro, para luego dejar los objetos que se iban a quedar en casa sobre la mesa de la cocina —ya vacía—, y los que no, en el camión que Tuan había tomado prestado. Había más caos que cuando empezaron. Tuan instaló un soporte para bicicletas, y Charlie le trajo algo de ropa a Mika, además de ropa deportiva para cuando fuera en bici.

—Penny no va a rebuscar en mis cajones —le dijo Mika a Charlie mientras esta metía jerséis y shorts de licra en su cómoda.

Charlie le mostró un puñado de prendas.

—Estas son fajas para aumentar la confianza.

Cuando la casa se llenó de calor y empezó a agobiarlos, pasaron al exterior. Charlie se puso un par de guantes de jardinería y empezó a quitar maleza. Tuan y Hayato podaron el gigantesco roble que había en el jardín delantero. Cada otoño, de él caían tantas hojas muertas y sucias que los vecinos se quejaban.

Mika se dirigió al jardín trasero para buscar a Hana.

—Charlie quiere ir a la tienda de jardinería para comprar... ¿unas anuales? Al menos, creo que eso fue lo que dijo. Asumo que se refería a flores. ¿Quieres venir? ¿Qué haces? —Hana estaba de espaldas a Mika y tenía una manguera en la mano. Mika rodeó a Hana hasta situarse frente a ella, con el césped deshidratado crujiendo bajo sus pies—. Estoy casi segura de que ese árbol está muerto. —Hana estaba regando un arce pequeño, marrón y desnutrido.

—Nicole y yo lo plantamos, fue lo primero que hicimos al mudarnos.

—No sé si lo podremos salvar —repuso Mika, observándolo con cuidado.

Hana meneó la cabeza. Tenía un pequeño pliegue entre las cejas que delataba su tristeza.

—Haré que vuelva a la vida a base de amor.

Charlie se acercó a ellas dando grandes zancadas.

—Olvidad la tienda de jardinería —dijo, quitándose los guantes—. Estoy agotada. ¿Alguien quiere un trago?

—Iré por los vasos —dijo Hana, antes de soltar la manguera.

Para cuando el día llegó a su fin, a Mika le dolían músculos que ni siquiera sabía que tenía. Estaba tendida en la cama, observando cómo su ventilador de techo giraba en círculos perezosos, y ni siquiera había tenido la energía suficiente para quitarse los zapatos. A su madre le daría algo. La cocina y el salón eran un desastre, pero al menos ya no quedaba ninguna caja. Habían progresado. Su teléfono emitió un pitido, y Mika se estiró en la cama para alcanzarlo. Eran dos mensajes. El primero era de Leif y tenía una dirección seguido de: A Stanley le parece bien que exhibas sus obras, pero está trabajando allí esta semana, así que no podrás ir por el momento.

El otro mensaje era de Penny: ¡Qué emoción verte! Ya solo queda una semana. ¿Llamada por FaceTime mañana?

Mika contestó: Sí, mañana FaceTime. Y también estoy superemocionada. Me he pasado el día arreglando la casa para que la veas. Se le cerraban los ojos. Su teléfono sonó. Era Penny de nuevo: Ojalá no te estés esforzando mucho. Lo único que pudo hacer Mika fue reír.

● ● ●

Cinco tortuosos días después, Hana, Charlie y Mika se reunieron para cenar en la casa recién limpiada. Habían fregado los suelos, pintado las paredes, cortado el césped y plantado florecillas que rodeaban el camino a la puerta principal. Tuan incluso había reparado la grieta que había en el techo. Habían acomodado los muebles en torno a la chimenea y puesto fotos de Mika alrededor del mundo sobre el estante de la chimenea. Fotos fabricadas por el especialista en informática de la escuela en la que Charlie trabajaba. Había una cómoda butaca en la que uno se podía imaginar leyendo en un día lluvioso, y su dormitorio tenía un nuevo edredón blanco y una lamparita de cristal con una bandeja para sus joyas sobre la mesita de noche.

Las encimeras de la cocina estaban libres de cosas, y el ambiente se sentía despejado y ligero gracias a la gran ventana que daba al jardín trasero. Habían vuelto a colgar las lucecitas y habían puesto una mesa de pícnic adornada con altos floreros y velas blancas para recrear la foto de Instagram de Mika. Unos electrodomésticos nuevos y brillantes le daban un toque de elegancia a las encimeras de granito. Todo gracias a las compras nocturnas que Hana hacía en la teletienda. «Había intentado darle un hogar a Nicole», había explicado mientras los conectaban. Un delicado helecho y una orquídea blanca adornaban el centro de la mesa del comedor. Todo parecía indicar pan recién horneado y noches junto a la chimenea y días soleados preparando mermelada. El corazón de Mika se ponía contento al verlo. Podría haber criado a una bebé en aquel lugar. Podría haber vuelto a aquella casa tras viajar por el mundo o tener un mal día en su galería. El proceso le recordó a Mika sus años en el instituto, cuando solía comprar cuadros en tiendas de segunda mano, porque no podía permitirse pagar por lienzos nuevos. Los había desmontado y pintado de nuevo sobre ellos. Había creado algo nuevo. Algo mejor.

—No está mal, no está nada mal —dijo Charlie, dejándose caer sobre el sofá. Aquella noche iban a cenar *pad thai* y *pho*. Un último momento de gloria antes de que Penny llegara.

Entre bocados de fideos, Mika iba pegando fotos en un álbum de recortes para Penny. Había esparcido unas cuantas fotos sobre la mesita de centro junto a Charlie para escoger entre ellas. Hana se había portado de una manera un tanto distante durante la última hora y se había centrado en su vino, decidida a beber en lugar de cenar.

—¡Oh! ¡Esta! Tienes que poner esta —le pidió Charlie, pasándole una foto. La brillante instantánea era de Mika cuando tenía la edad de Penny; con dieciséis años y frente a un caballete, con un dibujo hecho a carboncillo a sus espaldas. Mika se frotó las yemas de los dedos y recordó el áspero carboncillo entre ellos. Poder crear algo la hacía sentirse tan bien... Aquella sensación como si algo fuese a explotar desde su interior. Volvió a dejar la foto sobre la mesa. Recordaba que Hiromi se había acercado al dibujo y lo había olisqueado. «¿De verdad lo has hecho tú? ¿No lo has copiado?», le había preguntado. Mika había dedicado gran parte de su niñez a convencer a su madre de que podía dibujar, y su primer año en la universidad tratando de persuadirla de que merecía hacerlo.

—Esta no.

Charlie frunció el ceño.

—Vale... —dijo, con cuidado. Para Charlie era un misterio el hecho de que Mika ya no pintara. Solo Hana sabía la verdad—. Eras muy buena.

Eras. La palabra clave. Todo ello, la pintura, los viajes, todo era un fantasma de una vida pasada. Algo que podría haber sido, pero que no había estado destinado a suceder.

—¿Hay alguna de mis padres? —preguntó Mika.

Hana volvió a llenarse la copa.

—Toma —le dijo Charlie, pasándole otra fotografía. Aquella era de Mika, con seis años, posando con Hiromi y Shige junto a una nueva tele. Shige la había comprado para ver a Kristi Yamaguchi esquiar en los Juegos Olímpicos. Tres años después de eso, habían visto en aquella misma tele los ataques terroristas del grupo Verdad Suprema en Japón. Hiromi se había quedado despierta toda la noche para llamar a sus familiares y llorar con ellos. En la foto, las manos de Mika estaban acomodadas correctamente frente a ella, y llevaba el clásico corte de hongo infantil japonés. Detrás de ella, Hiromi llevaba unos *mom jeans* desgastados, unas gafas de marco dorado con cristales rosa y tenía la mano apoyada sobre el hombro de Mika como si le estuviera advirtiendo que no debía alejarse de su alcance.

Mika incluyó la foto en el álbum de recortes.

—Perfecto. —Cabía la posibilidad de que Penny preguntara por sus abuelos biológicos. Mika pensaba inventarse una excusa: *Están en un crucero, quizás puedas conocerlos la próxima vez.* Solo que, a pesar de lo que Penny pudiera pensar en aquellos momentos, no habría una próxima vez. Su hija iba a ir a verla para conocer a su madre biológica, encontrar algunas respuestas y luego se mantendría ocupada con su propia vida y la acabaría olvidando. Mika sabía lo suficiente sobre sí misma como para asumir que solo podían quererla durante una temporada, no para siempre.

Había muchas fotos de Hana y Mika en el instituto. Mika se quedó mirando una. Era de ellas en el centro. Hana la estaba abrazando, y, detrás de ellas, había algunos manifestantes con carteles que rezaban: SÍ SE PUEDE. Se habían saltado las clases para asistir a la protesta de unos granjeros. Mika no había tenido ni idea de por qué estaban protestando —pues aquello solía interesarle más a Hana—, pero gritar le había sentado bien. Alzar la voz y causar alboroto. Hana la había ayudado a encontrar su voz, la cual era fuerte y poderosa. Así que pegó la foto en el álbum.

La siguiente foto que escogió fue una polaroid que Hana le había hecho. Era su primer día en la universidad y había sonreído como si se tratara del día de Navidad. Hiromi había creído que Mika estudiaría Negocios y viviría en casa, pero la intención de su hija siempre había sido estudiar Arte y vivir en la residencia universitaria.

Hana y Mika habían rellenado juntas los formularios para recibir ayuda económica y un lugar en el que vivir, y a ambas les habían otorgado una beca federal Pell. Una noche antes de mudarse a la residencia, Mika había observado el reloj hasta que este había dado las 9 p. m., pues aquella era la hora en la que Hiromi se iba a la cama. Cuando se encontraba más cansada y menos predispuesta a darle pelea. Mientras su padre apagaba la tele, Mika había calmado sus nervios y había anunciado que se iba a mudar y a estudiar Arte. Con las manos hechas puños, había estado lista para dejar su vida atrás y perseguir su sueño.

«Desagradecida», la había llamado Hiromi. Iba vestida con su bata de andar por casa. El padre de Mika se había negado a mirarla. «Esta niña cree que se va a convertir en una artista», le había dicho su madre a Shige, con sorna. Luego había volcado toda su ira sobre Mika. «Nunca serás una artista. Vas a desperdiciar tu vida. Lárgate de aquí». Hiromi le había señalado la puerta con la mano. La vibración de la furia de su madre había sido tan fuerte que podría haber hecho que a Mika se le cayeran los dientes. «¿Tanto detestas vivir aquí? Pues lárgate. Quizás por fin pueda descansar tranquila».

Mika había hecho las maletas y pasado la noche en casa de Hana. Había llovido. Se había secado las lágrimas y se había consolado a sí misma diciéndose que de todos modos no había querido quedarse en aquella casa, que no había querido desperdiciar otro minuto de su tiempo viviendo con una mujer que deseaba destruirla. Mika quería llegar lejos. Era una chica pisoteada con ganas de abrirse paso a pisotones.

La primera vez que se sintió como una artista fue en la residencia, con sus paredes desgastadas, su radiador escandaloso y su armario lleno de ropa negra. Solía llegar cinco minutos antes a todo lo que tuviera que hacer. Madre mía, recordaba haber pasado los días con la mirada posada sobre el reloj, incapaz de esperar a que su verdadera vida diera inicio. Le prestaba muchísima atención a los minutos y las horas. De hecho, sabía la hora exacta en la que había concebido a Penny. Había girado la cabeza y había visto el reloj en la mesita de noche: 12:01 a. m. Los números digitales del mismo color rojo con el que un francotirador marcaba a su objetivo. Solo que Mika había dejado de prestarle atención al tiempo. Dejaba que pasara sin más. Con un suspiro, presionó la foto contra el álbum, y uno de sus pulgares dejó una huella sobre su rostro sonriente.

La última foto que incluyeron fue una de Mika con siete meses de embarazo. Estaba sonriendo y hecha un ovillo sobre una butaca como si fuese un animalillo, con el pelo recogido a ambos lados de la cabeza.

Hana agitó el vino en su copa, con una emoción oculta en su rostro.

—Disculpadme —dijo, para luego escabullirse por la puerta trasera.

Sin perder tiempo, Charlie y Mika corrieron tras ella. Observaron a su amiga desde la ventana mientras esta se acercaba dando zancadas hasta el triste y desnutrido arce que había plantado con Nicole. Se agachó, agarró el tronco con ambas manos y tiró. Pero el árbol no se movió.

—¿Crees que deberíamos buscarle una pala? —susurró Charlie.

—No, creo que necesita que le demos un momento —contestó Mika.

Hana dejó escapar una especie de extraño y triste grito de guerra. Volvió a rodear el tronco con las manos y tiró y tiró hasta que, finalmente, las raíces muertas del árbol se rompieron y cedieron. Hana se tropezó debido al impulso y terminó de culo en el suelo. Se quedó allí sentada algunos segundos, con la respiración agitada, las mejillas sonrojadas y una mirada salvaje. Luego alzó la vista y se encontró con la mirada de Charlie y Mika a través de la ventana.

Charlie alzó su copa y Mika la imitó. Las hicieron chocar en un brindis silencioso.

—Por los nuevos comienzos —brindó Charlie.

—Y por las grandes esperanzas —añadió Mika.

CAPÍTULO 9

El domingo, Mika esperó en la zona de recogida de equipaje del aeropuerto de Portland. Ya había revisado su teléfono cinco veces para ver el seguimiento del vuelo de Penny y Thomas. Había llegado antes de tiempo, hacía veinte minutos, pero aún no había señal de ellos. ¿Y si Penny había cambiado de idea? ¿Y si Thomas había hecho que Penny cambiara de idea? Observó a la multitud. Un niño pequeño, que iba con sus sonrientes padres tras él, corrió en dirección a una pareja mayor.

—¡Abuelo! ¡Abuela! —gritó.

Un hombre delgado dejó su mochila en el suelo y envolvió en un abrazo a un tipo que llevaba un gorro. Una chica de cabello oscuro y pasos alegres caminaba al lado de un hombre alto y apuesto. La revelación llegó a ella de sopetón, como si se estuviera estrellando contra su mente.

Penny y Thomas. Habían llegado. Por fin.

Mika esbozó una gran sonrisa. Una cálida sensación se expandió en su interior, y sus niveles de serotonina se dispararon. Penny la vio y empezó a correr. Mika pensó en las películas que había visto en las que los niños daban sus primeros pasos, y sus padres los recibían con los brazos abiertos. Penny se detuvo a unos pocos metros de ella, y ambas se miraron fijamente. *Tendría que estar sonando otro tipo de música,* pensó Mika. Un piano. Una canción de amor. El día de pronto adquirió una especie de suave y difusa calidad, como si estuvieran en un sueño.

Penny habló primero.

—¿Puedo darte un abrazo? —le preguntó con timidez.

—Por favor. —Mika abrió los brazos, y Penny avanzó hacia ella. Pese a que quería estrujarla, aferrarse a ella, nunca dejarla ir y vivir en aquel abrazo, Mika mantuvo su agarre suave. Tenía tanto amor dentro de ella que sentía que iba a explotar.

Thomas se acercó a ellas poco a poco, y fue como si una nube negra hubiera cubierto el sol.

Penny dio un paso atrás, y Thomas le dio un ligero empujoncito a su hija.

—Es la primera vez en la vida que te veo sin palabras —le dijo, con voz cálida. Quizás no era tan malo después de todo.

Mika se obligó a mirarlo a los ojos. Y tendría que haberse preparado a sí misma: pómulos marcados, ojos verde pálido, cabello oscuro alborotado y ligeramente largo, pero bien recortado, con unas cuantas canas salpicadas por allí. Thomas era atractivo. Estaba buenísimo, tanto que… no. Nunca. Jamás. Mika se regañó a sí misma y, debido a su incomodidad, no tardó en sonrojarse.

—Thom, es un gusto conocerte. Soy Mika. —Estiró una mano en su dirección.

—Thomas —la corrigió él, y toda la calidez con la que le había hablado antes a Penny desapareció de su voz. Le estrechó la mano y su agarre fue firme y confiado, mientras que el de ella era más bien suave y pegajoso, como un pescado muerto.

—Estoy tan emocionada y muerta de miedo que ni sé por dónde empezar. —Penny tenía las uñas cortas y pintadas de un rosa brillante. Llevaba un anillo en el dedo corazón de la mano derecha y comenzó a darle vueltas.

Mika centró su atención en Penny, sin dejar de notar la intensidad de la mirada fija de Thomas.

—Vayamos por vuestro equipaje y algo de comer, ¿te parece?

—Guay —asintió Penny.

Mika sonrió, y Penny le devolvió la sonrisa. Era como mirarse en un espejo. Como ver a la Mika de dieciséis años, verse a sí misma joven y llena de esperanza. Ver su pasado.

● ● ●

—¿Estás segura de que no quieres que te ayude? —Thomas se removió con impaciencia en el aparcamiento. Los coches emitían pitidos al abrirse, y los motores se encendían. Un ligero aroma a tubos de escape parecía pender en el aire. Aun así, hacía buen tiempo y el sol brillaba. Era uno de esos días en los que era difícil ponerse de mal humor. Bueno, para algunos. Thomas parecía haber perfeccionado sus silencios y malas caras sin importar el tiempo que hiciese. *Así de bien se le daba.*

—No, ya lo tengo. —Mika se peleó con las llaves. Había tomado prestado el coche de Charlie, un Volvo de segunda mano, para llevar a Penny y Thomas por ahí. Comparado con su oxidado Corolla, el cual llevaba uno de los retrovisores pegado con cinta aislante tras una desafortunada colisión contra un árbol, era toda una mejora. Solo que las pilas del llavero justo parecían haberse agotado de manera espontánea, por lo que Mika había tenido que hacer las cosas a la vieja usanza, dígase, usar la llave de verdad. Se las había ingeniado para abrir las puertas, pero no conseguía encontrar el botón del maletero—. No pasa nada.

—Sí, has dicho eso como seis veces ya. —Thomas se removió en su sitio, inquieto.

—Es que no suelo usar el maletero, eso es todo —repuso Mika, con medio cuerpo dentro del coche, agachada sobre el asiento delantero y muy consciente de que tenía el trasero al aire y de que tanto Penny como Thomas la estaban observando—. Esperad un minutito, creo que ya casi lo tengo —les dijo, pero en realidad, lo que había hecho era sacar su teléfono y enviarle un mensaje a Charlie: ¿Cómo carajos abres tu maletero?

—Mira, déjame a mí. —La voz de Thomas sonaba cerca. Mika dejó su teléfono boca abajo y se enderezó. Su pecho y el de Thomas casi se rozaban, y este torció el gesto en la oscuridad del garaje—. ¿Puedo?

—Oh, esto… sí, claro —asintió Mika, claramente avergonzada. Se apartó hacia donde se encontraba Penny cerca del maletero.

Thomas dobló su larga figura y se asomó dentro de la cabina.

—Aquí está —dijo, mucho más rápido de lo que había esperado. A través de la ventana trasera, Mika vio que tiraba de una palanca. El maletero se abrió.

—Se le dan muy bien los coches —comentó Penny. Thomas volvió, con una sonrisita de superioridad plasmada en el rostro.

—Pensaba que habías dicho que nunca usabas esto —comentó él, tras abrir el maletero del todo.

—¿Cómo? —preguntó Mika, acudiendo a su lado, pero con la precaución de mantener una distancia prudencial entre ambos. *Genial*. Charlie se había olvidado de vaciar el maletero, el cual contenía: un kit de emergencia, algo de ropa limpia de la lavandería y una caja llena de CD que rezaba *Para donar*.

Thomas agarró el CD que se encontraba en lo alto de la pila. *Música lenta, perfecta para hacer el amor*, rezaba la portada. Ladeó la cabeza en su dirección y la miró con los ojos ligeramente entrecerrados.

Mika le quitó el CD de las manos, lo lanzó de vuelta a la caja y cerró el maletero.

—Creo que usaremos el asiento de atrás para vuestras maletas y ya está.

Una pequeñísima arruga de inconformidad se formó en la frente de Thomas.

—¿Las maletas en el asiento de atrás? Pero si las ruedas están sucias.

—No pasa nada, ya me siento yo con ellas. No tengo problema en encajar en espacios pequeños —dijo Penny, compartiendo una sonrisa con Mika. Ambas medían lo mismo, poco menos de 1,60 m. Mika no sabía cómo de alta había sido Caroline, pero Thomas medía mínimo 1,80 m. Era el turno de que Mika presumiera. *Eso es cosa mía, su altura, su complexión delgada*, pensó.

Thomas hizo un ruido en la garganta.

—Genial.

—Genial —repitió Penny, mientras Thomas empezaba a meter las maletas en el asiento de atrás—. Vayamos a comer algo. Pero, advertencia: he estado en un régimen superestricto por el entrenamiento, y ahora me estoy tomando un descanso. Así que hoy no pienso controlarme en absoluto. —Se frotó las manos, con una expresión que decía «no voy a andarme con chiquitas»—. Preparaos para verme en acción.

● ● ●

Thomas se estremeció de forma visible cuando Mika aparcó junto al bordillo, cerca de Cartlandia, el paraíso de los *food trucks*. Al verlo, su felicidad subió unos cuantos grados. *Seguro que su comida favorita es pan de molde sin pasar por la tostadora*, pensó.

—Creo que habrá algo que nos guste a todos aquí —dijo ella, mientras bajaban del vehículo. El ambiente olía a curry, *miso* y carnes a la parrilla. Había más de treinta *food trucks* aparcados en aquel lugar, y los puestos ya tenían mesas plegables montadas a su alrededor.

Penny y Mika empezaron a avanzar, y Thomas las siguió, con los brazos cruzados en una clara señal de protesta pacífica. Acordaron dar una vuelta para ver los lugares antes de decidirse por aquello que querían. Entre menú y menú, madre e hija conversaron alegremente. Resultó que Penny odiaba a Jack Kerouac a muerte. Se había descargado el libro *En el camino* y lo había empezado a leer durante el vuelo.

—Lo siento —se disculpó Penny. Se habían detenido frente al *food truck* Ball Z, el cual vendía comida en forma de bolitas de distintos lugares del mundo—. O sea, creo que entiendo por qué te gusta, pero es que es supersexista. Sus representaciones de mujeres son terribles salvo cuando habla de su madre, a quien parece respetar.

—Pero ¿no te gustó la energía detrás de las palabras? Escribió la novela en tres semanas. ¿No es increíble? Es tan visceral… Hizo que me arrepintiera de haberme quedado quieta alguna vez en la vida.

—*En el camino* hacía que Mika quisiera explorar el mundo. Que sus huesos se movieran por sí solos y pudiera perseguir sus sueños—. Es lo que me inspiró a viajar y estudiar Arte.

—Solo me parece que no es lo suficientemente inclusivo. Toda la generación beat son un montón de hombres blancos en medio de un *bromance* en toda regla.

—Entiendo.

—Pero me alegro de que te ayudara.

—Sirvió su propósito.

Siguieron caminando, con Thomas un par de pasos por detrás de ellas. Mika recordó una caricatura que había visto en algún momento, en la que una nube de lluvia seguía al personaje principal. Cuando llegaron al lugar en el que habían empezado, Penny se dio un golpecito en los labios.

—¿Crees que el *ramen* estará bueno?

—Oh, es increíble. Yo lo como siempre. Me pediré lo mismo. Id a sentaros y ya lo pediré yo. Thomas, ¿tú qué quieres?

—Lo que sea que me recomiendes —contestó él. Ya le recomendaría ella algo, sí señor. El *ramen* era la opción perfecta. Aunque quizás pediría una ración doble de *ajitsuke tamago*, huevos pasados por agua y remojados en vino de arroz. Eran deliciosos, pero la textura cremosa de la yema quizás le resultara un poco perturbadora a Thomas. Este se volvió, sacó su cartera del bolsillo trasero de sus pantalones y luego le ofreció a Mika un par de billetes de veinte arrugados.

—Yo invito —dijo Mika, haciendo un gesto con la mano. No había forma de que dejara que Thomas pagara por ella. El dinero permaneció en el aire frente a ellos, y Mika pensó que Thomas quizás intentaría metérselo en la mano—. De verdad —insistió, endulzando el tono y dedicándole una sonrisa brillante—. Ya vengo —añadió, y se escabulló por allí.

Pidió la comida y entregó su tarjeta para pagar. Sabía que no podía permitirse aquella salida y prácticamente podía escuchar cómo su cuenta bancaria iba soltando las pocas moneditas que le quedaban. *Debí haber aceptado el dinero de Thomas,* pensó. Pero no sería la primera vez que se negaba a hacer lo que su propia consciencia le pedía. Prepararon rápido su pedido, y Mika acomodó todo en una sola bandeja. Thomas y Penny habían encontrado sitio bajo un toldo, de espaldas a ella. Se detuvo a una distancia desde la que podía escucharlos, pero ellos no podían verla.

—¿A que te lo estás pasando bien? —le preguntó Penny a Thomas, con la voz cargada de nerviosismo. Mika conocía bien aquel tono, era el que se usaba con los padres cuando una quería desesperadamente su aprobación. Lo había usado con Hiromi incontables veces.

«Mamá, te he dibujado una oruga, ¿te gusta?», le había preguntado Mika con siete años.

«Mmm, a mí me parece más un gusano», había contestado Hiromi.

—Me gusta pasar tiempo contigo —contestó Thomas, tranquilo.

—Pero ¿no los *food trucks?*

—¿Qué quieres que te diga? Estoy convencido de que van sobre ruedas para poder escapar más deprisa cuando lleguen los inspectores de sanidad. De hecho, estoy seguro de que puedo encontrar su puntuación de inspecciones sanitarias en internet.

Penny soltó una risita.

—Mejor no. —Esperó un segundo antes de añadir—: ¿Aún estás enfadado conmigo?

Thomas dejó su teléfono sobre la mesa y tamborileó sus largos dedos sobre ella. Mika se percató de que no llevaba ningún anillo en el dedo anular izquierdo.

—No, no estoy enfadado. Tampoco lo estaba antes, es solo que hubiera preferido que no me mintieras.

—Pero... ¿te he hecho sentir mal?

—No te preocupes por cómo me siento. Soy yo quien debe preocuparse por cómo te sientes tú. —Bueno, eso había estado bastante bien—. ¿Qué opinas de ella? —Ella siendo Mika.

—Me cae muy bien. Y es genial, nos gustan las mismas cosas. —Ante aquel comentario, Mika se emocionó como si le acabaran de cumplir un deseo. Quería ser amiga de Penny. Era lo que había querido que sucediera con su propia madre. Calidez. Camaradería. Un lugar en el que sentirse cómoda, un hogar al que volver.

—¿Entonces es como una cría de dieciséis años? —preguntó Thomas, con voz seca. Mika se removió en su sitio, la bandeja se le estaba haciendo pesada, pero no podía obligarse a sí misma a interrumpirlos. Se sentía como una intrusa que observaba desde el exterior a ver de qué podía enterarse.

—Papá...

Thomas se aclaró la garganta.

—Lo siento. Continúa.

—No sé qué decirte. Hablamos de libros y de chicos y de nuestros sueños.

—Yo quiero hablar contigo de todo eso.

—Ya, pero no es lo mismo. —Penny se removió en su sitio—. Mira, una de mis madres murió y la otra me dio en adopción. Mis líos son cosa seria. Necesito algo... a alguien.

—Me tienes a mí —le dijo Thomas.

Penny hizo un ademán con la mano.

—Típico de los hombres. Siempre pensando que un pene lo puede resolver todo.

Thomas tosió cubriéndose el rostro y se dio una palmadita en el pecho.

—Penny, por Dios.

—Solo trata de no estar tan serio. Sonríe un poco.

—Me parece que he sido bastante agradable. Pero ¿no te parece un poco raro que no haya sabido cómo abrir su propio maletero?

—¿Listos para comer? —interrumpió Mika. Dejó la bandeja sobre la mesa, y Thomas esbozó una ligera sonrisa.

Mika situó los boles de *ramen* caliente frente a cada uno. Penny dudó, mirando alternativamente el tenedor y los *hashi* de madera. Al final escogió el tenedor, claramente sonrojada. Mika se mordió el labio, dejó los *hashi* que había tomado y cambió al tenedor como había hecho Penny.

—Estos siempre hacen que se me claven astillas.

—¿Sí? —Penny la miró un instante antes de volver a observar su plato. Unas cuantas pecas le moteaban el puente de la nariz y se extendían hasta sus mejillas. El padre de Penny tenía pecas en los brazos.

—Sí, sí. Estos *hashi* baratos son de lo peor.

—¿*Hashi*? —preguntó Penny.

—Palillos en japonés.

—*Hashi* —repitió Penny, absurdamente feliz por ello.

Thomas flexionó las manos, y sus venas saltaron a la vista.

—Creo que he cambiado de parecer. Me pediré algo de curri. A la aventura, ¿verdad? —Se puso de pie—. Pen, ¿quieres una galleta de avena con chispas de chocolate? ¿Tu favorita?

—Claro, suena bien —asintió Penny.

—Ya vuelvo. —Thomas le dio un apretoncito al hombro de Penny y luego se agachó para dejar un beso sobre su pelo oscuro y brillante.

—Para ya —se quejó ella, espantándolo con la mano.

—¿Quieres algo? —le preguntó Thomas a Mika.

Tantas, tantas cosas, pensó Mika, pero negó con la cabeza y dijo:

—No, estoy bien. Pero gracias.

ADOPTION ACROSS AMERICA
Oficina nacional
56544 Avenida 57 O Suite 111
Topeka, Kansas, C. P. 66546
(800) 555-7794

Estimada Mika:

Hace mucho que no hablamos, espero que se encuentre bien. Una vez más, adjuntos encontrará los elementos requeridos respecto a la adopción acordada entre usted, Mika Suzuki (la madre biológica), y Thomas y Caroline Calvin (los padres adoptivos) en cuanto a Penelope Calvin (la adoptada). Los elementos incluyen:

- Una carta anual de los padres adoptivos que describe el desarrollo y el progreso de la adoptada.
- Fotografías u otros recuerdos de interés.

Como siempre, llámeme si tiene alguna duda.

Saludos cordiales,

Monica Pearson
Coordinadora de adopción

Querida Mika:

¡Diez! Penny tiene diez años, y no me cabe duda de que nuestra niña de cuarto de primaria tiene como único propósito en la vida sembrar el caos. Hace dos meses decidió que iría a todos lados caminando de espaldas. Y ahora, hace poco, ha decidido que aprenderá a hornear. Estoy segura de que se ha inspirado tras ver *The Great British Baking Show*.

Hace que Thomas vaya a la tienda con la lista de la compra y sueña con hornear todo tipo de cosas: pastel de chocolate, galletitas de mantequilla y pacanas y ¿algo llamado pastel de manzana caramelizada que se puede hacer en una sartén? Lo que sea que se te pueda ocurrir, ella quiere intentarlo. Cada tarde, en cuanto llega de la escuela, se pone a precalentar el horno y a preparar boles para mezclar cosas sobre la encimera. Luego deja el fregadero con una pila de platos y el suelo cubierto de harina. Nosotros le damos críticas sobre sus platillos como si estuviéramos en el programa. *Es un buen postre, algo suave en el medio, pero la presentación es excelente y sabe muy bien.* Debo admitir que hornear se le da fatal. Pero nos comemos todo lo que prepara y sonreímos tanto que nos duelen las mejillas. ¿Qué puedo decir? Soy su fan y quiero que siempre persiga sus sueños. Te adjunto una foto de su creación más reciente. Me parece que en teoría debía ser un pastel con forma de erizo.

Un abrazo fuerte,
Caroline

CAPÍTULO 10

A la mañana siguiente, Mika esperó a Penny y Thomas en el vestíbulo del hotel. Se colocó al lado de un sofá de cuero que seguramente costaba más que la hipoteca de Hana y empezó a sentirse acomplejada por sus uñas descascarilladas y su cabello que no se había cortado en quién sabía cuánto tiempo. Los ascensores sonaron y las puertas se abrieron. Penny y Thomas salieron de uno de ellos.

—Hola —la saludó Penny, emocionada y dando saltitos hacia ella.

—Buenos días —dijo Thomas, acercándose arrastrando los pies. Ambos iban vestidos con sudadera, tejanos y zapatillas deportivas.

—¿Listos? —Mika se abrochó el abrigo y se dirigió a la puerta—. He pensado que podríamos ir caminando. No se supone que vaya a llover hasta esta tarde —explicó, aunque más que nada era porque no podía permitirse pagar la gasolina y no quería pagar dos veces por dejar el coche aparcado—. El museo queda a unas pocas manzanas de aquí. —Mientras cruzaba las puertas giratorias, le vibró el teléfono. Mika le echó un vistazo a quién llamaba: Hiromi. Rechazó la llamada, dejó que su madre le dejara un mensaje de voz y volvió a guardarse el teléfono en el bolsillo.

—Qué bonito es todo por aquí —dijo Penny, tras avanzar unos pasos fuera del hotel. Un viento fuerte soplaba desde el río

Willamette, y los tres andaban encorvados para que el viento rodara sobre su espalda—. Estuve paseando un poco anoche y los árboles de la plaza tienen un montón de lucecitas que los envuelven.

—¿Saliste del hotel? —Thomas frunció el ceño.

—Solo para ir al centro comercial de enfrente —se excusó Penny, como si nada.

—Penny... —empezó a decir Thomas.

—Me compré estos calcetines. —Penny se detuvo frente a un edificio de *art déco* que tenía unas puertas de hierro que parecían míticas. Se levantó un poco la pernera y dejó ver unos calcetines azules con estampados de caras de gatitos sobre sus tobillos delicados—. ¿A que son monos?

—Muy monos —asintió Mika, sonriendo.

Thomas fulminó con la mirada a Mika, pero dirigió sus palabras a Penny.

—Preferiría que me avisaras la próxima vez que decidas salir del hotel.

Penny no se afectó ni un poquito.

—Señor, sí, señor —dijo, acomodándose la pernera y dedicándole un saludo militar a su padre, ante lo cual él alzó la vista al cielo como si le estuviese pidiendo paciencia al todopoderoso. Siguieron andando, y los ladrillos rojos del Museo de Arte de Portland empezaron a asomarse.

Pasadas algunas calles del parque, se encontraba una universidad, la alma máter de Mika. Podía distinguir a duras penas el edificio de Arte. No era muy bonito, sino un simple cubo gris, pero se trataba de un lugar en el que habían pasado cosas bonitas. Y Mika había querido formar parte de él con tanta intensidad que prácticamente le había dolido. Cuando había conocido a Marcus Guerrero, un profesor de Bellas Artes, el tiempo había sido parecido: cielo gris y a puertas de una tormenta, con aire húmedo. Había llamado a su puerta, con un papelito amarillo en la mano. Él había abierto la puerta, vestido con una camiseta azul claro manchada de pintura y una bandana roja que le apartaba su cabello oscuro de la cara. El olor a humo y café parecía envolverlo.

«La secretaria de admisiones dice que necesito permiso para saltarme las clases de Pintura I y II y asistir a las más avanzadas», le había dicho ella, entregándole el documento y removiéndose nerviosa en su sitio. Había sido más valiente por aquel entonces. Más necia. Dispuesta a hacer lo que fuese necesario.

Él la había observado tanto rato y con tanta intensidad que Mika había estado a punto de dar media vuelta. Pero entonces su mano había soltado el pomo de la puerta, y él se había girado para dirigirse a su escritorio, en donde se había sentado en una vieja silla de oficina de cuero verde con brazos de madera, la cual probablemente habría estado allí desde los inicios de la universidad, en los años cuarenta. Se reclinó atrás en su asiento, muy atrás.

«Vale», le había dicho. «Demuéstrame de lo que eres capaz».

«¿Cómo dice?», había contestado Mika, tragando en seco.

«Tu porfolio», siguió él, con un ligero acento que marcaba sus palabras. Marcus era una leyenda entre los estudiantes de Arte, y se contaban un montón de rumores sobre él. Que era un veterano de la guerra del Golfo y tenía guardado en uno de sus cajones un Corazón Púrpura, un distintivo que indicaba que había sido herido en batalla. Que su padre era un reconocido fabricante de barcos, y él había crecido entre yates en el Mediterráneo. Solo que, en realidad, Marcus había sido pobre, un hijo de inmigrantes que cosechaban fruta. Había crecido en Florida y se había pasado la infancia cosechando plátanos.

«No tengo un porfolio».

«Entonces pinta algo», le hizo un ademán con la cabeza para señalarle un rincón de su despacho. Había un caballete apretujado entre dos estanterías que estaban llenas de paletas y tubos de pintura, frascos con pinceles y aguarrás.

«¿Ahora?», Mika recordaba haber flexionado los dedos, nerviosa.

«Ahora», le había dicho él, antes de estirarse y entrelazar los dedos por detrás de la cabeza.

—Madre mía. —La voz de Penny la trajo al presente—. ¿Hiciste tus prácticas aquí? —le preguntó, observando el edificio con la boca abierta.

Mika soltó un sonidito desde el fondo de la garganta que podía pasar por una afirmación y luego añadió:

—Justo después de la universidad, pero no durante mucho tiempo. Y fue hace años, seguro que ya no queda ninguna de las personas con las que trabajé.

—Así que te quedaste embarazada en tu primer año de universidad —dijo Penny, uniendo las piezas de la falsa línea temporal de la vida de Mika—. Luego te graduaste y fuiste a trabajar al museo. Es muy impresionante. Hay una chica en mi clase, Taylor Hines, a la que le dio mononucleosis en su primer año de instituto y tuvo que repetir curso. Pero tú tuviste una hija y pudiste seguir con tu carrera y hasta conseguir un trabajo.

Mika se sonrojó ante los cumplidos. ¿Qué pensarían Thomas y Penny si supieran la verdad? Le había tomado ocho años graduarse de la universidad. Había suspendido su primer año y había perdido su beca Pell, por lo que había tenido que arrastrarse de vuelta a sus padres para pedirles ayuda. «Buenas noticias», les había dicho poco después de que todo sucediera, «he cambiado de carrera, de Arte a Negocios. ¿Me podéis prestar algo de dinero?». La sociedad aplaudía a quienes lograban lo imposible. A quienes se esforzaban mucho. A quienes se echaban la vida a la espalda, porque era así como se hacían las cosas en los Estados Unidos. Solo que Mika no podía cargar ni consigo misma. Además, se asumía que su vida era mejor sin Penny, que el sacrificio había valido la pena.

Al llegar a la caseta de entradas, tanto Mika como Thomas hicieron un ademán para sacar sus carteras.

—Pagaste por la comida ayer y nos invitarás a tu casa a cenar esta noche. Me toca —insistió, e hizo una pausa para observar a

Mika hasta que ella le obedeciera. Aquella técnica no había funcionado con Penny, según Mika había visto, pero sí que funcionó con ella.

—Mmm, bueno. Supongo. Gracias. —Guardó la cartera, un poco aliviada. Aún no había encontrado trabajo.

Thomas compró las entradas, y les dieron un mapa de las galerías, aunque Mika no lo necesitaba. Una vez dentro, inhaló y encontró una especie de consuelo en aquel aroma, al cual no era capaz de ponerle nombre, pero que sabía que era propio de edificios así de grandes. Solía ir al museo con frecuencia. Era tan tranquilo... Si bien no se trataba de un lugar para esconderse de sus propios pensamientos, allí se sentía a salvo. El tener a Penny junto a ella en aquel espacio sagrado hacía que Mika se sintiera completa.

Se dirigieron por las escaleras de mármol hacia las galerías europeas, sin pasar por las asiáticas, las cuales, como siempre, habían sido condenadas a los laterales, pues los museos solían favorecer a los hombres blancos muertos.

Guio a Thomas y a Penny en una especie de *tour* en miniatura, y pasaron frente a una pintura de Ícaro. Mika solía contemplar al mortal que había volado tan cerca del sol que la cera de sus alas se había derretido. Se preguntó si Ícaro habría actuado igual si hubiera sabido qué le deparaba el destino. ¿Habría volado tan alto? ¿El ascenso habría hecho que la caída valiera la pena?

Cuando se detuvieron frente a un Monet, Mika les describió el impresionismo.

—¿Veis los trazos pequeños, delgados y apenas visibles? Es una característica clásica del impresionismo. Monet pintaba el exterior, lo que denominan plenairismo, un método para capturar la luz y la esencia de los paisajes en un solo instante. —Entre las asignaturas de Artes en la universidad se encontraba Historia del Arte. Tener talento no era suficiente. Para ser una artista, también se debía ser una especie de guardiana. Se tenía que estudiar a los grandes maestros y aprender sus técnicas. De manera muy similar al *jazz*, se debía dominar el arte antes de lanzarse a la improvisación. Y del mismo modo que había hecho Hiromi al cavar en su jardín tras la última helada, Mika se había lanzado de cabeza, solo para rendirse en mitad del impresionismo, incluso antes de saber que estaba embarazada de Penny.

—Está roto —dijo Penny, arrugando la nariz.

—Se llama *craquelado* —le explicó Mika, sonriendo—. Es lo que pasa con los años, cuando el barniz se seca.

Penny curioseó por los alrededores y se detuvo frente a un Degas. Con la cabeza inclinada hacia arriba, observó el pastel sobre el lienzo, sorbió por la nariz y luego se la limpió. Thomas aún seguía encandilado con el Monet. Mika se acercó a Penny.

—¿Estás bien? —le preguntó a media voz.

Penny mantuvo la cabeza gacha.

—Sí, no pasa nada. Es solo que mi madre… solía ponerme un montón de motes tontos. Me llamaba «hada de los cubitos de azúcar», o «polluela» o «pequeña bailarina», y este cuadro me lo ha recordado. —El Degas era la representación de una bailarina en solitario con sus ágiles dedos arreglando el tul de su falda a la altura de su cintura.

—Qué bonito. —Degas era lo último que Mika había estudiado antes de dejar la carrera y «pequeña bailarina» era lo que Caroline solía llamar a Penny. Se preguntó lo que aquello significaría. Un final y un inicio. Quizá todo había estado destinado a suceder de aquel modo, o tal vez lo único que estaba haciendo era buscar una señal… aferrarse a lo imposible, como Ícaro antes de caer.

—Es tonto que llore por algo así —dijo Penny, con una débil sonrisa.

—No lo creo —le susurró Mika—. Puedes hablar de ella. —Se refería a Caroline—. No tengas miedo, puedes hablar conmigo de lo que tú quieras. —*Siempre te escucharé. Siempre estaré aquí para ti. Siempre creeré en ti.*

—Gracias. —Penny se apartó de la pintura y encontró un banco en el que sentarse cerca de una esquina. Mika se sentó junto a ella.

Pensó que, para cualquiera que pasara por allí, ambas parecerían madre e hija. La culpabilidad se le clavó como un puñal en su interior. Caroline y Thomas habían corrido la maratón junto a su hija, mientras ella se había quedado en el banquillo—. Era increíble. Le gustaba E. E. Cummings y Kahlil Gibran. Su alianza lleva grabada la frase «Llevo tu corazón en el mío». —Penny giró el anillo que llevaba para que Mika pudiera observar su interior, la elegante caligrafía. Luego se lo volvió a acomodar—. Pero siempre fue difícil que mis padres no se parecieran a mí, y siento que no puedo hablar de eso frente a mi padre porque aún está triste por todo lo que pasó.

Mika sintió un vacío en el estómago. Thomas y Penny seguían de luto.

—¿Fue difícil ser adoptada por padres blancos? —le preguntó, tratando de centrarse en lo primero que le había dicho.

Penny se echó hacia atrás y dobló las piernas bajo ella, de modo que se sentó con las piernas cruzadas sobre el banco.

—No sé. Mis padres intentaron hacer cosas japonesas conmigo. Me apuntaron a algunas clases, y fuimos a fiestas populares japonesas en Dayton. Pero siempre ha habido una especie de desconexión. Creo que se sentían incómodos cuando la gente les preguntaba cosas como «¿De dónde la sacasteis?». —Penny hizo una pausa y se puso a juguetear con una de sus uñas—. Los niños solían burlarse de mis ojos cuando estaba en primaria. Cantaban esa canción de *La dama y el vagabundo*, la de los gatitos siameses, y se achinaban los ojos.

El dolor en el interior de Mika se acrecentó. Era una especie de bella agonía el tener un hijo. El poder sentir sus emociones además de las propias.

—Qué cabrones.

Penny esbozó una media sonrisa.

—A veces Dayton parece de lo más pequeño, y yo me siento demasiado grande en comparación. ¿Tiene sentido?

—Sí que lo tiene —le contestó Mika sin dudarlo. Se veía a sí misma en aquella joven personita, en su hija. Ella también se había sentido así cuando estaba en el instituto. Casi a punto de explotar de las ganas de querer ir a la universidad y vivir en la residencia, fuera del alcance del agarre de su madre, de su perfeccionismo destructor. Pero en aquellos momentos quería recomendarle a Penny que fuera prudente. *Avanza tranquila. No te apresures. No es una carrera. No hay necesidad de tenerlo todo resuelto ya mismo.*

—Además —siguió Penny—, a cada sitio al que voy en Dayton, algo me la recuerda, a ellos dos, a nosotros como familia. Pero ya no somos una familia. O sí, pero diferente, y eso me confunde porque no sé qué significa. No sé. —Penny deslizó los pies por el brillante suelo. Un grupo de mujeres que iban vestidas con sombreros lilas pasaron por su lado, parloteando sobre un Picasso que habían visto en la galería de al lado. «Oí que era un mujeriego sin remedio», dijo una. Mika las observó ir y vio cómo Thomas se acercaba.

—Ah, aquí estáis. Habíais desaparecido —les dijo, deteniéndose frente a ambas—. ¿Va todo bien, pequeñaja? —preguntó, frunciendo el ceño.

—Claro —respondió Penny, con una sonrisa tan grande y brillante que casi deslumbraba. *Muy convincente*—. Más que bien —añadió—. Perfecto. —Le sonrió a Mika, y esta sintió cómo su corazón batía contra su pecho.

Penny la miraba con tanta ternura, tanta gratitud, que algo se fracturó en el interior de Mika y se fundió con el resto de su ser. Algo que probablemente había estado roto desde hacía muchísimo tiempo. Si tan solo pudiera decirles a los científicos del mundo: «Dejad de estudiar, que he encontrado la clave de la fusión». Se encontraba en el lazo que unía a padres e hijos.

CAPÍTULO 11

Seis horas más tarde, Mika iba de aquí para allá en la cocina, abrió el horno y verificó que todo fuera bien con los macarrones con queso caseros que había preparado. Leif se asomó por detrás de su hombro.

—Madre mía, ¿cuánto queso le has puesto? —La salsa bechamel justo había empezado a burbujear.

—Poco más de medio kilo de cheddar y gruyer. —Otro gasto más. Parecía que fingir una vida entera costaba un montón de dinero. Cerró el horno y esquivó a Leif para llegar hasta la nevera y sacar un recipiente de ensalada—. Es una receta de Martha Stewart.

Leif se acarició la curva del bíceps.

—¿Recuerdas cuando Martha Stewart y Snoop Dogg eran amigos? —Mika decidió no contestar. Vació el recipiente de ensalada en una fuente plateada, y él agarró uno de los limones que había de decoración en un bol de frutas—. Falso —dijo, lo devolvió a su sitio y se giró hacia ella—. ¿Crees que debería haberme arreglado más? —Llevaba una camisa que no se había metido dentro de unos tejanos.

Mika dejó las pinzas de la ensalada. Como si no estuviese lo suficientemente nerviosa ya, Leif no estaba ayudando.

—Leif.

—Guau. Llevaba mucho tiempo sin oír ese tono. Me trae recuerdos. —Pretendió estremecerse.

—¿Estás colocado? —le preguntó, entrecerrando los ojos.

—Por supuesto que no —repuso Leif, con un resoplido—. Ahora soy un profesional. No puedo consumir mi propia mercancía.

—Y esa es la última referencia a las drogas que haces esta noche —dijo Mika, soltando un gruñido.

—Tú has sacado el tema —bromeó él. Luego se agachó y apoyó ambas manos en las rodillas para quedar al nivel de su rostro—. Todo va a ir bien, lo prometo. He memorizado todas las notas que me enviaste. Y estás muy bien. Pareces toda una chef a punto de preparar un pollo al horno.

Algo de tensión se evaporó de los hombros de Mika.

—Gracias —le dijo, y le echó un vistazo al reloj del horno—. Llegarán en veinte minutos.

—¿Y qué te parecen? —Leif se enderezó y volvió a tomar un limón falso del bol para hacerlo rodar entre sus enormes manos—. ¿Cómo es ella en persona?

Eso Mika no tenía ni que pensárselo.

—Increíble. De verdad es increíble. —Sonrió, encantada con su hija—. De hecho, tengo muchas ganas de que la conozcas. —Penny era alguien que Mika quería compartir con el mundo. Quizás era aquello lo que Hiromi sentía cuando Mika bailaba, aquella absurda sensación de llamar a la gente y presumir sobre aquella persona que había traído al mundo. *Todo lo que hace es gracias a mí.*

—¿Y el padre?

Mika perdió algo de fuerzas al oírlo mencionar a Thomas.

—Es duro. No estoy segura de si no le caigo bien yo o si simplemente no le cae bien el mundo. Pero está claro que quiere a Penny. —Recordó cuando fueron a comer a los *food trucks* y había vuelto con las manos a rebosar de galletas de avena y chispas de chocolate. La cuidadosa manera en la que miraba a su hija, como si no pudiera soportar siquiera la idea de verla sufrir.

Sonó el timbre.

—Mierda, llegan pronto. —Mika clavó la mirada en Leif como si él supiera qué hacer—. Aún tengo que terminar la ensalada.

—Tú hazlos pasar y ya terminaré yo. —La echó con gestos, Mika corrió hacia la puerta y se obligó a bajar la velocidad unos pasos antes de llegar a ella. Se acomodó el pelo detrás de la oreja y dibujó su mejor sonrisa antes de abrir la puerta.

Thomas y Penny estaban en el escalón de la entrada mientras su Uber se alejaba tras ellos. Thomas iba vestido con un traje azul oscuro, sin corbata, y Penny llevaba una falda y una blusa.

—Jolín —soltó Penny—. Te dije que no debíamos ponernos tan elegantes —se quejó con su padre.

Thomas esbozó una sonrisa, cual genio malvado enfundado en un traje. Observó la camiseta y los tejanos de Mika con un vistazo de arriba abajo.

—Mejor arreglarse de más que de menos.

—Vais perfectos. —Mika forzó una sonrisa y abrió más la puerta. Thomas vaciló—. Pasad. Leif está en la cocina, y la cena casi está lista.

—¿Hemos llegado muy pronto? —preguntó Penny al entrar—. Le he dicho a mi padre que deberíamos haber dado una vuelta por la manzana o algo así.

—Llegáis justo a tiempo —dijo Mika.

Al fin, Thomas se dispuso a entrar. Observó a su alrededor con las manos en los bolsillos y se detuvo justo debajo de donde Tuan había reparado la grieta del techo. Mika tuvo una súbita visión del yeso resquebrajándose y cayendo.

—Leif, estos son Penny... y Thomas —le dijo, llevando a ambos hacia la cocina.

Leif dejó el cuchillo con el que había estado cortando las verduras, se limpió las manos y le ofreció una a Thomas, quien se la estrechó, y luego se dirigió a Penny.

Penny, con la energía y la euforia de una ardilla, agitó la mano de Leif de arriba abajo.

—Esto es increíble, he oído mucho sobre ti.

—Y yo —dijo Leif con una sonrisa, antes de girarse hacia Mika y apartarse del agarre de la adolescente—. ¿Por qué no esperáis fuera?

Hemos pensado que, como hace buen tiempo, podríamos cenar en el patio. Llevaré la comida cuando esté lista.

—¿Sí? —preguntó Mika, sorprendida. La única comida que Leif le había llevado alguna vez había provenido de una bolsa de papel.

—Claro. Venga, salid. Los hombres podemos estar en la cocina tanto como las mujeres.

Mika sonrió para quedar bien delante de Penny y Thomas, pero luego se giró hacia Leif.

—No te pases —tosió en voz baja. Tras ello, guio a sus invitados a través del salón.

Penny se detuvo para observar las fotos que había sobre el estante de la chimenea.

—Son todos tus viajes —dijo, con cariño. Mika se detuvo a su lado. Allí estaba ella, o al menos una representación de sí misma, sonriendo en las ruinas de Pompeya, en la Villa de los Misterios. Tras ella había una pintura al fresco con una distintiva capa de pintura roja bermellón. En la siguiente foto estaba en el Louvre, esbozando una enorme sonrisa frente a la *Mona Lisa*.

Thomas se acercó a la foto y entrecerró los ojos. ¿Podía ver lo que veía Mika? ¿Que las luces no estaban del todo bien? ¿Que las sombras y los reflejos quebrantaban las leyes de la física?

—Vayamos fuera —los animó, guiándolos hacia el exterior con el rostro sonrojado.

En el jardín trasero, las lucecitas que Mika había colgado por doquier brillaban y hacían relucir los ojos oscuros de Penny.

—¡Es como tu foto de Instagram!

Thomas empujó con el pie la tierra de la que Hana había arrancado el árbol.

—¿Tenéis tuzas por aquí? —preguntó.

—¿Cómo? —Mika frunció el ceño, mientras sus mejillas justo empezaban a perder el color—. No, solo estábamos haciendo algo de jardinería. Ya sabes cómo es con las casas, nunca se acaba.

—Deberías poner algo de tierra en ese hoyo. Alguien podría tropezarse y torcerse un tobillo —le dijo él.

—Es todo muy agradable, ¿verdad, papá? —dijo Penny—. En casa aún nieva, pero no sabía que Portland tenía primaveras tan cálidas.

Mika tragó en seco.

—Es un poco raro, pero el pronóstico del tiempo para los siguientes días es bastante bueno. Parece que has traído el sol contigo. —Miró a Penny con cariño y trató de controlar sus niveles de felicidad. Lo idóneo que le parecía todo aquello, el tener a Penny consigo. Todo era tan doméstico...

Se acomodaron en la mesa de pícnic, y Leif apareció con los macarrones con queso y la ensalada. Sirvieron los platos. Mika había encendido algunas velas dentro de los floreros altos, por lo que pudieron comer en silencio y bajo la agradable luz de las velas por un rato.

—Bueno, ¿y cómo os conocisteis? —preguntó Thomas, limpiándose la boca.

—¿Que cómo nos conocimos? —Mika miró a Leif y notó que el bocado de macarrones que se había metido en la boca se le atascaba en la garganta. *Mierda.* No habían acordado cómo sería la historia falsa de cómo se habían conocido. La verdadera era que Hana había ido a comprarle drogas a Leif, todos se habían colocado juntos, y Mika había terminado acostándose con él. El sexo casual se había convertido en sexo habitual, y luego habían empezado a vivir juntos. Mika pensó en el poco control que había tenido sobre su vida aquellos últimos años. Encontrando trabajos por pura suerte. Viéndose en una relación con Leif. Viendo los días pasar y pasar.

Leif dejó su tenedor sobre el plato.

—Mika la cuenta mejor, debo decir. Adelante. —Le sonrió, con un reto detrás de sus ojos café.

—Pues... —Mika se aferró al borde de la mesa y notó cómo el estómago se le revolvía y la sangre se le subía a la cabeza—. Había ido a cenar con una pareja de amigos artistas de… —Hizo una pausa para buscar en su memoria algún lugar, algún destino, lo que fuera.

—Grecia —añadió Leif, sin mayor dificultad—. Eran de Grecia, ¿verdad?

—Eso. Y Leif también estaba allí, aunque no recuerdo por qué. —Arrugó la nariz, mirando fijamente a Leif.

Él bebió un sorbo de su vino antes de contestar:

—Por trabajo.

—¿En qué trabajas? —le preguntó Thomas a Leif—. Penny dijo que era algo sobre agricultura, pero no me dio mayor detalle.

—Trabajo en el sector de agricultura. Mika cree que es bastante aburrido, así que seguro que es por eso que no os dio más detalles. Más que nada estoy en el sector de la bioquímica. Trabajo como consultor autónomo para universidades, algún contrato con el gobierno por aquí y por allá, cosas así. —Mika soltó un suspiro. Aquello sonaba bien. Creíble—. ¿Y tú a qué te dedicas? —le preguntó Leif a Thomas.

Thomas dejó tanto su tenedor como su cuchillo sobre su plato.

—Soy abogado especialista en propiedad intelectual. Tengo mi propio bufete en Dayton. Algo muy distinto al bombero que quería ser cuando tenía diez años —bromeó.

—No todos pueden seguir su pasión, pero creo que es importante que la gente asuma riesgos. Por ejemplo, el paseo por Portland en bici al desnudo…

—¡Penny! —soltó Mika de pronto, ligeramente más alto de lo debido—. Casi olvidaba que tengo un regalo para ti.

—¿Un regalo? —Penny se emocionó.

—Ya vengo. —Mika agarró el álbum de recortes que había dejado dentro de la casa y, cuando volvió, lo dejó frente a su hija.

—Leif, ¿podrías traernos el postre? —le pidió, clavando la mirada en él mientras Penny tocaba una de las esquinas del álbum.

—Claro —anunció él. Golpeó con suavidad la mesa al levantarse, y Mika le dio las gracias sin pronunciar palabra.

—No es nada impresionante —le dijo a su hija mientras esta deslizaba una mano por la cubierta de tela—. Solo algunas fotos mías de cuando tenía tu edad...

—Es un bonito detalle —comentó Thomas, tras haberse quedado en silencio algunos segundos.

Penny alzó la mirada, con los ojos brillantes.

—Sí que lo es —dijo y empezó a pasar las páginas.

Cuando se detuvo en una instantánea de Mika a los dieciséis, esta decidió hablar.

—Madre mía, era muy rara a los dieciséis. No tenía ni la mitad de la confianza que tienes tú. Eso tienes que agradecérselo a tus padres, creo yo. —Thomas miró a Mika de reojo, y esta vio cómo la curva de su boca se alzaba en una sonrisa sincera de agradecimiento. Mika se aclaró la garganta—. Convencí a mis padres para que me dejaran hacerme una permanente. Pero como no podíamos permitirnos que me hicieran toda la cabeza, solo me hice el flequillo.

Penny se echó a reír y tras unos segundos se calmó.

—¿Hay alguna foto de tus padres? —le preguntó a media voz, como si tuviera miedo de preguntar, pero no pudiera permitirse no hacerlo.

—Sí, hay una —respondió Mika, contenta de haberla incluido—. Creo que está más por el final.

—¿Viven cerca? —preguntó Thomas, y su voz profunda hizo que Mika se sobresaltara.

—Sí, pero... esto... justo ahora están de crucero —le mintió a Penny.

Penny asintió y siguió pasando las páginas una a una, mientras absorbía cada detalle. Se detuvo en una, y Mika se enderezó en su sitio para ver cuál le había llamado la atención. Se trataba de la fotografía de Mika cuando estaba embarazada.

—Yo estoy ahí —dijo, resiguiendo la curvatura del vientre hinchado de Mika con un dedo—. ¿Cómo fue todo eso? El quedarte embarazada.

Los ojos de Thomas se clavaron en Mika, y su corazón dio un salto.

—¿Que cómo fue? —repitió, dándose golpecitos en los labios mientras pretendía recordarlo, aunque no tenía que hacerlo. El recuerdo seguía vivo dentro de ella, enredado en sus huesos, y amenazaba con arrastrarla hasta el infinito. Todos aquellos meses de hacer crecer dentro de ella a un bebé que no sabía si terminaría amando u odiando. No debería haber tenido ninguna duda. Cuando había dado a luz a Penny, había sido amor a primera vista, el cual fluía con la misma facilidad como la sangre del cordón que las unía. Pero ¿cómo podía explicarle eso a Penny? ¿Y delante de Thomas?

»Bueno, estaba bastante segura de que estabas intentando matarme. —Decidió ponerle un toque de humor a su voz—. Durante el primer trimestre, la comida se negó a quedarse en su sitio. Luego, durante el segundo, tenía tanta acidez que parecía que me hubiera tragado un pequeño volcán. No podía dormir si no me encontraba completamente erguida. Y en el acto final, el tercer trimestre, tan solo el hecho de pensar en agacharme para ponerme los zapatos casi me daba sofocos. —No había ni una parte del cuerpo de Mika que Penny no hubiera colonizado.

Penny se rio una vez más y Thomas también esbozó una sonrisa.

—Has sido todo un torbellino desde el principio —le dijo él a su hija.

Penny siguió riendo, y Mika la imitó y alzó el rostro hacia la luna creciente. Trató de decirse a sí misma que aquel momento no era tan importante. Que su corazón no parecía estar de pronto expuesto e infinito como el verano. Que no era como si tuviese dieciocho años de nuevo y estuviese empezando a vivir. Cuando había tenido el mundo a sus pies, cuando su vida había sido pintura abundante, colores brillantes y trazos atrevidos.

A la noche siguiente, Mika se apresuró para reunirse con Thomas y Penny en su hotel una vez más. Habían acordado cenar en un restaurante una calle más abajo. Se las había ingeniado para encontrar un sitio en el que aparcar en la calle justo antes de que el cielo se abriera y soltara unas gruesas gotas de lluvia. Para cuando se deslizó por las puertas del vestíbulo, tenía el pelo empapado y aplastado contra la cabeza.

—Aquí estoy —saludó a Thomas, corriendo un poquito y resbalándose en el proceso—. Disculpa la tardanza. El tráfico estaba horrible y no encontraba dónde aparcar. ¿Y Penny? —la buscó por el vestíbulo.

—Bajará en un segundo. —Entonces, el teléfono de Thomas sonó—. Espera —le dijo a Mika—. Es Penny. —Contestó—. Hola, pequeñaja. Mika ya está aquí. ¿Estás lista? —Escuchó con atención durante todo un minuto—. ¿Sí? ¿Has traído algo de lo que necesitas? No, ya lo imaginaba. No pasa nada, no te preocupes. Iré a la tienda ahora mismo. ¿Quieres algo más? Bueno, volveré pronto. Tú espera ahí. Eh, que no pasa nada, en serio. Yo se lo explicaré. Y sí, *me comportaré.* —Aquello último lo dijo en una voz más baja y luego colgó—. Bueno, Penny no viene. Está en sus días.

Mika frunció el ceño.

—¿Sus días? ¡Ah! —No tardó en comprender—. Ya, *esos* días.

—Necesita que vaya a comprarle unas cosas —explicó Thomas, rascándose la nuca.

—Mmm, hay un Target cerca, hacia la izquierda, te mostraré el camino. —Tomaron prestados un par de paraguas del conserje del hotel y, diez minutos más tarde, se encontraban en el mismo Target en el que Mika había estado cuando había recibido la primera llamada de Penny. «¿Eres Mika Suzuki? Soy Penelope Calvin. Creo que soy tu hija». Thomas echó un vistazo por las estanterías y negó con la cabeza, decepcionado con la selección de productos.

—Perdone —llamó a uno de los trabajadores que iba con una camiseta roja y le preguntó por una marca específica de tampones. Extragrandes. El empleado le dijo que comprobaría si los tenían y se alejó a toda prisa.

»Penny es un poco particular —explicó Thomas, metiéndose las manos en los bolsillos y balanceándose sobre los talones.

—Ah, ¿sí? —Mika tenía que admitir que toda aquella escena le resultaba un tanto encantadora.

—Sí —repuso él, encogiéndose de hombros—. Le gusta una marca en concreto. Me temo que, si no la tienen, tendremos que ir a otra tienda… ¿Qué pasa? —se interrumpió, al ver cómo lo miraba Mika con los ojos muy abiertos.

—Es solo que… es muy impresionante. Mi padre nunca fue a comprarme productos femeninos. —Aquellos los compraba Hiromi y se los pasaba a Mika en una bolsa de plástico negra como si estuviesen llevando a cabo una especie de intercambio clandestino. En una ocasión había enviado a Leif a comprarlos. Este la había llamado por FaceTime, y se habían enzarzado en toda una discusión sobre opciones orgánicas. Al final, Mika había terminado cortando la llamada, satisfecha con desangrarse sobre su sofá. Habría sido una buena lección.

Thomas se rascó la barbilla.

—No hay nada de lo que avergonzarse. No me gustaría que sintiera vergüenza de su propio cuerpo. —Hizo una pausa, como si estuviera considerando decir algo más. Al final, decidió seguir hablando—. Le organicé una fiesta cuando le vino la regla.

—¿Cómo dices?

Thomas se echó a reír, mirándose los zapatos.

—Como lo oyes. Le bajó por primera vez un año después de la muerte de Caroline, y lo busqué en internet. Creo que puse en Google: «padre soltero, hija ha tenido su primera menstruación» o algo así. Y salieron todas estas sugerencias sobre organizarle una fiesta para darle la bienvenida a su etapa de mujer. Invité a algunas de sus amigas para hacerle una fiesta sorpresa.

—¿Y eso le gustó? —Mika se había muerto de vergüenza cuando le había bajado la regla por primera vez: abochornada y confundida. Hiromi nunca le había contado qué era lo que pasaría, por lo que Mika se había sorprendido, por así decirlo.

Thomas meneó la cabeza.

—Ni un poco. No salió de su habitación. Tuve que enviar a sus amigas de vuelta a sus casas. Después de un rato, bajó y me pidió que nunca más le organizara una fiesta así. Creo que el pastel y las decoraciones fueron demasiado —dijo, arrastrando los pies sobre su sitio.

El empleado de Target volvió con la cajita de tampones, la marca correcta. Pagaron y caminaron de vuelta al hotel. Cuando llegaron al décimo primer piso, llamaron a la puerta de Penny.

—Pequeñaja —la llamó Thomas.

Penny abrió la puerta, arrebujada en un albornoz y con el televisor a todo volumen en el fondo, con un reality de amas de casa puesto.

—No estoy para ver a nadie —repuso ella, estirando una mano, y Thomas le entregó la bolsa—. Vosotros id a cenar. No desperdiciéis la noche por mi culpa. Seguro que terminaré vaciando el minibar de cualquier cosa que tenga chocolate o sal —añadió, y luego les cerró la puerta en la cara.

—Podemos ahorrarnos la cena, creo que me iré a casa y ya —dijo Mika, una vez estuvieron de nuevo en el ascensor.

Thomas se cruzó de brazos y se rascó la barbilla.

—¿Tan mala compañía soy?

—No, no, claro que no —tartamudeó ella, sorprendida.

Thomas la miró con atención.

—¿Qué tal un trago? ¿En el vestíbulo? Creo que ambos deberíamos hablar, conocernos un poco mejor. Por Penny. —Llegaron al vestíbulo, y las puertas se abrieron. Mika buscó y buscó una excusa, hasta pensó en salir corriendo y ya, pero aquella parecía la opción más humillante.

Thomas la esperó fuera del ascensor.

—Mika —le dijo, sin más.

—Thomas.

—Por favor, vayamos a beber una copa.

—Bueno —aceptó ella, antes de respirar hondo y pasar por su lado—. Pero solo una.

Cruzaron el vestíbulo en dirección al bar del hotel. Tal como había sido condicionada, sus ojos buscaron las pinturas. Cuadros típicos de hotel de arte abstracto, con espirales monocromáticas, y escogidos por la estética. *Arte para combinar,* lo solía llamar Marcus, su profesor.

Thomas se detuvo en una mesita en la esquina de la sala y le movió la silla a Mika para que se sentara. Al oír el sonido de las patas de madera rasgando contra las baldosas, esta volvió a recordar la oficina de Marcus. Aquel día en el que lo había conocido, el caballete había hecho un ruido similar mientras ella lo arrastraba para colocar sobre él un lienzo blanco del armario.

«¿Qué debería dibujar?», le había preguntado ella sobre el hombro. La luz del sol se filtraba por la ventana, y pequeñas partículas de polvo se movían por ella.

«Si me tienes que preguntar eso, no estás lista para una clase de pintura avanzada», le había contestado.

Mika asintió, distraída, y tomó un carboncillo vegetal de la estantería. Lo apoyó en el lienzo, dibujó un arco y luego hizo una mueca. Demasiado fuerte, demasiado amplio. No tenía ningún propósito. Lo borró con la mano y empezó de nuevo mientras trataba de recordar todos los conocimientos sobre anatomía que había leído en los libros que solía sacar de la biblioteca. Marcus fumó mientras ella pintaba. Tras un rato, puso algo de música, una especie de balada tranquila. Pasada una hora, Mika había terminado y tenía los dedos negros, adormecidos y llenos de dolor.

«¿Quién es?», le había preguntado Marcus, tras apagar la música.

«Mi madre», había contestado ella, para luego agarrar una toalla y limpiarse las manos. Había dibujado a Hiromi. Su pelo peinado en una curva lisa, sus ojos brutales y despiadados, un par de líneas a los lados de su boca que actuaban como paréntesis de decepción.

«Nunca más le preguntes a alguien lo que debes pintar». Se oyó el crujido de un papel, y Marcus le entregó el formulario firmado. «Apúntate en mi clase de Pintura III. Te enseñaré».

Mika había recibido el formulario y se había marchado, aunque luego se había sentado en un banco durante un rato. Era la primera vez que alguien le decía que tenía talento. Se sentía poderosa. Totalmente viva. Marcus era una figura importante en sus recuerdos.

En el hotel, Mika se sentó en su silla, con Thomas a su lado. Este llamó al camarero y le pidió un whisky sin hielo. Por supuesto, cualquier cosa que hiciera que le creciera más pelo en el pecho. Con el corazón latiéndole alocado en el pecho, Mika pidió un cabernet. Un silencio incómodo descendió sobre ellos mientras esperaban sus bebidas.

—¿Penny estará bien? —preguntó Mika.

Thomas se reclinó en su asiento y estiró las piernas.

—Sí, el primer día siempre es el peor para ella.

—Menos mal. —Mika pensó en todas las cosas que no sabía sobre Penny. Hacía mucho tiempo se había convencido a sí misma de que no pasaría nada por nunca llegar a conocer de verdad a su hija, de que tendría suficiente con saber que estaba viva y bien. Había sido una tonta. En aquellos momentos sentía celos y envidia de Caroline y Thomas, de todos aquellos momentos que habían compartido con Penny. Trató de controlar la envidia, pero esta se negó a calmarse. La idea de no volver a ver a Penny nunca más, de no formar parte de su vida como ella misma había previsto que podía suceder, ya no le parecía aceptable. El camarero regresó con sus bebidas. Con una floritura, depositó dos servilletas sobre la mesa y sus copas sobre ellas. Ambos dieron un sorbo y escucharon al hombre que en aquellos momentos tocaba el piano: una famosa sonata de Mozart.

—¿Me puedes contar más sobre Penny? —le pidió Mika, jugueteando con la parte baja de su copa, girándola hacia un lado y luego hacia el otro.

Thomas ladeó la cabeza. Había una pequeña velita en la mesa, y esta hacía que se le dibujaran sombras bajo sus pómulos pronunciados.

—Te enviamos cartas cada año.

Los paquetes que le había enviado Caroline habían estado llenos de fotos, dibujos e incluso un platito de cerámica que había hecho Penny en primaria. Y las cartas habían sido largas y llenas de detalles. Mika no había tenido problemas al imaginarse la vida de su hija, lo bien que le iba, lo mucho que la cuidaban. Y las palabras de Caroline siempre la habían reconfortado, al estar escritas con la familiaridad de una madre a otra. Pero entonces Caroline había muerto, y las cartas de Thomas habían sido cortas, directas al grano, con un filo de incertidumbre.

—Sí, lo hicisteis —contestó ella con cuidado—, pero estoy segura de que no pudisteis haberme contado todo en ellas.

Thomas inhaló con dificultad.

—Bueno, ya te he contado el fiasco de la fiesta de la regla. ¿Qué más? —Se removió en su sitio, pensando—. Ah, su fase de escribir cartas.

—¿Escribir cartas? —preguntó Mika con curiosidad e inclinándose hacia él.

—La llevé a terapia después de la muerte de Caroline. El psicólogo le sugirió que escribiera cartas para expresar sus sentimientos. Y ella escribía cosas como: «Hoy estoy triste y echo de menos a mamá». —Thomas bebió un sorbo de su whisky. Mika lo vio tragar y cómo su nuez se movía—. Y entonces yo le respondía: «Lo siento, pequeñaja. Yo también la extraño». Era una especie de espacio seguro en el que podíamos hablar. Usamos aquella técnica durante un par de años, de vez en cuando. Fue bastante efectiva. Un día, creo que cuando Penny tenía trece años, le pedí que se diera una ducha y limpiara su habitación. Nada grave. —Esperó a que Mika asintiera, de acuerdo con sus palabras—. Unos minutos después, se me presentó con una carta que decía algo como: «Estoy muy enfadada y triste ahora, así que por favor déjame en paz hasta que te diga lo contrario». —Hizo una pausa para beber su whisky.

—¿Y la dejaste en paz? —preguntó Mika, sonriendo.

Thomas aspiró a través de los dientes.

—Seguro que eso habría sido lo mejor. Pero seguí el consejo del psicólogo y le contesté: «Gracias por comunicarte conmigo. No tiene nada de malo sentirse triste o enfadada a veces. Estoy aquí por si quieres hablar». —Su mirada se llenó de diversión, y sus labios se torcieron en una sonrisa.

—¿Y no fue la opción correcta? —le preguntó ella.

—Para nada. Salió echa una furia de su habitación. Te juro que parecía que estuviera invocando las fuerzas del mal sobre mi estampa. Estrelló la nota contra la mesa, con correcciones añadidas. —Hizo una pausa—. Había resaltado el *muy* y había tachado *enfadada* para cambiarlo por *furiosa*. Y, arriba, con un marcador indeleble había puesto: «Vete», todo en mayúsculas.

—Vaya —dijo Mika, a media voz. En ocasiones, todo ello, el embarazo, el parto, incluso el presente, el ver a Penny, le parecía muy irreal. Como si estuviera viendo la vida de otra persona pasar delante de sus ojos. Aunque suponía que en cierto modo era así. No podía terminar de aceptar que aquella era *su* vida.

Thomas terminó de beber su copa.

—Sí, siempre ha sido así. Pequeñita, pero una fiera. De armas tomar. Apostaría por ella en una pelea. ¿Tú cómo eras de pequeña?

—¿Yo? —Mika se enderezó en su asiento. Pensó en la Mika de antes. Hiromi solía decir que su hija era demasiado sensible. La veía como a una extraña, una desconocida, como si sus diferencias fueran una traición—. Era tímida, supongo, pero soñaba a lo grande.

—Había soñado con ser alguien importante algún día—. Hasta que conocí a mi mejor amiga, Hana, fue entonces que empecé a asumir más riesgos. —Se había sentido indomable. Cuando estaban en el instituto, se habían ido de fiesta en fiesta durante los fines de semana. Se habían emborrachado con sus compañeros y sus padres que creían en la filosofía de «Si mi hijo va a beber, mejor que lo haga bajo mi techo». Luego se había extralimitado en la universidad. Había perdido su virginidad durante la primera semana de clases con un tipo cuyo apellido ni siquiera podía recordar. Se lo había pasado bien y le había gustado follar, sentir el cuerpo de alguien contra el suyo.

Mika parpadeó.

Allí estaba Marcus de nuevo, en la periferia de sus recuerdos. Estaban solos en el aula, con la puerta cerrada. Ella iba por la mitad de su primer año. Además de haberse apuntado a clases de Pintura e Historia del Arte, también llevaba clases de Filosofía. Estaba justo en pleno existencialismo. Entre Sartre y Kierkegaard, «La vida solo se puede comprender al revés, pero hay que vivirla al derecho». También había estado estudiando arte antiguo: a los griegos, romanos, bizantinos y a los que venían antes de ellos. Símbolos. La Virgen María. Bajo el tutelaje de Marcus, Mika se había vuelto una experta en técnicas tradicionales: difuminado, mojado sobre mojado, veladura y claroscuro.

«A tus pinturas les falta vida», le había dicho Marcus. Había mojado un pincel en tinta negra y había hecho una raya sobre su estudio de una naranja. «No hay ninguna historia. ¿Cuál es tu historia?».

Decepcionarlo era una especie de agonía. «Mira el cuadro de Peter», había seguido, señalando un lienzo apoyado en la pared. Era el cuadro de uno de sus alumnos de posgrado, un retrato de una estrella del pop sosteniendo una manzana en el Jardín del Edén. «Es de lo más derivativo, pero aun así cuenta una historia. Venga, ¿no lo ves? En la historia está tu poder».

—Penny era de todo menos tímida —dijo Thomas, lo que hizo que Mika regresara al presente—. Era... —Meneó la cabeza.

—¿Qué? —lo animó Mika, inclinándose hacia adelante. De algún modo habían terminado acercándose el uno al otro y sus rodillas se rozaban.

—Lo había olvidado, pero cuando era pequeñita y estaba dejando el pañal, le gustaba que la viéramos ir al baño. —Mika se echó a reír, y Thomas sonrió—. No sé por qué, quizás porque le hacíamos muchísima fiesta. Caroline había leído un libro que decía que se suponía que debíamos celebrar cada vez que iba al baño. Y sí que se lo celebrábamos. Pero Penny se ponía superseria cada vez que tenía que hacer caca y nos miraba fijamente a alguno de los dos. Decía: «Mírame, mírame». —Volvió a sonreír—. Se volvió algo normal, hasta que Caroline dijo que teníamos que ponerle un alto o seguiríamos viéndola ir al baño hasta cuando estuviera en la universidad. A Penny no le gusta esta historia, pero es de mis favoritas.

Mika apoyó un codo en la mesa, dejó que su barbilla descansara sobre una de sus manos y observó con tranquilidad a Thomas.

—Cuéntame más.

—Pues, en cuarto de primaria, se le dio por la ventriloquía. —Hizo como si un escalofrío lo hubiera recorrido entero—. De lo más perturbador, me alegro de que lo dejara atrás. Poco después, empezó con la magia.

—Como es lógico —añadió Mika, y ambos compartieron una sonrisa, casi una carcajada. Suspiró. Había estado equivocada en cuanto a su opinión sobre Thomas. No tenía las mismas emociones que una patata—. Habéis sido unos buenos padres. Tú eres un buen padre. —No había querido decirlo en voz alta, pero las palabras se le habían escapado.

Thomas ahogó una risa.

—Gracias. Tuve que operar sin manual por un tiempo. Cuando pienso en la época en la que Caroline murió, me avergüenza recordar todo lo que no sabía. Básicamente dependía de ella en cuanto a todo lo que involucraba ser padre. Pero cuando murió, me sentí tan fuera de lugar...

Mika sintió un pinchazo de dolor en el pecho.

—¿Fue muy horrible?

Thomas frunció el ceño.

—La peiné y no quedó muy mal para ser la primera vez. Pero lloró al final del día cuando intenté quitarle las gomas del pelo, así que terminé cortándolas y me llevé un mechón entero. Tuve que llevarla a la peluquería para que se lo arreglaran. Penny puso el grito en el cielo cuando sugirieron dejárselo cortito para que estuviera igualado. Así que hicimos un trato, corto por el frente, pero largo por detrás.

Mika hizo una mueca.

—Eso suena muy similar a un...

—A un mullet —dijo Thomas, con sus ojos claros posados en ella—. Le hice un corte mullet a mi hija.

CA PÍ TU LO 13

—Y bueno… ¿qué le has contado sobre mí? —preguntó Hana. Era miércoles, la noche anterior a la inauguración de la galería de arte de Mika. Thomas y Penny tenían previsto conocer a Hana, y Mika había escogido Lardo, un restaurante de moda que vendía sándwiches en Hawthorne y que no haría sufrir tanto a su cuenta bancaria.

Mika esbozó una sonrisita mientras buscaba una mesa libre en el abarrotado restaurante.

—Pues… ya sabes, lo de siempre. Que estabas coladita por nuestra profesora de Inglés de primer año y no dejabas de hablarle de *Smallville* y de que Kristin Kreuk —La protagonista de mirada inocente, mejor conocida como Lana Lang— era quien cargaba con todo el peso de la serie.

Los labios de Hana se curvaron en una sonrisa.

—Ah, la señorita Sampson. No sé cómo hice para contenerme y no ponerme a cantar cada vez que hablaba con ella. Me pregunto qué será de su vida.

Una familia de cuatro personas dejó libre una mesa, y Mika se lanzó hacia ella. Se sentaron para esperar a Thomas y a Penny antes de hacer su pedido.

—¿Y qué más le has contado? —Hana tamborileó con los dedos sobre la mesa.

Mika le echó un vistazo al cartel de neón bajo el que se habían sentado, el cual decía: COME HASTA REVENTAR.

—Lo normal, ya sabes. Que nos conocemos desde secundaria y que fuimos juntas a la universidad, que hemos sido amigas todo este tiempo y que estuviste conmigo cuando nació. Es probable que Penny te pregunte sobre eso. —Mika sacó una servilleta del dispensador y empezó a hacerla trocitos—. Seguro que querrá saber sobre nosotras y cómo pasamos esa época. Así que mejor no entres en detalles sobre qué tipo de estudiantes fuimos, ¿vale? Lo mucho que nos íbamos de fiesta, las veces que nos saltábamos clases, esas cosas.

—Mika. —Hana soltó un suspiro, mirándola con pena.

—Quiero que se sienta orgullosa de mí, que pueda ser alguien a quien admire. —*Quiero ser la persona que fui antes, pero una mejor versión*, pensó. Quizás aquella sería su oportunidad para redimirse. Para encontrar la absolución. Una manera de volver en el tiempo y hacer las cosas bien. Era una manera retorcida de verlo, pero allí estaba: su oportunidad de recuperar lo perdido.

—¿No quieres que se entere de que casi te lo hiciste encima mientras pujabas? —le preguntó Hana, sin ninguna emoción.

—Madre santa, me prometiste que nunca hablaríamos de eso.

Hana se encogió de hombros.

—Me gusta tu cara —le dijo Mika.

—Y a mí la tuya —respondió Hana—. Aunque sea una cara muy mala y mentirosa.

—No me hagas sentir peor, te lo pido. —Ya se sentía de pena al tener que mentirle a Penny, pero aquello era mejor que contarle la verdad. Le había prometido que siempre iba a protegerla. Y aquella era la forma en la que lo estaba haciendo.

—Lo siento —se disculpó Hana—. Solo me gustaría que pudieras ver lo increíble que eres.

Mika abrió la boca para contestar, pero la campanilla que había sobre la puerta sonó. Thomas y Penny estaban de pie en la entrada.

—Son ellos —dijo, y alzó una mano en el aire para llamarlos.

Padre e hija sonrieron al mismo tiempo.

Hana soltó un silbido por lo bajo.

—Alerta de padre buenorro.

—Hana —la regañó Mika, con las mejillas al rojo vivo mientras Thomas y Penny se acercaban a ellas.

—¿Qué? —Hana se llevó una mano al pecho—. A pesar de ser lesbiana, puedo apreciar objetivamente la belleza masculina.

—Hola. —Thomas le dedicó una cálida sonrisa a Mika y estiró una mano para estrechar la de Hana—. Soy Thomas. —Continuaron presentándose y luego se sentaron. Mika y Hana estaban de un lado de la mesa y Thomas y Penny del otro.

»¿Qué me recomendáis? —preguntó Thomas.

—Sin duda, las patatas bastardas —empezó Hana—. Las cortan a mano y las fríen en grasa de beicon, luego las pasan por finas hierbas y parmesano.

Thomas recibió todos los pedidos y se acercó al mostrador para pedirlos. Cuando volvió, hablaron un rato de cosas banales. Más que nada sobre Hana y su trabajo como intérprete de lengua de signos para grupos musicales. Penny no podía consigo de la emoción. *Tan impresionada y tan impresionable,* pensó Mika. Le hacía recordar a cómo ella misma había sido con Marcus, lo novata que se había sentido, lo mucho que había querido su aprobación; había sido como un gatito enredándose entre sus piernas y su desesperación aún hacía que el estómago le doliera. Sin embargo, en aquellos momentos, se atiborraron de patatas fritas y sándwiches de cerdo. Thomas se limpió la boca y luego arrugó su servilleta.

—Ya no me entra nada más —anunció, frotándose su plana barriga. La camiseta se le subió un poco y reveló una delgadísima línea de piel. Mika encontró un punto en la pared en el que concentrarse.

Hana se inclinó hacia adelante, apoyó un codo en la mesa y la barbilla sobre la mano antes de observar a Penny.

—Bueno —le dijo.

—Bueno... —repitió Penny.

—¿Qué quieres saber?

Penny se sonrojó ante lo directa que había sido Hana.

—Estuviste ahí el día en que nací —le dijo.

—Oh, sí. Estuve en plena zona de salpicaduras —contestó Hana.

Mika hizo una mueca ante la imagen mental y reconsideró a quien había escogido como mejor amiga.

Penny empezó a juguetear con sus pulgares.

—¿Podrías... Podríais contarme sobre aquel día? —Miró a Hana y luego a Mika, preguntándoles a ambas.

Mika se reclinó en su asiento. La comida de su estómago empezó a amargarse. Era duro recordar aquel día, y hablar de él lo era incluso más. De cómo el embarazo le había partido la vida en dos. De que cuando Penny había nacido, Mika se había sentido mareada de tanto amor, y luego de tanta desolación. De cómo se había hundido como una piedra tras ello. Era doloroso hacer que aquel lazo de tiempo se aplanara.

—Penny —le dijo Thomas—, quizás podríamos tener esta conversación en otro momento.

Penny pareció resignarse.

—Sí, claro. Lo entiendo. —Pero estaba claro que no lo hacía.

Bajo la mesa, Hana le dio un ligero apretoncito a la rodilla de Mika para reconfortarla.

—Me parece que estaba lloviendo —empezó ella, con cuidado.

—Sí —confirmó Mika, con voz suave y ligera. Había ido a ver al ginecólogo el día anterior y todo había sido horrible. «Solo quiero que salga», le había pedido, sonrojada y llorando. «Quiero que esto acabe, quiero mi vida de vuelta». Le había parecido como si Penny se hubiera estado aferrando a ella, a sabiendas de que pronto las iban a separar.

—Le pusieron una epidural —añadió Hana, antes de darle un pequeño codazo a su amiga—. ¿Recuerdas cuando la enfermera te sugirió que era muy pronto para una epidural y que quizás deberías tratar de respirar?

El fantasma de una sonrisa apareció en el rostro de Mika.

—Me estaba ofreciendo bolas de nieve cuando yo quería una granada.

—Después de eso fue un poco aburrido. Nos quedamos dormidas —dijo Hana. Mika la recordaba a los pies de su cama de hospital, hecha un ovillo sobre una silla.

—Hana se quedó dormida —aclaró Mika—. Yo di vueltas y vueltas, no podía ponerme cómoda. —Había llorado por el cansancio, por el dolor, por el sablazo emocional.

—Y, entonces, por la mañana, Mika empezó a pujar —continuó Hana. En medio de aquel proceso, Mika había decidido que no quería cargar a Penny. Luego había cambiado de opinión. «Sí que quiero, no dejes que se la lleven sin que pueda cargarla una vez»—. Mika te sostuvo primero, pero luego fui yo —sonrió—. Tenías la carita roja y toda arrugada.

—Qué bonito suena —se rio Penny.

—Lo fue, de verdad lo fue —dijo Mika con total sinceridad. Miró de reojo a Thomas. Este tenía una ligera sonrisa, al igual que su hija.

—Nosotros estábamos fuera, en la sala de espera —añadió Thomas. Y Mika encontró una especie de consuelo distante al saber que Penny había ido directa a los brazos de sus padres adoptivos. No había habido un momento en el que no hubiera sido amada y cuidada.

—Lo sé —repuso Penny—. Me lo contó mamá en su carta. —La carta que Caroline le había escrito por sus dieciséis. La carta que había dado el pistoletazo de inicio para que Penny buscara a su madre biológica.

—¿Sí? —Thomas alzó las cejas. Ah, Mika recordó que Penny no había dejado que Thomas leyera las últimas palabras que Caroline había escrito para su hija.

Penny le hizo un ademán a su padre para quitarle importancia.

—Cambiando de tema, me muero por conocer tu galería —le dijo a Mika, mirándola con sus ojos oscuros e intensos—. ¿Podemos ir mañana? ¿Me puedes mostrar el sitio antes de que todos los demás lo vean?

Oh, pensó Mika.

—¡Oh! —exclamó Mika. Leif le había enviado la dirección la noche anterior. Le había dicho que ya podía entrar cuando quisiera a partir del día siguiente. Había despejado su agenda para poder ir a ver el espacio y dejarlo todo en orden, pero no había contado con tener compañía. Miró a Hana de reojo y vio que un ápice de diversión se asomaba en las comisuras de la boca de su amiga—. ¡Claro! —aceptó, acorralada. Ya se inventaría una excusa más tarde.

—Debo interrumpir nuestro encuentro —dijo Hana, poniéndose de pie—. Tengo un partido de roller derby.

—¿Roller derby? —le preguntó Penny.

—¿Queréis venir? Es superviolento y sangriento, quizás os guste —siguió Hana, y el rostro de Penny se iluminó como si fuera un árbol de Navidad—. Luego se puede patinar en la pista.

Penny se aferró a la mesa con ambas manos.

—Sí, sí, mil veces sí.

● ● ●

Veinte minutos después, Thomas, Penny y Mika se sentaron en las gradas y observaron a Hana entrar patinando a la pista. Thomas observó a las mujeres vestidas con pantalones cortos, camisetas de tirantes, patines, cascos y protecciones para los ojos.

—No tenemos roller derby en Ohio —murmuró.

—¿Qué está haciendo Hana? —preguntó Penny.

Mika se echó atrás en su asiento.

—Es la anotadora, así que ella empieza detrás de su equipo. —Mika empezó a explicarles cómo se anotaban los puntos cuando una anotadora pasaba a algún miembro del equipo contrario. Durante una hora y media, animaron a Hana, hicieron muecas cuando alguien le daba un codazo y abuchearon cuando el árbitro declaró una falta por cambio de posición no permitido. Para cuando el equipo de Hana, Invasión

Asiática, hubo derrotado a sus rivales, Carne Fresca, Penny daba saltitos en su asiento. Hana llamó a Penny hacia la pista, y esta no dudó en bajar para patinar junto a ella.

—¿Te apetece mirar desde la terraza? —preguntó Mika, señalando hacia donde la pista de patinaje acababa y empezaba un área abierta con mesitas de pícnic y un bar.

Thomas se frotó las rodillas.

—¿Debería estar preocupado? ¿Saco la tarjeta del seguro sanitario por si acaso? —Dentro de la pista, Hana estaba preparando a Penny con un casco y rodilleras.

—No —lo tranquilizó ella—. No le pasará nada. Hana solo le mostrará algunos movimientos y se la presentará a algunas de las chicas.

No mucho después, ambos se instalaron en la terraza. Thomas con una cerveza IPA delante de él, y Mika con un vaso de sidra, mientras observaban cómo una chica con los brazos llenos de tatuajes y las orejas repletas de imperdibles le enseñaba a Penny cómo bloquear.

Thomas limpió la condensación de su vaso con los pulgares.

—¿Sabes? Tenía mis reservas sobre este viaje.

—No me digas —se burló Mika, sonriendo. Luego bebió un sorbo de su bebida.

La mirada de Thomas se volvió seria.

—Lo siento, he sido un cascarrabias. Ha sido un mal... Joder, no lo sé, supongo que han sido unos malos años. Pensé que Penny estaba llevándolo bien. Hemos sido solo los dos durante tanto tiempo... Ni siquiera me preguntó por ti. Por eso me sorprendió tantísimo cuando declaró que te había encontrado y que estaba planeando hacerte una visita. —Se frotó el pecho—. Creo que no me he acostumbrado aún. Además, está todo el asunto de la carta que le escribió Caroline. No me deja leerla. Estoy tratando de respetar lo que quiere, pero, joder, parece que lo único que hace Penny últimamente es ocultarme cosas. —Thomas observó su bebida.

Mika contuvo una mueca.

—Así que... Penny te oculta cosas y está tratando de descubrir quién es más allá de tu influencia. Me suena mucho al comportamiento de una adolescente. —Se apoyó una mano en el pecho—. Lo digo por experiencia.

Aquello pareció ponerlo de peor humor, en vez de ayudar.

—Pues, qué carajos, no me gusta nada —se quejó él, frunciendo aún más el ceño.

—Es una buena niña. Tu hija es una buena persona.

Thomas asintió, pensativo.

—Solía pensar que Caroline era lo mejor que me había pasado en la vida, pero entonces llegó Penny y me sentí culpable porque... Porque ella sí que es lo mejor que me ha pasado en la vida.

Mika no respondió. Aunque, para sus adentros, pensó que a ella le pasaba lo mismo.

—Está creciendo, supongo. Eso es todo —dijo Thomas.

—Sí, pero también está tomando buenas decisiones. Como el modo en el que solucionó todo ese asunto con el novio... —Mika dejó de hablar al ver la expresión confusa de Thomas.

—¿Qué novio?

—Mierda. —Se mordió el labio—. No debería haber dicho nada. Por favor, no le digas que te lo he contado.

Thomas se llevó una mano al pecho en señal de juramento.

—Ni una palabra.

Mika trató de recordar lo que habían hablado sobre él en su conversación telefónica.

—Creo que se llama Jack o James.

—Jack —confirmó Thomas—, habla de él de vez en cuando.

—Bueno, pues imagino que estaban juntos, pero ella cortó con él. —Mika se inclinó hacia adelante para susurrar—: Porque él no dejaba de querer pasar el rato en habitaciones con colchones.

—Será hijo de puta —maldijo Thomas, tras gruñir por lo bajo y apretar un puño.

Mika apoyó una mano sobre la suya, pero luego la apartó. Notó que el cuello se le estaba sonrojando.

—Calma y deja a su madre fuera de esto. Penny sabe lo que hace. —«Quiero estar con alguien a quien le guste por mi cerebro», le había dicho Penny tras cortar con él.

Thomas flexionó los dedos y se relajó.

—Bueno, vale. —Terminó su bebida de un solo trago y algo similar a una risa escapó de él—. No estoy acostumbrado a esto. Es difícil compartirla.

—Me imagino —dijo Mika, con un tono ligeramente cortante. Ella había compartido a su hija desde el inicio.

—Cierto. Lo siento. —Thomas le dedicó una sonrisa avergonzada. Llevaba una sudadera con capucha aquel día, una que tenía un grabado con las palabras EQUIPO DE REMO DE DARTMOUTH en el frente. No parecía tener los cuarenta y seis años que tenía.

—¿Te molesta que te haga una pregunta?

Mika terminó su bebida.

—Adelante.

—¿Te arrepientes? —le preguntó Thomas.

Mika ladeó la cabeza.

—¿De qué?

—De Penny —repuso él, tras un segundo—. De darla en adopción, quiero decir.

Mika se congeló. «Dar en adopción es el acto de entregarse uno mismo a unas fuerzas que son más grandes que nosotros», le había dicho la señora Pearson.

—Fue la decisión correcta en aquel momento. E incluso ahora... No habría querido que nadie más críe a Penny. Es exactamente quien tiene que ser. —Hizo una pausa—. Pero sí, uno siempre se arrepiente de algo. ¿No crees?

Thomas se quedó pensativo algunos segundos y luego dijo:

—Es parte de la experiencia universal de tener hijos.

Al ver que Thomas la tenía en cuenta como madre de Penny, algo cálido se extendió por su pecho. Justo entonces, Penny subió patinando hacia ellos. Tenía el rostro colorado y los ojos brillantes. En las manos sostenía una camiseta de la tienda de regalos.

—Me la llevo —dijo, sosteniéndola frente a ella. Sobre el pecho, la camiseta tenía la frase ESTAS TE VAN A DEJAR PATITIESO estampada en un estilo antiguo.

Thomas se echó a reír, pero no tardó en ponerse serio.

—No, de ninguna manera. Prueba con otra.

Penny hizo un puchero.

—Pero...

Otra cosa más que me perdí, pensó Mika. Quizás había podido elegir quién criaba a su hija, pero no qué ropa se ponía, ni con qué juguetes jugaba, ni qué mantas la arropaban. A lo largo de los años, se había detenido en tiendas infantiles y había acariciado zapatitos de bebés o ropa de baño o camisetas para niños mientras pensaba en lo que Penny estaría vistiendo en aquellos momentos. Se había perdido tantas cosas... Tantísimas.

Se levantó de un salto.

—Venga, te ayudaré a escoger otra cosa —le dijo a su hija.

Era momento de cambiar las cosas.

CAPÍTULO 14

A las 8 a. m., Mika estaba despierta y escribiéndole a Penny. ¿Estás segura de que quieres ver la galería hoy? Es un desastre, la verdad. Una punzada de vergüenza la atravesó, pero no tardó en hacer que volviera a esconderse en la cueva de la que había salido. ¡Te prometo que estará estupenda para cuando vayas esta noche!, añadió.

Penny le devolvió el mensaje casi de inmediato. Ningún problema. Puedo ayudarte a dejarlo todo listo, no me molesta ensuciarme las manos. ¿Me envías la dirección? Mika lo hizo, con un suspiro de decepción, pero le pidió que le diera unas horas de ventaja. Le escribió a Leif para confirmar que Stanley, el artista, la estaba esperando. Leif contestó con un pulgar hacia arriba.

De camino, el teléfono de Mika sonó con un mensaje de Hana. Penny es increíble, decía. ¿Sabes qué más es increíble?

Mika se había ido a dormir antes de que Hana llegara a casa y se había vuelto a marchar antes de que su amiga despertara. Lo normal era que ambas tuvieran el mismo horario de acostarse tarde y levantarse aún más tarde, pero, últimamente, Mika se había estado levantando más temprano, en gran parte para poder pasar más tiempo con Penny mientras esta estaba en Portland.

Mika tecleó su respuesta en un semáforo en rojo. Deja que adivine: ¿tarta de queso para desayunar? ¿Los pantalones deportivos? ¿La danza interpretativa?

El semáforo se puso verde, y su teléfono sonó. Le echó un vistazo a la pantalla y vio que era una llamada de su madre. *Otra vez.* El corazón le dio un vuelco. No le cabía ninguna duda de que Hiromi se estaría preguntando si Mika ya había encontrado trabajo. Rechazó la llamada. Poco después, su teléfono se iluminó con un nuevo mensaje de voz. Otro semáforo en rojo, y Hana le había vuelto a escribir. Sí, todo eso, pero también que Garrett tiene diarrea crónica y va a tener que perderse la gira para cuidar de su colon irritable. Siguió aquel mensaje con una carita triste y un emoji de un sombrero de fiesta. Eso significa que me voy de gira con Pearl Jam.

Mika contestó: En primer lugar, no me hables nunca más de los movimientos intestinales de Garrett, por favor. En segundo lugar, me alegro mucho por ti.

¡Tengo una idea!, escribió Hana. Deberías venir conmigo como mi animal de apoyo emocional. Hotel y comida gratis, pases para ir tras bastidores... ¿Qué te parece? Nos iríamos en un par de semanas.

Mika se detuvo y aparcó frente a un almacén que parecía bastante normalito. Un cartel promocionaba los Primeros Jueves de cada mes, eventos a los que iba la gente a beber vino de vasos de plástico y se paseaban entre las casetas y los pisos para ver a los nuevos artistas, quienes más que nada se morían de hambre.

Entró por una puerta pesada. En una pared había una lista que registraba a los distintos artistas que trabajaban allí. CREACIONES DE DAPHNE, HABITACIÓN UNO; PRODUCTOS ZEN, HABITACIÓN DOS...; STANLEY WOLF, HABITACIÓN DIEZ.

Mika se dirigió al piso de arriba y llamó a la puerta de la habitación diez antes de entrar.

—¿Hola? —llamó. Metallica sonaba desde una radio vieja y le asaltó los oídos. Olía como aquella vez en la que Mika había quemado una olla en el horno. A su alrededor había montones de metal destrozado: varillas de refuerzo, cintas de acero y barras de hierro. La luz natural que entraba desde cuatro enormes ventanas iluminaba todo el espacio. Un hombre sostenía un soplete en una esquina, y unas chispas volaban desde allí mientras él trabajaba en una escultura. El soplete se apagó, y el hombre se levantó la máscara que llevaba puesta y apagó la música.

—¡Eh, hola! Tú debes de ser Mika. —Cruzó la habitación mientras se quitaba los guantes—. Soy Stanley. —Estiró una mano para que Mika la estrechara. Era blanco y de ojos azules y llevaba una melena teñida de negro que contrastaba mucho con su aspecto. Tenía un piercing en una oreja, un pendiente con una pluma que colgaba de él.

Mika le estrechó la mano y sonrió. Luego retrocedió para observar la escultura que sobrepasaba los dos metros. Era difícil descifrar lo que se suponía que tenía que ser. ¿Quizás un hombre? Solo que tenía la espalda torcida y encorvada.

—Es muy interesante. Está llena de una calidad emocional muy fuerte —le dijo.

Stanley se sonrojó.

—Leif me dijo que estabas pensando acomodar este espacio como si fuese una galería.

Mika avanzó por la habitación.

—Sí, y si me lo permites, creo que todo esto funcionaría muy bien. —El lugar rebosaba de potencial. Había media docena más de esculturas agrupadas en una esquina, cuerpos entrelazados con otros, como amantes que se refugiaban bajo un toldo en una tormenta. Si guardaban los materiales de Stanley, las esculturas resaltarían mucho en la amplia habitación y estarían iluminadas por las lucecitas incorporadas en el techo. Miró a Stanley—. ¿Estás seguro de que no te importa? ¿Que muestre tu trabajo y te quite tu estudio durante un día?

—Para nada. —Stanley lanzó sus guantes sobre una ecléctica mezcla de materiales, los cuales incluían un set de óleos y un caballete. Mika observó las pinturas y apretó un puño para controlar los temblores que la recorrieron, una mezcla de miedo y añoranza. También había una botella de aguarrás, y se quedó paralizada por un momento. Se quedó tan quieta como si una bestia del bosque la estuviese acechando.

»Yo prácticamente he acabado aquí, así que el lugar es todo tuyo. Hay algunas latas de pintura y rodillos por allí. Leif creyó que quizás querrías darle una nueva capa de pintura al lugar. Te dejaré a lo tuyo —añadió Stanley.

Casi temblando, Mika sonrió, distraída, y se oyó a sí misma darle las gracias a Stanley en un susurro. La puerta se cerró. Mika tragó saliva, se sacudió un poco y se subió las mangas. Había llegado la hora de ponerse manos a la obra.

● ● ●

Dos sudorosas horas después, Penny le escribió para decirle que su Uber ya la había dejado, por lo que Mika bajó las escaleras a toda prisa para ir a saludarla.

—Holiii —canturreó Penny, acercándose a ella dando saltitos—. ¿Qué te parece? —le preguntó, estirando los brazos. Aquel día llevaba una chaqueta tejana y, bajo ella, la nueva camiseta que Mika le había comprado. Habían cambiado la camiseta de ESTAS TE VAN A DEJAR PATITIESO por una de Invasión Asiática, con su logo de un par de palillos clavados en un bol de arroz.

—Me gusta —dijo Mika. Ver a Penny feliz la hacía feliz.

Penny arrugó la nariz.

—Anoche traté de convencer a mi padre para que me comprara un tinte para el pelo. Creo que todo este atuendo podría quedar mucho mejor si tuviese un mechón azul por aquí. —Se apartó un mechón de cabello que le caía sobre el rostro.

—Ni se te ocurra hacer algo así tú sola. Me decoloré el cabello cuando estaba en el instituto y tardó un año en volver a la normalidad. Si decides que de verdad quieres hacerlo, sé responsable y ve con un profesional.

—Buena idea —asintió Penny, muy seria.

—¿Cómo has dormido? —le preguntó Mika, mientras la guiaba escaleras arriba hacia la galería.

—A pierna suelta —contestó Penny—. Tengo muchas ganas de ver tu galería.

Mika se dio un tirón en la oreja.

—Aún queda mucho por hacer... No te hagas muchas ilusiones. —Ante la mirada preocupada de su hija, añadió—: Es solo que noto la presión de hacer que todo salga bien. La inauguración es esta noche.

—Lo entiendo. Me pasa igual antes de una carrera. Me siento nerviosa y emocionada, porque quiero que todo salga perfecto.

—Exacto. —Mika abrió la puerta, y Penny entró.

—¡Guau! —exclamó esta, pasando por su lado.

—¿Qué? —¿Tan mal estaba? Mika trató de imaginar el espacio desde los ojos de Penny. A pesar de sus esfuerzos de las últimas horas, el lugar aún era un poco caótico. El equipo de soldadura estaba apilado en mitad de camino, acompañado de montones de materiales de arte.

—Necesita un poco de orden —dijo Penny, dando una vuelta por el lugar.

—Sí —coincidió Mika, algo triste.

Penny la miró por un momento.

—Bueno. —Dio una palmada—. Entre las dos creo que podemos tenerlo todo listo en una hora o dos.

—¿Estás segura de que no te importa?

—¡Claro que no! —contestó Penny—. ¿Por dónde quieres empezar?

Mika se dio un golpecito en los labios.

—Saquemos todos estos materiales de aquí. —Cruzó la habitación para abrir lo que asumía (o, mejor dicho, esperaba) que era un armario. Espacio vacío y polvoriento. Abrió la puerta del todo.

Juntas trabajaron sin descanso durante los siguientes sesenta minutos. Cargaron con el equipo de soldadura y los restos de metal hasta meterlos en el armario. El sudor les cubría la frente.

—¿Esto también va en el armario? —preguntó Penny. A sus pies se encontraban los materiales de arte.

Mika flexionó las manos para intentar evitar que estas temblaran. Se concentró en un par de gruesos lápices de grafito. Marcus solía dibujar con lápiz. Un único fragmento roto de cerámica que, si lo girabas de la forma correcta, podía adquirir la forma de un corazón latiendo. Un racimo de plátanos podridos. Un pozo vacío. Casi al final del semestre de invierno, Marcus había ganado un premio por su dibujo de cerámica.

«Felicidades», le había dicho Mika con una sonrisa, casi sin aliento por haber corrido por todo el campus para ir a verlo tras su clase de Historia del Arte. Ya habían terminado de estudiar a la Virgen María, y en aquellos momentos estaban con el Renacimiento, donde las mujeres yacían envueltas sobre sillas, pintadas en conchas abiertas o flotando sobre nubes con la luz concentrada sobre sus caderas, muslos o pechos, como si estuvieran listas para ser un festín, para ser devoradas. Mika estaba en la oficina de Marcus y le lanzó un regalo: un afilador eléctrico para lápices con un lazo rojo sobre este. Había sido un chiste privado entre ellos que Marcus solía usar uno de esos afiladores viejos que se operaban al girar la muñeca.

«Gracias», le había dicho con una pequeña sonrisa, toqueteando el lazo del regalo.

«¿Qué harás con el premio? Creo que deberías colgarlo junto a tu escritorio». Mika hizo un gesto hacia la placa del Instituto de Arte del Suroeste.

«No lo sé. Lo más probable es que termine usándolo de cenicero», le dijo, rascándose la barba que le había crecido de más sobre la barbilla.

«Bueno, sin duda debes celebrarlo», añadió ella.

«Ahora que lo dices...», Marcus la miró. «Iremos al piso de Pete a beber algo. No quería hacer nada, pero él me ha insistido. ¿No quieres venir?».

Mika se había puesto como un tomate, había esbozado una enorme sonrisa y se había puesto a pensar qué podría ponerse.

«Me encantaría. Gracias».

—¿Mika? —Penny estaba frente a ella.

Mika trató de torcer los labios en una sonrisa.

—Lo siento, me distraje un poquito. ¿Te importaría poner eso en el armario?

Penny asintió sin palabras y recogió las pinturas para luego desaparecer dentro del armario. Mika rompió un lápiz con el tacón de su zapato y lo pateó hacia una esquina. Se dirigió a las esculturas y empezó a clasificarlas mentalmente: dónde debería ponerlas, qué secuencia deberían seguir. Escogió una, la que estaba más jorobada, y la empujó hacia la entrada. Iba por la cuatro para cuando Penny terminó de organizar los materiales de pintura.

—Vaya —suspiró Penny—. Qué buen efecto.

Mika dio un paso atrás y se secó el sudor de la frente. Cada escultura se jorobaba menos que la anterior, como una película de instantáneas de la misma figura retorcida que se iba enderezando poco a poco hasta quedar erguida.

—Yo también creo que queda bien. —Aquella vez sonrió de verdad. Orgullosa y feliz.

Movieron las últimas esculturas, pero dejaron la que estaba cubierta por una lona pesada.

—Creo que Stanley sigue trabajando en esa —explicó Mika, limpiándose las manos en sus tejanos—. Hablaré con él más tarde y veré dónde ponerla. Hacemos buen equipo —le dijo, y Penny sonrió—. ¿Quieres algo de beber? He visto una máquina expendedora por el pasillo.

—Guay —repuso Penny.

Usaron las monedas sueltas que había en el posavasos del coche de Charlie para comprar un par de botellas de agua y algunas bolsas de patatas fritas y luego se sentaron con las piernas cruzadas sobre el suelo de la galería.

—¿Y qué hace tu padre hoy? —preguntó Mika, mientras arreglaba la comida alrededor de Penny como si de una ofrenda se tratase.

—No sé. Seguro que está trabajando o algo así. Le he pedido que no venga.

—¿Ah, sí?

Penny se mordió el labio, con los dedos aún sobre una bolsa de Doritos.

—Sí. He pensado que estaría bien que fuéramos solo las dos. Quiero mucho a mi padre, pero... a veces puede ser un aguafiestas.

—No te lo discuto. —Sonrió Mika. Sin embargo, luego recordó a Thomas en la pista de patinaje, mirando a Penny con tanta devoción, con tanta admiración y orgullo—. De todos modos, parece un padre estupendo, la verdad.

Una sonrisita se dibujó en el rostro de la adolescente.

—Lo es. Sobre todo cuando era más niña. Solía leerme todas las noches, era nuestro momento. Me encantaba *Ricitos de Oro*, y él siempre me leía esa parte sobre su largo, hermoso y *oscuro* cabello que brillaba bajo el sol. Luego me miraba y decía: «Como tú». Cuando me hice mayor, volví a leer el libro y vi que había cambiado la palabra *claro* por *oscuro* y que había pintado los dibujos del cabello de la protagonista con un rotulador permanente.

—Qué bonito —dijo Mika, casi sin palabras.

—Pero ya no somos tan cercanos —siguió Penny, apartando una miguita de su rodilla—. No estoy segura de si soy yo que estoy cambiando, o es él, o los dos. Quizás soy yo. A veces me miro a mí misma y pienso: «¿Quién eres? ¿Quién eres?».

¿Quién soy?, de nuevo aquella pregunta. Mika había visto alguna vez un documental que explicaba las vidas de los niños que habían sido adoptados, cómo sus vidas habrían sido diferentes si los hubieran criado sus padres biológicos, la naturaleza contra la crianza. ¿Qué era lo que hacía que Penny fuese Penny? ¿Cuánto de ella había quedado determinado por su nacimiento y cuánto a través de los años? ¿Qué partes le había dado Mika? ¿Y Thomas?

¿Y Caroline? ¿Y su padre biológico? ¿Acaso aquello importaba de verdad?

—¿Sabes? —empezó Mika, despacio—. Si te hace sentir mejor, no creo que ninguno de nosotros sepamos quiénes somos. Me he pasado la vida tratando de averiguarlo.

—Eso sí que me hace sentir mejor —dijo Penny, alzando la cabeza—. O al menos un pelín menos sola, supongo.

—No estás sola. —Mika estiró una mano para apretar con suavidad la de su hija.

Cayeron en una especie de tranquilo silencio hasta que Penny se puso de pie de un salto.

—No puedo creer que este viaje ya se vaya a acabar.

—Yo tampoco —respondió Mika, poniéndose de pie también. Los días habían volado. Al día siguiente, tanto Penny como Thomas se marcharían. Imaginó lo que pasaría tras su partida: Penny llamaría unas cuantas veces más, haría el esfuerzo de seguir en contacto. Pero entonces las llamadas se irían espaciando hasta pasar al olvido. Y el barco fantasma que era la vida que Mika estaba tripulando tendría que atracar. Tendría que volver a su vida real. Pero ¿quién era Mika en la vida real? ¿Y quién era en aquellos momentos al estar con Penny? ¿Y sin Penny?—. Ojalá tuviéramos más tiempo —le dijo, y, ante aquellas palabras, un sinfín de sentimientos se le hicieron una bola en la garganta: alivio al ver que toda aquella pantomima estaba llegando a su fin y tristeza por tener que dejar ir a Penny una vez más. Había algo de lo que estaba segura: en la vida real, Mika era una persona muy muy triste.

—Me alegro de que lo digas —comentó Penny, como si nada—, porque en la Universidad de Portland hay un programa de verano de atletismo que parece increíble. —Hizo una pausa, con la mirada fija en el suelo—. Y anoche me apunté.

—¿De verdad? —Mika mantuvo su voz a un volumen estable, aunque por dentro sentía demasiadas cosas. Sorpresa. Terror. Emoción.

—Sí, me gusta Portland. —Penny la miró, buscando alguna respuesta en su expresión—. Y tú también. Mucho. Creo que todo me indica que debo quedarme aquí.

—No se me había pasado por la cabeza que quisieras volver.

—Todo le daba vueltas. Quería que Penny se quedara para siempre. Era su sueño hecho realidad. *Quédatela y nunca la dejes ir.* Pero ¿y todas las mentiras? ¿La galería? ¿El novio? Quizás podría ingeniárselas, pues Penny estaría ocupada con su programa de atletismo. Se reunirían por las noches, los fines de semana de vez en cuando. Si Penny quería conocer a sus abuelos, Mika podía hacer como que estaban en otro crucero o visitando familia en Japón. «Hacen eso cada verano», se imaginó diciendo. «Compran los billetes a principio de año y no se aceptan devoluciones». Y en cuanto a su relación con Penny... seguirían construyéndola, alimentándola, haciéndola crecer. Se concentraría en lo que era real: compartir sus pensamientos y sentimientos con su hija. Apoyarla, escucharla, quererla—. ¿Y qué dice tu padre?

Penny inspiró entre los dientes.

—No tiene mayor inconveniente. O bueno, está haciendo como que no lo tiene. Cuando le dije que duraba seis semanas y que los estudiantes nos quedábamos en la residencia del campus, se tensó muchísimo, pero luego como que se obligó a relajarse. —Otra pausa—. Así que... ¿te parece bien? ¿Que vuelva? ¿Quieres que lo haga?

La pregunta de Penny parecía cargada con una palabrita en especial: *querer.*

—Claro que me encantaría que volvieras. —La respuesta de Mika fue automática, pues su alma se hizo cargo de todos sus procesos racionales.

—¿Puedo decirte algo? —preguntó Penny, con un hilo de voz. Mika asintió y se preguntó cuál sería el momento en el que las niñas aprendían a pedir permiso para hablar—. Estoy muy feliz por estar aquí contigo. Y no he sido feliz desde hace mucho tiempo.

Algo en el centro del pecho de Mika se sentía cálido y esponjoso.

—Yo también estoy muy feliz.

CAPÍTULO 15

Con los brazos llenos de botellas de vino y vasos de plástico, Mika se abrió paso en el estudio de Stanley una vez más aquella noche.

—Deja que te ayude —le dijo Leif, apresurándose hasta ella para quitarle el peso de los brazos.

Lo siguió hasta el fondo de la sala, donde habían instalado una larga mesa plegable con un mantel blanco sobre ella. Leif acomodó el vino y empezó a descorchar las botellas.

—Leif, no puedo darte las gracias por todo lo que estás haciendo. —Mika observó, orgullosa e impresionada, el trabajo que habían hecho ella y Penny. En aquellos momentos, las esculturas contaban una historia. Lo único que faltaba era la última obra de Stanley, la cual aún permanecía cubierta por una lona en el centro de la habitación.

—Y aún no has visto la mejor parte. Mira esto. —Le mostró un pequeño soporte acrílico para tarjetas de visitas, con su nombre impreso en ellas: GALERÍA MIKA SUZUKI, seguido de su número de teléfono. Sobre la mesa había un letrero que decía lo mismo, solo que sin su número—. Adelle me ha ayudado a hacerlas. Se le da muy bien el diseño.

—Vaya. —Mika tomó una de las tarjetas y recorrió con un dedo el borde afilado. Aquello era lo más cerca que había estado nunca de cumplir su sueño. En las épocas en las que solía pintar, había tenido muchas ganas de ver su nombre en una exhibición y se imaginaba sus obras en el centro de la atención. Estrecharles las manos a sus admiradores y conversar con ellos sobre cómo usaba la luz para capturar su sujeto. Y, a pesar de que aquello era ligeramente diferente, el ver su nombre en un estudio, con la palabra *galería* al lado de él... bueno, la hacía emocionarse. Alzó la vista hacia Leif, con las palabras hechas un nudo en la garganta—. Leif... de verdad, muchas gracias. No sé cómo voy a poder pagarte todo esto.

—No es nada —dijo él, llevándose un dedo al labio inferior para no sonreír.

—Claro que lo es —insistió ella—. No debería haber dicho todo lo que dije cuando terminamos. Lamento haber dicho que tus sueños eran algo estúpido. No lo son.

—Yo también me porté como un cabrón. No debí haberte pedido que transportaras aquellas semillas por mí. —Abrió los brazos—. ¿Abrazo de tregua? —le pidió, imitando la voz del actor Chris Farley.

—Tregua —acordó ella. Se sonrieron y se dieron un abrazo.

La puerta se abrió. Mika se apartó de Leif, y Thomas, Penny y Stanley entraron en la galería. Se apresuró a ir hacia ellos. Thomas iba vestido con el traje que se había puesto la otra noche, y Penny aún llevaba su camiseta de roller derby.

—Es increíble. Llevamos un ratito dando un paseo por fuera y hemos visto a todos los artistas mientras montaban sus puestos. Es un lugar lleno de creatividad y felicidad —comentó Penny—. Y creo que, en honor a tu nueva presentación, debería beber una copa de vino.

—Ni lo sueñes —dijo Thomas, mirando a Mika con una expresión divertida. Su mente se puso en blanco. Le sostuvo la mirada y el silencio se prolongó de forma incómoda hasta que Leif entrelazó sus dedos con los de ella y les dio un apretón.

—Buenas, me alegro de veros de nuevo. —Leif estrechó la mano de Thomas de una manera un tanto protectora—. Qué bien que hayáis podido pasaros por aquí para apoyar a Mika.

Stanley dio una palmada.

—Bueno, dado que todos estamos aquí, ¿os apetece ver mi *magnum opus?* —preguntó, con una terrible pronunciación.

Mika se apartó del agarre de Leif.

—Claro —pidió, y luego le susurró a Thomas y a Penny—: Estoy deseando verla, Stanley tiene muchísimo talento.

Stanley se acercó a la escultura y retiró la lona con un solo movimiento. Mika entrecerró los ojos, no del todo segura de saber lo que estaba presenciando en un principio. El metal se retorcía hasta cobrar la forma de la cabeza de un perro, pero tenía... ¿el cuerpo de un hombre? Sí. Y... un pene. Mika se quedó en blanco. Lo único que podía ver era un pene, grande y erecto.

—Penny, cierra los ojos —le dijo Thomas a media voz.

—Ni loca —contestó Penny.

—¿Y bien? ¿Qué os parece? —Stanley se plantó orgulloso al lado de su última creación—. Le estoy quitando los estigmas a la figura masculina.

Leif esbozó una amplia sonrisa.

—Me encanta, Stanley. Es tu mejor obra.

Mika trató de esconder su sorpresa tragando en seco.

—Sí, ya lo veo. —¿Qué más podía decir?—. La soldadura es espectacular. De verdad puedes ver la fuerza del animal, ¿no os parece? —No estaba segura de a quién se lo estaba preguntando, pero sus ojos se encontraron con los de Thomas.

Thomas se removió en su sitio y metió las manos en los bolsillos, con la mirada divertida.

—Sí, muy... —Ni siquiera podía terminar de hablar. Tosió, cubriéndose la boca—. Lo siento, la garganta. —Se golpeó el pecho—. Iré por algo de beber.

Penny avanzó hacia Mika y entrelazó un brazo con el suyo para estar más cerca.

—No entiendo mucho de arte, pero creo que es genial. Si a ti te gusta, a mí me gusta —le dijo, demostrando su incondicionalidad.

—¿De verdad? —preguntó Mika, con un hilo de voz.

—¡Claro! Todo esto es gracias a ti —repuso Penny. Y se apretaron un poco en una especie de abrazo a medias.

La noche siguió. Las obras de Stanley recibieron mucha atención. Buena o mala, aquello estaba por ver. Hana se pasó por allí, pero se marchó a ver los demás puestos. La galería se llenó de gente y el ambiente se volvió cargado, y, no mucho después, se acabó el vino.

—Tengo más en el coche —dijo Mika.

—Te ayudaré. —Thomas se había quitado la chaqueta del traje y se había subido las mangas. Siguió a Mika escaleras abajo, en dirección al aparcamiento. El aire frío les dio la bienvenida, y ella se detuvo un momento para dejar que este le enfriara el rostro. El sol se estaba ocultando, y los pasillos de los puestos de los artistas y vendedores estaban cubiertos por un brillo rojizo. Algo de lluvia parecía estar de camino, y el murmullo de las conversaciones se escuchaba en el ambiente.

—Qué bien se está aquí —comentó Mika, abanicándose la cara.

—Sí. —Thomas avanzó sin prisa hasta situarse a su lado, con las manos en los bolsillos—. No sé, algo de esa escultura... —Dejó de hablar.

Mika lo miró, sorprendida. Thomas tenía la expresión seria, y su boca formaba una línea firme.

—¿Qué pasa? —le preguntó, tensa.

—Me estaba dando la vara —dijo, escondiendo una sonrisa y mirándola con un brillo de diversión en los ojos.

—Ja, ja.

—Lo siento. —Thomas alzó las manos—. No me he podido contener. Se nota que ha hecho un trabajo duro.

—Sigue, sigue. Ya hablaremos *largo* y tendido tú y yo —dijo ella, con ironía.

Thomas se cubrió la boca con la mano y se echó a reír. A Mika le gustaba aquel sonido, bajo y ronco.

—Tienes razón. Trataré de no venirme tan arriba.

Llegaron al coche, y ella abrió una de las puertas de atrás.

—¿Ya lo has soltado todo?

Thomas negó con la cabeza.

—De hecho, tengo como para seguir con esto una hora. Dos chistes se centran en fantasmas, es curioso.

—Quién iba a pensar que los abogados especialistas en propiedad intelectual iban a ser tan graciosos —dijo ella, agarrando una botella de vino—. Puede que estés hiriendo mis sentimientos, pero sé que todo viene de tu total falta de conocimiento sobre el buen arte.

—Ay —se quejó Thomas. Envolvió los dedos alrededor de la base de la botella de modo que ambos la estuvieran sujetando—. ¿He herido tus sentimientos?

—No. —Mika notó que se sonrojaba—. Claro que no. Stanley es un excelente soldador, pero necesita trabajar en sus conceptos. —O quizás solo quemarlos. Algunas cosas no tendrían que ver la luz del día. Mejor empezar desde cero.

—Es una exposición excelente, Mika —le dijo Thomas, muy serio.

El corazón de Mika le dio un vuelco. Ninguno de los dos habló durante un minuto entero. Thomas entrecerró un poco los ojos. Si Mika hubiera parpadeado, se lo habría perdido. El calor de su mirada. El pulso latiéndole en el cuello. Las claras señales del deseo. ¿Qué pasaría si acortaba la distancia entre ellos? El ambiente estaba cargado de posibilidades. Mika sacudió la cabeza. *Qué ridiculez*, pensó. Ella era ridícula. Mira que ponerse a pensar en los labios de Thomas posados sobre los suyos. Soltó la botella, y la descarga eléctrica se interrumpió. Movió suavemente un pie sobre la tierra.

—Gra… Gracias —tartamudeó. Sus ojos se posaron sobre el asiento trasero del coche, en las botellas de vino—. Esto… tengo unas seis botellas más, más que nada tinto, pero… —Tenía la garganta seca—, pero creo que entre los dos podremos llevarlas.

—Sí, claro. —Thomas retrocedió un paso. Ambos agarraron las botellas y se dispusieron a volver a la galería.

Mientras caminaban, Mika lo observó de reojo y examinó su rostro relajado. ¿Se habría imaginado el calor de sus ojos? *Seguro que sí.* Solo le había hecho un comentario agradable, nada más. ¿Cuándo iba a aprender su lección? Le había pasado algo similar con Marcus. Había proyectado sus sentimientos, había leído demasiado entre sus sonrisas, su amabilidad. Había confundido el deseo con el amor. Había dejado que el deseo eclipsara la realidad. Y se había perdido en él.

La noche de la fiesta de Marcus, Mika había llegado pronto. Tras llamar a la puerta, había echado un vistazo a su propio atuendo. Las medias, la falda a cuadros y el fino jersey de cuello alto la hacían sentir mayor, pero, en realidad, era una niña pequeña jugando a ser adulta. Peter, el alumno de posgrado que había organizado la fiesta, abrió la puerta, con Marcus por detrás en el piso vacío.

«Llego pronto», había dicho ella, girándose para marcharse. «Volveré luego».

Marcus había sonreído, la había tomado del brazo y había tirado de ella hacia el interior del piso. Tenía los ojos rojos y vidriosos, pues ya estaba borracho.

«Llegas justo a tiempo», le había dicho, haciéndola girar. Apoyó una mano en su espalda y comenzó a balancearse al ritmo de la música. Ella dejó una mano sobre su hombro. Era la primera vez que lo tocaba. Podía recordar la sensación de sus músculos bajos sus dedos, su piel quemándola a través de la tela de su camisa. Justo después de ella, llegaron otros más: estudiantes de posgrado y un amigo o dos de Marcus.

Peter le trajo una bebida, algo fuerte en uno de aquellos vasos rojos de fiesta, y de pronto se encontró bailando con Marcus una vez más. Riendo. Podía sentir su atención en ella como una fuerza física, como una enorme piedra rodando hacia ella o una mano que la hacía cambiar de dirección. Había estado coladita por él desde el inicio, había caído bajo su hechizo. Lo había sentido como el *koi no yokan:* la sensación que se produce al conocer a alguien del que uno sabe sin lugar a dudas que se va a enamorar.

Un viento frío devolvió a Mika al presente, y esta agachó la cabeza para disimular su vergüenza pasajera.

—Bueno… —dijo ella, entrecerrando los ojos por culpa del sol del ocaso—, Penny me ha contado que ha mandado una solicitud para cursar un programa de verano aquí.

—Sí —asintió él—. Me lo ha comunicado esta mañana.

—Me ha dicho que estabas de acuerdo.

Thomas dejó escapar una pequeña carcajada.

—Creo que no tengo más remedio. —Disminuyeron el paso—. Pero estoy de acuerdo. Creo que este viaje ha sido bueno para Penny. —Lo pensó un segundo—. Para ambos. Además —añadió—, tú estarás aquí.

Mika no pudo evitar que una sonrisa inundara su rostro. Thomas confiaba en ella para cuidar de Penny.

—La cuidaré bien.

Llegaron al almacén, y Mika usó su espalda para abrirse camino por la puerta. Subió dando pisotones, consciente de que Thomas iba por detrás de ella. Dejaron el vino sobre la mesa, y Leif se dispuso a descorcharlos.

—Estás muy roja —le dijo.

A Mika le dio un vuelco el estómago.

—Es que hace calor aquí.

Leif la miró con atención, y luego a Thomas, quien permanecía detrás de ella.

—Mientras no estabais, Stanley ha recibido un encargo.

—¿De verdad? —Mika se sirvió a sí misma un buen vaso de vino.

—Un hípster quiere que lo esculpa como un centauro —explicó Leif.

Mika casi se ahogó con el trago que había bebido. Se dio un golpecito en el pecho.

—Madre mía.

Penny se les acercó.

—Creo que deberíamos hacer un brindis por esta noche. Leif, ¿te importaría servirme un poco de ese cabernet?

—Penny, que no —dijo Thomas de nuevo.

—No perdía nada por intentarlo —se excusó Penny, encogiéndose de hombros.

—Mi-chan. —Mika sacudió la cabeza. Podría haber jurado que había oído a su madre. Pero no podía ser. ¿Qué iba a hacer Hiromi en aquel lugar?— Mika. —Su nombre una vez más. Y aquella vez, no se trataba de ningún error.

A Mika se le heló la sangre. Se enderezó y se giró poco a poco sobre sí misma. Allí estaba Hiromi y su aspecto despiadado, con el cabello estirado y peinado hacia atrás, su falda a la altura de las rodillas y el bolso colgado de un hombro.

—Mamá —dijo, sorprendida. Aturdida, en realidad—. ¿Qué haces aquí? —Los murmullos de la galería habían desaparecido. Era como si de pronto todos ellos, Leif, Penny, Thomas, Mika y Hiromi, estuvieran en una burbuja.

—¿Qué haces *tú* aquí? —disparó Hiromi de vuelta.

—Hola —intervino Thomas—. Soy Thomas Calvin, el padre de Penny. —Estiró una mano para estrechársela, y Hiromi lo miró hasta que la bajó.

Penny también dio un paso al frente, con una sonrisa insegura en el rostro. Mika se quedó sin palabras mientras Hiromi y Penny se miraban la una a la otra, mientras se observaban por primera vez. Se percató de cómo ambas compartían los mismos pómulos, la misma nariz pequeñita y labios redondeados. Sus manos también se parecían, eran delgadas y con dedos largos que terminaban en uñas ovaladas. Si el tiempo avanzara a toda prisa algunas décadas, Hiromi podría ser un retrato del futuro de Penny, o de Mika, pues la sangre nunca mentía. Supo el momento en el que su madre se percató, pues sus labios se separaron un poco. Sus ojos oscuros como pozos se llenaron de lágrimas. No podía dejar de mirar a Penny.

A su nieta.

—¡Qué guay! Pensaba que estabais de crucero —dijo Penny, sin cortarse ni un poco. ¿Por qué iba a hacerlo? Penny estaba acostumbrada a ser querida, a que otros le devolvieran el cariño que ella entregaba. No sabía que Hiromi no había querido que Mika la tuviera, no sabía que en lugar *de bebé* o *ella,* Hiromi la había llamado *eso.*

—¿Crucero? —Hiromi alzó las cejas—. Nunca he estado en un crucero.

—Eh, pequeñaja —la llamó Thomas, acercando suavemente a su hija a su lado.

Mika notó que el estómago se le hundía hasta el fondo de su ser, como un ascensor al que se le cortan los cables.

—Mamá. —No se le ocurría qué decir—. ¿Cómo sabías que estaba aquí?

—Te he seguido. No has respondido mis llamadas, estaba preocupada. ¿Qué está pasando? —Los ojos de Hiromi se posaron sobre las tarjetas de visita y luego sobre el letrero que había sobre la mesa. GALERÍA MIKA SUZUKI—. ¿En esto te has gastado el dinero que te di? —le preguntó, haciendo un gesto hacia la galería, la cual incluía el horrible arte que había en ella—. Tendrías que haber estado buscando trabajo.

Mika vio cómo Thomas fruncía el ceño. Cómo la sonrisa de Penny desaparecía. Vio las preguntas formarse en sus ojos.

—*Okasan* —dijo ella, inclinándose hacia delante con una mano extendida para guiar a su madre—, hablemos fuera.

Hiromi se apartó de su agarre.

—¿Qué está haciendo este aquí? Pensé que habías cortado con él. —Miró a Leif como si estuviera observando un plato con comida que no le gustaba.

Mika se frotó la frente. Sentía cómo todo se rompía a su alrededor. ¿Cómo podía arreglarlo solo con dos manos?

—Sí, pero...

Al escuchar eso, los ojos de Thomas se encendieron.

—Estamos intentando arreglar las cosas —dijo Leif, tratando de ayudar de la peor manera posible.

Hiromi soltó un resoplido, y aquel sonido lo dijo todo.

—¿Y esta quién es? —Señaló a Penny. El gesto pareció caer como un golpe sobre la hija de Mika y la hizo encogerse—. ¿Mi-chan? —insistió Hiromi. Sabía perfectamente quién era, no había ninguna duda. Pero aquella era la eficiente manera de hacer las cosas de Hiromi. Negarse a reconocer que Mika había tenido un bebé. Blandir sus palabras como si estas fueran un par de tijeras de podar. Cortar a Mika desde la raíz.

—¿Mika? —preguntó Thomas.

Pero Mika no tenía ninguna respuesta. No podía responder. Ante la posibilidad de mentir de nuevo o de decir la verdad, su mente se limitó a dejar de funcionar. Su mundo se había salido de control. El frío se extendió por su cuerpo, sus pies, sus manos, sus huesos. Por toda ella. Estaba congelada.

Thomas se aclaró la garganta.

—Ella es Penny, y Mika es su madre biológica. —Hizo una pausa, colocó un brazo sobre su hija y la atrajo hacia él—. Parece que vosotras dos necesitáis hablar, así que deberíamos dejaros. —Thomas empezó a apartarse, pero Penny se soltó de su agarre y se acercó a Mika.

—¿Buscar trabajo? ¿Por qué ibas a estar buscando trabajo? Renunciaste para abrir tu galería. *Este* es tu trabajo —dijo Penny, con el ceño fruncido—. Esto es muy confuso. Me dijiste que habías pedido un préstamo para abrir la galería, pero… ¿les pediste dinero a tus padres? ¿Me mentiste? ¿Por qué mentirías sobre algo así? —preguntó en un hilo de voz suplicante que terminó quebrándose.

Los hombros de Mika se hundieron por el peso de todo el pasado que la estaba alcanzando. Se arrepentía de tantas cosas en aquel momento… Bajo el escrutinio de Penny, ¿qué más podía hacer sino decirle la verdad?

—No renuncié —explicó a media voz—. Me despidieron. —Penny se quedó de piedra, aunque su expresión seguía siendo abierta, dispuesta a aceptar que todo ello no era más que un malentendido.

Mika se aclaró la garganta—. Les pedí dinero a mis padres para llegar a fin de mes.

Penny meneó la cabeza.

—Aun así, no lo entiendo.

Mika se mordió el labio.

—Esto... Hay muchas cosas sobre las que no te he contado la verdad. No tengo un grado en Historia del Arte. Apenas conseguí graduarme en Negocios, y tardé ocho años. Desde entonces he ido dando tumbos de trabajo en trabajo. La galería es de Stanley, él se la alquila a Leif, y ambos me la dejaron por un día. Y Leif y yo no estamos juntos. Lo estuvimos, pero terminamos hace un año. —Extendió los brazos y le dedicó a Penny una sonrisa triste—. Parece que nada se me da bien.

—Mika —dijo Leif, con voz suave y triste.

—Entonces, ¿me has mentido? —soltó Penny, con los ojos llenos de furia.

Thomas, Penny, Leif y Hiromi miraron a Mika, y esta apartó la vista, con el estómago revuelto. No podía decirlo en voz alta, por lo que agachó la cabeza en un asentimiento silencioso. *Sí, te he mentido.*

—Venga, pequeñaja —la llamó Thomas—. Nos vamos. —Mika alzó la vista para ver que Thomas volvía a envolver a Penny bajo su brazo y ambos empezaban a apartarse.

—¿Por qué haría algo así? —le preguntó Penny en un susurro a su padre. Una lágrima resbaló por su mejilla.

—No lo sé —le respondió él—. Pero volvamos al hotel y lo hablaremos allí. —Thomas miró a Mika y asintió una vez, con una mirada seria e implacable, como un par de puertas cerradas—. Adiós, Mika.

Penny dejó que su padre se la llevara, y Mika se quedó allí, anclada al suelo. Los vio salir de la galería y también de su vida. El día en el que había salido del hospital tras dar a luz, una enfermera la había llevado en una silla de ruedas y la había dejado en un banco justo al lado de la planta de maternidad. Hana había estado junto a ella con sus mochilas, y ambas se habían sentado un rato en aquel lugar. Mika había mirado al infinito, abriendo y cerrando sus manos vacías. Los médicos y las enfermeras iban y venían. Una nueva mamá también salió en silla de ruedas, con su bebé acomodado en una sillita de coche adornada con globos. El padre había aparcado cerca de la acera y los había ayudado a subir al coche con mucho cuidado.

Todo el mundo había seguido con su vida. *Nada que ver por aquí,* había pensado ella. Sus mundos seguían girando mientras que el de Mika se había detenido. Había estado embarazada, había dado a luz a algo vivo y maravilloso, la había sostenido entre sus brazos durante unas pocas y preciadas horas y luego la había perdido. Había perdido a su bebé. Y a Mika no le había quedado ningún recuerdo de lo que había sucedido más allá de unos dolores y sangrado.

«Si no nos vamos pronto, perderemos el último bus», le había insistido Hana suavemente, con un hilo de voz. Una ráfaga de viento había agitado sus cabellos. La luz iba desapareciendo del cielo.

«Sí, vámonos», había aceptado Mika.

En la galería se encontraban rodeados de gente una vez más, los cuales observaban el arte como si no hubiera sucedido nada de aquello en un rincón de aquel lugar. Como si el corazón de Mika no se estuviera rompiendo una vez más. Se concentró en Hiromi. Por mucho que debiera haberse quitado la costumbre, seguía siendo su instinto natural el buscar a su madre.

Hiromi abrió la boca y chasqueó la lengua.

—Mi-chan —le dijo con semejante decepción que hizo que Mika quisiera encerrarse más en sí misma, en un lugar donde nadie nunca pudiera encontrarla.

Alguien le dio un apretón en el hombro. Quizás Leif, aunque Mika no podía notarlo a través de todas aquellas capas de dolor. Quería gritar. Quería correr tras Penny y aferrarse a ella como una lapa. Sin embargo, no se movió. No emitió ni el más mínimo sonido. Hizo lo que le habían enseñado: aguantar el dolor, quedarse en silencio, no llamar la atención.

ADOPTION ACROSS AMERICA
Oficina nacional
56544 Avenida 57 O Suite 111
Topeka, Kansas, C. P. 66546
(800) 555-7794

Estimada Mika:

Traté de llamarla, pero no he podido comunicarme con usted. Caroline Calvin ha fallecido. Estoy segura de que esto es algo difícil para usted, pero quiero asegurarle que Penelope se encuentra en buenas manos con Thomas. Tienen mucha familia que los apoya en estos tiempos difíciles. ¿Recuerda haber visto fotos de los padres de Caroline? Viven cerca de ellos. Por favor, llámeme si tiene alguna pregunta o si solo quiere hablar. Estoy aquí para usted.

Muy cordialmente,

Monica Pearson
Coordinadora de adopción

P. D.: He incluido el recordatorio del funeral, el cual contenía unas bonitas palabras de Thomas sobre Penny.

Caroline «Linney» Calvin 1972-2016
Dayton, Ohio

Caroline Abigail Calvin falleció el 21 de enero de 2016. Nació el 19 de septiembre de 1972 y se crio en Dayton, Ohio. Se casó con su novio de la universidad, Thomas Preston Calvin, un abogado especialista en propiedad intelectual, en mayo del 2000. Trabajó como enfermera pediátrica y se le conocía por la forma en que cuidaba de sus pacientes. Estos solían hablar de su amabilidad y buena disposición para sentarse con ellos y conversar durante un rato. «Siempre tenía tiempo para nosotros», dijo la madre de un paciente.

Caroline soñaba con tener una familia y cumplió aquel sueño cuando Thomas y ella adoptaron a su hija Penelope en 2005. Tras ello, Caroline dejó de trabajar como enfermera para criar a su hija. Tras recibir su diagnóstico de cáncer terminal, Thomas solicitó una excedencia en su trabajo. Los tres viajaron, pero pasaron la mayor parte de su tiempo en compañía de su familia, la cual era lo más importante en el mundo para Caroline.

De parte de Thomas: A Caroline le encantaban las hamburguesas bien hechas, tejer mantas, la jardinería y la poesía. También le fascinaba ir a la caza de descuentos, nunca dejaba pasar una buena oferta. Pero, más que nada, amaba a nuestra hija, Penelope, quien la hizo sonreír hasta el final de sus días. Desde el momento en que adoptamos a Penny, supimos de inmediato lo que significaría vivir una vida llena de amor, o eso era lo que solía decir Caroline. No puedo contar las veces que Caroline me miraba y decía: «Qué feliz me siento». En sus últimos momentos, me aseguró que su corazón estaba tranquilo. Con sus últimas palabras, le dijo a Penny y a quien sea que la vaya a echar de menos que, pase lo que pase, el amor es algo que siempre regresa.

CAPÍTULO 16

Mika estaba en casa, en su cama, durmiendo, soñando. Tenía diez años, iba vestida con un kimono y estaba sobre un escenario, con una sola luz proyectada sobre ella. El auditorio tenía asientos con cojines rojos y estaba vacío, salvo por los dos sitios en la primera fila que ocupaban sus padres. El viento se llevó la parte trasera del auditorio, y montones de madera se convirtieron en astillas como si una bomba hubiera detonado. No, no una bomba. Una tormenta. Un tornado, y atrapado en él había tartas de manzana, vasos rojos de fiesta, tubos de pintura y trozos rotos de cerámica. Mika abrió la boca para gritar y sintió cómo caía por el túnel de su propia garganta.

El sueño cambió a la realidad, a un recuerdo.

Estaba de nuevo en el piso de Peter, en la fiesta de Marcus. Montones de cuerpos se apretujaban entre sí. *Return of the Mack*, de Mark Morrison, se escuchaba por los altavoces. Mika estaba apoyada contra una pared mientras observaba a Marcus apretujarse contra una estudiante de posgrado al otro lado de la sala. Sentía los ojos y el cuerpo pesado. Pensó que podía deberse a la tristeza, pero, más tarde, se dio cuenta de que se debía a algo más. Parpadeó en un movimiento lento y cansado. Cuando abrió los ojos, Peter se encontraba en su campo de visión.

«Eh», la llamó, con una sonrisa taimada. «Te he traído otra bebida». Había estado llenando su vaso toda la noche. Se lo acercó a la boca, pero Mika giró la cabeza y la cerveza se derramó por su mejilla y le empapó la parte delantera de su jersey negro.

«No me siento bien», dijo ella.

Peter le envolvió la cintura con un brazo y le prometió llevarla a un lugar tranquilo. Ella se tropezó y se apoyó en él. Entonces estaban en su habitación. Él la tumbó sobre su cama, y ella vio de forma borrosa cómo él cerraba la puerta y le ponía el pestillo. El ruido de la fiesta se apagó. Empezó a quedarse dormida y, para cuando despertó, vio que Peter se encontraba sobre ella y la sujetaba contra el colchón.

Mika trató de quitárselo de encima, pero sus movimientos eran lentos, como el lodo al deslizarse por una pared.

«No», dijo, y luego más fuerte: «¡No!».

Su mano olía a aguarrás cuando la situó sobre su boca y le apretó las mejillas, lo que hizo que empezara a llorar. Lo único que podía hacer era observarlo a través de una capa de lágrimas, con su rostro fragmentado como una pintura de cubismo. No era Marcus sino Peter el que se encontraba sobre ella. Aquello no estaba bien. No era lo que ella quería. Vio la hora en el reloj de su mesita de noche, los minutos pasar uno a uno: 12:01 a. m., 12:02 a. m., 12:03 a. m. El momento exacto en el que Penny fue concebida. Entonces sus ojos se centraron en el techo. La cama crujía con sus *pum, pum, pum*... y las piezas que la componían se iban cayendo. En un único momento, su vida se bifurcó en dos fragmentos uniformes: su presente y su pasado.

Mika se despertó con un grito ahogado. Sus dedos buscaron su garganta y tantearon su pulso atronador. El recuerdo se escabulló, y ella cerró los ojos. Respiró hondo y con pesadez. Estaba a salvo. Había acabado. Con sus pensamientos hechos un caos, la realidad eclipsó la mezcla de sueños y recuerdos, o pesadillas, mejor dicho. Penny. Thomas. La galería de arte. Una nueva cuerda de pánico se enredó en sus pulmones y se ajustó. *Su avión despega a las 11:15 a. m.,* pensó. Quizás aún podría alcanzarlos en el aeropuerto. Se puso una sudadera y unos pantalones de deporte que encontró tirados en el suelo. Cuando salió de su habitación, Hana se encontraba en la cocina. Mika no pronunció ni una palabra mientras buscaba sus llaves con desesperación.

—Buenos días para ti también —le dijo Hana, sorbiendo su café.

Mika no dejó de buscar. Bajo un montón de papeles, entre los cojines del sofá. Joder, ¿dónde estaban las llaves? Contuvo las lágrimas.

—Penny y Thomas se marchan hoy, y la he cagado a más no poder. Tengo que ir al aeropuerto y tratar de encontrarlos, pero no encuentro mis llaves. ¡Joder! —Mika se llevó las palmas de las manos a los ojos y apretó hasta que empezó a ver puntos blancos.

—¿Estas, dices? —Fue entonces que se dio cuenta de que Hana no era la única persona que se encontraba en la cocina. Una chica menudita de cabello castaño tenía la mano alzada y de ella colgaban sus llaves, con el metal reluciendo bajo la brillante luz de la mañana—. Soy Josephine, por cierto —le dijo con una sonrisa que dejaba ver un hoyuelo en su mejilla izquierda. Hana también sonreía.

—Gracias. —Mika agarró las llaves de un solo movimiento y se puso los zapatos que tenía cerca de la puerta a toda velocidad.

—¿Quieres que te lleve? —Hana la siguió una vez cruzó la puerta.

—No. —Mika le hizo un ademán con la mano—. No pasa nada, todo irá bien.

El camino al aeropuerto fue un borrón en el que serpenteó entre coches para evitar el tráfico e hizo pitar el claxon. Tenía el corazón latiéndole a toda velocidad como si fuese una persona a punto de ahogarse en el océano. Aparcó en la zona en la que solo se podían dejar pasajeros y salió del coche de un salto. Por todos lados había señales que rezaban: SOLO DEJAR O RECOGER PASAJEROS, PROHIBIDO DEJAR COCHES APARCADOS. Un guardia de seguridad vestido con un chaleco amarillo brillante sopló su silbato.

—Señora, no puede dejar su coche aquí —le advirtió.

Mika no le hizo caso. Estaba demasiado ocupada buscando en las afueras del aeropuerto una melena de cabello oscuro, un hombre alto de ojos severos. Pero no estaban fuera. Cruzó las puertas dobles de cristal corriendo y recordó vagamente la aerolínea con la que estaban viajando: *Alaska*. Se apresuró hacia las ventanillas de billetes y examinó las colas. Ni Penny ni Thomas estaban allí. ¿Qué hora era? Encontró un reloj digital detrás del mostrador que decía que eran las 10:35 a. m. Corrió hacia la zona de salidas, pero no conseguía recordar el número del vuelo. Lo que sí consiguió fue atar cabos entre el vuelo y el destino. Allí estaba, en letras mayúsculas y grandes: EMBARQUE. Una mano envolvió su bíceps y tiró de ella.

—Señora, no puede dejar su coche allí.

Mika se soltó de un tirón. Sentía una presión en el pecho. Lo que sucedía en aquellos momentos le parecía inevitable. Un curso acelerado programado para dieciséis años más tarde. No pudo evitar recordar el momento en que la señora Pearson se había llevado a Penny en el hospital. Sus manos rodeando aquel montoncito de mantas. Su bebé. Era lo mismo. Penny se había ido. *De nuevo*. Desconsolada, sus rodillas cedieron bajo su peso. Una marea azul y fría se cernió sobre ella.

—Penny —susurró.

—Señora, se lo digo en serio —insistió el guardia de seguridad—. Voy a tener que llamar a la grúa. Y luego a la policía. —Mika se puso de pie de forma mecánica. Su cuerpo no le obedecía. El guardia de seguridad se acercó a ella y agitó una mano en frente de su rostro—. Venga, no me haga llamar a la policía. Acabo de empezar el turno. Si vuelve a su coche en este mismo momento, haremos como si nada hubiera pasado.

Finalmente, Mika asintió distraída y empezó a caminar a trompicones, con su espíritu separándose de su cuerpo. Aquel momento se parecía mucho a cuando había salido del piso de Peter la mañana siguiente. Él había estado durmiendo, y Mika se había despertado con el brazo de él por encima de su cuerpo. Se lo había quitado de encima, se había sentado en el borde de la cama y había examinado la parte inferior de su cuerpo: la zona donde se había producido el daño. Como un animal que se evaluaba a sí mismo para ver si estaba demasiado lastimado para salir corriendo. Aún tenía la falda puesta, pero sus medias y su ropa interior no estaban. Tenía los muslos doloridos, con marcas azules y negras donde unos dedos habían ejercido presión. Se puso de pie y se tambaleó, pero se las arregló para llegar a la puerta a hurtadillas. El corazón le latía a mil por hora ante el más mínimo ruido. Tenía miedo de despertarlo. Era Perséfone huyendo de Cerbero.

Respiró hondo por primera vez cuando salió del edificio. Luego avanzó a trompicones por el campus. Medias rotas. Piel lastimada. Alma destrozada. Su cuerpo era un pequeño apocalipsis. El resto lo recordaba solo de forma abstracta. Una línea amarilla y dentada de luz solar, pálida y enfermiza. Un viento tan fuerte que agitaba el corto césped, le quemaba las mejillas y golpeaba sus muslos desnudos. Dos borrones oscuros: cuervos peleando por una caja de sandías tirada por ahí. Un destello azul de una luz situada sobre un teléfono de emergencias. Si Mika tomaba el auricular, alguien iría a buscarla para acompañarla a un lugar seguro. Consideró la idea, pero la descartó tan rápido como si fuese el envoltorio de un caramelo. «¿Con cuántas personas has tenido relaciones sexuales?», le podría preguntar el policía, a pesar de que no era algo que fuese de su incumbencia. Mika diría que ocho, dos de los cuales no recordaba muy bien. Pero sí que recordaba a Peter. Recordaba haberle dicho que no. Aun así, ¿quién iba a creerle? ¿Quién iba a creer a aquella chica que desperdiciaba su vida pintando, que pasaba sus noches en fiestas universitarias y que una vez le había hecho una mamada a un tipo en un jardín trasero? ¿Cuándo se había convertido la decisión de una mujer de tener relaciones sexuales en un barómetro para la honestidad? Mika no sabía la respuesta, solo sabía que era así.

Una bocina sonó, y Mika se sobresaltó. Estaba de vuelta en el aeropuerto, y el tipo del chaleco amarillo la observaba con atención desde la acera. *Váyase,* articuló, señalándole la salida.

Condujo lo suficientemente lejos como para aparcar en la zona en la que se esperaban pasajeros y luego le dio un golpe al volante antes de colapsar sobre él. Estaba perdida de nuevo. Perdida y sola. ¿Por qué todo siempre le iba tan mal?

Se reclinó en su asiento. Había tenido buenas intenciones al mentirle a Penny, pero aquello no importaba. Lo que importaba era que la había lastimado. Y aquello era lo último que Mika había querido. ¿No era así como todo ello había empezado? Lo único que había querido había sido proteger a Penny de la verdad, de enterarse de lo de Peter, de lo de sí misma, de la idea de que el mundo podía ser un lugar terrible y cruel. Había querido demostrarle a Penny que la adopción había sido algo bueno para ambas. Penny había recibido una buena familia, y Mika había cumplido sus sueños.

Abrió las ventanas y dejó que el frío de la mañana le secara las lágrimas de las mejillas. Olió la lluvia y el césped recién cortado. Luego sacó su teléfono y, antes de percatarse, estaba llamando a Penny.

Soy Penny, deja tu mensaje, dijo el contestador. Lo más probable era que su hija estuviera volando en aquellos momentos.

—Penny —empezó Mika con voz entrecortada, mientras notaba cómo se le cerraba la garganta—. Soy yo. Claro, ya sabes que soy yo. Lo siento. Lo siento muchísimo —repitió y luego hizo una pausa, para tratar de calmarse—. Te debo una explicación. Cuando te pusiste en contacto conmigo tras ver mi Instagram... —Se aferró al asiento, y el cuero se convirtió en franela, la textura tosca de la manta de hospital de Penny bajo sus manos mientras la había cargado y le había dado el biberón. Mika siguió hablando y dejó que toda la verdad saliera de ella. Parloteó sobre lo sorprendida que había estado cuando la había llamado. Sobre cómo había evaluado su vida y se había dado cuenta de que tenía las manos vacías. Sobre cómo todo se había salido de control desde entonces. Transcurrió un minuto que le pareció más bien una hora y Mika terminó con otro—: Lo siento. —Estaba preparada para pasarse la vida disculpándose—. No sé en qué estaba pensando. Solo... Creo que lo único que quería era

que te sintieras orgullosa de mí. Llámame, por favor. *Llámame.*
—Apretó el botón de la almohadilla. Una voz mecánica le pidió que pulsara uno si quería enviar su mensaje. Mika dudó; la infame verdad parecía algo más arriesgado que las mentiras. Llevó el dedo cerca del botón, como un cuchillo sobre una herida, preparado para abrirla. Apretó el número uno y se derrumbó en su asiento.

Estaba hecho.

Una brisa agitó su cabello, y Mika se lo apartó de los ojos. Se quedó allí sentada un rato más, observando el cielo gris, escuchando los aviones alzar vuelo, sintiendo como si hubiese viajado en el tiempo. Le escribió un mensaje a Hana: Te necesito. Hana respondió casi al instante: Estoy aquí, te espero. Josephine ya no está, vuelve a casa.

Mika cambió de marcha y condujo a casa. Hacia Hana, hacia el lugar en el que siempre se sentía querida. Tal como le había dicho, Hana la estaba esperando con los brazos abiertos, por lo que Mika se refugió en ellos y encontró consuelo en su hombro delgado. Tenían la misma figura, por lo que encajaban a la perfección: llenaban todos los espacios vacíos de la otra. Aquello era lo que había esperado de Hiromi, pero su madre era una persona demasiado dura. Mirada dura como la piedra, manos llenas de callos, dureza en estado puro. Quizás aquella era la clave para criar a un hijo: no se podía evitar que estos se hicieran daño, pero sí se les podía proporcionar un lugar suave en el que caer.

Hana la llevó al interior de la casa y la sentó en el sofá.

—Venga, cuéntame qué ha pasado. Te prepararé una tortilla.

—No tenemos huevos —repuso Mika, y empezó a llorar de nuevo. Se echó encima la manta que había sobre el sofá y se limpió la nariz con la suave tela.

Hana le apartó las manos de la cara y la abrazó mientras le acariciaba el cabello.

—Tranquila —le dijo, una y otra vez hasta que Mika empezó a respirar un poco mejor.

»Quédate aquí. Buscaré algo que te ayude a calmarte... y unos pañuelos —añadió. Veinte minutos después, depositó un vasito de sopa entre sus manos. Esperó a que comiera un par de cucharadas y luego la animó a beber el caldo—. Vale, cuéntame qué ha pasado.

Mika le contó cómo todo le había estallado en la cara. Que Hiromi había aparecido en la galería y la había expuesto ante todos. Que había perseguido a Penny y a Thomas hasta el aeropuerto y le había dejado a ella un mensaje de voz lleno de balbuceos.

—¿Crees que te devolverán la llamada? —preguntó Hana.

Mika se encogió de hombros y resistió el impulso de mirar su teléfono para ver si Penny la había llamado o le había escrito. No iba a encontrar nada tan pronto. Penny y Thomas seguían volando en aquellos momentos.

—De verdad no lo sé. No sé si la verdad o las mentiras son mejores. —Hizo girar el vasito de sopa entre sus manos.

Hana hizo una mueca.

—¿Quieres que cancele la gira con Pearl Jam? —Se suponía que debía marcharse en tres semanas.

—¿Qué? ¡No! —dijo Mika, limpiándose la nariz—. No seas tonta, tienes que ir. No hace falta que las dos seamos un par de pringadas.

—Pero me necesitas...

—No. De ninguna manera. Te prohíbo siquiera pensarlo. —Mika dejó su vasito de sopa sobre la mesita. Aún sentía pinchazos de dolor en su interior, pero los ignoró—. Y ya basta de hablar de mí. Cuéntame sobre Josephine.

Una sonrisa se abrió paso en el rostro de Hana, así como un súbito sonrojo.

—No hay mucho que contar. Nos conocimos anoche en Sheila's —un bar gay que era un cuchitril hípster—. Es artista. Usa técnicas mixtas y las manos para hacer unas cosas que ni te imaginas. —Hana agitó los dedos.

—Demasiada información. —Mika hizo un ademán con la mano, aunque una sonrisa llegó a su rostro.

—Es un decir. —Hana se encogió de hombros—. No sé, creo que toda esta limpieza que hemos hecho me ha ayudado a ver las cosas de otro modo.

—Estás feliz —dijo Mika.

—Estoy feliz —asintió Hana.

—Me alegro —le dijo a su amiga—. Me gusta tu cara.

—A mí me gusta más la tuya —contestó Hana, y luego añadió, bajito—: Pero no iré si no quieres que vaya.

Mika negó con la cabeza, pero no pudo reunir las palabras para decirle que no porque la garganta se le hizo un nudo. Sabía que Hana lo decía en serio. Su amiga estaba dispuesta a quedarse. Y el corazón de Mika amenazó con explotar tan solo ante aquella promesa.

Mika no salió de casa. Durante setenta y dos horas, sobrevivió a base de comida tailandesa para llevar, refrescos sin azúcar y un maratón sin descanso de *Ley y orden: Unidad de Víctimas Especiales*. Cada vez que parpadeaba, podía ver la inauguración de la galería en el interior de sus párpados. *Parpadeo*. La expresión de Penny cuando Hiromi la había señalado y había preguntado: «¿Y esta quién es?». *Parpadeo*. Thomas abrazando a Penny mientras esta se refugiaba en su pecho, pequeñita, dolida, rechazada. *Parpadeo*. Penny agachando la cabeza, con las lágrimas cayendo por sus mejillas y preguntándole a su padre por qué. ¿Por qué Mika había mentido? Las imágenes y el dolor nunca desaparecían.

Revisaba su teléfono y su correo cada cinco minutos, más o menos, pero no tenía ningún mensaje de Penny ni de Thomas. Trató de sacarlos de su mente, pero sus pensamientos volvían hacia ellos si no se andaba con cuidado. Echaba de menos la sonrisa de Penny, su energía incansable. Y también extrañaba a Thomas, su rollo cascarrabias pero encantador, la forma en la que adoraba a Penny. Un barco había atracado en la orilla que había compartido con Penny y Thomas. Había llegado a por ella, para llevársela de vuelta al exilio, donde pertenecía.

Hana se plantó en el umbral de su habitación mientras se ponía unos aros dorados en la oreja. Iba a salir con Josephine de nuevo. Era la tercera vez aquella semana.

—¿Más *Ley y orden*?

Mika se acomodó en el sofá. Llevaba una camiseta de los Grateful Dead que le había robado a Leif y unos pantalones deportivos holgados. Su teléfono no estaba demasiado lejos de ella, sobre la mesita, acompañado de un montón de envases de comida para llevar, latas de refrescos y bolsas de patatas. La noche anterior, Mika había tocado fondo y se había comido los quicos que habían estado refundidos en el fondo de la alacena, una reliquia que había dejado el anterior dueño de la casa.

—Sí, temporada once, el episodio en el que Benson y Stabler creen que un *sugar daddy* es sospechoso del asesinato de una joven mujer cuyo cadáver encuentran metido en una maleta.

—Ah, suele pasar. —Hana dejó caer unos polvos compactos en su bolso—. ¿Estás segura de que no quieres venir?

Mika soltó un resoplido.

—No arruinaría tu cita ni loca.

—Entonces, ¿este es tu plan para la noche? ¿Tele y comida para llevar? —Hana tomó un envase de comida de la mesita y lo olisqueó.

Mika se tumbó de espaldas y la miró.

—Exacto. Y contemplar un montón de cosas que hacen que me dé cuenta de la banalidad de mi propia existencia.

Hana dejó el recipiente en la mesita.

—Bueno, mientras estás fuera de control, ¿crees que podrías comer algo que contenga alguna verdura?

—El *pad thai* tiene verduras —dijo Mika, algo ofendida.

Hana soltó un resoplido y abrió la puerta.

—Pasaré la noche en casa de Josephine. Nos vemos mañana.

Mika le dedicó dos pulgares hacia arriba. Oyó cómo el coche de Hana se alejaba y se acurrucó sobre un lado. Su teléfono le avisó de que tenía un mensaje, y su corazón latió desbocado. La esperanza actuaba de ese modo, como un globo de helio enredado en unas ramas, negándose a bajar. Las últimas veces que aquello había ocurrido, había sido un mensaje de Hiromi, Leif, Charlie o Hayato. Los había

MIKA EN LA VIDA REAL 187

ignorado sin hacer diferencias, deslizándolos hacia la derecha. Aun así, respondió al teléfono, preparada para decepcionarse.

Pero era Penny.

Su nombre iluminó la pantalla. Escuché tu mensaje, le había escrito. ¿Cuándo podemos hablar?

Mika se enderezó de un salto y apagó el televisor. ¿Ahora?, le contestó. Se puso de pie y empezó a caminar de un lado a otro, con el teléfono en la mano. Cinco interminables minutos después, este sonó, y ella contestó de inmediato.

—Hola —dijo Mika.

—*Hola* —contestó Penny, aunque no con su alegría usual. Mika era la causante de aquello. Ella había apagado la luz de Penny. Mucho de cómo se veía Mika a sí misma dependía de cómo su hija se sentía respecto a la vida, respecto a sí misma—. *Y bueno...*

—Recibiste mi mensaje. —Mika mantuvo su voz estable, ligera. Como si le estuviese diciendo: «Venga, castígame. Dame un puñetazo, si quieres, puedo soportarlo».

—*Sí. Lo escuché en cuanto llegamos a casa.* —¿Hacía tres días? ¿Lo había escuchado hacía tres días?—. *Me ha llevado un tiempo ordenar todo lo que estaba sintiendo.*

A Mika se le formó un nudo en la garganta.

—Lo entiendo.

—*Yo no lo entiendo* —dijo Penny, cortante.

—Vale —repuso ella. Se puso de pie y se dirigió a la cocina, agarró un vaso de la estantería y lo llenó con agua del grifo. ¿Cuándo había sido la última vez que había bebido agua? Con el teléfono apretado entre su hombro y oreja, le preguntó—: ¿Qué es lo que no entiendes?

—*¿Por qué me diste en adopción?* —La desesperación afiló las palabras de Penny.

Mika se sobresaltó, pues no esperaba aquella pregunta. Aunque suponía que habían estado de camino a ella. Siempre había estado en los bordes de su relación con Penny, como un par de manos que intentaban deshacerla.

—Porque no podía tenerte —le dijo, abandonando la cocina para ir a sentarse al filo del sofá, mientras pensaba en lo poco preparada que había estado en aquellos momentos. Recordó todos los posts de Instagram que había visto. Todas aquellas mujeres, madres novatas con bebés. Los comentarios llenos de mensajes de apariencia positiva y alentadora. «¡Tú puedes! ¡Eres una madre estupenda! ¡Sigue esforzándote!». Todos ellos animando a las demás a esforzarse más allá de sus posibilidades. El mensaje era intenso: una buena madre no abandonaría a sus hijos. No abandonaría su deber biológico. Si lo hacía, algo iba mal con ella. O con sus hijos. ¿Se sentiría Penny de ese modo? ¿Como si su ADN estuviera corrompido?

Penny se mantuvo en silencio durante un minuto entero.

—¿Querías tenerme?

—Por supuesto que quería tenerte. —Mika respiró hondo y luego exhaló. Había querido tener a Penny a pesar de Peter. A pesar de Hiromi. A pesar del disgusto silencioso de su madre—. Por supuesto que sí. Pero quería que tuvieras muchas cosas. Algo mejor. Quería que tuvieras una casa grande, una familia con padres, primos y abuelos. Quería que fueras a una buena escuela y que tuvieras ropa y materiales nuevos. Quería que tuvieras todo lo que yo nunca tuve, lo que nunca te podría dar. Quería todo eso para ti. —Pues que Mika hubiera dado a Penny en adopción había sido el acto de amor más extremo, porque su hija merecía algo mejor. Penny se mantuvo en silencio en el otro lado de la línea, pero Mika podía oírla respirar, cada inhalación y exhalación como un metrónomo—. Sé que todo esto es un caos. Te mentí y me arrepentiré toda la vida —siguió—. Si puedes… si puedes encontrar alguna forma de dejarme volver a tu vida, te prometo que no volveré a mentirte nunca más.

El silencio sepulcral se prolongó durante unos segundos más.

—¿Fue porque te avergonzabas de mí? —preguntó Penny finalmente. Mika se enderezó.

—¡No! —soltó. ¿Cómo podía Penny pensar algo así?—. Fue todo lo contrario. No quería que tú te avergonzaras de mí. —Mika notó como si las presiones de ser madre se ajustaran a su alrededor. Ser lo suficientemente fuerte, lo suficientemente inteligente. Ser suficiente. Pero no podía contarle aquello a Penny, que sentía que algo faltaba en su interior, que estaba en ruinas—. Mi vida no es nada bonita. En realidad, es una mierda. —Eso hizo que Penny riera un poco, y Mika decidió continuar por ahí—. O sea, tengo una bolsa de pepitas de chocolate siempre abierta sobre la encimera para poder meter la mano y tomar un puñado siempre que paso por ahí.

Penny volvió a reír, pero no tardó en ponerse seria una vez más, casi triste.

—*¿Algo de lo que hemos vivido ha sido real?*

La culpa y la pena persiguieron a Mika como si fueran un par de sabuesos a la caza. Para ella, todo había sido real: los abrazos, los sentimientos bonitos, las ganas de estar a su lado, el amor. Todo ello había sido real. Pero podía ver lo que había hecho. Al mentir, había hecho que su relación perdiera todo su significado, al menos para Penny.

—La verdad es que he mezclado un poco las cosas, la ficción con la realidad. Hana es mi mejor amiga y sí que le encanta el roller derby, pero no vivo sola. Vivo con Hana porque no puedo permitirme un piso propio, y ella tiene un problema acumulando cosas, o lo tenía, al menos. Ahora le está yendo mejor. Leif es mi exnovio, no tiene un grado en bioquímica, pero sí que le gusta todo eso y lo puso en acción al plantar marihuana. Tiene una tienda en Portland. Suele ir vestido con ropa de cáñamo y no cree en la banca.

—*Todo eso tiene mucho sentido* —dijo Penny, con la voz un poco menos triste.

—Cuando salíamos usaba un cristal como desodorante. —Mika hizo una pausa—. Pero no funcionaba —susurró, como si le estuviera contando un secreto a Penny, y esta soltó una risita. Mika se dejó caer hacia atrás en el sofá y empezó a juguetear con los cordones de sus pantalones deportivos—. ¿Qué más quieres saber? Contestaré todas tus preguntas.

Penny se quedó callada unos segundos.

—*Hay algo...* —vaciló—. *Hay algo que quería preguntarte en Portland, pero nunca pareció haber un buen momento.*

—Dispara —dijo Mika.

—*Mi padre... quiero decir, mi padre biológico. ¿Lo conoces? Su nombre o lo que sea.*

Fue el turno de Mika de guardar silencio. Imaginó contarle a Penny sobre Peter, sobre la violación. Hizo una mueca ante aquella palabra. *Violación.* Era un término tan horrible. Le costaba asociarlo a lo que le había pasado. A pesar de que su cuerpo recordaba la violencia, su mente se negaba a hacerlo. *No me pasó a mí. No podría haberme pasado a mí.* No era la única que tenía problemas usando aquella palabra. Las noticias y los canales de televisión preferían el término *agresión sexual.* Parecía más agradable, más suave de algún modo. Una mujer podía recuperarse de una agresión, pero quizás nunca pudiera sobrevivir a una violación. Y, muy en el fondo, a Mika la atormentaba su falta de acción de aquella noche. Sus negativas insignificantes. La forma en la que simplemente se había quedado allí tendida. Cómo no había podido participar de forma activa en su propia salvación. ¿Cómo podría explicárselo a Penny? Separaba a su hija de aquel suceso. ¿Habría ayudado que, al nacer, Penny no se pareciera en nada a Peter? Se parecía a Mika. ¿Habría reaccionado diferente si la piel de Penny hubiese sido más clara, sus ojos, más redondeados y verdes, su cabello, castaño en lugar de oscuro? *No,* pensó Mika con una certeza absoluta. *La habría querido igual.* Había tenido la costumbre de mirarse la barriga cada vez más grande y susurrarle a su bebé, prometerle: «Nunca te conocerá».

—*¿Sigues ahí?* —tanteó Penny.

—Estaba pensando —dijo Mika—. Es que... —Tragó en seco. En ocasiones buscaba a Peter por internet. Se había convertido en un artista en Nueva York, tenía una familia, y a Mika le resultaba confuso cómo podía ser amable con otros cuando a ella la había destrozado como si no valiera nada. Aún no había tenido mucho éxito, pero al menos se ganaba la vida con su arte, trabajando por comisiones y por cuenta propia de manera ocasional—. Hay cosas de mi pasado de las que me cuesta hablar. —Mika pensó que Penny también era una víctima de Peter. Ambas tenían pesos con los que cargar. Pero no tenía por qué suceder en aquel momento. Algún día consideraría contárselo. Solo que, antes de eso, llenaría su cabeza con lo buena que era, con su fuerza y belleza. Con todo lo que la quería.

Penny entendería que, incluso si aquel era su origen, no tenía por qué ser su destino.

—Por el momento sabes todo lo que tienes que saber. Sé que no es justo pedírtelo, pero tienes que confiar en que te contaré las cosas cuando esté lista y respetar que no puedo hablar de ello aún. —Mika lo notó en aquel momento, un sutil cambio en su relación de amistad a... ¿qué? No estaba segura. Pero era algo más. El reconocimiento de que Penny solo tenía dieciséis años, y Mika, treinta y cinco. Las separaban casi dos décadas de experiencias de vida. No se las echaría en cara, sino que las usaría para proteger a su hija, como mínimo.

Oyó que Penny respiraba hondo.

—*De acuerdo* —le contestó al final—. *Puedo aceptarlo.*

Mika soltó un suspiro de alivio.

—Espero que puedas perdonarme algún día —le dijo—. Imagino que sigues enfadada, y no pasa nada...

—*Lo estoy* —la interrumpió Penny—. *Pero no estoy tan enfadada como para no querer hablarte nunca más. Aún... tengo muchas preguntas. Quiero confiar en ti, pero no estoy segura de poder hacerlo.*

—Vale, necesitas tiempo. Yo también puedo aceptarlo —repuso Mika, repitiendo las palabras de su hija—. Espero que también puedas perdonarme por darte en adopción. —Ya que estaba, entró con todo.

—*Oh* —se sorprendió Penny—. *En lo que a mí respecta, no hay nada que perdonar. Es como pedirte que te disculpes porque el cielo es azul o por ser japonesa o haber nacido mujer. Hay ciertas cosas que solo suceden. Esto es parte de mí.*

Los ojos de Mika se llenaron de lágrimas.

—Gracias —le dijo.

—*Ya* —dijo Penny, y transcurrieron un par de segundos—. *Creo que debería irme. Es tarde por aquí.*

—Claro, claro —contestó Mika, enderezándose y pasándose una mano por debajo de la nariz—. Crees... ¿Crees que podamos hablar de nuevo pronto?

—*¿Me llamas la próxima semana?* —preguntó Penny.

—Sí —respondió ella, tratando de no sonar demasiado ansiosa, demasiado desesperada. Se despidieron, y, tras ello, Mika se quedó sentada un rato, analizando su conversación mentalmente y luego su vida. Tras Peter, tras Penny, no había pensado mucho en el futuro. Había dejado de poder imaginarse la vida, con todas sus infinitas y hermosas posibilidades. Pero en aquel momento... en aquel momento se dirigió a la cocina y sacó el contenedor de la basura de su sitio bajo el fregadero. Con un solo movimiento de su brazo, arrastró todo lo que había sobre la mesita y lo volcó en el contenedor. Recogió la manta bajo la que había estado hibernando, la dobló y la colocó sobre el brazo del sofá. Con aquello listo, se volvió a sentar y observó su móvil. Vio todas las llamadas perdidas de Hiromi. Al no estar lista para hablar con su madre aún, le devolvió la llamada a otra persona.

Hayato le contestó tras el tercer timbre.

—*¿Diga?*

—Hola —lo saludó Mika, animada—. ¿Cómo estás?

—*Bien, bien. ¿Y tú?* —En el fondo se oía una tele, la voz de un famoso presentador del telediario.

—Bien también —Mika sonrió—. Quería ver si podía invitarte a tomar algo y quizás hablar de un posible trabajo.

—*¿Cuál es tu película favorita?* —le preguntó Penny la semana siguiente. El impulso por decir algo más refinado se asomó a la punta de su lengua: *Cadena perpetua, La lista de Schindler, El padrino*. Pero al final se conformó con aquella que veía una y otra vez con Hana.

—*Dos tontos muy tontos* —le contestó.

Penny no la había visto, así que se la puso aquel fin de semana.

—*¿Por qué es tu peli favorita?* —le insistió Penny la siguiente vez que la llamó.

—No sé, pero es graciosa, ¿verdad? —contestó Mika. Se apoyó en la encimera con el teléfono presionado contra la oreja. Acababa de tener su primera entrevista en Nike y aún iba vestida con su blusa y falda de tubo, pero sin zapatos. Mientras bebían unos refrescos azucarados, Mika se había desahogado con Hayato y le había contado sobre Penny, la adopción, las mentiras y el lamentable estado de su cuenta bancaria. Luego le había pedido ayuda para conseguir trabajo. Él había estado encantado de hacerlo, y, siguiendo su consejo, Mika había buscado en la página de empleos de Nike y había enviado una solicitud para el primer empleo para el que había cumplido los requisitos: asistenta administrativa número dos. Hayato la había ayudado a que su solicitud se encontrara entre las primeras.

—*Graciosísima* —asintió Penny.

Mika pensó un poco más en la pregunta que le había hecho su hija.

—Fue una especie de escape para mí. Tuve una infancia complicada. Mis padres son muy tradicionales y no había mucho espacio para el humor en nuestra casa.

—*¿Se enfadaron cuando te quedaste embarazada?* —le preguntó Penny.

—De hecho, no lo sé. —El rostro de Hiromi apareció en sus recuerdos. Aún no había hablado con su madre, lo que no era nada extraño, la verdad. Habían pasado días, semanas e incluso meses sin hablarse. No obstante, Mika siempre terminaba volviendo. Recordaba cómo Hiromi había estallado por culpa de unos plátanos poco después de haberse mudado a los Estados Unidos.

«Deja de comprar tantos», le había dicho Shige al ver la fruta podrida sobre la encimera.

«No puedo», había replicado Hiromi. «Es que no entiendo por qué vienen tantos. ¿Quién necesita una docena de plátanos?».

En Japón no estaba permitido separar un racimo, y Hiromi había asumido que lo mismo sucedía en Estados Unidos, por lo que había decidido quejarse con el gerente de la tienda. Había chapurreado en inglés y le había suplicado que pusiera racimos más pequeños. Él se había reído y le había dicho que lo hiciera ella misma. Hiromi había pensado que se estaba burlando de ella, pero Mika lo había entendido y le había mostrado a su madre qué hacer. Aquello era lo que la mantenía unida a su madre: la idea de que, si no se tenían la una a la otra, quizás ambas estarían perdidas.

—Mi madre se decepcionó —le acabó contestando a Penny, y luego hizo una pausa. La decepción de su madre había caído sobre ella con la misma intensidad que el abrasador sol del desierto. «¿Qué sabes tú de criar a un bebé?»—. Y mucho.

—*A veces eso puede ser peor* —dijo Penny.

—Exacto. —Mika soltó un suspiro.

Transcurrió más tiempo, y Mika tuvo su segunda entrevista en Nike. Penny estaba terminando su primer año de bachillerato y asistió a fiestas y a un baile de la escuela al que fue con sus amigos. Se llamaron por FaceTime durante el último partido de Hana antes de que esta se marchara de gira con Pearl Jam. Mika consiguió el empleo en Nike, y un trabajador de Recursos Humanos muy competente pero con demasiada energía la llevó en un recorrido por el campus de la empresa que la dejó mareada. Aquella noche le envió a Penny una foto de su tarjeta de identificación del trabajo con las palabras Es oficial. Cuando Mika había fingido haber encontrado un espacio para su galería, habían brindado en cámara y habían descorchado botellas entre risitas. Pero aquella vez, Penny le contestó con un emoji de un sombrero de fiesta y unas decoraciones. Y nada más. Penny parecía más apagada. Su relación ya no era como una casa prendida en llamas, sino como una que se reconstruía muy despacio; lo que sucedía después de apagar el incendio.

Dos semanas después, Mika se acomodó sus pantalones negros de vestir y le echó un vistazo al último mensaje que le había enviado Penny. Feliz primer día de trabajo. ¿Me llamas cuando salgas? No sé a qué hora volveré a casa, pero te aviso en cuanto llegue, escribió Mika. Se acomodó el pelo detrás de la oreja, un poco abrumada al encontrarse en medio del campus de la sede central de Nike. Más de cien hectáreas, setenta y cinco edificios y miles de empleados. Poquita cosa. Su teléfono sonó, y, al percatarse de quién era, contestó con una sonrisa aliviada.

—Hola.

—Hola, ¿qué tal te estás situando? —le preguntó Hayato—. Puedo salir un rato y acompañarte al edificio Serena Williams.

—Voy bien —le aseguró.

—Perfecto, me alegro mucho de que todo esto haya funcionado —le dijo él.

—Sí, gracias de nuevo por recomendarme. No sé cómo podré pagártelo.

—Invítame a comer y quizás a por otros martinis de chocolate, y asunto resuelto. —Hizo una pausa—. Es una lástima que no estemos en el mismo departamento. Pero comamos juntos hoy, podemos encontrarnos *al mediodía en la cafetería. ¿Sabes dónde está? ¿En el edificio Mia Hamm?*

Sí que sabía dónde estaba la cafetería, aunque no tenía ni idea de quién era Mia Hamm.

—Te veré allí.

—*Vale, que tengas un buen primer día. Me muero de ganas de que me cuentes cómo ha ido* —se despidió Hayato. Cortaron, y Mika se dirigió al edificio Serena Williams, a quien sí conocía. El día se le pasó volando entre presentaciones e instalar su ordenador. Se reunió con Hayato para almorzar. Bebieron refrescos sin azúcar y se comieron una ensalada. Él le mostró su oficina, de concepto abierto y con grandes mesas para hacer bocetos. Habían colocado varios caballetes, y sobre ellos había pizarras de trabajo con dibujos de zapatos diseñados con flores que salían de ellos y adornados con el icónico *swoosh* de Nike.

—Nuestra nueva colección de verano para el próximo año —dijo Hayato, metiéndose las manos a los bolsillos—. Llevo días mirando las imágenes, pero algo no me encaja con el diseño. Se supone que está basado en un artista que hace unos enormes fondos de flores detrás de los retratos de personas famosas.

—Los colores —contestó Mika de inmediato.

—¿A qué te refieres? —le preguntó él, mirándola con atención.

Mika dio un paso adelante. Conocía al artista, había sido una estrella emergente cuando ella había estado en la universidad y en aquellos momentos ya había alcanzado el estrellato.

—Conozco al artista —explicó, sonrojándose—. Bueno, su arte. Usa colores tradicionales en retratos modernos. Por ejemplo, cuando pintó el retrato de aquella refugiada de Corea del Norte, aquella que escapó con su bebé, usó los mismos colores que en la pintura del siglo catorce de Giotto, *La huida a Egipto,* para evocar... —Sacudió la cabeza—. No creo que tengáis que hacer algo tan profundo. En cualquier caso: colores viejos, ideas nuevas, los mismos problemas de siempre.

—Deberíamos usar algunos colores retro de Nike —asintió Hayato, pensativo.

—Podéis intentarlo. —Mika se encogió de hombros.

Hayato fue a por unos lápices de colores que había en un contenedor con materiales de arte sobre su escritorio. Escogió tres y empezó a garabatear sobre su pizarra de trabajo. Mika notó que algo se alzaba en su interior. Envidia. El deseo de dibujar y dejar que el arte la consumiera. Se preguntó si Hayato podría ver aquella hambre tan profunda en sus ojos. Tras lo sucedido con Peter, todos los colores con los que había pintado en algún momento habían desaparecido. Había dejado todas sus clases de arte por temor a cruzárselo y había cambiado de carrera. *Lo perdí todo: tiempo, a mí misma, a mi futuro.* ¿Cómo no iba a pensar que le habían robado algo? En primer lugar, su cuerpo. En segundo lugar, la pintura. Y, por último, a su bebé.

—¿Así? —preguntó Hayato, con los ojos brillantes por la inspiración.

—Claro. —Mika le sonrió, animándolo.

—De verdad me has ayudado a descifrarlo. ¿Cómo lo sabías?

—Cualquiera lo haría. —Se encogió de hombros.

—No, no cualquiera. Pero gracias.

—No es nada. Siempre es un placer ayudarte a explotar el arte para sacar beneficios —bromeó. Luego se dio cuenta de que su comentario había sonado algo brusco. ¿Se habría estado manteniendo alejada de aquello que amaba tanto tiempo que se había vuelto una amargada?—. Perdona.

Hayato sacudió la cabeza como si se hubiera mareado.

—No, no pasa nada —se rio—. ¿Almorzamos de nuevo mañana? —preguntó, acompañándola fuera del edificio, y Mika aceptó.

Tras salir del trabajo, se fue a comprar algunas cosas. Deambuló por los pasillos y revisó su cuenta bancaria. El almuerzo con Hayato había sido un sablazo considerable. Decidió que podría permitirse comprar algo de *ramen* y quizás unos cereales Lucky Charms, pero se abstuvo de comprar vino.

Una vez en casa, llamó a Penny.

—*Hola* —la saludó su hija—. *¿Cómo ha ido?*

Mika se quitó las bailarinas y se desabrochó los pantalones.

—Bien. Más que nada son hojas de cálculo y agendarle reuniones a mi jefe. —Su jefe era un hombre agradable llamado Augustus, o Gus, como solían decirle. De rostro redondeado y complexión colorada, tenía un ligero acento sureño que marcaba sus palabras. Su esposa, a quien adoraba, lo enviaba con el almuerzo preparado cada día. No había comentado nada sobre el hecho de que Mika fuese japonesa, pero sí que se había asegurado de pronunciar su nombre correctamente.

—*Bueno...* —empezó Penny—, *tengo noticias. Me ha llegado una carta de aceptación de la uni de Portland.*

Mika se detuvo en seco. El programa de atletismo al que Penny había enviado una solicitud cuando había ido de visita. Lo había recordado, pero había sido muy cuidadosa al evitar preguntar sobre él. No quería que Penny sintiera ningún tipo de presión.

—¿Sí? —le preguntó, tratando de mantener su voz tranquila, pero inyectándole la cantidad necesaria de curiosidad.

—*Ajá* —asintió ella—. *Y creo que quiero ir.*

—Eso sería estupendo. —Mika trató de sonar informal. Despreocupada—. ¿Tu padre no tendría problema con que volvieras? —Thomas era un tema delicado que no salía mucho a colación durante sus conversaciones, a pesar de que Penny le había asegurado que estaba enterado de que estaban en contacto de nuevo. ¿Qué pensaría Thomas de ella? Recordó la noche de la inauguración de la galería, la botella de vino que habían sostenido ambos. La forma en la que le había hablado, con la voz tan ronca como el terciopelo arrugado. «Este viaje ha sido bueno para Penny. Para ambos». Había perdido el respeto de Thomas, su confianza que era tan difícil de conseguir. Y no parecía ser el tipo de hombre que perdonara con facilidad, en especial en lo que concernía a Penny. Por un lado, Mika lo admiraba por ello. Era algo que compartían. Pero, por otro, odiaba ser el objeto de su decepción, de su burla.

—*Oh, no.* —Penny soltó un resoplido—. *Dijo que era mi decisión. Pero como cuando me dijo «adelante» cuando le dije que quería ir en la bici sin rueditas por primera vez. Como que desearía que no lo hiciera, pero supiese que en realidad no hay ninguna forma de detenerme.*

—¿Cuándo empieza el programa? —preguntó Mika.

—*La tercera semana de junio. Tengo un par de semanas entre que acaban las clases aquí y empiezo por allá. Lo más seguro es que llegue un día o dos antes para instalarme y quizás podemos pasar algo de tiempo juntas, si quieres.*

—Sí. Dalo por hecho. —Mentalmente, Mika empezó a tachar los días. Se encontraban a fines de mayo—. Podemos ir al supermercado asiático y quizás a otro partido de roller derby. Puedes conocer a mis otros amigos, Charlie y Tuan.

—*Eso molaría mucho* —dijo Penny, e hizo una pequeña pausa antes de añadir—: *¿Crees que... pueda conocer a tus padres?*

Mika sintió un nuevo peso en el pecho.

—No lo sé, Penny. Les preguntaré, pero no te prometo nada. Mi madre y yo... tenemos problemas. —La miseria de Hiromi había sido una presencia constante durante la mayor parte de la infancia de Mika. ¿Cómo podría someter voluntariamente a su hija a esa misma sombra?

—*No pasa nada* —repuso Penny, y por su tono de voz, Mika supo que sí que pasaba—. *Lo entiendo. Casi ni me miró en la inauguración de la galería.*

Mika se mordió el labio.

—Hablaré con ella y veré qué puedo hacer.

—*Vale* —asintió Penny, con voz entrecortada—. *Pero no te preocupes.* —Solo que Mika sí que se preocupaba. Se prometió a sí misma que lo haría. ¿Acaso no lo sabía Penny ya? Mika estaba dispuesta a hacer cualquier cosa por ella.

● ● ●

Mika esperó dos días enteros antes de llamar a su madre. Era viernes por la noche cuando se sentó en el sofá y la llamó por teléfono.

Bajó el volumen de la tele mientras esperaba a que contestara.

—Mi-chan —contestó Hiromi—, *¿es esta mi hija? No estaba segura de seguir teniendo una.*

—Okasan. —Mika se frotó la frente—. ¿Cómo estás?

Su madre parloteó sobre un vendaval que iba a ocurrir pronto y sobre cómo el padre de Mika había comido algo que le había sentado mal. Por descontado, no hablaron sobre la galería de arte ni sobre lo que había ocurrido aquella noche. Cuando había estado terminando la secundaria, a Mika la habían atrapado intentando robar en una tienda. Había escogido una prenda de la línea de ropa de una estrella de pop blanca que se vestía con kimonos y se delineaba los ojos con *kohl*, según ella no como un modo de apropiación cultural, sino de simple aprecio. Era posible que Mika no hubiera querido formar parte de Japón, pero tampoco creía que Japón le perteneciera a aquella cantante. En cualquier caso, Hiromi la había recogido de la oficina de seguridad y se habían pasado todo el trayecto en el coche en silencio. Lo mismo había sucedido durante la cena aquella noche y los tres días siguientes. Aquella era la raíz de todos sus problemas: el silencio. Aquel que no se podía resolver, el que terminaba matando.

Mika acomodó la espalda en el sofá, cerró los ojos y recordó la promesa que le había hecho a Penny.

—Okasan —interrumpió Mika—. Tengo un nuevo trabajo y he estado hablando con Penny de nuevo.

El otro lado de la línea se quedó en silencio, y Mika revisó el teléfono para asegurarse de que no se había cortado la llamada. Pero no, seguía ahí. Devolvió el teléfono a su oreja.

—Volverá a Portland en junio para un programa de entrenamiento de *cross country*. Le gusta correr, ha ganado un montón de premios y medallas —le contó con cariño—, y le gustaría conoceros. —Mika observó el gotelé del techo mientras esperaba a que su madre respondiera.

—*Debo irme* —dijo Hiromi finalmente—. *Tu padre me necesita.* —*Clic.* Había cortado, y eso había sido todo.

● ● ●

Tras un tiempo, llegó junio.

—*Me muero de ganas, solo quedan dos semanas* —le contó Penny muy animada por teléfono una noche—. *Tengo un montón de equipo nuevo para correr. Y mi compañera de habitación es una chica increíble de California que se llama Olive.*

—¿Olive como las olivas? —le preguntó Mika. Estaba en casa. Aquellos últimos días cada vez pasaba más y más horas en casa. Se decantaba por tranquilas comidas en casa en lugar de salir a cenar. Agua en vez de vino. Todo con el objetivo de aportar un poco más a su cuenta de ahorros. Por primera vez en mucho tiempo, estaba haciendo planes para el futuro. Para vivir por Penny.

—*Sí... espera.* —Se produjo algo de ruido, y Penny le habló a alguien más—. *Papá, estoy al teléfono.* —Así que era Thomas. Mika trató de escuchar con atención, pero no pudo oír lo que había contestado él, solo el sonido amortiguado de su voz—. *Estoy hablando con Mika. Sí, ya sé, el dinero está sobre la encimera. Ve, ve, estaré bien. Pediré una pizza o algo. Lo siento* —dijo Penny al volver al teléfono—, *es como si no me hubiese quedado sola en casa nunca.* —Mika no pudo evitar imaginar a Thomas enfundado en su traje de nuevo, de camino a una cita. ¿Con qué clase de mujeres saldría? ¿Sería alguna especie de superhéroe viudo y adicto al sexo que se hacía pasar por un buen padre durante el día?—. *Volverá en unas horas o así. Tiene una declaración importante mañana y tiene que ultimar unos detalles, pero estoy segura de que me llamará tres veces. Una para decirme que ha llegado a la oficina, otra para decirme que ya casi ha acabado y la última para decirme que está de camino.* —Vale, así que Thomas no era ningún superhéroe viudo adicto al sexo, sino que solo le tocaba trabajar hasta tarde—. *En fin, ¿qué te decía? Ah, sí...* —Penny siguió hablando, y Mika la escuchó con gusto.

Aquel sábado, Mika aparcó en casa de sus padres e hizo sonar la bocina. Su madre abrió la puerta de inmediato y su padre la siguió a paso lento unos segundos después. El cielo era de un azul brillante, sin ninguna nube a la vista.

—Mi-chan —la regañó Hiromi, dirigiéndose hacia ella por el sendero del jardín y sacudiendo una toalla para secar los platos como si así pudiera ocultar el sonido.

Mika se bajó del coche, rodeó el capó y le entregó a su madre el trozo de papel que llevaba en las manos.

—Toma —le dijo.

—¿Qué es esto? —preguntó Hiromi, revisando el papel.

—Un cheque. —Mika lo había escrito aquella mañana por la cantidad de cien dólares, el cinco por ciento de lo que le debía a sus padres del préstamo que le habían hecho en la iglesia—. Os daré más cuando me paguen de nuevo.

Hiromi hizo un mohín de disgusto, pero se metió el cheque en el bolsillo de su delantal.

—¿Y qué es eso? —Señaló la parte trasera del coche de Mika. Tenía las ventanas abiertas y por ellas se asomaba la mitad superior de un arce.

—Es un árbol que pienso plantar en nuestro jardín trasero. —En el agujero del que Hana había arrancado el árbol muerto y desnutrido—. Me apetece ver algo crecer. —Le sonrió a su madre, al día, a la vida.

—Tienes que regarlo cada día —le advirtió Hiromi.

—Lo sé —dijo Mika, poniendo los ojos en blanco.

—Por lo menos veinte minutos.

—Vale. —Mika volvió sobre sus pasos. De ninguna manera se dejaría convencer para entrar en casa de su madre. *Por favor, que la dejara marchar.*

—Tiene puntos blancos. Quizás sea un hongo —continuó, frotando una hoja entre el índice y el pulgar.

—No le pasa nada. —Mika abrió la puerta y se sentó en el asiento del conductor. Encendió el coche, y Hiromi le dio un golpecito a la ventana. Mika la bajó. Echaba de menos ir en el coche de Charlie, con sus ventanas automáticas y aire acondicionado. Quizás en un año o dos podría permitirse comprar un nuevo coche de segunda mano.

Hiromi escudriñó el coche y luego a Mika.

—Tu padre y yo queremos conocerla. A la bebé —dijo, bajando la voz como si el tema fuese tabú.

Mika miró a su madre unos segundos, confundida. Abrió y cerró la boca. Penny, se refería a Penny. Aunque Penny ya no era una bebé. Aquella bebé, aquella que Mika había dado en adopción, ya no estaba. Apartó aquel pensamiento de su cabeza, pues no se sentía lista para examinarlo.

—¿Queréis conocer a Penny?

Hiromi asintió una vez.

—Puedes traerla y cenaremos aquí.

—O podemos ir a cenar a un restaurante —sugirió Mika. Hacía años que no pisaba la casa de sus padres.

—No, muy caro —dijo Hiromi, decidida—. Tráela aquí. Yo cocinaré.

—Vale. —No le quedó más remedio que aceptar. Y lo hizo por Penny, quien quería conocer a sus abuelos biológicos. Penny, quien quería ver dónde había crecido Mika—. Se lo diré, se pondrá muy contenta.

Hiromi no sonrió.

—No te olvides de regar el árbol.

CA PÍ TU LO 19

Una semana antes de la llegada de Penny, Thomas le escribió.

Empezó con un Hola. Mika estaba trabajando y miró fijamente su teléfono, el cual se encontraba al lado de su teclado. Echó un vistazo a la oficina. Todos estaban ocupados, ya fuera archivando cosas o pulsando con suavidad las teclas de sus teclados. Claro, no tenían cómo saber que el padre adoptivo de la hija de Mika le estaba escribiendo o que no se habían hablado desde la inauguración de la galería, cuando Hiromi había hecho que todo su mundo se le fuera encima.

Hola, escribió de vuelta, agachándose para esconderse en su cubículo.

Soy Thomas, le escribió.

Sí, lo sé, contestó ella.

Le aparecieron tres puntitos dentro de una burbuja en su pantalla. Claro. Lo siento. Penny llega el domingo. ¿Puedes ir a recogerla? Preferiría que no tuviera que tomar un Uber o un taxi sola, le pidió.

Mika se enderezó. Ya pensaba hacerlo. Habían acordado que Mika la recogería del aeropuerto, la llevaría hasta la residencia de la Universidad de Portland y la ayudaría a instalarse. Si Penny tenía ganas, irían a cenar y pasarían el rato juntas.

Nunca ha volado sola. Me ofrecí a acompañarla, pero no quiso. Luego añadió: Su negativa fue rápida y enfática. Mika lo imaginó en su oficina, sentado detrás de un escritorio enorme de madera de caoba. Con traje y corbata y su ceño fruncido firme en su lugar. ¿La odiaría?

Gus, su jefe, pasó por su cubículo. Mika soltó su teléfono y se dio la vuelta, mientras devolvía las manos a su lugar en su teclado. Lo saludó con la mano.

—No trabajes demasiado —le dijo él, sonriéndole de verdad. Ella sonrió, rio de mentira, y esperó a que se hubiera marchado para contestarle a Thomas: Yo me encargo.

Veinte minutos después, él le respondió: ¿Estás segura? ¿No se te complica mucho?

De verdad, no es ningún problema. Hemos hecho planes para toda la tarde: prostitutas, drogas, todo el desmadre. Mika se mordió el labio. Era una broma. ¿Me he pasado?

Pasaron algunos minutos más, y Mika siguió con la hoja de cálculo en la que había estado trabajando. Thomas le escribió: Bastante. Así que la odiaba. No había dudas de que la odiaba.

Por favor, no te preocupes, le respondió. Está en buenas manos, te lo prometo.

Haz que me escriba en cuanto llegue, fue lo único que contestó él.

● ● ●

Aquel domingo, Mika aparcó en la terminal de llegadas del aeropuerto. Penny se encontraba en el bordillo y la saludaba con una mano mientras que con la otra aferraba el asa de una maleta de color rojo oscuro. Aquel día llevaba el pelo atado en una brillante coleta. Mika abrió el maletero y salió del coche. Ambas se saludaron a la vez y se dieron un abrazo, refugiándose en los brazos de la otra sin mayor dificultad. Mika se aferró a su hija un segundo más de lo que debía, luego metió la maleta de Penny en el maletero, y juntas se subieron al oxidado Corolla.

Penny se abrochó el cinturón. O bien no se percató de la grieta con forma de araña que adornaba el parabrisas ni del retrovisor lateral enganchado con celo, o los estaba ignorando con mucha educación.

—Uff, casi no lo consigo. Mi padre me ha dejado en el aeropuerto esta mañana y te juro que parecía estar a punto de llorar. Estoy convencida de que estaba considerando secuestrarme. ¿Puedes secuestrar a tu propia hija?

Mika miró su retrovisor.

—Ha escrito muchas veces. —Una para recordarle a Mika la hora en la que el vuelo de Penny llegaba: Llega a las 12:15 del mediodía. Luego, una hora después: El vuelo de Penny va con retraso. Mika le había contestado con palabras de ánimo, con la intención de calmarlo. Se había ganado la confianza de Penny, pero la de Thomas le estaba costando más. Era justo. Lo sé, no te preocupes. Ya estoy en el aeropuerto, en la zona de espera de pasajeros, le había escrito. El mismo lugar en el que había terminado enviando aquel mensaje de voz tan largo. Estaré aquí para cuando Penny esté lista.

—Ya, no tiene remedio. Le he escrito en cuanto las ruedas del avión han tocado el suelo —dijo Penny, haciéndose aire con las manos—. Hace calor, ¿podrías encender el aire acondicionado?

—Claro —repuso Mika—. Abre la ventana.

Penny se sonrojó aún más y abrió su ventana. Salieron de la vía del aeropuerto y pasaron por el lado de algunos hoteles y una tienda de muebles suiza. Mika observó a Penny, alternando la mirada entre ella y la carretera. Penny bajó el visor del coche, y su rostro quedó medio cubierto por la sombra. Con el aire agitándole el cabello y el olor del verano, Mika se imaginó a sí misma como a una adolescente. Cuando había conducido sin rumbo por las calles y pasado el rato en el primer Starbucks de veinticuatro horas en compañía de Hana. «Buscando problemas», le había dicho Hiromi. Aunque, en realidad, lo único que habían hecho era buscar la libertad.

Penny se puso en los labios algo de brillo que tenía en el bolso. Mika no recordaba haberla visto maquillada, por lo que hizo un mohín, pero no dijo nada. Recorrieron la avenida 82 y se dirigieron a la parte norte de la ciudad. La Universidad de Portland estaba situada en el barrio de St. Johns, en un acantilado desde el que se veía el río Willamette. El campus bien podría haber formado parte de la costa este, con sus interminables áreas verdes, edificios de ladrillos y detalles en blanco. Era una universidad hermana de la Universidad de Notre Dame, según presumía un cartel en la entrada. Penny sacó un montón de papeles de su mochila, entre ellos un mapa.

—Dice que tenemos que ir a la residencia Corrado para registrarnos y que nos asignen una habitación —explicó, señalando a la derecha, y Mika las condujo por una callecita.

Encontraron dónde aparcar más o menos cerca de la residencia. Mika abrió el maletero y sacó la maleta de Penny.

—Toma, estas también son para ti —dijo, después de inclinarse sobre el asiento trasero y sacar una almohada nueva y unas sábanas para cama individual que había comprado y lavado. El diseño era mono: unos crisantemos pequeñitos y amarillos.

—¿Son para mí? —preguntó Penny, entrecerrando los ojos por culpa del sol vespertino.

—Sí. Sé que te dijeron que lo darían todo allí, pero pensé que podías querer unas sábanas más suaves y una almohada nueva. La ropa de cama es muy importante —dijo Mika, como si le estuviese transmitiendo sabiduría ancestral.

Penny recibió las sábanas y la almohada y se quedó mirándolas.

—Gracias, es un detalle muy bonito, pero... ¿Puedes permitírtelo? —Se apresuró a explicarse—. Quiero decir, tu coche...

—Shhh. —Mika le dio una palmadita al coche cerca de una abolladura algo oxidada—. La vas a hacer sentir mal. Si me estás preguntando si he dejado de comer por comprar estas sábanas y una almohada, la respuesta es no. Puedo permitírmelo. De verdad. —De hecho, hacía dos días incluso les había dado a sus padres otro cheque. Hiromi le había quitado el papel y lo había mirado con sospecha, como si este fuese a prenderse en llamas de un momento a otro. Luego se había metido el cheque en el bolsillo de su delantal y había preguntado por la bebé y cuándo la llevaría Mika. Habían acordado que cenarían allí la semana siguiente. Penny estaba emocionadísima ante la idea de conocer a sus abuelos biológicos. Mika, no tanto. Mucho menos que ella, desde luego.

Penny sonrió y se abrazó la ropa de cama contra el pecho. Mika cerró el coche y volvió al lado de su hija.

—¿Lista? Oye, ¿todo bien? —le preguntó, al verla morderse el labio con insistencia.

—Sí, es solo que... —Penny se abrazó más a las sábanas, como si se estuviera acurrucando bajo las mantas durante una tormenta—. Habrá atletas de todo el país. Y todos son tan buenos... por eso los aceptaron en el programa, claro.

Aquella vulnerabilidad tan obvia hizo que algo dentro de Mika se removiera. Sujetó a su hija por los hombros.

—Te va a ir genial —le dijo. Si tan solo existiera el poder con el que una madre creía en su hija, el mundo sería un lugar diferente—. Dilo. Di: «Me va a ir genial».

—Me va a ir genial —murmuró Penny, roja como un tomate por la vergüenza.

—¿Cómo dices? —sacudió a Penny, alzando la voz. Unos estudiantes que pasaban por allí se detuvieron para mirar a aquella asiática loca y a su versión en miniatura—. No puedo oír a quienes no creen en sí mismos —continuó, casi gritando.

—¡Me va a ir genial! —chilló Penny.

Mika sonrió y la soltó.

—Mucho mejor. —Juntas se dirigieron a la residencia. En el vestíbulo, un cartel dorado y lila rezaba: OS DAMOS LA BIENVENIDA A LA UNIVERSIDAD DE PORTLAND. Una chica con cabello largo y rizado se encargaba de los registros.

—Penelope Calvin. Te toca la habitación 205, justo subiendo las escaleras y a la izquierda. —Les entregó un juego de llaves y le hizo una seña al siguiente en la fila. Junto a otras familias, ambas subieron a la segunda planta y encontraron la habitación de Penny. El pasillo estaba lleno de gente y adolescentes de ambos sexos, según se percató Mika, que se estaban instalando en sus habitaciones.

—No me dijiste que era un programa mixto —dijo Mika, observando una habitación en la que un muchacho de ojos hundidos y cabello que le caía sobre los ojos como una estrella pop infantil estaba haciendo la cama con un edredón a cuadros mientras su madre metía algunas bebidas en una mininevera.

—¿No? —Penny metió la llave en la cerradura y entró en la habitación—. Qué raro, pensaba que sí.

—Pues no, no dijiste nada. —Mika arrastró la maleta de Penny dentro de la habitación. Había una sola ventana y, a cada lado de ella, una cama alta con una escalera y un escritorio bajo ella, además de un armario de pared. Si bien había un baño compartido en el pasillo, la habitación contaba con un fregadero y un pequeño espejo sobre este. En conjunto, era una residencia bastante decente. La habitación de residencia de Mika había estado situada en un viejo edificio y había sido solo un poco más grande que una caja de zapatos, aunque le había parecido enorme, llena de posibilidades. Penny arrastró su maleta hasta el centro de la habitación y la abrió, lo que dejó libre un montón de ropa, la mayoría deportiva, como camisetas de tirantes de licra y pantalones cortos. Sobre todo ello se encontraba la camiseta de roller derby que le había comprado Mika. Penny la sacudió y luego la dobló con cuidado para meterla en uno de los cajones del armario.

La compañera de habitación de Penny llegó. Era una pelirroja con pecas cuyo nombre, Olive, le iba a la perfección y que parecía la personificación de un signo de exclamación: de cuerpo largo y atlético y completamente llena de energía.

—Madre mía, ¡nos lo vamos a pasar en grande! ¿Qué programa de entrenamiento seguiste el verano pasado? Los lunes hacía un fartlek de doce kilómetros, los martes hacía de ocho a once kilómetros de carrera ligera y unos ochenta metros de zancadas y los miércoles hacía entrenamiento cuesta arriba...

Mika no entendía ni jota de lo que estaba diciendo, pero Penny iba asintiendo como un cachorrito entusiasmado. Siguió escuchando a medias mientras metía las sábanas bajo el colchón lleno de bultos de Penny.

—Qué pasa. —El chico con cabello de estrella de pop estaba apoyado en la puerta, con las manos metidas a medias en los bolsillos. Guay. Superguay, sin duda. Mika casi puso los ojos en blanco—. Soy Devon —dijo, haciendo un ademán con la cabeza.

—Penny —se presentó su hija, acomodándose el pelo. Olive se presentó prácticamente de la misma forma.

—Vamos a ir a por algo de cenar y luego a jugar frisbi. ¿Os venís? —les preguntó Devon.

Penny miró a Mika de reojo, insegura.

—Es que tengo planes...

Mika alzó ambas manos, con una sonrisa a pesar de la decepción.

—No te preocupes, podemos vernos en otro momento.

—¿De verdad? ¿No te molesta?

—Claro que no. —Mika forzó una sonrisa y enterró sus emociones bajo una máscara de felicidad.

—Guay —dijo Devon—. Os veré fuera.

—¡Gracias! —gritó Penny, abrazando a Mika—. Te llamaré. —Entonces tanto ella como Olive empezaron a hablar de zancadas y Mika esperó un segundo, mientras observaba a las chicas con una especie de triste fascinación, para luego marcharse.

Como la puerta quedó entreabierta, Mika escuchó que Olive le decía a Penny mientras ella se iba:

—¿Era tu madre? Es superguapa.

—Algo así. Es mi madre biológica.

—Ah, entiendo. Tienes muchas capas —dijo Olive—. Ya me lo contarás en la cena.

Mika salió del edificio y paseó por el campus algunos minutos, sintiéndose como una señora mayor rara, a pesar de solo tener treinta y cinco años. Pensó en sí misma antes y después, y un pinchazo de anhelo le atravesó el pecho. Cuánto había cambiado a pesar de querer seguir siendo la misma. Se sentó en un banco. Una gran área verde de césped se extendía frente a ella.

«Mika». Oyó su nombre flotar en la brisa de verano. Parpadeó, preguntándose si sería real. Pero no, solo era un recuerdo. Se le apareció frente a ella como un holograma. Era la primavera de su primer año en la universidad, cuando aún había podido ocultar su barriga de embarazo bajo sudaderas que le iban grandes. Aunque ya había empezado a sentir el peso extra y la presión de Penny contra sus costillas y había tenido que sentarse en un saliente de cemento para recuperar el aliento. «Mika», llamó la voz de nuevo, aquella vez más cerca. Alzó la vista. Era Marcus. «No estaba seguro de si eras tú». Se detuvo frente a ella, con una bandolera cruzada sobre el pecho y salpicaduras de pintura en las manos. «¿Dónde te habías metido? Has dejado de ir a mis clases». Mika lo miró, sin palabras. El sol ardía a sus espaldas y trazaba un camino sobre uno de sus pómulos. Le recordaba a un autorretrato de Rembrandt. «¿Va todo bien? No has encontrado a otro mentor, ¿verdad? Porque si estás cursando Pintura IV con Collins…».

Mika arrastró su mochila hasta su regazo y se abrazó a ella.

«No… No…», tartamudeó. Y entonces lo percibió. El fantasma de la mano de Peter sobre su boca. El olor del aguarrás. No podía hablar. El corazón le latía desbocado en el pecho y amenazaba con escapar de él. Penny dio una patadita. Mika se puso de pie y casi se estrelló contra Marcus, que se había acercado a ella. «Ya no pinto», le dijo, abriéndose paso de un empujón. «No soy lo suficientemente buena…».

«Eso no es cierto. Tienes el mayor talento natural que haya visto nunca».

Mika se miró los pies, las zapatillas llenas de barro. Se había deshecho de la ropa que había llevado a la fiesta y había jurado que no volvería a ponerse faldas, tacones o maquillaje nunca más. Ya no quería ser guapa; tenía miedo de serlo. Ser guapa era una invitación. No, se corrigió a sí misma, ser mujer era una invitación. Marcus dio un paso hacia ella.

«Debo irme», murmuró Mika antes de empezar a correr. Corrió en medio de la mañana azul sin gracia hasta que llegó a su habitación de la residencia. Cerró la puerta con llave y se dejó caer contra esta. Le parecía que el techo se estaba deslizando hacia abajo, como si las paredes la estuvieran encerrando. Le temblaban las manos, el corazón le latía muy rápido y sus respiraciones iban incluso a mayor velocidad. No sabía cuánto había durado aquel episodio, solo recordaba haber despertado más tarde en la cama, mareada y con hambre. Aquel fue su primer ataque de pánico.

En el campus de Penny, Mika se quedó sentada en aquel banco un rato más y dejó que el holograma desapareciera. Durante aquellos momentos después de la violación, se había sentido como si hubiera estado fuera de sí misma. Como si su espíritu se hubiera separado de su cuerpo y estuviera flotando por los alrededores. La mayoría de sus recuerdos no eran de sus propios ojos, sino de un espectro que lo observaba todo desde arriba.

Tras un rato, Mika condujo a casa y se puso una de las mascarillas faciales que había planeado ponerse con Penny aquella noche. Cuando empezó a arderle, se la quitó, se hizo una foto de su cara roja y se la envío a Hana. ¿Está muy horrible? El rostro de Mika había empezado a enfriarse para cuando Hana respondió. ¿Has visto «El hombre de la máscara de hierro»? Mika sonrió, y su teléfono sonó. El nombre de Hana apareció en la pantalla.

—Hola —contestó. Estaba sentada en el sofá, por lo que se abrazó las piernas contra el pecho.

—*¿No llegaba Penny hoy?* —preguntó Hana. No había ruido donde ella se encontraba—. *Pensaba que ibais a cenar y pasar el rato después. Recuerdo que me contaste tus planes de un restaurante que corta la carne frente a ti y una noche de spa.*

Mika jugueteó con los dedos de sus pies.

—Me ha dejado tirada por la Golden retriever que tiene como compañera de habitación. Me prometió que hablaríamos luego.

—Mika no sabía cómo sentirse al respecto. Tan solo unos meses atrás había sido una estrella en el universo de Penny.

—Ay —soltó Hana—. *¿Así que te ha usurpado el puesto?*

—Me temo que sí —dijo Mika, apesadumbrada. Quizás así era como se sentía Thomas. Los desdichados a la mesa del rincón. Quería llorar, pero aquello quizá haría que le escociera más la cara.

—*Tengo noticias que quizás te alegren un poco.*

—Me vendrían bien unas noticias que me alegren un poco.

—*Pearl Jam va a tocar en Seattle el jueves dentro de dos semanas y luego descansará durante el finde. Voy a pasar el viernes por la noche con Josephine, pero he reservado la noche del sábado para mi zorra favorita. Prepárate para tomar malas decisiones.*

Mika desenredó las piernas y se reclinó en el sofá. Revisó su agenda mentalmente. Había separado el siguiente fin de semana para Penny, pues tenían la cena en casa de los padres de Mika. Thomas iba a estar en Portland el siguiente fin de semana, por lo que era probable que Penny fuera a estar ocupada con él todo el sábado. Y, cuando Thomas se fuera aquel domingo, Penny iba a tomar un bus con su equipo para ir a correr por las dunas de la costa. Por las dunas. Le sonaba tan absurdo como que alguien sugiriera que Russell Crowe repitiera su papel en *Los miserables*.

—Ahora que lo dices, me viene de maravilla y suena perfecto. Qué emoción. Deberíamos invitar a Hayato y a Charlie y quizás ir a alguna discoteca.

—*Hecho.*

Siguieron conversando un rato más, más que nada sobre cómo iban las cosas con Josephine. Parecía que iban en serio. Más tarde, su teléfono sonó con un mensaje.

¿Ha ido todo bien con Penny? Era Thomas.

La he dejado instalada en la residencia y he conocido a su compañera de habitación, le contestó ella.

Me ha enviado un mensaje, pero era solo unos pulgares hacia arriba, dijo Thomas. Ante eso, Mika se echó a reír, pero no contestó. Pensó en Thomas. En ser padre. En cómo al inicio un bebé no se podía separar de sus padres. Se había sentido de ese modo cuando había llevado a Penny en su vientre, incluso al saber que no se la iba a quedar. Había leído que un bebé no sabía dónde terminaba él y dónde empezaba su madre. Para el bebé, los dos eran uno: como el mar y la sal.

CAPÍTULO 20

El lunes por la mañana en el trabajo, Gus, su jefe, asomó la cabeza en su cubículo.

—*Toc, toc* —llamó—. ¿Qué te parecería trabajar unas horas extra esta semana? Debo terminar de montar un modelo de colaboración para una de nuestras partes interesadas. Shelly se estaba encargando, pero ha pedido una baja por un asunto familiar y me lo han asignado, por lo que me vendría bien algo de ayuda. —Hablaba con entusiasmo, alzando las manos para enfatizar lo que quería decir.

Mika dejó el teléfono sobre la mesa y se enderezó.

—Claro, ningún problema. —Le vendría bien una distracción. Se había sentido algo sola sin Hana y se había concentrado un pelín de más en la fecha en la que vería a Penny de nuevo, el viernes, cuando iban a cenar en casa de sus padres. El mero hecho de recordarlo hacía que se pusiera nerviosa. ¿Cómo se iba a sentir al volver a pisar su hogar de la infancia? ¿Cuánto tiempo habría pasado desde la última vez? Como mínimo una década.

Y, lo que era más importante, ¿cómo iba Hiromi a tratar a Penny? Imaginó a su madre al acecho y se juró a sí misma que no dejaría que su hija sufriera los cortes de los comentarios afilados de su madre.

—¡Perfecto! Todo debería estar en el servidor compartido. Échale un ojo y nos reunimos después de comer para revisarlo. —Gus se marchó, y una pequeña sonrisa se dibujó en el rostro de Mika. Se sumió completamente en el proyecto e incluso llegó temprano a la oficina el martes y el miércoles para poder empezar con antelación. Aunque sí que le dio tiempo para almorzar con Hayato y espiar a Seth por internet, el nuevo chico con el que estaba saliendo él.

El viernes transcurrió deprisa. A las 3:05 p. m., le envió un correo a Gus para decirle que todos los documentos estaban listos para que los revisara. Él le contestó de inmediato: Bien hecho, tómate el resto del día libre. Te lo has ganado.

De modo que Mika llegó un poco antes para recoger a Penny del campus. Había pensado quedarse un rato con el coche aparcado en el bordillo y quizás enviarle un mensaje a Hana para decirle lo emocionada que estaba por verla el próximo fin de semana. Lo que no había esperado era ver a Penny haciéndose arrumacos —de hecho, no estaba segura de haber usado nunca la palabra *arrumacos,* pero la estaba usando en aquel momento y no podía estar más sorprendida o disgustada por ello— con Devon, el crío de la melena de estrella de pop. Los dos estaban demasiado cerca. Él tenía las manos apoyadas sobre las caderas de Penny, y las de ella estaban sobre... *¿su pecho?* Mika no se lo podía creer. Y su primer instinto fue hacer que parasen. Hizo sonar el claxon con fuerza. Los viandantes se sobresaltaron mientras caminaban. Penny apartó a Devon de un empujón, y él tuvo la decencia de apartarse también y pasarse una mano por el pelo, avergonzado. Penny le dijo algo en voz baja y se agachó para recoger su mochila antes de dirigirse al coche.

—Hola —la saludó Mika mientras Penny se subía al coche.

—Hola, llegas pronto. —Penny se hundió en su asiento y se cubrió el rostro colorado con las manos—. No te ofendas, pero eso ha sido superhumillante.

—Lo siento, se me ha resbalado la mano —respondió Mika, hablando demasiado rápido—. Coche viejo, claxon sensible, ya sabes.

—En realidad, la bocina era bastante difícil de tocar. Había derramado algo sobre el volante hacía muchísimo tiempo y desde entonces se había quedado atascado. Le alegraba saber que aún funcionaba.

Mika puso en marcha el coche y mantuvo a Devon en la mira mediante el retrovisor—. Entonces, ¿ese es tu nuevo amigo?

Una vez fuera del campus, Penny se acomodó en su asiento para sentarse correctamente.

—Es mi novio o algo así —dijo, vacilando un poco.

Un semáforo en ámbar pasó a rojo, y Mika frenó.

—¿Novio? ¿Es eso algo reciente? —*Tan rápido*, pensó Mika. Pero ella no era nadie para opinar. Se había mudado con Leif tras acostarse con él durante tan solo un mes.

Una sonrisa llegó al rostro de Penny, aunque no dijo nada durante unos momentos.

—Lo hicimos oficial el finde pasado. Estamos saliendo.

Mika no estaba familiarizada con los rituales de los noviazgos adolescentes, pero sabía lo suficiente como para entender que «estamos saliendo» era algo serio. O al menos lo había sido cuando ella había tenido dieciséis. Miró a Penny de reojo.

—Es un gran paso. —La luz cambió a verde, y Mika aceleró para incorporarse a la autopista.

—La verdad es que no —dijo Penny, disimulando—. Oye, ¿crees que podamos mantenerlo en secreto? ¿Solo entre nosotras?

—Te refieres a no contárselo a tu padre —aclaró Mika mientras cruzaban un puente.

Penny asintió una vez para confirmárselo.

—Se montará muchos líos porque Devon y yo compartimos residencia.

—No lo sé... —dijo Mika, sin terminar la oración. Quería crear un espacio seguro para Penny. Y Devon no parecía tan malo. Amor juvenil, lo llamaría ella. Llegaría a su fin en algunas semanas o quizás no. *¿Qué podría pasar?* Además, casi no hablaba con Thomas. Si no se lo preguntaba, ella no lo mencionaría. ¿Una mentira por omisión seguía siendo una mentira? Mika no estaba segura. Había suspendido Filosofía—. Vale, no diré nada. —Se preguntó si Caroline y Penny habrían tenido secretos. Si Caroline habría sacado a Penny de la escuela temprano y se la habría llevado a por un helado. «No se lo cuentes a tu padre», podría haberle dicho. «Esto queda entre chicas». Una parte de Mika ansiaba aquello. Aquella unión.

—Gracias —le contestó Penny—. Te agradezco que confíes en mí. —Mika casi le dijo: «Confío en ti, en quien no confío es en el resto del mundo», pero se resistió a la tentación—. Y bueno, háblame de tus padres. ¿Hay algo que deba saber antes de conocerlos? —preguntó.

Ya estaban en las afueras de Portland en aquellos momentos, en la periferia. Pasaron por la tienda coreana que no pedía el DNI, el Starbucks de veinticuatro horas en el que Mika y Hana se habían atrincherado para llorar la muerte de Kurt Cobain y el instituto al que Mika solía ir andando con un cigarrillo en una mano y sus sueños en la otra. Solía sentarse en las gradas y soñar que estaba en cualquier otro lugar. Inhalar y creer que su destino era hacer algo grande. Que iba a ser capaz de hacer grandes cosas.

—Estoy nerviosa —añadió Penny, mientras Mika giraba por una calle secundaria. Había unos niños jugando en la calle con una manguera.

—No lo estés —la tranquilizó Mika, aparcando frente a la casa de sus padres. Al ver las tejas verde bosque, sintió un dolor repentino, el punto dolorido de su infancia al recibir un pinchazo—. No son de dar abrazos. Si te hacen una reverencia o inclinan la cabeza, devuelve el gesto. —En el hogar de Mika nunca se decían *te quiero*. El afecto se encontraba en los actos. En trabajar para proveer ingresos, en preparar comidas caseras, en obedecer a los padres—. Y si mi madre te pregunta si quieres algo de beber, no bebas agua embotellada, porque no es nueva. Rellena las botellas antiguas y las vuelve a meter a la nevera. —Hiromi no lavaba las botellas después de cada uso—. De hecho, mejor revisa el sello de cualquier cosa embotellada. Una vez compró un refresco de lima limón de marca blanca para mi cumpleaños y lo usó para llenar una botella vieja de Sprite.

—Vale —repuso Penny con cuidado, observando la enorme antena parabólica que había al lado de la casa. Se acercaron poco a poco a la puerta y se detuvieron frente a ella. Mika vio las cortinas moverse. Su madre las estaba observando—. ¿Alguna vez preguntaron por mí?

Observó la expresión nerviosa de su hija. No quería mentirle, pero sabía que la verdad la lastimaría. Optó por ninguna de las dos.

—Nunca ofrecí mucha información. Hablar de ti era difícil para mí. —Hizo una pausa—. ¿Lista?

Penny asintió.

—Lista.

Mika apoyó la mano sobre el pomo de la puerta y se giró hacia su hija.

—Una cosa más. Recuerda que podemos marcharnos cuando quieras. Solo dilo y nos iremos. Tú decides lo que te apetece hacer. —¿Lo estaba diciendo para calmarse a ella misma o a Penny?

—Vale —dijo Penny.

Mika abrió la puerta. Shige y Hiromi las estaban esperando del otro lado. Mika se quitó los zapatos en el *genkan* improvisado, y Penny la imitó. Fue como si hubiese vuelto en el tiempo a cuando Shige había comprado la casa. Había ido de la mano de su madre mientras la recorrían, con el cartel de SE VENDE aún plantado en el césped. Hiromi había alzado la nariz más y más con cada habitación a la que se asomaban. Todo era incorrecto. Las puertas se abrían y se cerraban en lugar de deslizarse. A Hiromi no le gustaba la combinación de ducha y bañera que había en la habitación de matrimonio, la despensa de la cocina ni que el jardín trasero diera hacia el norte, pues de aquel modo la ropa nunca se iba a secar.

Mika sonrió algo incómoda y se preguntó si Penny sería capaz de percibir cómo las paredes parecían latir con la desdicha de Hiromi.

—*Okasan, otosan.* —«Madre, padre», los había llamado Mika—. Ella es Penny. —Casi añadió *mi hija,* pero se contuvo.

Hiromi y Shige inclinaron la cabeza y Penny les devolvió el gesto.

—Es un placer conoceros —los saludó ella.

Entonces se quedaron en silencio, mirándose los unos a los otros. Su madre se había vestido de manera formal. Llevaba su ropa más elegante, la cual era un vestido ligeramente entallado con dos pinzas en la cintura. Y su padre vestía un traje. Ambos llevaban zapatillas de andar por casa. Habían aspirado la gruesa moqueta hacía poco, y sobre la mesa había una docena de platillos elaborados: tofu de sésamo, perfectas bolitas de arroz, espárragos en caldo de *dashi;* todos los favoritos de Mika. Hiromi debía haber pasado horas cocinando.

Su madre fue la primera en hablar.

—Mi-chan nos dijo que gusta correr —dijo, alzando las manos.

—*Le* gusta correr —corrigió Mika a su madre.

—Eso he dicho —dijo Hiromi—. Shige, ¿no es eso lo que he dicho?

—Sí que me gusta —intervino Penny, y Hiromi se detuvo un segundo para evaluarla con la mirada—. He venido a cursar un programa de entrenamiento de verano en la Universidad de Portland. Mi escuela es una de primera división. Me aceptaron en el equipo universitario en mi último año de secundaria.

—¿Corres rápido? —le preguntó Shige, con un brillo de aprobación en la mirada.

Penny asintió.

—Rápido y de manera constante, que es lo que importa.

—Debes ser muy buena si te han aceptado en la Universidad de Portland, leí que es una universidad hermana de la de Notre Dame —dijo Hiromi, impresionada.

—Lo intento —repuso Penny, avergonzada. Entonces se hizo el silencio una vez más. Bien podrían haber sido un grupo de extraños en un autobús que compartían el aire reciclado de su interior.

—¿Tienes hambre? —le preguntó finalmente Hiromi.

—Claro —soltó Penny—. Me refiero a que podría comer o podríamos esperar. Como prefieran.

—Comamos, comamos —dijo Shige, como si él fuese quien hubiera preparado toda la comida. Se acercaron a la mesa y Penny, Mika y Shige se sentaron.

—¿Quieres algo de beber? ¿Agua, té? —preguntó Hiromi, observando a Penny con una especie de aire curioso.

—Agua está bien —contestó Penny. Levantó la servilleta de la mesa y la colocó sobre su regazo.

—Del grifo —aclaró Mika.

Penny esbozó una sonrisa, y Mika se la devolvió. Hiromi llenó unos vasos con agua y los llevó a la mesa.

—He preparado los platos favoritos de Mika de cuando era pequeña —anunció Hiromi, antes de sentarse. De manera automática, Mika, Shige y Hiromi juntaron las manos y dijeron: «*Itadakimasu*».

Shige tomó sus *hashi* y comenzó a colocar en su plato algunos trozos de *teba shichimi*, pollo marinado en siete especias.

—Adelante —dijo Hiromi—. Prueba los espárragos; yo misma he preparado el *dashi*.

Penny clavó la vista en su regazo. Hiromi solo había puesto la mesa con *hashi*. Mika se levantó, abrió el cajón de los cubiertos de la cocina y sacó un par de tenedores. Le dio uno a Penny y se quedó el otro para ella.

—¿No usas *hashi*? —preguntó Hiromi, como si la hubieran insultado.

—*Okasan* —le advirtió Mika. Se preguntó si su madre la culpaba porque Penny no fuese los suficientemente japonesa.

—Yo te enseño. Así es como le enseñé a Mi-chan. —Shige se acercó a Penny—. Inténtalo —la animó, con una voz suave, cálida y persuasiva.

Un segundo después, Penny cogió los *hashi*. La mente de Mika tropezó y dio con un pasado olvidado. Cuando aún vivían en Japón. En Daito, una pequeña ciudad dentro de la prefectura de Osaka.

Había estado arrodillada en una mesa baja y llevaba un jersey amarillo. Un cuenco de *edamame* se encontraba frente a ella, y estaba practicando con sus *hashi*. Sus padres se encontraban en la otra habitación y discutían. Mika se levantó y se acercó de puntillas. Dejó los pies justo fuera de la línea amarilla de luz que se filtraba por la puerta entreabierta.

«No quiero vivir en los Estados Unidos», había dicho su madre, con la voz muy seria. Iba vestida con un kimono completo.

Una vez al mes, Hiromi se reunía con una amiga, una compañera *maiko*, para comer en Kioto. Ambas se ponían sus mejores kimonos y llevaban a sus hijos. Mika recordaba haber jugado con un niño pequeño en el suelo de un restaurante, y que los pies de su madre llevaban *tabi* y *zori*. Habían vuelto a casa y se habían encontrado con que Shige había llegado temprano del trabajo, cabizbajo.

«Tendrás que encontrar otro trabajo en otra empresa», había insistido Hiromi, como si fuese así de fácil.

Su padre había agitado una mano, molesto. Él también había sido más joven, y las líneas de su rostro no habían estado tan marcadas en aquel entonces.

«No hay otros trabajos. Esta es nuestra única opción. Nos vamos. Fin de la discusión».

Mika se había apoyado en la pared. La casa tenía una estructura de acero, diseñada para soportar terremotos o la furia de una esposa enfadada con su marido.

«¿Y qué voy a hacer yo allí?», había preguntado Hiromi, al borde de las lágrimas.

«Harás tu trabajo. Serás una buena esposa para mí y una buena madre para nuestra hija», había contestado Shige. Y Hiromi no había dicho nada más. No tenía el permiso cultural para desobedecer a su marido.

—Ves, nunca se es demasiado mayor para aprender algo nuevo —le dijo Hiromi a Penny, aunque Mika se percató de que el comentario iba dirigido a ella. Nunca fallaba. Hiromi siempre se las

ingeniaba para hacer que Mika se sintiera pequeñita, tan insignificante como un estornudo.

Comieron, y Penny usó los *hashi* con la misma delicadeza que
un ciervo sobre el hielo. Pero siguió insistiendo, y Hiromi la observó
sin parpadear como si estuviera tratando de absorber cada detalle.
En el salón, un teléfono sonaba sin cesar.

—Shige —lo regañó Hiromi.

Shige fue a por su móvil.

—Recibo llamadas de vendedores telefónicos todo el día. Quieren que compre esto o lo otro. —Puso el teléfono en silencio.

—Puede bloquear las llamadas —le explicó Penny—. Mire. —Shige
le dio su teléfono y Penny apretó un par de botones—. También puede
añadir su número a una lista de «No llamar» —le dijo, devolviéndole el
teléfono.

—Qué lista. —Hiromi sonrió y le dio un apretón al brazo de su
marido.

Tras la cena, Mika se quedó en el pasillo recubierto por paneles,
observando a Penny mientras esta deambulaba por la casa. En sus
ojos se veía que se moría de ganas de abrir las puertas que Hiromi
mantenía cerradas a cal y canto, pues había ido allí con la intención
de descubrir cosas.

—¿Cuál era tu habitación? —le preguntó Penny.

—Esa. —Mika señaló una puerta que tenía un pomo de latón y
se encontraba a la derecha de Penny.

—¿Puedo verla? —preguntó su hija. En la cocina, situada al do-
blar la esquina, Hiromi mataba el tiempo al son del golpeteo de los
platos y el agua del grifo. Shige se había retirado a su butaca, para
ver las noticias de la noche a la mitad del volumen con el que solía
verlas.

—Supongo que sí —dijo Mika, porque era incapaz de decirle
que no. Justo frente a ellas se encontraba el baño de azulejos verde
limón en el que el padre de Mika solía desatascar el fregadero con
un par de *hashi* mientras murmuraba que Mika tenía mucho cabello

y usaba mucho rímel. Penny empujó la puerta y entró en la habitación. Estaba igual, con su moqueta gruesa de color verde vómito que era la misma que había en el pasillo y el salón. Una vieja lámpara de cristal blanco que arrojaba una luz cálida y amarilla. El espacio justo para un futón arrinconado contra una pared y un escritorio. Mika solía sentarse a aquel escritorio y pasar horas dibujando—. No hay mucho que ver —añadió. Hacía años, Hiromi había arrancado los pósteres de la revista *Tiger Beat* y los retratos que había pintado Mika y que habían adornado las paredes.

Penny recorrió el breve perímetro.

—¿Dormías aquí?

Mika la observaba desde el umbral de la puerta, sintiendo un nudo en la garganta al ver su antigua habitación.

—Ajá.

—Pero tenías una cama, ¿verdad? —Penny se detuvo cerca del futón azul oscuro lleno de bultos. Sobre su cabeza se encontraba una foto de Mika en preescolar. Aquel primer día, Hiromi se había quedado de pie a un lado del aula mientras las otras madres chismorreaban sobre sus vacaciones de verano en Sunriver. No se sentía cómoda con ellas, aquellas madres con piel del color de la leche que hacían ejercicio al ritmo de jazz, trabajaban hasta tarde y preparaban comida en el microondas.

—Eso se despliega y se convierte en una cama —señaló Mika.

Caroline le había enviado fotos de la habitación de Penny, con su empapelado de flores de cerezo, el cual había visto en el fondo mientras hacían videollamadas, aún perfecto y bien cuidado. Muebles grandes y blancos. Una cama con un dosel con volantes. Mika había imaginado que Caroline y Thomas le iban a dar a Penny todas las cosas que ella no podía permitirse darle. Entonces recordó a Penny durante la cena junto a Shige, aprendiendo a usar los *hashi*. *Hay cosas que el dinero no puede comprar*, pensó.

—Estudiabas aquí. —Penny se encontraba en el escritorio, y sus dedos reseguían las vetas falsas que habían sido pintadas en él.

—Estudiar es decir bastante. —En realidad, había planeado su huida. Aunque en aquellos momentos se sentía avergonzada de haber soñado tanto. Era la locura de la juventud, suponía, el pensar que uno iba a llegar más lejos de lo que en realidad sería capaz.

Penny le dedicó una media sonrisa y luego abrió un cajón. Dentro se encontraban las libretas y cuadernos de dibujo de Mika.

—¿Puedo verlos? —le preguntó. En sus manos tenía un cuaderno de dibujo de marca Arches. Mika había pagado con un montón de monedas sueltas por aquella libreta de dieciséis páginas. En ella había una serie de retratos hechos con *gouache,* la mayoría perfiles de gente que conocía. La primera era Hana, con el cabello recogido en trenzas y las mejillas alzadas hacia el sol—. Madre mía, ¿estos son tuyos? ¿Tú pintaste esto?

Mika le quitó el cuaderno, lo cerró y lo volvió a meter al cajón.

—No es gran cosa. Las proporciones están muy mal. —Escuchó el eco de las palabras de su madre: «¿Quién se supone que es esa? ¿Tu amiga? Has hecho su cara muy grande, está gorda».

Por eso odiaba volver a aquella casa. Las paredes estaban llenas de demasiados recuerdos, demasiadas palabras que Mika no quería volver a oír en su vida.

—Sabía que te encantaba el arte y la pintura, pero pensaba que solo lo apreciabas, no que de hecho lo podías hacer —dijo Penny, haciendo un gesto hacia el cajón cerrado—. Son buenísimos.

—Fue hace mucho tiempo.

—Tendrías que haber sido tú la que exhibiera su arte en la galería. —Penny cruzó los brazos y frunció el ceño.

—Ya no pinto. —El nudo de su garganta se apretó y notó que los ojos le picaban.

—¿Por qué? —Penny la observó con tanta intensidad que su mirada pareció atravesarla.

Mika se miró los pies y se cruzó de brazos.

—Porque me hice mayor. El dinero se volvió necesario. —*La vida te golpea y te obliga a perseguir cosas prácticas en lugar de absurdas,* pensó. Penny se mordió el interior de la mejilla y abrió la boca para decir algo, pero Mika se le adelantó—. Lo intenté un tiempo y tomé unas clases en mi primer año de universidad, pero no funcionó.

—«¿Cuál es tu historia?», le había preguntado Marcus.

—Yo nací en tu primer año de universidad —dijo Penny, y Mika vio la conclusión a la que su hija había llegado: que Mika había dejado de pintar por su culpa.

—Lo dejé antes de que nacieras. —Mika tocó una de las puntas del cabello de Penny y dejó que esta se deslizara por entre sus dedos—. Y luego ya no quería pintar más. ¿Qué puedo decir? Te di todos mis colores. —Se inclinó hacia su hija para que estuvieran más cerca, para asegurarle que los fracasos de su madre no eran culpa suya—. Y lo haría de nuevo. —Penny sonrió. Mika soltó un suspiro, cansada tanto física como mentalmente—. Deberíamos despedirnos, se está haciendo tarde. —Abandonó la habitación y encontró a su madre en la cocina—. Tenemos que irnos —le anunció.

Hiromi bajó una bandeja de flanes de leche que tenía en las manos.

—He preparado el postre —le dijo, con una mirada fría y decepcionada clavada en ella.

Mika se pasó una mano por debajo de la nariz y, con el rabillo del ojo, vio que Penny se acercaba.

—Puede que haya tráfico, y estoy cansada.

Penny entró en la cocina.

—Ha sido un gusto conocerla, señora Suzuki. Muchas gracias por invitarme a cenar. Me alegro mucho de haber podido venir.

De pronto, Mika se sintió culpable.

—Vendremos otro día —prometió.

—El próximo sábado —soltó Hiromi—. Haré *tsukemono,* podría enseñarte.

Penny pareció inflarse de emoción.

—¿De verdad? Me encantaría. —Miró a Mika, a la expectativa.

—El próximo sábado llega tu padre de visita —le recordó Mika. *Y yo voy a beber como un cosaco con Hana,* añadió para sus adentros.

—Jolín, es cierto. —Penny frunció el ceño, pensando.

—¿Y una noche entre semana? —preguntó Hiromi. Mika había olvidado que su madre podía ser igual de tenaz que un bulldog cuando se le metía algo entre ceja y ceja. La recordaba con los nudillos blancos sobre el volante mientras conducía por el pueblo a través de treinta centímetros de nieve para llevar a Mika a sus clases de danza—. Shige puede pasar a buscarte.

—¡Sí, sí! Me encantaría —asintió Penny, emocionada. Mika se percató, demasiado tarde, de que no había sido invitada.

Hiromi esbozó lo que casi fue una sonrisa.

—Te daré mi número. Ya he aprendido a enviar mensajes. Te prepararé el postre para que te lo lleves. —Hiromi y Penny intercambiaron números de teléfono, y luego Hiromi metió un flan en un bote de crema agria para Penny.

Una vez en el coche, Mika condujo a través de la periferia y puso el intermitente para entrar en la calle principal que llevaba a la autopista.

—¿Cómo ha ido? ¿Bien? ¿Ha sido demasiado? —preguntó, sin apartar la mirada del frente. Ya había anochecido, y las estrellas más brillantes titilaban en el cielo.

—Son increíbles —repuso Penny, mientras abría el bote de crema agria y echaba un vistazo a lo que había dentro—. Tu padre es muy dulce, y tu madre es intensa, pero de buena manera, como el entrenador de atletismo que tengo en la escuela. ¿De verdad no hay problema con que vaya sola a verlos esta semana?

Mika se quedó en silencio. Le preocupaba que Hiromi fuese a pisotear el espíritu frágil de Penny. Pero su madre se había comportado de forma distinta con ella. Más cálida. Menos intensa. Más dispuesta. Mika aceleró para incorporarse a la autopista.

—Claro, no pasa nada —dijo, tragándose sus dudas. ¿Quién lo diría? Quizás aquella vez fuera diferente.

Se concentró en la carretera, el cielo, la oscuridad infinita. Se preguntó sobre los nuevos comienzos. Sobre si era posible empezar de nuevo. Más que ninguna otra cosa en el mundo, quería que aquello fuera cierto.

CAPÍTULO 21

—Serán veintisiete pavos. ¿Quieres dejar la cuenta abierta? —gritó el camarero por encima de la música. Tenía mucho vello e iba sin camiseta y deslizó tres chupitos de tequila por la barra de madera hasta Hana, Mika y Hayato. El estruendo de los bajos hacía que vibrara el suelo, y las luces estroboscópicas destellaban. Era noche de los ochenta. Los remixes de pop de Whitney Houston y Cyndi Lauper retumbaban por los altavoces.

Hana se deslizó entre los taburetes de vinilo negros y le entregó su tarjeta al camarero.

—Toma, déjala abierta —gritó mientras este se giraba.

Los tres levantaron sus chupitos y brindaron con ellos.

—¡*Kanpai!* —gritó Hayato, exprimiendo una lima con los dientes y bebiéndose el chupito. Mika y Hana lo imitaron, y el líquido les quemó la garganta. Se abrieron paso a través del gentío y pasaron al lado de un par de *drag queens* que llevaban mallas y un mural de Lady Gaga envuelta en una túnica y sosteniendo al niño Jesús.

—Deberíamos ir al Golden Eagle luego —dijo Hana, refiriéndose a un bar gay al noreste de Portland—. Es más tranquilo, la mayoría son osos a los que les gusta el *rockabilly*.

Hayato le dio la mano a Mika y la hizo girar sobre sí misma. Se había tomado el tema de la noche muy en serio y llevaba un traje blanco a lo *Miami Vice* con una camisa verde azulado por debajo.

—Yo quiero bailar —dijo él.

Mika se había inspirado en *Flashdance* y llevaba una larga sudadera que le dejaba un hombro descubierto y le quedaba como un vestido, calentadores para las piernas y tacones. Siguió a Hayato a la pista de baile. Había unos tipos dentro de unas jaulas que se balanceaban alrededor de unos postes, con el cuerpo cubierto de pintura que brillaba en la luz negra. Durante un rato, los tres permanecieron juntos, pero Hayato y Hana no tardaron en encontrar pareja de baile. Mika aprovechó la oportunidad para descansar y buscó un trozo de pared contra el que apoyarse.

—Me encanta tu disfraz —le dijo un chico rubio y delgado que iba con el mismo disfraz exacto y pasaba por su lado. El móvil de Mika sonó dentro de su sujetador. Lo sacó y se sorprendió al ver el nombre de Thomas en la pantalla. Se tapó una oreja y empezó a dirigirse al exterior.

—¿Thomas? —gritó por encima del ruido.

—*¿Mika? ¿Estás ahí?*

—Espera. —Llegó al patio, donde había pequeños grupitos reunidos fumando y conversando. Se abrió paso hasta una esquina, casi en la calle. Aquella noche de junio era calurosa y agobiante—. ¿Me oyes ahora?

—*Sí. Oye, lamento hacer esto, pero ha habido una fuga de gas en mi hotel.*

—Oh, no.

—*No pasa nada. Bueno, sí que pasa. He estado haciendo llamadas para encontrar otro hotel, pero todo está lleno por no sé qué convención de cómics.* —Cierto. La Comic Con de Portland era aquella semana. Como si les hubiesen hecho una señal, una pareja vestida con disfraces de Thor a juego pasó por la calle—. *¿Sabes de algún lugar en el que pueda quedarme? ¿Alguien que tenga un Airbnb que no esté ocupado de algún modo?*

Mika se llevó un dedo a los labios.

—No, lo siento.

—*Mierda.*

Aunque... Hana se estaba quedando con Josephine, y su habitación había estado vacía durante algún tiempo desde que se había ido de gira.

—Bah, esto puede resultar un poco extraño, pero Hana no ha estado en casa últimamente. Tengo una habitación extra. —Mika dejó la propuesta en el aire.

—*No estoy seguro...* —dudó Thomas.

—Olvídalo. —Mika se dio un cabezazo contra la pared de ladrillos.

—*No, es una opción genial, pero ¿no sería raro? ¿Te sentirías cómoda?*

—Solo sería raro si tú lo haces raro —le dijo—. No tengo problema siempre y cuando Penny y tú tampoco lo tengáis.

Thomas soltó un resoplido.

—*Preferiría no molestarla. Estaba emocionada porque esta noche iba a ir a ver el* Rocky Horror Picture Show *con unos nuevos amigos. Pero seguro que no tiene ningún problema. En cualquier caso, no quiero preocuparla.*

Mika se enderezó.

—Vale, iré a buscarte entonces. —Había conducido aquella noche y había dejado el coche aparcado en la calle, con la idea de pedir un Uber para volver a casa si hacía falta, pero no había bebido demasiado—. Mándame un mensaje con el hotel en el que estás y dame unos minutos para despedirme de mis amigos.

● ● ●

El hotel en el que Thomas había reservado una habitación quedaba cerca de la Universidad de Portland, y él la estaba esperando fuera cuando Mika se detuvo frente al edificio. No se molestó en salir del coche, sino que abrió el maletero —aquella vez sin problemas— para que Thomas metiera la maleta.

—Gracias —le dijo él, tras subirse al asiento de copiloto.

—No es nada. —Mika se incorporó al tráfico.

—Este es otro coche —comentó Thomas. Con el rabillo del ojo, Mika lo vio presionar los dedos contra el asiento desgastado.

—Este es mi coche de verdad —le explicó Mika—. El que usé para llevaros a ti y a Penny le pertenece a mi amiga Charlie. Me lo prestó durante esa semana.

—Ya veo —dijo él—. Es bonito.

Mika se echó a reír.

—Es terrible. Lo único que hace que no se rompa en mil pedazos es algo de celo, pegamento y una plegaria, pero hemos estado juntos durante mucho tiempo. —Le dio unas palmaditas al salpicadero con cariño.

—No, es genial, de verdad. Y el olor es único, como a... —Buscó qué palabra utilizar.

—Moho. Dejé las ventanas abiertas durante la lluvia. —Se detuvieron en un semáforo, y descubrió a Thomas observando su hombro descubierto. Se subió un poco el vestido—. Estaba en el centro. Era noche de los ochenta en el Cockpit. —Thomas no dijo nada—. ¿Así que Penny está viendo el *Rocky Horror Picture Show*? —Había ido a verlo un par de veces con Hana. En aquel entonces, se había puesto unas medias de red y labial rojo. Mika se preguntó si Devon también habría ido. Se imaginó al crío con melena de estrella de pop ataviado en un corsé de cuero y sonrió para sí misma.

—Ajá. No sabía lo que era. Me refiero a que conozco la película, pero, según parece, esto es «completamente diferente» —repuso él, haciendo comillas con los dedos—. Penny tiene un talento particular para hacerme sentir de lo más anticuado. —Thomas hizo una especie de mohín disgustado.

Un minuto después, ya habían llegado a casa. Mika le mostró a Thomas la casa y puso sábanas limpias en la cama de Hana. Se quitó los tacones, se puso unos pantalones deportivos y se subió el pelo en un moño en lo alto de la cabeza.

—¿Quieres algo de comer o de beber? —Se acercó a la nevera y se asomó para ver el interior. No había mucha cosa: unas cuantas verduras para hacer una ensalada y un par de cervezas IPA que eran de Hana—. Tengo lechuga, cerveza y agua.

—Una cerveza estaría bien. —Thomas estaba de pie en mitad del salón, con las manos ligeramente metidas en los bolsillos. Mika destapó la cerveza y se la entregó antes de acurrucarse en una esquina del sofá con un vaso de agua. Thomas se acomodó en la otra esquina, con las piernas estiradas. Mika observó su perfil, los rasgos duros de sus mejillas, su nariz de puente alto. Tenía las proporciones perfectas para modelar para una escultura.

»¿Y dónde está Hana? No me lo has contado —preguntó, observando la puerta de la habitación de su amiga.

Mika se estiró y enganchó los dedos de los pies en la mesita.

—Bueno, este finde está en Portland, pero se está quedando con su novia. Ha estado de gira con Pearl Jam durante casi todo el último mes.

—Vaya, suena increíble.

—Sí, es una intérprete de lengua de signos.

—Cierto, nos lo contó cuando la acompañamos a su partido de roller derby.

—Mola muchísimo verla trabajar, la forma en la que mueve el cuerpo. Es como arte en movimiento. Me invitó a su gira, pero le dije que no.

Thomas contuvo un gesto y le dio un sorbo a su cerveza.

—¿Por qué?

Mika frunció el ceño.

—Ya he ido con ella de gira. Es una locura y te lo pasas de miedo, pero preferí quedarme aquí para… solucionar las cosas con Penny y centrarme en mi trabajo.

Thomas asintió, pensativo. Ambos lo entendían. Penny siempre era una razón para quedarse.

—Penny dijo que habíais hablado largo y tendido después de lo que pasó. —Hizo un ademán con la mano como para envolver todo el caótico pasado: la inauguración de la galería, sus mentiras, el mensaje de voz tan confuso que le había dejado a Penny.

—¿Eso te dijo? —Mika tragó en seco y apartó la vista durante unos instantes. Dejó su vaso de agua sobre la mesita. Había estado esperando que Thomas tocara el tema de la noche de la galería y lo que había sucedido después. Lo había hablado con Penny. ¿Acaso Thomas no quería su propio momento de explicaciones?

Thomas se acomodó un poco más en el sofá y estiró un poco más las piernas.

—Ajá. Literalmente me dijo: «Hablamos largo y tendido». Y ya está.

—Creo que sí que hablamos bastante. Fue una conversación sincera, al menos —aclaró ella.

Él se quedó en silencio durante algunos segundos.

—¿Sabes? Penny me dejó escuchar tu mensaje de voz.

Mika sintió que se le revolvía el estómago. La vergüenza la llenó por dentro.

—Fue muy valiente lo que hiciste, el contárselo todo así —dijo Thomas con voz seria y sus ojos claros clavados en ella.

Mika abrió mucho los ojos, sorprendida, pero luego soltó un resoplido, al sentirse incómoda.

—Quería hacer las cosas bien, nada más. —Ella no diría que había sido valiente. Recordaba haber salido corriendo del piso de Peter. Y desde entonces no había dejado de correr: aterrorizada por el tiempo y por sí misma, preocupada de que pudieran hacerle daño de nuevo. Solo que, en aquellos momentos, parecía haber aminorado la velocidad para dejar que Penny la acompañara. Parpadeó al sentir la súbita vulnerabilidad y el miedo—. Aun así, gracias. Y gracias por dejarla venir este verano.

Fue el turno de Thomas para resoplar.

—Creo que no podría haberla detenido incluso si lo hubiera intentado. —Thomas bebió el resto de su cerveza y se reclinó en el sofá con un suspiro—. No me fiaba del todo cuando empezasteis a hablar de nuevo.

Mika soltó un largo suspiro.

—Lo entiendo.

—Dijo que la llevaste a conocer a tus padres. Eso también me puso nervioso. La última vez que vi a tu madre... prácticamente se quedó mirando a Penny como si tuviera tres cabezas.

Mika vaciló un momento. Se preguntó cuánto debería contarle a Thomas sobre su relación con su madre. ¿Cuánto podría abrirse con él?

—Mi madre no quería que tuviera a Penny —admitió a media voz. Thomas inhaló profundamente—. Ella... Ehh, no creía que pudiera ser madre y no me apoyó durante el embarazo.

—Lo siento —dijo Thomas, y Mika vio algo en sus ojos. ¿Tristeza? ¿Lástima?

—No te preocupes —repuso ella—. Es parte del pasado. —En realidad no, pero Mika no quería ahondar demasiado en el tema. Lo que fuera que desenterrara sería demasiado conflictivo, demasiado difícil de procesar—. A mí también me preocupaba que Penny conociera a mis padres, pero fue bastante bien. Mejor de lo que esperaba. Creo que a mi madre le cae bien Penny.

—Me llamó después de verlos y sonaba muy entusiasmada. Me contó que iba a preparar algo con tu madre...

—*Tsukemono*. Verduras encurtidas —le explicó Mika.

—También me dijo que fue la primera vez que se había sentido japonesa.

Mika se congeló por un instante, sorprendida.

—Vaya. Lo siento mucho. —Se disculpó porque sabía cómo se sentía aquello. El tratar de darle todo a un hijo y comprobar que no había sido suficiente. Que uno mismo no era suficiente, pues un hijo necesitaba más. Un hijo era lo peor y lo mejor que le podía suceder a una persona.

—Nada de esto es fácil —confesó Thomas, encogiéndose de hombros.

—Pues no, la verdad —asintió ella—. Thomas —lo llamó y espero a que él la mirara—. Me estoy esforzando mucho en mi relación con Penny. No tendría que haber mentido. Estaba insegura sobre... un montón de cosas —admitió—. Quería merecer a Penny. —A ti. A todos. Al mundo entero, pensó, pero esa parte no se la dijo.

Thomas asintió varias veces, despacio.

—Te creo. —Empezó a juguetear con la etiqueta de su cerveza con los pulgares—. Aunque podría haberte dicho desde el inicio que mentirle a tu hija no te hace quedar bien —dijo, señalándose a sí mismo—. Por experiencia.

—Ah ¿sí?

—Tuvimos un gato, y cuando Penny tenía cinco años, este desapareció. Una mañana, a Caroline y a mí nos despertaron unos terribles alaridos. Creo que lo encontró un coyote, pero en lugar de contarle a Penny que el gato había muerto, le dijimos que se había escapado. Y ella lo buscó sin descanso hasta que, un día, encontró su collar con algo de sangre. Es probable que aquello la marcara para siempre. A Caroline le resultaba complicado hablar de los temas difíciles. Incluso cuando se enteró de que tenía cáncer, no quiso contárselo a Penny de inmediato, y yo le hice caso. Pero el paso del tiempo me ha hecho darme cuenta de que debimos haberle contado lo del gato, debimos haberle contado lo de su madre. —Thomas esbozó una sonrisa triste, y el peso de ella golpeó a Mika con fuerza en el pecho—. Aunque no hay forma de que le cuente todo lo que bebí en la universidad. —Se inclinó hacia delante y dejó que la botella vacía de su cerveza se balanceara entre sus dedos—. En cualquier caso, los padres que le mienten a sus hijos no son ninguna novedad. No lo has inventado tú, así que no te tortures demasiado.

Mika no sabía qué hacer con la amabilidad de Thomas, cómo devolvérsela, por lo que le dijo:

—Hay más cerveza en la nevera, por si quieres otra.

Thomas se levantó del sofá y señaló a su vaso de agua vacío.

—¿Te lo lleno?

—Mejor no —le contestó ella—. Me deshidrato a propósito antes de irme a la cama.

—Tengo miedo de preguntar por qué —dijo él, usando la encimera para abrir la cerveza.

Mika se estiró, con cansancio y lentitud.

—Si bebo demasiado, voy al baño toda la noche. —Una vejiga debilucha había sido su regalo de embarazada. Un recordatorio de que el cuerpo de Penny había estado en el interior del de Mika. Podría haber olvidado los detalles de aquellos nueve meses, pues la mayoría de las cosas se iban perdiendo con el tiempo, incluso aquellas a las que uno se aferraba con desesperación. Pero su cuerpo siempre lo recordaría. Quizás aquello era lo que hacía que uno envejeciera. El peso de la vida hacía que uno encorvara los hombros, que aparecieran líneas en el rostro. Sí, eso debía ser. La mente podía olvidar, pero el cuerpo lo recordaba todo.

Mika bebió un sorbo de café en la cocina y observó como Thomas salía de la habitación de Hana, poniéndose una camiseta azul oscuro sobre la cabeza. Mika se giró y parpadeó al ver su estómago plano, la delgada línea de vello que desaparecía en el interior de sus pantalones. Su caminito a la felicidad.

—Buenos días —la saludó Thomas, con la voz ronca por el sueño.

—Hola. —Mika hizo una mueca al oír su propia voz estridente—. He hecho café. —Sacó una taza de la alacena y se la deslizó.

—Gracias —dijo él, sirviéndose una taza.

—La leche está en la nevera. —Mika se apoyó en la encimera y cruzó los brazos, aún sosteniendo su taza con una mano. Se había puesto unas mallas y una camiseta que le iba grande. Cualquier otra mañana habría estado paseándose por la casa en ropa interior.

—Lo prefiero solo. —Bebió un sorbo de su café y dejó la taza a un lado. Había un cuenco con tres naranjas sobre la encimera, y Thomas frunció el ceño en su dirección, como si algo muy amargo lo hubiera hecho torcer el gesto.

—¿Tan malo está mi café? Hay un estudio de Goat yoga que también es cafetería no muy lejos —ofreció ella.

—No, no. No es eso… —vaciló él.

—¿Entonces?

Thomas apretó los labios y negó con la cabeza.

—No es nada —respondió, mirando una vez más hacia las naranjas.

—Dime.

—Son las naranjas —confesó, tras un rato—. Están mal.

—Vale... —dijo Mika, con cuidado.

—Detesto sus ombligos. —Un escalofrío lo recorrió entero y se puso ligeramente pálido.

—¿Te refieres a estos? —le preguntó, tomando una naranja y estudiando el pequeño agujero que tenía. Aquel cuenco había tenido limones falsos antes.

—Sí —repuso él, muy serio.

—Ah. —Volvió a colocar la naranja en el cuenco, aquella vez con el ombligo hacia abajo. Luego giró el resto, de modo que estuvieran de cara a la encimera—. ¿Alguna otra aversión a la comida de la que debería saber?

—No, pero también les tengo miedo a los gansos. —Algo de color volvió a sus mejillas, y Mika estaba dispuesta a dejarlo pasar, pero entonces él dijo—: Preferiría no hablar del tema.

—Ahora sí que tengo que saber qué pasó. —Lo observó por encima del borde de su taza.

Thomas se apoyó contra la encimera.

—Tuve una mala experiencia cuando era niño. Tenía un ganso de peluche que me encantaba, hasta que mi hermano me persiguió por toda la casa con él, diciendo que me iba a sacar los ojos a picotazos. Luego, cuando de verdad pude ver una bandada de gansos en persona, estos me persiguieron. No los tolero desde entonces.

—Me encantan todos estos vistazos a tu vida personal. Es una gran ayuda a nivel psicológico —se burló Mika, y ambos intercambiaron una sonrisa. La luz se filtraba por la ventana de la cocina y permanecía en el ambiente como la miel espesa. Mika se aclaró la garganta—. Esto... ¿A qué hora tenías tu vuelo? —Penny estaba corriendo por las dunas. A través de la puerta abierta de la habitación de Hana, pudo ver que la maleta de Thomas ya estaba lista.

Él se miró el reloj que llevaba en la muñeca.

—El vuelo sale bien entrada la tarde. Lo más probable es que me marche antes al aeropuerto y encuentre un lugar en el que pasar el rato. Estoy viendo de nuevo *El señor de los anillos*.

Mika se quedó boquiabierta.

—Madre mía. Eso tiene que ser la cosa más triste que haya oído nunca.

Thomas se inclinó hacia delante y apoyó los codos sobre la encimera.

—Me estoy planteando aprender élfico.

Mika soltó un resoplido.

—Retiro lo dicho. Eso sí es lo más triste que he oído nunca.

Thomas dejó escapar algo similar a una carcajada.

—Es un idioma muy popular.

—Por supuesto. Entre pringados vírgenes que no pueden hacerse crecer la barba —soltó ella, para luego sonrojarse. ¿De verdad había dicho eso?

Thomas mantuvo la expresión seria, aunque sus ojos brillaban con diversión.

—Ese es un estereotipo muy feo —dijo y luego hizo una pausa, para considerar algo—. Podría llenarte el agujero.

—¿Cómo dices? —preguntó Mika, tragando en seco.

Thomas señaló hacia la ventana con la barbilla, la que quedaba frente al jardín trasero.

—El agujero de tu jardín, como agradecimiento por dejarme pasar la noche aquí. —Mika recordó la noche en la que Thomas y Penny habían ido a cenar, cuando él había señalado el agujero con el pie y había preguntado si tenía tuzas. Claro.

Apretó ligeramente los labios.

—No te preocupes, de hecho, ya lo he llenado. —Había plantado el arce en aquel lugar, el que Hiromi había creído que tenía hongos.

—Queda bien —comentó él, tras verlo por la ventana.

Mika pensó en Thomas. En la conversación que habían tenido la noche anterior. En cómo aquel día parecía un nuevo comienzo, y ya que estaban...

—Vale —dijo ella, antes de beberse el resto de su café para luego dejar la taza en el fregadero de cerámica—. Venga, chico triste.

—¿Eh? —Thomas se giró hacia ella.

—Me encargaré de ti.

—Sé que hemos tenido nuestras diferencias, pero el asesinato me parece un poco extremo —repuso él, frunciendo el ceño.

—Ja, ja, qué risa —dijo Mika, muy seria.

—¿A dónde vamos? — preguntó Thomas, dejando su taza.

Mika agarró sus llaves y abrió la puerta de par en par, con una gran sonrisa.

—Ya lo verás.

● ● ●

—¿Dónuts? —Thomas se removió en su sitio, con las manos metidas en los bolsillos—. Esto es mejor que Mordor y que aprender élfico.

Dos tipos vestidos con tejanos ajustados se giraron y dejaron que sus ojos recorrieran a Thomas desde las puntas de sus zapatos hasta su pelo salpicado por canas.

—¿Podrías parar con las referencias a *El señor de los anillos*? —le pidió Mika—. Es posible que conozca a alguien aquí. —Estaban en Voodoo Doughnuts, en el barrio de Old Town. Durante sus primeros años, la tienda de dónuts había permanecido abierta solo desde las 9:00 p. m. hasta las 2:00 a. m. En sus años de universidad, Mika y Hana solían entrar dando tumbos, borrachas como una cuba, y se daban unos atracones de dónuts con glaseado de vainilla y cereales Cap'n Crunch además de unas cañas coronadas con tocino. La tienda no tardó en atender también de día, y fue así como Mika y Thomas se encontraban allí en aquel momento, haciendo cola para una muy codiciada caja rosa de dónuts—. Tenemos que trabajar en tu espontaneidad.

La cola avanzó, y Mika y Thomas avanzaron con ella.

—Soy espontáneo —se jactó Thomas, balanceándose sobre sus talones—. No hago mi cama en los fines de semana. Y a veces Penny y yo cenamos cosas para desayunar. —Alzó las cejas de manera presuntuosa.

—¡Guau! —Mika alzó las manos y luego se llevó una de ellas al pecho, fingiendo estar sorprendida. Los dos tipos que se encontraban delante de ellos soltaron unas risitas—. Creo que se me ha parado el corazón de la sorpresa. —Thomas esbozó una sonrisa tímida, y Mika le dio un codazo—. Venga, llenémonos de azúcar y divirtámonos un rato. —La cola siguió avanzando y consiguieron entrar. El suelo estaba compuesto de baldosas de linóleo de color rosa, amarillo, marrón y beis. Las paredes estaban pintadas de rosa y amarillo. Era horroroso, pero olía de maravilla, como si estuvieran nadando en un tanque de azúcar, canela y masa para pan. Le pidieron media docena de los dónuts más populares a un tipo en el mostrador que tenía un bigote retorcido y luego volvieron al coche. Se acomodaron, con la caja rosa de dónuts en el compartimento del medio. Mika se esperó para encender el coche, con la mirada clavada en la costa frente a ellos.

Abrió la caja y escogió un Old Dirty Bastard, un dónut hecho con levadura fresca y cubierto con chocolate, galletas Oreo y crema de cacahuate.

—Me habría gustado que me dejaras comprarte una camiseta. —En el mostrador, Mika había intentado endosarle una camiseta a Thomas. Esta llevaba el logo de Voodoo Doughnut, una representación del Barón Samedi con un cartel que rezaba: LA MAGIA ESTÁ EN EL AGUJERO. Tal como había sucedido con las naranjas, Thomas se había puesto pálido. No solía vestir ningún tipo de camiseta con logotipos, pues aquello sería demasiado alocado. Era una de las particularidades de Thomas que Mika habría considerado extraña, pero que en aquel momento se le hacía adorable.

—Me estás invitando a desayunar con un infarto como plato extra, es más que suficiente. —Thomas escogió un Apple Fritter de la caja y le dio un gran bocado—. ¡Madre mía! —exclamó, con la mejilla llena de masa y los ojos cerrados en una mueca de placer—. Es el mejor dónut que he probado en la vida.

—¿Verdad que sí? —Mika esbozó una gran sonrisa—. Ya lo sabía, solía venir con Hana aquí cada dos por tres.

Thomas tragó su bocado.

—Buenísimo. —Escogió un Key Lime Crush y se lo terminó en dos bocados. Luego se lamió la jalea de los dedos—. Traigamos a Penny la próxima vez que venga de visita. Es toda una *foodie*, pero ni siquiera lo ha mencionado. Va a pensar que soy superguay porque vine antes que ella.

Mika sonrió y le echó un vistazo al reloj del salpicadero. Aún era temprano: el vuelo de Thomas salía en seis horas. Pensó en dónde llevarlo a continuación. Al museo Freakybuttrue Peculiarium, al mercado de agricultores, a por más comida… ¿Qué le gustaría hacer a Thomas? Se quedó mirando el agua, los botes zumbando y flotando en la corriente. Encendió el coche.

—¿Listo para irnos?

Thomas hizo un sonido de asentimiento. O eso le pareció a Mika. Era difícil saberlo cuando tenía la boca llena con un dónut de Cap'n Crunch.

Treinta minutos después, Mika se detuvo en un aparcamiento de gravilla a la sombra de unos enormes abetos. Una tienda tenía un cartel hecho a mano que rezaba: LOS MEJORES BOCADILLOS A ESTE LADO DEL RÍO Y ALQUILER DE KAYAKS.

—¿Kayaks? —preguntó Thomas, aunque de un modo diferente que cuando había dicho *dónuts* antes. En el trayecto había devorado dos dónuts más y una ligera capa de azúcar glas cubría su rodilla.

—Kayaks —asintió Mika. Recordaba que Thomas había remado en la universidad.

—No he estado en el agua desde hace… —Meneó la cabeza—. Joder, no recuerdo cuánto. —Hizo crujir los nudillos antes de fruncir el ceño—. Venga, vale. Qué emoción. —Alquilaron los kayaks y luego se encontraron en la orilla cubierta de arena con un hombre corpulento y con barba que les dio una mochila resistente al agua, chalecos salvavidas y un silbato rojo.

—Por si os cruzáis con Roslyn —dijo.

—¿Roslyn? —preguntó Mika, mientras se ponía el chaleco salvavidas.

—Sí, un caimán, creemos que era la mascota de un crío. —Se echó a reír, haciendo un ademán con la mano—. Bueno, no creo que la veáis, pero si lo hacéis, tenéis el silbato.

—Ajá, el silbato —dijo ella, dejando de abrocharse el chaleco.

Thomas tomó el silbato y se lo colgó del cuello.

—¿Algo más? —Estaba listo, a punto de ponerse a dar saltos de la emoción. No se había mirado el reloj ni una sola vez desde que habían llegado, ni tampoco había mencionado el tráfico que habría de camino al aeropuerto.

—No, el alquiler es durante tres horas, pero como ha sido una mañana lenta, podéis pasaros un poquito —repuso el hombre.

Thomas le dio las gracias y avanzó a grandes zancadas hacia un kayak de color naranja. Mika lo siguió, con el chaleco aún sin cerrar.

—Esto… Thomas, creo que deberíamos ir a otro sitio.

—¿Qué? ¿Por qué? —se giró para verla.

—Por… —Bajó la voz para que el tipo de la barba no la oyera, pero este ya estaba subiendo los escalones hacia el aparcamiento— Roslyn.

—¿El caimán? ¿Tienes miedo? —le preguntó, incrédulo. Como si él desayunara caimanes.

—Claro que tengo miedo.

—Ya veo. —Thomas intentó esconder una sonrisa—. Estoy seguro de que el hombre estaba bromeando. El silbato es por si volcamos o nos perdemos. Además, ¿no crees que, si de verdad hubiera un caimán, habría carteles en algún lado? —Cierto, tenía sentido—. Y nos darían algo mejor que un silbato. —Más sentido aún. Thomas observó el agua con ojos tristes—. Pero si de verdad no quieres ir... —dejó de hablar y agachó la cabeza, para luego mirar a Mika a través de sus oscuras pestañas en la mejor ejemplificación de un cachorrito abandonado que ella había visto nunca.

—*Arg*, vale —aceptó—. Pero si nos encontramos con algo que tenga siquiera una escama, te empujaré para que quedes por delante.

Thomas se llevó una mano al pecho en señal de promesa.

—Y yo le rogaré a cualquier criatura con la que nos encontremos que me coma a mí primero.

Se montaron en los kayaks y se empujaron usando sus remos. Thomas se aventuró primero, y la proa de su kayak cortó a través de las aguas cristalinas con toda la experiencia de un profesional muy curtido. Mika observó cómo los músculos de sus brazos se movían y se flexionaban mientras él se valía de los remos para navegar. Se alejaron más y más del muelle, remando sin una dirección clara. Thomas parecía un niño en una juguetería, y su entusiasmo era como un lazo que atraía a Mika a su trampa.

—A Penny le encantaría esto —exclamó él.

—Seguro —asintió Mika con una sonrisa, imaginándolo: los tres remando en el agua, la risa contagiosa de Penny flotando por el río, siempre lista para la aventura. Mika hizo un par de fotos, se las envió a Penny y luego devolvió su móvil a la mochila resistente al agua.

Thomas se dirigió río abajo. Mika no tenía problema con ir detrás de él y limitarse a seguirlo. Con cierta regularidad, él se volvía para asegurarse de que ella lo estuviera siguiendo. Una sonrisa juvenil había transformado sus rasgos: parecía muchos años más joven, despreocupado. El sol brillaba con fuerza, los pájaros cantaban y parecía que los dos eran las únicas personas que había en varios kilómetros a la redonda.

Cuando llegaron a una parte del río que estaba cubierta por nenúfares, Mika dejó el remo sobre sus rodillas y se echó hacia atrás para dejar que la corriente la guiara sin preocupaciones mientras disfrutaba del sol y de la felicidad de Thomas.

Clonc. Algo se asomó contra la parte trasera de su kayak, y ella se giró hacia el sonido. ¿Roslyn? El kayak se meció y se inclinó hacia un lado. Ella entró en pánico y se movió de repente. El kayak se volcó, y, con él, Mika. Un grito ahogado escapó de su garganta justo cuando cayó al agua, y permaneció bajo ella durante unos segundos. Mientras se esforzaba por respirar, consiguió sacar la cabeza a la superficie. A través de la cortina de su oscuro pelo mojado, vio que Thomas se acercaba remando en su dirección.

—¿Te has cruzado con Roslyn? —Se deslizó hacia ella y señaló algo con su remo. Mika se apartó el pelo de la cara. Prácticamente al nivel de sus ojos, mirándola, se encontraba un castor. Su nariz se movió y reveló sus largos y amarillentos dientes. Este la estudió durante unos segundos, luego se giró y se alejó nadando mientras su cola golpeaba el agua—. Es un poquito peludo para ser un caimán —dijo Thomas, muy serio.

Mika lo fulminó con la mirada y se volvió sobre sí misma para nadar de vuelta a su kayak. Trató en vano de subirse una vez más, pues, muy tarde, recordó que las dominadas más básicas la hacían gritar, por lo que subir su cuerpo envuelto por ropa mojada de vuelta al kayak le resultaría más que imposible. Al final, Thomas tuvo que meterse al agua para ayudarla. Nadaron juntos y guiaron sus kayaks hasta unos salientes arenosos. Llegaron a la orilla con dificultad, con la ropa mojada pegándose a su cuerpo. Thomas se quitó la camiseta, y ella de pronto se percató de que el suelo le resultaba fascinante. Él la escurrió sobre la arena y se la volvió a poner. Mika cruzó los brazos sobre el pecho, tiritando. Pese a que el día era cálido, se encontraban en la sombra. Cada brisa era como un látigo frío contra su piel.

Thomas la recorrió de arriba abajo.

—Espera —le dijo, para luego dirigirse al bosque y regresar con ramitas secas, hojas y algo de corteza de árbol. Mika lo observó mientras usaba la cuerda de nailon del silbato para hacer algo que se asemejaba a un arco. Por último, se agachó, montó algún otro aparato y movió el arco una y otra vez. De las hojas empezó a salir humo y estas se prendieron fuego. Thomas sopló un poco, y la llama aumentó. Echó sobre el fuego un par más de trozos de madera.

Mika se acercó con las manos extendidas para colocarlas sobre el fuego.

—Muy Bear Grylls por tu parte —comentó ella.

—¿Ese tío? Nada de lo que hace es cierto. —Thomas parecía ligeramente ofendido.

—Ah, ¿no? —preguntó ella. Thomas se limitó a asentir, pues ya lo había dicho todo—. Entonces, ¿cómo aprendiste a conjurar un fuego solo con ramitas, hojas y una cuerda de nailon?

—Era un Eagle Scout —le explicó, encogiéndose de hombros, y luego hizo una pausa—. Quédate aquí y entra en calor. Iré a por más leña.

—Un Eagle Scout —susurró Mika para sí misma, viendo cómo Thomas reunía leña en el borde del bosque—. Cómo no.

Unos minutos más tarde, el fuego ardía en una hoguera considerable. Se quitaron los zapatos y los acercaron al fuego para que se secaran. Las mejillas de Mika se calentaron poco a poco. Thomas estaba sentado frente a ella, con los codos apoyados sobre las rodillas. Mika oyó el canto de los pájaros y se quedó observando el fuego, absorta en las llamas.

—Lamento lo del castor —se disculpó ella.

—No te preocupes, estoy seguro de que es un error común confundirlos con caimanes. —Thomas apartó la mirada y apretó los labios, intentando no sonreír. Mika lo observó dejar caer la cabeza. Sus hombros se sacudieron. Se estaba riendo. ¡De ella!

—Pero qué gracioso eres —le dijo, muy seria.

Él le dedicó una sonrisa satisfecha.

—No, lo entiendo. De verdad. Era aterrador, puedo ver por qué entraste en pánico. No ha sido una reacción para nada exagerada.

Mika hundió los dedos en la arena.

—El castor era grande.

—Cuando cuente esta historia, diré que el castor era gigante, de unos cincuenta kilos como mínimo —le prometió Thomas.

—Me parece que no llegan a pesar más de veinte, pero agradezco tu historia del castor mutante. —Algo que Mika también apreciaba era la forma en la que la camiseta mojada de Thomas se pegaba a sus hombros. Encontró una ramita y empezó a pinchar con ella el fuego, para apartar la mirada—. Debo informarte de que, si nos volvemos a encontrar con otro castor extragrande que quizás sea un caimán, no dudaré en empujarte por delante de mí. Sería una pena que Penny perdiera un padre, pero... —Mika hizo una pausa, al percatarse de lo que había dicho. Se apresuró a corregir su error—. Mierda, lo siento —dijo, escarmentada. Lo había olvidado. *Caroline.*

Se lo quedó mirando, arrepentida.

Thomas la observó por encima del fuego con una mirada intensa.

—No pasa nada —repuso tras un momento, con expresión inescrutable.

Mika clavó las manos en la arena y las cerró en un puño.

—No, sí que pasa. He dicho una burrada sin pensar. Lo siento —repitió, sintiéndose estúpida—. Penny me dijo que no te gustaba hablar del tema y lo entiendo. No lo has superado.

Los ojos de Thomas brillaron, y unos tensos segundos transcurrieron antes de que dijera:

—¿En algún momento se puede superar la muerte de alguien a quien amas?

—No. —Mika apartó la mirada.

La iluminación era perfecta. Los árboles que los rodeaban se reflejaban en el río, con sus hojas verdes y brillantes, como si estuvieran sonriéndole al verano. Pronto empezarían a enroscarse, a tornarse marrones, a secarse por el otoño. La mayoría de las vidas estaban trazadas con líneas frágiles. Los ataques de pánico de Mika habían empeorado tras dar a luz a Penny. Al principio, Hana había sido paciente y amable. Se había sentado a su lado mientras ella se quebraba y hacía cortocircuito, mientras se rompía a cachitos.

«Creo que me estoy muriendo», le había dicho a Hana, tratando de respirar. Aunque, en realidad, Mika había pensado que era su alma tratando de entrar una vez más en un cuerpo que ya no podía contenerla. Media docena de episodios después, la paciencia de Hana había empezado a escasear y su cariño se había vuelto duro. Había obligado a Mika a ponerse zapatos y a cruzar el campus para ir a los servicios de orientación gratuitos. Allí, Mika había conocido a Suzanne, la estudiante de posgrado de psicología que se había acercado a ella como si fuese un caballo nervioso y maltratado. Suzanne le había enseñado a respirar a través del miedo. Cuando Mika se había calmado, había apretado los puños y se había golpeado las rodillas.

«Tengo que poder superarlo», había dicho. Era algo que su madre había inculcado en ella, el superar cualquier adversidad. Del mismo modo que había historias sobre buenas madres, también había historias sobre buenas víctimas: *No dejes que te defina, sé valiente, no seas la víctima.*

Suzanne se había acercado, mientras su collar de macramé se balanceaba en el aire, y, con toda la simpatía del mundo y quizás también algo de lástima, le había dicho:

«Nena, esto no es algo que se supere. Esto es algo por lo que se pasa».

Frente a la hoguera, Mika repitió sus palabras.

—Es algo por lo que se pasa —le susurró a Thomas.

Él la observó, con una mirada intensa y profunda.

—Tienes razón. —El fantasma de una sonrisa llegó a su rostro—. Caroline solía contar un chiste. Ahora que lo pienso, era un poco morboso. Me solía vacilar con que estaba atrapado en un coma y algunas veces me abrazaba por la espalda y me decía: «Thomas, despierta. Te quiero, te necesito». Y luego se echaba a reír como si fuese la cosa más graciosa del mundo. Cuando murió, yo estaba a su lado. Había un montón de enfermeras en la habitación, pero no pude evitarlo. Le susurré en el oído: «Caroline, despierta. Te quiero, te necesito». —Dejó de hablar. Tenía los ojos rojos y anegados en lágrimas, y los de Mika se encontraban del mismo modo—. Nunca le había contado esto a nadie.

—Después de traer a Penny al mundo, solía hablarle —soltó Mika de pronto. «Hola, nena, cumples dos semanas hoy y espero que estés bien. Yo no me encuentro muy bien precisamente...», le decía. Era lo único que podía hacer para no destruirse a sí misma del todo.

Thomas asintió, como si estuviera de acuerdo.

—Yo también solía hablarle a Caroline. Luego lo hacía cada vez menos. Hasta que un día dejé de hacerlo. —Se aclaró la garganta y se pasó una mano por la nariz—. Pero bueno, es algo por lo que he pasado. Y ahora estoy en el otro lado. Ya no llevo eso conmigo. Estoy agradecido por haber tenido a Caroline, por la vida que compartimos, por Penny. Y no me arrepiento de nada, pero... —Respiró hondo y añadió—: ¿Penny te dijo que no me gusta hablar de ella?

—Sí.

—Eso es culpa mía. —Lanzó otro trozo de madera al fuego—. Estaba tan enfadado cuando murió... Tan perdido en mi propia tristeza que no le puse las cosas fáciles a Penny.

—¿Cómo era ella? —Las palabras escaparon de sus labios, y Mika deseó poder hacer que volvieran. Quería que Caroline le cayera bien, pero, al mismo tiempo, tenía muchas ganas de encontrar todos sus defectos, los de aquella otra madre fantasma que había tenido Penny.

Tras unos segundos, Thomas volvió a sonreír.

—Caroline era maravillosa. Como persona, era dulce y bondadosa. Y amable. Cuando trabajaba como enfermera, solía quedarse después de que su turno acabara para visitar a los pacientes que no tenían familia. Era una esposa y una madre increíble. Hacíamos un buen equipo. Ojalá estuviese aquí para ver a Penny. Lo buena que es.

—Suena perfecta. —Mika trató de mantener la envidia lejos de su voz. ¿Cómo podría compararse con ella?

Thomas la observó.

—En realidad no lo era. Ni de lejos. Tenía muy mal carácter y usaba el silencio como un arma. —Mika pensó en la desdicha silenciosa de su madre. En cómo Penny se negaba a hablar de Caroline. En su propia falta de voluntad para salir adelante después de lo de Peter. En todas las formas en las que las mujeres usaban el silencio o se valían de él. En lo peligroso que podía ser aquello—. En una ocasión, dejó de hablarme durante dos días porque había bebido mucho cuando salí con unos amigos.

—Joder —dijo Mika.

Él asintió y le dio golpecitos a la arena con un dedo. Sonrió con ironía.

—Le gustaba estar en control. Limpiaba de forma obsesiva y era un pelín perfeccionista. Algunas veces pensaba que jamás sería lo suficientemente bueno para ella. Pero me quería de todos modos, y yo a ella.

Mika miró a Thomas de reojo. Pensó en el amor, en sus diferentes formas: en lo que se sentía al tenerlo y al perderlo. Tenían eso en común.

Oyeron el rugido de un motor que se acercaba. Los pájaros salieron disparados de los árboles. Un bote de pesca motorizado se detuvo y se acercó despacio a la orilla.

—¡Eh! —El tipo con barba del local de alquiler de kayaks se puso las manos alrededor de la boca y les gritó—: Se ha acabado el tiempo de los kayaks y no podéis encender fuegos en la orilla. Es una zona pública.

Thomas y Mika se pusieron de pie. Él le echó arena al fuego, y el tipo con barba acercó el bote a la orilla. Entre todos, subieron los kayaks al bote.

—Lo sentimos —se disculpó Thomas, con el viento despeinándole el cabello mientras volvían al muelle—. Nos encontramos con Roslyn.

El tipo con barba se echó a reír. Alzó un brazo para señalar las vides de un arce que crecían en la orilla arenosa. Sus ramas se arqueaban por encima del agua, y de ellas colgaba un caimán de peluche cubierto de lodo, con un letrero de cartón alrededor del cuello que tenía el nombre Roslyn escrito con marcador.

—Roslyn contraataca —les dijo.

Mika esperó, de espaldas, mientras Thomas se quitaba la ropa mojada y se ponía ropa limpia y seca en su coche. Cuando este salió, tenía una sudadera en la mano.

—Toma —le dijo, entregándosela.

—Oh, gracias. —Mika se la puso, tenía el logo del equipo de remo de Dartmouth sobre el pecho.

Lo llevó al aeropuerto, y se despidieron. Mika se ofreció a lavar la sudadera y enviársela, pero él le dijo que se la podía devolver cuando volviese a Portland en unas semanas. Al llegar a casa, Mika se dio una ducha, y, cuando salió, la esperaba un mensaje de Thomas.

Estoy a punto de subir al avión. Gracias por esta mañana. Había olvidado lo bien que me sentía al estar en el agua.

Recordó a Thomas en el kayak. Su leve sonrisa era contagiosa, llena de confianza, mientras observaba el río serpenteante. Conocía esa mirada. Esa sensación. Era la misma que tenía ella cuando observaba pinturas. Como si hubiera algo que les perteneciera. No ha sido nada, le contestó.

De verdad ha sido increíble. Uno se mantiene ocupado con la familia y todo eso, pero creo que no he perdido el toque, respondió él.

Ajá, no cabe duda de que eres todo el ichiban de los kayaks, le escribió ella de vuelta.

Él contestó con una sola palabra: *¿Ichiban?*

Mika se ajustó el nudo de la bata antes de explicarle: *El número uno.*

Estoy percibiendo algo de sarcasmo por ahí. ¿Aún estás enfadada por lo del castor?, se burló él.

No sé de qué me hablas, le contestó ella, sonriendo.

Gracias, se limitó a decir él.

No ha sido nada. Me alegro de que te lo hayas pasado bien, le contestó.

Recogió su ropa del suelo, incluida la sudadera de Thomas y las metió en la lavadora. Cuando volvió a su teléfono, vio que él le había escrito: *En serio, te debo una.*

ADOPTION ACROSS AMERICA
Oficina nacional
56544 Avenida 57 O Suite 111
Topeka, Kansas, C. P. 66546
(800) 555-7794

Estimada Mika:

¿Cómo se encuentra? ¿Puede creer lo rápido que pasa el tiempo? Penny ha cumplido trece años, y ha sido increíble verla crecer con todos vosotros. Como siempre, adjuntos encontrará los elementos requeridos respecto a la adopción acordada entre usted, Mika Suzuki (la madre biológica), y Thomas Calvin (el padre adoptivo) en cuanto a Penelope Calvin (la adoptada). Los elementos incluyen:

· Una carta anual del padre adoptivo que describe el desarrollo y el progreso de la adoptada.
· Fotografías u otros recuerdos de interés.

Llámeme si tiene alguna pregunta.

Saludos cordiales,

Monica Pearson
Coordinadora de adopción

Estimada señorita Suzuki:

Penny celebró su cumpleaños número trece la semana pasada y se encuentra cursando su primer año de secundaria. Le está yendo muy bien y saca muy buenas notas en la mayoría de sus clases. Está pensando en apuntarse al equipo de atletismo y ha pedido un gatito para Navidad. Incluyo algunas fotos de su último proyecto para la feria de ciencias.

Saludos,
Thomas

CAPÍTULO 23

Mika observó la pila de naranjas.

—¿Me he perdido algo? —Penny ladeó la cabeza y luego sus labios formaron una pequeña O—. ¿Has visto una araña gigante? Vi en las noticias que había unas arañas tropicales que se colaban en los cargamentos de frutas.

Mika negó con la cabeza y dio un paso más cerca de las naranjas para evitar a un padre que pasaba con tres niños haciendo alboroto en el carro de la compra. En Uwajimaya, el supermercado asiático, había mucho ruido y mucha luz, y estaba a rebosar aquel sábado por la mañana.

—No, ninguna araña gigante.

—Jolín. —Penny hizo un mohín.

Mika agarró una naranja para examinarla y la hizo girar en sus manos.

—¿Sabías que a tu padre no le gustan los ombligos de las naranjas?

—Ah, sí. Es superraro. —Penny cambió de posición y dejó en el suelo su cesta llena de chocolatinas Meiji, palitos de chocolate Pocky y los clásicos caramelitos White Rabbit; una dieta bastante equilibrada, sin duda. Luego empezó a girar algunas naranjas para que todas estuvieran mostrando el ombligo o la parte de abajo.

Mika sacó su teléfono de su bolsillo trasero y les hizo una foto a las naranjas.

—¿Deberíamos enviársela?

—Buena idea —dijo Penny, sonriendo, antes de recoger su cesta.

Mika le dio a enviar con una sonrisa malvada. Se echaron a reír y siguieron comprando durante un rato más. Penny se sorprendió al ver los paquetes de tiras de calamar seco, erizos de mar vivos en un tanque y montones de col china. Devoraba las vistas y los olores como un tallo de bambú con sed de lluvia. Thomas contestó con la foto de un castor, aunque, de algún modo, le había pintado los ojos de un color verde fosforito. Mika decidió no mostrársela a Penny. ¿Cómo podría explicárselo? *Pensé que había visto un caimán, pero en realidad era un castor. Volqué mi kayak y tu padre tuvo que ayudarme a salir del agua.* En primer lugar, porque le daba muchísima vergüenza. Sentía que las mejillas se le encendían solo de recordarlo. Y, en segundo lugar, porque si bien las naranjas eran algo que los tres compartían, el chiste del castor... eso era algo entre ellos dos. Toda aquella escena le podría parecer algo extraña a Penny, o peor, íntima.

Mientras pagaban, Mika insistió en que probaran el *takoyaki*.

—Es pulpo frito, comida callejera —le explicó a Penny mientras se sentaban en la terraza. En Japón, se consideraba algo grosero el comer mientras se iba caminando. Mika dejó la comida en el centro de la mesa y le fue señalando de qué estaba hecha: bolitas de masa con un trozo de pulpo en el medio, trocitos de tempura, jengibre encurtido y cebolleta. Penny separó un par de *hashi* de madera y empezó a comer. A Mika le encantaba lo valiente que era su hija.

Penny masticó, considerando la comida.

—Está bueno, me gusta —declaró. Tan pronto como terminó con el primer bocado, se metió el siguiente a la boca y, con las mejillas llenas de comida, anunció—: Creo que quiero acostarme con Devon.

Mika se atragantó, tosió y escupió lo que tenía en la boca. Luego bebió un poco de agua a grandes tragos.

Penny la observó de reojo.

—¿Estás bien?

Mika se dio golpecitos en el pecho.

—Sí, sí. ¿Acostarte con él, dices? —dijo con cuidado, con la garganta todavía ardiéndole. A lo mejor la había oído mal. O a lo mejor la había oído bien, pero no había entendido el mensaje. Quizás acostarse con él no significaba lo que Mika creía que significaba. Quizás, en el lenguaje de los adolescentes, era una especie de pijamada en la que se envolvían en sábanas y se tumbaban uno al lado del otro en silencio en la oscuridad y no se tocaban por nada del mundo.

—Ya sabes, *sexo* —aclaró su hija, bajando la voz.

Mika bebió un sorbito de su agua y trató de esbozar una sonrisa alentadora.

—Es un gran paso. —Era lo único que se le ocurría en aquel momento, además de recordarle a Penny que tenía dieciséis años. Y que era una bebé. *Su bebé.*

Penny arrugó una servilleta y la hizo una bola en su puño.

—Estoy lista. Estoy segura de que estoy lista. En plan, creo que estoy enamorada de él.

Era posible que Devon no sintiera lo mismo, pero Mika no tenía ánimos para decírselo, para romper el corazón de su hija. No podía darle voz a la posibilidad de que Penny no fuese querida de la forma que ella quería o debía ser.

—El amor no tiene por qué ser un requisito —dijo en su lugar. Observó a Penny y pensó en ella, en la manera en la que veía el mundo, con un punto de vista limitado, estrecho y un poco inocente. ¿Sería aquello lo que había pensado Hiromi de Mika cuando esta era joven? Mika se removió en su asiento. Era muy perturbador pensar que se podía parecer a su propia madre.

—¿Puedo preguntarte... por tu primera vez? —preguntó Penny, mordiéndose el labio y mirándola a través de las pestañas con timidez.

Mika se concentró en un *tanuki* que había en la sección de hogar. El mapache bailarín tenía los ojos bizcos y entre sus patas colgaban unos enormes testículos; para la buena suerte, claro.

—¿Mi primera vez? —Parpadeó y vio el Cheerful Tortoise, un bar que había en el campus. Se recordó a sí misma balanceando las caderas como un péndulo y sonriéndole a un chico guapo a través de la multitud. Se llamaba Jordan y estudiaba Ciencias Políticas. Llevaba sandalias con calcetines y compartía piso con otros cuatro tipos. En su habitación, en lugar de una lámpara tenía uno de esos reflectores que había en la calle—. No fue nada memorable ni romántico, pero estuvo bien —contestó con sinceridad y una sonrisa algo triste—. Dolió un poco. —Se percató de que le ardían las mejillas y de que Penny le prestaba más atención. No le había dicho a Jordan que era virgen hasta después. Él insistió en intentarlo de nuevo, pero aquella vez más lento. Habían escuchado a Wilco mientras él le practicaba sexo oral. Mantuvo la vista fija en la mesa—. Penny —empezó, optando por un tono tranquilo que no pretendía criticarla—. ¿Estás segura? Sobre Devon. No lo conoces desde hace tanto.

—De hecho, solo desde hacía cuatro semanas, quiso añadir. Y luego se sintió como una absoluta hipócrita. Aunque, por el amor de Dios, ¿para qué tendría uno hijos si no era para salvarlos de los errores que uno mismo había cometido?

—Lo conozco —aseguró Penny, con una mirada resuelta. Con unos ojos que no habían visto suficiente—. Pasamos mucho tiempo juntos, prácticamente todo el día, todos los días. Además, ya he hecho muchas otras cosas. Ya sabes.

Mika se puso tensa.

—No necesito saberlo. —Cuantos menos detalles, mejor.

—Estoy lista, sé que lo estoy —insistió Penny.

—Vale. —Al ver que Mika se rendía y suavizaba el tono, Penny la imitó.

—Devon es un buen tío. Hemos hablado mucho al respecto y no me ha presionado ni nada parecido.

—Vale —dijo Mika una vez más. Respiró hondo para aceptar lo inevitable. Aquello iba a suceder. Había algo atemporal en el hecho de que los hijos no escucharan a sus padres. Y Mika se sintió parte de aquel círculo infinito—. ¿Y de protección? ¿Habéis hablado de eso?

Las mejillas de Penny se colorearon de un rojo brillante. Quizás estuviera pensando en ella, en cómo se había quedado embarazada tan joven. En que no quería ser como su madre biológica: una adolescente con opciones limitadas.

—Me ha dicho que se pondrá un preservativo, y yo llevo tomando anticonceptivos desde hace un par de años... Tengo cólicos muy fuertes.

—En ese caso parece que lo tenéis todo pensado. —Mika se puso de pie y empezó a recoger la mesa. Hiromi nunca le había hablado de sexo. Y lo único que había aprendido en el instituto había girado en torno a decir que no, embarazos y enfermedades de transmisión sexual. Nadie le había dicho que el sexo podía ser algo divertido. Y también muy complicado.

—De verdad que sí, lo prometo —le aseguró su hija, aún sin levantarse—. Pero ¿crees que puedas guardarme el secreto? ¿Mantenerlo entre las dos?

Mika se detuvo, con el plato de papel y los *hashi* que habían usado en la mano.

—¿Te refieres a no contárselo a tu padre?

Penny hizo un ademán con la mano para quitarle importancia.

—No es para tanto. Es que hay ciertas cosas que simplemente no necesita saber.

Mika volvió a sentarse. Penny quería que le mintiera a Thomas. *No puedo hacer eso*, pensó, y la idea la golpeó con la fuerza de un rayo.

—No me siento muy cómoda haciendo eso, Penny. No tienes que hablar con tu padre sobre tu virginidad, pero sí deberías contarle sobre Devon. Que estáis saliendo, al menos. Sé por experiencia que las mentiras tienen patas cortas, ya sabes —intentó bromear.

Penny se puso seria.

—Debería volver a la residencia —dijo, mirando a cualquier lado menos a Mika.

—¿Cómo? —preguntó Mika, sorprendida. Penny tenía el fin de semana libre. Habían acordado que pasaría la noche con ella.

—Sí, acabo de recordar que le prometí a Olive que trabajaríamos en nuestros tiempos.

—¿Lo dices en serio? —Mika arqueó una ceja.

—Sí. —Penny se puso de pie y agarró su bolsa de la compra con tanta fuerza que sus nudillos se pusieron blancos—. ¿Lista?

Volvieron al coche, con la sombra del enfado de Penny siguiéndolas a ambas. Mika se había quedado sin palabras. ¿Qué había pasado?

El trayecto en sí fue incluso peor. En silencio y pulsando con el fastidio de Penny. Mika podía jurar que había oído como si algo se rasgara, como si la tela que era su relación con Penny hubiera sufrido un tajo. ¿Cómo podría arreglarlo? Aparcó el coche en la residencia y se giró hacia su hija, para hablarle por encima de la consola central.

—Penny...

Demasiado tarde. Penny ya se había ido dando un portazo.

●　●　●

Algunas horas más tarde, Mika ya no se encontraba confundida. Había sido capaz de reproducir la conversación en su cabeza múltiples veces mientras se encontraba en la tranquilidad de su hogar y en aquellos momentos dudaba entre si sentirse muy ofendida con Penny o enfadada con ella.

—¿Está enfadada conmigo? —resopló Mika para sí misma, pues sentía cosas indecibles hacia su hija. Cosas como lo necia y quisquillosa que esta podía ser. Pero entonces...—. Está enfadada conmigo —repitió, en voz más baja. Pensó en llamar a Thomas, en debatir con él cuál sería la mejor forma de acercarse a Penny. Pero, en realidad, era Penny con quien quería hablar. Con quien tenía que hacerlo. Por lo que, justo cuando el sol empezaba a ocultarse, marcó el teléfono de su hija. No quería irse a la cama sin resolver aquello. ¿No había algún dicho que decía que uno nunca debía irse a dormir enfadado? En cualquier caso, Mika no quería esconderse. No quería refugiarse en la excusa de los muy diversos cambios de humor de Penny.

El teléfono sonó algunas veces, y Mika se preparó a sí misma y calmó sus nervios.

—*Hola* —contestó Penny. Y eso fue todo.

—No quiero que estés molesta conmigo —le soltó Mika. Hizo una mueca y esperó. *Yo la traje a este mundo, tendría que salirme natural el ser madre,* pensó.

—*Yo tampoco quiero eso* —admitió su hija.

Mika respiró hondo y se quedó mirando por la ventana del salón, hacia la oscura acera que había fuera.

—Bueno, ahora que hemos dejado eso claro… —alargó un poco las palabras—, quiero que puedas contarme cualquier cosa. Quiero ser alguien que te escucha, un lugar seguro al que puedas recurrir, pero también soy tu… —se detuvo antes de decir *madre*—. Soy una persona adulta y el tener que mentirle a tu padre me pone en una situación difícil.

Tras un segundo, Penny suspiró.

—*Lo entiendo, supongo.* —¿Dónde estaría? Mika trató de imaginársela en el vestíbulo de la residencia, arrugando la nariz, quizás un poco roja por haber llorado y con Devon por ahí, observándola—. *Le contaré a mi padre lo de la residencia mixta y lo de Devon. No porque me hayas dicho que lo haga…*

—Claro que no —la interrumpió Mika.

—*… sino porque quiero que conozca a D.* —Volvió a suspirar—. *Seguro que va a hacer eso de decirme que no se ha enfadado, pero que lo he decepcionado.* —Mika contuvo una sonrisa, eso sonaba mucho a Thomas—. *Pero no creo que vaya a contarle lo del sexo, eso sí* —dijo Penny, como si estuviera trazando una raya en la arena.

Aunque Penny no podía verla, Mika asintió, segura.

—Es tu cuerpo y es tu decisión.

—*De verdad nos gustamos. Sé que soy una adolescente y seguro que eso es lo único que ves...*

—No es lo único que veo —interrumpió Mika una vez más—. Sé que eres lista y espabilada y que sabes lo que sientes.

—*Gracias. Significa mucho para mí que lo sepas.*

—Sé que todo esto es incómodo. —Mika tuvo que tragar en seco al sentir un repentino nudo en la garganta—. Prométeme que hablarás conmigo si necesitas algo. No pasa nada si cambias de parecer. Incluso si es en mitad del acto y crees que se va a enfadar. Un hombre de verdad no se enfadaría. —Mika apretó el puño. Recordó haberlo apretado contra el pecho de Peter. *No.* Una sensación de protección fiera se alzó en su interior.

—*D no es así* —insistió Penny—. *Estoy segura. Quiero hacerlo.*

—Vale —dijo Mika, a media voz. Penny la mantuvo al teléfono un rato más y la entretuvo con historias sobre sus llamadas por FaceTime con su abuela, cómo habían mantenido toda una conversación con el pulgar de Hiromi tapando la cámara. Y Mika se sintió ligera de nuevo, como si hubiera visto el primer rayo de sol tras una gran tormenta.

● ● ●

Thomas la llamó el lunes por la tarde justo cuando Mika se había colgado el bolso al hombro para cruzar el campus de Nike e ir a almorzar con Hayato. Habían hecho planes para cotillear las fotos de la última boda real mientras comían una tarta de chocolate. Planes importantes.

Thomas no le dio oportunidad ni para decir hola.

—*Penny tiene novio* —le soltó sin mayor preámbulo.

—Te lo ha contado, entonces. —Mika pasó al lado de un par de tíos casi dos veces más altos que ella y les sonrió. Estaba casi segura de que eran jugadores de baloncesto famosos.

—*Quiere que lo conozca la próxima vez que vaya a visitarla. ¿Te lo ha presentado?*

—No de manera oficial, pero lo he visto un par de veces. —Se detuvo fuera de las puertas dobles de cristal que daban paso al edificio Mia Hamm y saludó a Hayato con la mano, quien ya estaba esperándola. Alzó un dedo para pedirle un minuto, y él vocalizó: «Vale» y siguió distrayéndose con su móvil.

—*¿Te parece que sea proclive a alguna tendencia perversa?* —le preguntó, muy serio.

En ocasiones, Thomas sonaba como si se hubiera quedado atascado en una película en blanco y negro, aunque era probable que no le gustara que Mika lo llamara *viejales.* Arrugó la nariz.

—¿Te refieres a si lleva una navaja y va buscando problemas?

Thomas inspiró muy despacio.

—*Ya me gustaría poder bromear al respecto.*

—Lo siento. —Mika se cruzó de brazos. No muy lejos había una gigantesca instalación acuática, con una fuente que rociaba agua y todo. Había algunos patos que nadaban y sumergían la cabeza en la animada superficie—. Pero me alegro de que te lo haya contado. Estábamos comiendo *takoyaki* y...

—*¿Takoyaki?*

—Bolas de pulpo fritas.

—*¿Eh?* —Se imaginó el ceño fruncido de Thomas, la expresión que siempre ponía cuando estaba confundido y un poco fastidiado por ello.

—No las bolas de pulpo en plan sus testículos... —Mika se apartó el teléfono de la oreja y se quedó mirando al cielo por un segundo. Se estaba yendo del tema—. Da igual. Estábamos comiendo y Penny me contó sobre Devon y sobre cómo iban cada vez más en serio. Cuando me enteré de eso, la animé a que te hablara de él.

Silencio.

—*Así que...* —dijo él, poco a poco—. *¿Ya sabías que Penny estaba saliendo con alguien?* —le preguntó.

Mika dejó escapar un pequeño suspiro.

—Solo durante un par de semanas. Me pidió que le guardara el secreto, lo siento. Se enfadó conmigo cuando le dije que debía contártelo. —Recordó el enfado de Penny, cómo se lo había calzado como si fuese un viejo par de botas de cuero para pasar sobre ella dando pisotones—. No me sentía cómoda con que no lo supieras. —Más silencio—. No te enfades —añadió Mika al final.

—*No estoy enfadado* —le aseguró él, tras unos segundos—. *Me alegro de que pueda hablar con alguien en quien confío.*

Mika lo notó en aquel momento: la sensación de al fin poder soltar el gran peso que había estado cargando durante tanto tiempo. Balbuceó un *gracias*.

Mucho después de haber cortado la llamada, durante su almuerzo con Hayato y el resto del día, en los pensamientos de Mika seguían resonando aquellas cuatro valiosas palabras: *alguien en quien confío.*

CA PÍ TU LO 24

Tres días después, Thomas le envió un mensaje: Creo que me voy a dejar crecer el bigote.

Mika estaba sentada en una sala de reuniones de paredes de cristal, con un montón de papeles desperdigados a su alrededor. A Gus le había gustado tanto su trabajo en el modelo de colaboración que le había pedido su ayuda en otro proyecto. «Sé que lo harás bien», le había dicho, con la voz cargada de confianza.

Por favor, no lo hagas. Mika creyó que una respuesta inmediata era algo necesario.

Tienes razón, le había contestado él dos horas después. Mejor me hago un piercing en la oreja.

Penny odiaría algo así, le escribió Mika mientras salía del trabajo.

A lo que Thomas respondió: Más razón para hacerlo, entonces.

Si lo vas a hacer, lo mejor sería que te comprometas en serio y te perfores ambas orejas. ¿No te parece? Le contestó ella cuando llegó a casa. Se preparó algo de comida en el microondas y se sentó a comer con el móvil en la mesita frente a ella para esperar la respuesta de Thomas.

Sería algo muy valiente, dijo él mientras ella comía su primer bocado.

Mika masticó mientras consideraba la idea y luego contestó: Te quedaría bien.

El jueves de la semana siguiente, Thomas le volvió a escribir: El novio se la va a llevar en una cita durante todo el sábado. A hacer senderismo por una catarata. Le pregunté si podía ir con ellos, incluso me ofrecí a pagarlo.

Mika se despidió de Gus a través de las paredes de cristal de su oficina.

—¡Que tengas un buen fin de semana! —se despidió él, asomando la cabeza. Ella le deseó lo mismo.

Espero que fuera una broma, le contestó.

Solo a medias, escribió él casi al instante.

¿Entonces no vienes este finde? ¿No vamos a la iglesia?, preguntó ella, sentada en su coche con las ventanas abiertas. Aún era de día y hacía muchísimo calor. Esperó a que le respondiera. Habían hecho planes para pasar el fin de semana juntos. Se suponía que ella, Penny y Thomas iban a acompañar a Hiromi y Shige a misa el domingo.

Sí que voy, y a la iglesia también. Solo que llegaré esta noche de todos modos, era muy tarde para cambiar el vuelo.

Mika se mordisqueó el pulgar mientras pensaba. El sábado había hecho planes para ir con Charlie, Tuan, Hayato y Seth, el nuevo novio de Hayato, a una bodega. Tengo una idea, le escribió.

Me encantan las ideas, contestó él.

Ya que Penny estará ocupada el sábado, ¿quieres acompañarnos a mis amigos y a mí? Iremos a una bodega por la tarde y luego quizás a unos bares, lo que es probable que involucre a un montón de tíos que se dejan crecer el vello facial de forma irónica.

Mika enroscó los dedos de los pies dentro de sus zapatos, como alguien que estaba a punto de patinar sobre hielo frágil. Aquello era diferente que un plan de última hora con kayaks. Aquello era invitar a Thomas a conocer a sus amigos, a ser parte de su vida. Pero, aun así…, parecía algo natural, adecuado. Notó una presión en el pecho mientras esperaba a que Thomas le contestara.

Siempre he querido sumergirme en la cultura del vello facial irónico, le dijo.

Mika sonrió con cariño. Esta es tu oportunidad, aprovéchala. ¿Te apuntas?

Me apunto, contestó él casi de inmediato.

● ● ●

¿Qué debería ponerme? Le escribió Thomas el sábado por la mañana. ¿Traje y corbata?

Mika sonrió. Cada vez que Thomas le escribía, se emocionaba un poquito, aunque pretendiese que no. No eran mariposas lo que revoloteaban en su estómago. Para nada. ¿Por casualidad has traído un esmoquin?

¿Lo dices en serio?, le preguntó.

No, contestó ella, aunque no le molestaría para nada ver a Thomas llevando un esmoquin. Thomas en tejanos y camiseta también estaba bien. Tenía grabado a fuego el recuerdo de verlo salir de la habitación de Hana la mañana siguiente a la noche en que se había quedado a dormir, con aquel trozo de piel de su estómago que había visto mientras se ponía la camiseta. Pero si te pusieras una boina, tampoco pasaría nada.

Iré con tejanos, dijo él.

¿Quizás con una bufanda muy estilosa alrededor del cuello?, le preguntó ella con una sonrisa y mordiéndose el labio.

Nos vemos a la una, se despidió Thomas.

Mika lo recogió en su hotel y lo llevó a la casa de Charlie.

—Lamento que Penny no haya querido pasar el día contigo —le dijo. Pasaron al lado de un banco y de un tipo en monociclo.

Thomas estiró las piernas.

—No debería sentarme mal, así es como se supone que son las cosas, ¿no? Vas guiando a tu hija en una dirección y luego te enteras de que quiere ir por su cuenta y abandonar el barco. Así que esperas haberle transmitido suficiente sabiduría para que haga las cosas bien.

Mika frunció el ceño.

—Suena a que entrenas algo que quieres para que te abandone en algún momento.

Thomas la miró directamente durante algunos segundos y ella notó que se le coloreaban las mejillas por la intensidad de su mirada.

—Exacto —le dijo.

—Creo que eso no me agrada. —Cambió de marcha y se centró en la carretera. Por el rabillo del ojo, vio a Thomas esbozar una sonrisa torcida.

Cuando aparcó, la furgoneta del color de las uvas ya los estaba esperando, al igual que Charlie, en el bordillo. Esta saludó a Mika detrás del volante y su sonrisa se amplió incluso más al ver a Thomas en el asiento del copiloto. Tan pronto como Mika bajó del coche, Charlie trotó hacia ella.

—Mika —la saludó en un tono un poco más alto y alegre de lo usual—, qué sorpresa. No sabía que vendrías acompañada. Hola, soy Charlie —se presentó, estirando una mano.

Thomas se la estrechó.

—Y yo Thomas —contestó él.

—Ah, el padre de Penny. Encantada —dijo Charlie, con una gran sonrisa.

—Pensé que no habría problema ya que pagamos por ocho personas. —Era el número de personas que podía ir en la furgoneta y también el mínimo del grupo. Entre todos se habían dividido el pago de forma equitativa.

—Oh, no hay ningún problema —contestó Charlie—. Ningún problema en absoluto. Cuantos más, mejor. Es lo que suelo decir. —Se quedó mirando a Thomas, a la expectativa.

Este se removió en su sitio y apartó la mirada.

—¿Nos vamos ya, entonces? —añadió Mika.

—Ehhh... sí, claro —repuso Charlie, volviendo a prestar atención—. Vámonos, ya están todos instalados. No es que lleguéis tarde ni nada. Además, como siempre digo, mejor tarde que nunca... —se distrajo—. En fin, vosotros primero.

Se dirigieron a la furgoneta, con Thomas por delante de ambas. Mika hizo una pausa al apoyar un pie en el escalón de la furgoneta. «¿Qué es lo que te pasa?», le preguntó a la loca de su amiga, sin hablar.

Charlie sonrió aún más. «Ay, madre», le contestó ella de la misma forma. Una vez en la furgoneta, Charlie anunció:

—Mirad, Mika ha traído a un amigo.

Mika agradeció que el interior del vehículo estuviera a oscuras, pues aquello quizás le permitiría disimular su sonrojo avergonzado. No debería haber invitado a Thomas. ¿En qué había estado pensando? Había actuado por impulso, algo que no hacía desde hacía mucho tiempo. Desde antes de Penny, antes de Peter.

Se dejó caer en un asiento acolchado negro, y Thomas se acomodó junto a ella.

—Lo siento —se disculpó—. Charlie está un poco rara. Quizás ha empezado a beber temprano.

—No pasa nada —dijo él, algo tenso.

Y bueno, aquel había sido un mal comienzo. Hayato se aclaró la garganta, y empezaron las presentaciones. Tuan a Thomas. Thomas a Hayato. Y Seth, el nuevo novio de Hayato, rubio y apuesto, a todo el mundo.

—Es un gusto, tío —se presentó Seth, estrechando la mano de Thomas.

—Lo mismo digo —respondió Thomas.

Se apartaron, y Seth volvió a sentarse al lado de Hayato. La furgoneta ya iba en marcha y todos se quedaron allí sentados, observando a Thomas.

—Oye, creo que tienes algo ahí. —Seth rompió el silencio al hablarle a Thomas—. Ahí, justo en el cuello. —Se señaló el cuello de su propia camisa.

Thomas frunció el ceño y se tanteó la nuca hasta que sus dedos dieron con una etiqueta.

—Ah, camisa nueva —explicó, sin mayor emoción—. La he comprado esta mañana en una tienda cerca del hotel. Parece que llevar la camisa por fuera es lo que está de moda estos días... —Tamborileó los dedos sobre las rodillas.

—A mí me gusta —interpuso Charlie—. Tuan debería pedirte el nombre de la tienda.

Tuan se inclinó hacia adelante y le preguntó por la tienda, en qué hotel se estaba quedando y si le gustaba la zona. Mika dejó escapar un suspiro de alivio y se giró para hablar con Hayato y Seth. Empezaron a conversar tranquilamente, y, sesenta minutos después, la furgoneta subió por una colina, a través de una ruta que era como la cola ensortijada de un gato.

La furgoneta aminoró la velocidad y se detuvo con un siseo. Se bajaron y salieron a la brillante luz del sol de media tarde, bajo la cual una *sommelier* los saludó. Llevaba un chaleco de vellón con el nombre de la bodega bordado en él y los acompañó a un mirador a partir del cual se extendía el valle, además de filas y filas de vides verdes. Una suave brisa agitó el cabello de Mika. La *sommelier* anunció que el almuerzo y la degustación empezarían pronto y los animó a jugar algún juego en el césped: croquet, el juego de la herradura o incluso un Jenga gigante.

—¡Mira! —Seth le dio un apretón a la mano de Hayato—. Cornhole. ¿Alguien quiere jugar? —Miró al grupo, claramente buscando algún compañero de juego.

Thomas alzó una mano.

—Hace mucho que no juego, pero solía hacerlo mucho en la universidad.

Seth se despidió de Hayato con un beso y este le dio una palmadita en el trasero.

—Suerte, cariño.

Mika le hizo una especie de saludo a Thomas.

—Que te diviertas.

Se apartaron y comenzaron a organizar los tableros y las bolsas de granos. Charlie, Tuan y Hayato no tardaron mucho en rodear a Mika.

—Guau. —Mika retrocedió un paso—. ¿Y mi espacio personal?

Charlie le dedicó una sonrisita inocente.

—Se ha comprado una camisa nueva —comentó.

—Sí, ¿y? —dijo Mika, encogiéndose de hombros. La *sommelier* dispuso los vinos, las copas y los platos en su mesa algunos metros más allá—. Oye, Tuan, ¿no quieres llevar a Charlie a dar un paseo por el viñedo antes de que empiece la degustación? Parece de lo más romántico.

—No. —La sonrisa de Tuan parecía saber lo que se venía—. Quiero ver esto.

—Hablemos de Seth, entonces —propuso Mika.

—Seth es genial, me gusta. Estoy bastante seguro de que yo le gusto a él —dijo Hayato y luego añadió—: ¿Sabes para qué me compro yo camisas nuevas?

El viento arrastró la risa de Thomas con él, y esta envolvió a Mika y amenazó con llevársela consigo. Ella hundió más los pies en el suelo.

—Tú te compras camisas nuevas cada dos por tres —repuso Mika, con intención. Era cierto. Habían pasado muchos almuerzos navegando en páginas web de ropa para hombre y para mujer en busca de aquellos colores que les quedaban mejor a sus complexiones japonesas. Y nunca era el amarillo.

—Para ir a citas —aclaró Hayato—. Me compro camisas nuevas para ir a citas.

—Esto no es una cita —se apresuró a negar Mika, quizás demasiado rápido—. Es el padre de Penny.

—¿Y? —Charlie ladeó la cabeza.

—¿Cómo que y? —la imitó Mika—. Es un límite que no estoy dispuesta a cruzar. Además, ni siquiera estoy segura de que él quiera cruzarlo...

—Oh, claro que quiere —dijo Hayato, muy convencido—. Camisa nueva y la lleva por fuera. Los hombres llevan la camisa por fuera cuando quieren llamar la atención a su... —Miró hacia abajo con intención.

Mika se puso de puntillas.

—Creo que nuestra mesa está lista. —En otra vida quizás habría soñado con alguien como Thomas. En una familia que incluyera a Penny. Pero todo aquello era el universo tentándola una vez más, un tsunami que estaba esperando para ahogarla. No pensaba meter los pies en el agua por segunda vez.

Se marchó y se sentó sola a la mesa hasta que Charlie se sentó con ella. Observaron a Thomas y a Seth durante un minuto. Mika se concentró en Thomas, en la forma en que se había enrollado las mangas, en cómo flexionaba las muñecas al lanzar.

—Da un poquito de miedo, ¿a que sí? —preguntó Charlie.

—Te digo que no sé de qué estás hablando. —A veces daba incluso más miedo admitir que una tenía miedo. Pero, en realidad... En realidad, Mika estaba asustada. Desde lo de Peter, había estado consumida por la futilidad, demasiado asustada para pintar, viajar, amar, reír o asumir riesgos. Se había doblado como un origami. Se había hecho más y más pequeñita, como un trozo de papel que se traspapelaba entre los resquicios de la vida.

—No tiene nada de malo querer algo más, ¿sabes? —le dijo Charlie, en un hilo de voz—. Y tampoco pasa nada si todo se complica. Al final, todo siempre se resuelve.

Palabras de una optimista con todas las letras, pensó Mika.

—¿Y qué pasa si no?

—Pero ¿qué pasa si sí? —contestó Charlie arqueando una ceja y sin amedrentarse.

Touché. Ambas se quedaron calladas y Mika volvió a observar a Thomas. Pensó en Penny, en aquel día en el Museo de Arte, cuando había visto la pintura de la caída de Ícaro. Se permitió contemplar su propia caída. ¿Valdría la pena?

● ● ●

—El día de hoy degustaremos un pinot y una tarta. —La *sommelier* sostuvo una botella y sirvió chorros de vino dorado rojizo en cada copa—. Podréis notar los aromas a fruta fresca. —Agitó su copa y la olisqueó para demostrarles cómo hacerlo—. Las frambuesas y las fresas se acentúan en la nariz con las hierbas y las especias saladas.

—¡Salud! —dijo Charlie, alzando su copa. Los seis dieron un sorbo y escupieron—. Ay, casi se me olvida —añadió—. ¡He traído cositas para la fiesta! —Salió corriendo y regresó con una bolsa. De ella sacó una pila de sombreritos negros de fieltro.

—No estabas bromeando con lo de las boinas —le susurró Thomas, y Mika se rio por lo bajo. Se había dejado las mangas remangadas, y un ligero brillo de sudor le cubría la frente por haber estado jugando al cornhole con Seth.

Charlie se levantó a medias en su sitio y repartió las boinas. Le encantaban los cotillones, los disfraces, la comida temática, lo que fuera que le diera un toque extra a la vida. Le pasó una a Mika con una sonrisa.

—Estarás muy guapo con una de estas —le comentó Charlie a Thomas, sonriendo.

—¿Tengo que ponérmela? —preguntó él, dándole vueltas a la boina en uno de sus dedos.

—No —contestó Mika.

—Sí —dijo Charlie al mismo tiempo.

—A donde fueres, haz lo que vieres. —Thomas se puso la boina sobre la cabeza, y Mika tuvo que admitir que se veía muy galante con ella. Charlie volvió a sentarse al lado de Tuan con una sonrisa.

—También he traído un juego —dijo ella, muy animada, mientras sacaba una pila de tarjetitas de la bolsa. Todos se lamentaron al unísono—. Cerrad el pico. Vamos a crear vínculos significativos, y empezaremos con… —Giró una de las tarjetitas y leyó lo que había en ella—: Tu casa y todo lo que hay en ella se quema. Tras salvar a tus seres queridos y mascotas, tienes tiempo de entrar una última vez y salvar una sola cosa. ¿Qué sería? ¿Y por qué?

Hicieron una pausa mientras la *sommelier* les presentaba otro pinot, en aquel caso uno energético con frutos negros y notas especiadas y amaderadas. Tuan bebió un sorbo del vino seco y tragó.

—Yo empiezo —se ofreció—. ¿Solo una cosa? —preguntó.

—Solo una y por qué —le confirmó Charlie.

—Mi Transformer Bumblebee, no hay duda. Lo tengo desde los doce años y me gustaría dárselo a mis hijos algún día —respondió Tuan.

Charlie sonrió y Hayato se ofreció a ser el siguiente.

—Creo que rescataría mi colección de *manga* —dijo.

—Opino como vosotros —dijo Seth—. Recuerdos de la infancia, por descontado. Yo rescataría mis cromos de béisbol.

Era el turno de Thomas. Este estiró las piernas y una de sus rodillas chocó con la de Mika. Su estómago le dio un vuelco.

—Bueno, la mayoría de mis documentos importantes, como los papeles del seguro, pasaportes, certificados de nacimiento y ese tipo de cosas, están en una caja fuerte ignífuga —dijo él, algo cohibido. El grupo entero lo abucheó un poco—. Vale, vale. —Alzó las manos a modo de rendición—. Rescataría las cenizas de mi esposa, por obvias razones.

Mika sintió como si le hubiera caído un chorro de agua fría. No culpaba a Thomas por querer rescatar las cenizas de su esposa, pero no podía evitar percibir la presencia de Caroline al acecho. Caroline, la esposa perfecta, la madre ideal, el arquetipo de mujer. Todas las cosas que Mika no podía ser, que no sería nunca.

—¿Y tú, Mika? —le preguntó Charlie.

Mika se quedó mirando el valle. Pensó en los paquetes que le había enviado Caroline. En las cartas y fotos de Penny que tenía guardadas en el cajón de su cómoda. Podría vivir sin todo lo demás: ropa, maquillaje y todo aquello.

—Fotos. —Hizo una pausa, con un nudo en el estómago—. De Penny. Lo que me recuerda que debería escanearlas. Hana va a terminar prendiéndole fuego a la casa algún día.

Thomas le sonrió, y Mika notó como si la calidez de su sonrisa se expandiera por toda su piel.

—También me llevaría la guitarra —añadió Tuan—. Te cantaría mientras se quema nuestra casa.

Charlie pareció encantada con la idea.

Mika hizo como si estuviera vomitando sobre su regazo.

—Si dices que la miras mientras duerme, me lanzaré por el mirador.

—Qué comentario más exagerado y desagradable —le dijo Charlie a Mika, con un mohín, y luego suspiró. Esperaron mientras la *sommelier* les servía el último vino: otro pinot caracterizado por sus acabados suaves y elegantes.

»Vale, siguiente pregunta —Charlie sacó otra tarjetita y leyó—: ¿Qué es lo que más agradeces en esta vida?

—Los buenos amigos —repuso Hayato.

—Los nuevos amigos —dijo Seth, y luego se besaron.

—Charlie, por supuesto —interpuso Tuan.

—Oh, esta noche nos toca música lenta, no hay duda —le dijo Charlie antes de darle un beso a su marido en los labios—. ¿Y vosotros? —Se giró hacia Thomas y Mika.

—Esa es fácil —contestó él. Sus labios tenían un ligero tono morado—. Mi hija, Penny.

Mika estiró las piernas y le devolvió la mirada a Thomas.

—Lo mismo digo —asintió ella. Se sonrieron el uno al otro como conspiradores. Con su amor por Penny arrebujado entre ambos.

CAPÍTULO 25

Charlie y Tuan estaban algo achispados y se balanceaban despacio en el Allison, un hotel de lo más mono cerca de la bodega al que habían decidido ir a cenar. Unos metros más allá, Hayato y Seth conversaban con el camarero.

—Hola. —Thomas se deslizó para sentarse a la mesa, al lado de Mika.

—Hola —contestó ella—. ¿Dónde has estado?

Thomas sonrió. Sus ojos tenían un ligero brillo que era cortesía de las tres bodegas que habían visitado.

—He hecho algo. —Se levantó un poco, sacó la pila de tarjetitas de su bolsillo trasero y las puso en la mesa.

—¡No puede ser! —exclamó Mika, con los ojos muy abiertos. Miró a Charlie, que tenía el rostro firmemente apoyado contra el pecho de Tuan—. Las has robado —lo acusó, boquiabierta—. Nunca imaginé semejantes tendencias perversas por tu parte.

—Ha sido algo espontáneo. Podría defenderme sin ningún problema en un juicio. —Thomas sonrió aún más—. Pero bueno, estaba de camino al baño y vi la furgoneta aparcada fuera. La puerta estaba abierta. Y digo yo, si Charlie no quería que le robaran las tarjetas, tendría que haberlas guardado mejor.

—Es cierto —asintió Mika, muy convencida. Puso uno de sus dedos sobre la tarjeta de arriba y la deslizó de la pila. Le dio la vuelta—. «Cuéntale a tu compañero la historia de tu vida con todos los detalles posibles en cuatro minutos» —leyó en voz alta. Thomas esbozó una sonrisa perezosa, y Mika notó el efecto que le produjo hasta los dedos de los pies. Dejó su móvil sobre la mesa y buscó la *app* del cronómetro, tras lo cual lo programó a cuatro minutos—. Tú primero —le dijo.

Thomas se estiró en la mesa para ponerse cómodo. Luego se rascó la barbilla.

—Nací en Dayton, Ohio. Mis padres estuvieron casados durante veintitrés años y tengo un hermano mayor. —Se inclinó hacia adelante y, bajo la mesa, su muslo presionó el de Mika, pero ninguno de los dos se apartó—. Mi niñez fue bastante normalita, creo yo. Partidos de fútbol americano en invierno y de béisbol en primavera. A mi padre le encantaban los deportes y tener hijos a los que llevar a los partidos. Creo que le decepcionó un poco que me apuntase a remo en la universidad. Murió de un infarto cuando yo tenía diecinueve años.

—Lo siento —dijo Mika. Aún quedaban dos minutos y veinte segundos en el reloj.

—Gracias —contestó él—. Y bueno, conocí a Caroline poco después de eso. Nos liamos en una fiesta, y yo me eché a llorar después. Pensé que nunca más querría verme, pero... se portó de maravilla, joder. Y estuvo muy bien saber que no estaba solo. —A Mika le dio un retortijón en el estómago al ver el dolor en la expresión de Thomas—. Nos casamos poco después de graduarnos y seguimos estudiando juntos. Me ayudó a estudiar para la prueba de acceso para Derecho, y yo para que obtuviera su certificación de enfermera. También empezamos a intentar tener una familia. Mis padres me tuvieron cuando eran jóvenes y lo mismo pasó con Caroline. Ella lo había planeado todo: quería quedarse embarazada joven, tener algunos hijos y luego jubilarse poco después de que estos entraran a la universidad. Íbamos a viajar juntos. —Thomas no la estaba mirando. Se frotó la frente—. Al principio le echamos la culpa al estrés, porque no se quedaba embarazada. Los estudios, los exámenes y todo eso. Pasó un año y luego otro. El médico de Caroline nos recomendó ver a un especialista. Unas cuantas pruebas después, los resultados no eran concluyentes. Aún recuerdo la expresión de Caroline, su frustración, su dolor. Sentía que su cuerpo la había traicionado. «Es mi derecho biológico», solía decirme. Yo no estaba tan tenso. Había asumido el mantra de «Si se supone que debemos tener un hijo, lo tendremos». Pero Caroline tenía un objetivo. Ella quería un bebé, quería ser madre. Tras muchas discusiones, nos decidimos por intentar con la adopción. Tuvimos un par de chascos. Una mujer en Nueva York que estaba embarazada, pero decidió quedarse con su bebé. Una adolescente en Florida que había entregado a su bebé de seis meses, pero quería que este permaneciera en un servicio de acogida con la esperanza de poder reunirse y...

La alarma sonó.

—Sigue —le dijo Mika, pues quería seguir escuchándolo. Quería saber más sobre la infertilidad de Caroline. *Traición* era el término que Thomas había dicho que Caroline había usado. Mika había pensado lo mismo sobre su propio cuerpo. Cómo había aceptado al bebé de Peter cuando ella había dicho que no, que no quería aquello. Y luego estaba Caroline, quien había dicho que sí, pero cuyo cuerpo se había negado a escucharla. Sintió que tenían algo en común, que ambas habían visto a sus cuerpos como un terreno hostil. Caroline por culpa de la infertilidad. Mika, por la violación.

Thomas negó con la cabeza.

—No, te toca. —Se dio una palmadita en el pecho—. Yo sigo las reglas, ¿te acuerdas? Cuéntame sobre ti, quiero saber sobre Mika de bebé. —Puso el cronómetro a cuatro minutos y le dio a empezar.

—Bueno... —Mika bebió un sorbo de su vino—. Nací justo a las afueras de Osaka.

—Espera. —Thomas pausó el reloj.

—Oye, eso no es justo. —Mika frunció el ceño.

—¿No naciste en Estados Unidos?

—No. Nos mudamos justo antes de que empezara el preescolar. —Mika había sido tan delgada como una ramita y tan pequeñita como una hoja cuando habían dejado Japón. Activó el cronómetro de nuevo—. Mi padre trabajaba para una empresa tecnológica, pero esta cayó en bancarrota poco después de que la burbuja financiera de Japón explotara. —Shige se convirtió en una víctima de la Edad de hielo laboral—. Tuvo la suerte de que otra empresa le ofreciera un trabajo en los Estados Unidos. —Otro recuerdo llegó a ella. Estaba en el coche familiar, en la autopista, de camino al aeropuerto. Unos semirremolques siseaban por doquier, y ellos pasaron al lado de un viñedo. Las vides estaban llenas de uvas del tamaño de pelotas de golf y unas bolsas blancas de papel las cubrían para protegerlas de los pájaros y el clima.

»Nos llevamos nuestra propia comida para el avión. —Hiromi se negó a comer ninguno de los frutos secos o galletitas de chocolate, a pesar de que eran gratis. Veía todo lo estadounidense con una especie de desconfianza. Mika había estado mirando por la ventana mientras aterrizaban. El agua turbia del río Columbia mientras el avión descendía, con la corriente flotando hacia el oeste. Siguió con su historia—. Mi madre no estaba nada emocionada por mudarnos a los Estados Unidos, pero yo sí. Era un sitio nuevo, incluso parecía un mundo nuevo. —Allí había sido cuando los caminos de Mika y Hiromi se habían separado. Mika había corrido sin mirar atrás, mientras que Hiromi ni siquiera se atrevía a dar un par de tímidos pasos—. Alquilamos un piso durante los primeros meses, y mi madre no salía nunca. Me daba un poco de dinero y me mandaba a la tienda. Un policía me vio una vez y me llevó a casa. —Mika hizo una pausa y miró el cronómetro. Quedaba menos de un minuto.

—¿Y qué pasó?

Mika respiró hondo e hizo una mueca.

—Llamó a Servicios Sociales y fue todo un lío. No encontraban traductor, pero pudieron contactar con mi padre en el trabajo. Él consiguió calmar las cosas. Cuando se fueron, mi madre seguía sin

entender qué había pasado. «En Tokio, los niños van en metro solos», dijo. «Es mi hija. ¿Quiénes son ellos para decirme lo que puedo
hacer con mi propia hija?». —Mika vio el tiempo acabarse. Tres, dos,
un segundo. La alarma sonó—. Se acabó el tiempo —anunció ella
antes de que Thomas pudiera protestar. Escogió otra carta de la
pila—. ¿A qué le temes más en la vida?

Thomas lo pensó durante unos momentos.

—Esa está difícil. Supongo que temo morir joven, como mi padre y Caroline, y dejar atrás tantas cosas inconclusas. Quizás es de
allí de donde viene mi necesidad de controlarlo todo. —Miró a Mika
de reojo—. ¿Y tú?

Peter fue lo primero que se le pasó por la cabeza, pero descartó
la idea. No le temía a él. Temía la violencia. Temía que pudiera su-
cederle algo así de nuevo. Pero había un miedo más grande e inmediato acechando en las proximidades.

—Supongo que le tengo miedo a mi madre. —En algún momento mientras hablaba con Thomas, alguien había vuelto a llenar
sus copas de vino, así que Mika bebió.

Thomas se inclinó hacia adelante. Tanto sus codos como sus
rodillas se tocaban.

—Voy a necesitar que te expliques un poco.

Mika inhaló, y el nudo de resentimiento que sentía por su madre
se apretó.

—Quizás temo ser como ella. —¿No había un dicho sobre los
hijos que cometían los pecados de los padres? Quizás sería más apropiado con las hijas y sus madres—. O quizás me da miedo ella en
general: su desaprobación es como una maldición. Cuando era pequeña, nada era lo suficientemente bueno para ella nunca. La casa
en la que vivíamos, el trabajo de mi padre, yo. No sé, supongo que
quizás debió haberse quedado en Japón. —Hiromi había querido
vivir en Japón, que su hija fuese japonesa. Pero Mika era tanto japonesa como estadounidense, y era su parte estadounidense la que su
madre más odiaba.

Thomas ladeó la cabeza.

—Quizás no supo cómo lidiar con mudarse a otro país.

—Eso seguro. —Fue todo lo que se le ocurrió decir a Mika. Pero luego añadió, en voz baja—: Estoy bastante segura de que mi madre me odia. —«Vas a echar tu vida a perder», le había dicho Hiromi sobre la pintura. Pero, en realidad, lo que había querido decir era: «Has echado a perder la mía».

—Tal vez es que no sabe cómo quererte —dijo Thomas.

—¿Hay alguna diferencia?

—Creo que sí. —Hizo una pausa—. Los padres cometemos errores —añadió.

—Esto no es lo mismo que hacerle una fiesta a Penny por su primera regla. —Mika meneó la cabeza, frustrada. Pensó en su relación con su madre. Caracterizada por el silencio. Cuando la habían descubierto robando en una tienda. Cuando había acudido a su madre completamente desesperada. «Estoy embarazada».

—Sé que no. Me refiero a que vas de lo más convencido y con la esperanza de que todo irá bien y asumes que pagarás la terapia más adelante cuando lo hayas mandado todo a la mierda. —Otra pausa—. Eso ha sido una broma.

—Ja. —Mika pensó en lo que los hijos heredaban de sus padres. Por culpa de Peter, el ataque formaba parte de su ADN. Suzanne le había explicado que estaba codificado en ella, pues había reconfigurado su sistema nervioso central. Lo que le había pasado a Mika formaba parte de ella. ¿Qué le habría transmitido Hiromi, entonces? ¿Con qué cruces había obligado a cargar a su hija? Del mismo modo que Mika, Hiromi había tenido sus propios sueños: criar a su familia en Japón, la vida que le había sido prometida y luego arrebatada por circunstancias que escapaban de su control. A lo mejor su *ikigai* no había sido ser una ama de casa. Hiromi había sido una *maiko*. Había vivido en una casa que le encantaba, había tenido un pasado. Su propio fantasma de vida—. Esta es una realidad que te pone bastante sobrio —añadió ella.

La rodilla de Thomas se apretó contra la suya, y Mika alzó la vista hacia él. Entonces, bajo la mesa, sintió que le rozaba la mano. De forma automática, abrió el puño, y él deslizó sus dedos entre los de ella. Se quedaron sentados durante un rato, con las manos unidas, apoyándose el uno en el otro. Las palabras de Charlie volvieron a ella: «No tiene nada de malo querer algo más... No pasa nada si todo se complica... Al final, todo siempre se resuelve».

Tras un momento, Thomas alzó su copa con su mano libre.

—Por los lazos que nos unen.

Mika hizo chocar su copa con la suya.

—Por los lazos que nos unen.

El brillo de felicidad permaneció con Mika en la furgoneta. Se sentó junto a Thomas en los asientos de atrás, y, de algún modo, su cabeza terminó apoyada en su hombro. Al otro lado de la ventana, las estrellas se mezclaban unas con otras como en una pintura de Van Gogh. Oyó a Charlie y Tuan besarse. A Hayato hablarle a Seth en voz baja. Los sonidos del tráfico y el traqueteo de las ventanas por culpa del viento que soplaba.

Al llegar a la casa de Charlie, Hayato y Seth se subieron a un Uber. Thomas le preguntó a Mika si quería compartir otro.

—Claro —aceptó ella. En realidad, no tenía sentido. Ella vivía en un lado del río, y el hotel en el que se estaba quedando Thomas estaba en el centro de la ciudad, al otro lado del río, el mismo hotel de moda en el que se quedaba siempre. Pero Mika quería quedarse un rato más en su compañía. Y si Thomas sabía que aquello no resultaba nada práctico para Mika, no dijo nada.

Se subieron a los asientos traseros de un todoterreno para ir al hotel de Thomas. Ella observó cómo las luces iluminaban el rostro de Thomas mientras este le confirmaba al taxista a dónde iban.

Había música, una cadencia embriagadora con muchos bajos. El taxi pasó a toda marcha sobre un badén y Mika se sobresaltó. Thomas estiró una mano, y esta envolvió su rodilla.

—¿Todo bien? —le preguntó, girándose hacia ella.

—Sí —contestó Mika, con la boca seca y con la sensación de que todos los huesos de su cuerpo habían desaparecido.

Thomas dejó su mano donde estaba, y, mientras cruzaban por un puente, la subió apenas un poquitito.

—¿Todo bien? —volvió a preguntar, mirándola.

—Ajá —susurró ella. Los ojos de él brillaron, como esmeraldas en medio de la noche. Una sensación cálida se agolpó en el interior de Mika.

Él le sostuvo la puerta abierta cuando llegaron al hotel.

—¿Quieres subir por una copa? —le preguntó.

Un trago más no la mataría. Una vez más, aceptó, y percibió una onda, una ráfaga de viento, el resto de sus defensas caer. Ícaro había alzado vuelo.

Como bajo un hechizo, lo siguió a través del vestíbulo poco iluminado hacia el interior de un ascensor. La luz era más brillante en aquel espacio reducido, y aquello la ayudó a centrarse un poco más. Una pareja mayor se subió con ellos. Thomas miraba hacia adelante, y Mika dejó que su mirada paseara por su cuerpo, hasta detenerla en el dobladillo de la camisa que llevaba por fuera de los pantalones. La adrenalina y la anticipación bombeaban en sus venas. La pareja salió del ascensor, y el ambiente de pronto pareció estar pesado y cargado de magia. La música salía como una espiral de los altavoces. Una melodía de música clásica que Mika reconocía, pero que no era capaz de nombrar.

Y siguieron subiendo.

Quinto piso.

Sexto.

Séptimo.

—Mika —dijo Thomas, con los ojos brillantes, y no por la bebida. Entonces sus manos estaban en sus caderas, y Mika alzó la barbilla. Se encontraron en el medio, labios abiertos y ansiosos. Cinco tensas horas de deseo y lujuria escaparon de ellos y alcanzaron al otro. Él se estrelló contra ella, y Mika lo recibió con gusto, envolviendo una pierna alrededor de su cintura y dejando que él la apretara contra la pared de paneles aterciopelados del ascensor. Las manos de ella se enredaron en su pelo. *Din, don.* «Piso veintiuno», anunció una voz automática, pero, de algún modo, consiguieron mantenerse juntos. Caminaron por el pasillo, de la mano. Pero aquel era un pasillo bastante largo. Demasiado largo. Thomas se rindió y la buscó de nuevo. Presionó su espalda contra la pared, en medio de un par de habitaciones de hotel, y tomó posesión completa de los labios de Mika.

Se separó de ella para respirar.

—Me parece que te estoy atacando —murmuró él contra su cuello.

—Nopasaná —gimió ella. Pero vaya que sí pasaba. Lo necesitaba. Se sentía como si estuviera en llamas.

Thomas mordisqueó su oreja y afirmó su agarre. Mika volvió a gemir cuando los labios de él llegaron a su cuello. Inclinó la cabeza para darle mejor acceso. Le gustaría un poco más de eso. Sí, un poco más, por favor y muchas gracias. A través de sus párpados caídos, atisbó una de las puertas de las habitaciones del hotel. Recordó a Penny abrirla, envuelta en un albornoz y con una mano estirada para recibir una caja de tampones. La realidad la golpeó, violenta y sin piedad. Thomas era el padre de Penny. Llevó las manos hasta el pecho de él y aferró su camisa desaliñada.

—Espera, espera. —Su mente giró en círculos mientras él se apartaba.

—Cierto, lo siento —se disculpó él.

—No, no te disculpes —dijo ella, sin pensárselo. Había medio metro de distancia entre ellos, pero parecía muchísimo más. Como la distancia del Gran Cañón—. Es solo que creo que deberíamos hablar.

—Sí, tienes razón. —Thomas se pasó una mano por el cabello—. Vayamos a por una copa.

Mika asintió.

—En el vestíbulo. Una copa en el bar de la planta baja —especificó ella. Thomas y Mika y una cama no eran la combinación ideal en aquel momento.

Él la observó, con el ceño ligeramente fruncido.

—A la planta baja, entonces.

● ● ●

Una vez en el bar, Mika se sentó en el asiento opuesto al de Thomas, tan lejos de él como podía sin sentarse a otra mesa. Él recordó lo que ella había pedido la otra vez, un vino tinto de la zona, y se lo pidió de nuevo al camarero. No mucho después, ya tenían sus bebidas. Se observaron mutuamente durante un largo y eterno minuto. Thomas rodeó su copa con la mano. Mika apretó los muslos, pensando en aquella misma mano sobre su pierna, su cadera, en lo que sentiría si se deslizara bajo su camiseta.

—Thomas —dijo ella, muy seria.

—Mika —la imitó él, con la voz aún cargada de deseo.

—Nos hemos besado. —Se enderezó un poco en la silla.

—Sí. —¿Desde cuándo le daba tanto la razón?

—Me ha gustado.

—Y a mí. —Bebió un sorbo de su whisky, con la mirada fija en ella—. Y me gustaría seguir haciéndolo.

Mika deslizó su lengua por el borde de sus dientes.

—A mí también. —Thomas esbozó una sonrisa traviesa—. Pero ¿y Penny? —Ya estaba, lo había dicho. Había tocado el tema del que ambos eran conscientes.

Thomas soltó un suspiro, y el deseo desapareció de su mirada.

—¿Qué pasa con Penny? —preguntó, más para sí mismo.

Mika jugueteó con la base de su copa, y la ansiedad hizo que se le revolviera el estómago.

—Me estoy esforzando mucho para tener una relación con ella y no quiero perderla. Pero tú y yo... —Mika dejó que viera lo mucho que lo deseaba en su voz ahogada.

—También puedo sentirlo —dijo él—. Está claro que hay algo entre nosotros. —Algo de la tensión que Mika llevaba sobre los hombros desapareció. No se lo había imaginado, entonces. Era mutuo. Thomas sentía algo por ella.

Él estiró la mano por encima de la mesa y tomó la suya, la giró y empezó a acariciarle la palma con el pulgar.

—Si quieres contárselo a Penny, podemos hacerlo. Pero creo que deberíamos mantenerlo entre nosotros por el momento. Está claro que hay algo entre tú y yo y que nos lo pasamos bien juntos. —Se lamió los labios—. Veamos cómo nos va primero. Veamos si es algo real, y, si lo es...

—Se lo contamos —lo interrumpió Mika.

—Se lo contamos —aceptó él, solemne.

Mika asintió poco a poco.

—Vale.

Él le sonrió, y ella le devolvió la sonrisa. Una sensación de alegría burbujeante los rodeaba. Terminaron sus bebidas, y luego Thomas la besó con dulzura durante un largo rato a las afueras del hotel. Le sostuvo la puerta del taxi mientras ella se subía.

—Nos vemos mañana —le dijo, inclinándose en su dirección.

—¿Mañana? —preguntó ella, agotada, mientras se le cerraban los ojos.

—¿En la iglesia? ¿Con Penny y tus padres? —le recordó Thomas.

Mika abrió los ojos de golpe.

—Cierto —dijo. Thomas la besó de nuevo y cerró la puerta del taxi. Mika se llevó los dedos a los labios mientras el coche se alejaba, con un único pensamiento embriagador dándole vueltas por la cabeza: *quizás, quizás, quizás.*

CAPÍTULO 26

A la mañana siguiente, Mika se despertó con un mensaje de Thomas. Me quedé dormido pensando en ti.

Mika se giró sobre su espalda. Notaba que la cabeza le latía un poco, pero aquello no era nada en comparación con lo que las palabras de Thomas le hicieron al resto de su cuerpo. Su móvil sonó con otro mensaje de él. ¿De verdad robé el juego de tarjetas de tu amiga?

Mika sonrió. Sí. Y también te pusiste una boina.

Seguro que la boina se lo pasó de maravilla, escribió Thomas.

Seguro que sí. Lo recordó poniéndosela, con una sonrisa despreocupada. Casi se quedó dormida durante un momento, deseando que Thomas se encontrará allí con ella, hasta que su teléfono sonó de nuevo.

Recogeré a Penny pronto. ¿Me puedes enviar la dirección de la iglesia?

Mika se sentó de pronto. La iglesia. Thomas conocería a sus padres. Y Penny también iba a estar allí. Una actividad tan simple de pronto parecía bastante complicada. ¿Penny sería capaz de sentir el cambio en su relación con Thomas? Su teléfono volvió a sonar. Otro mensaje de Thomas. ¿Hola? Penny está muy emocionada.

Aquí estoy, contestó Mika, mientras recogía ropa del suelo, la olisqueaba y la descartaba. Le envió la dirección de la iglesia. Nos vemos en un rato.

● ● ●

Recién duchada y con un vaso de café para llevar en la mano, Mika aparcó fuera de la iglesia a la que asistían sus padres y saludó con la mano a Thomas y a Penny, quienes la esperaban fuera del edificio.

—Hola —dijo ella, bajándose del coche. Las puntas de su cabello aún estaban húmedas y su café rebalsó el vaso. Mika pasó la lengua por el borde.

—Hola —contestó Thomas, con cariño. Se inclinaron hacia el otro, como para darse un abrazo, pero se detuvieron antes de hacerlo. Penny estaba allí. Observándolos. En su lugar, Thomas pasó el brazo sobre los hombros de Penny y la atrajo hacia él.

—Papá —se quejó ella, poniendo los ojos en blanco y apartándose—. Voy a ver si Hiromi y Shige ya están dentro. —Cruzó las puertas dando saltitos.

Mika y Thomas la siguieron a un paso más tranquilo. Él estaba de lo más apuesto con su traje azul oscuro y corbata, y Mika no pudo evitar pensar en lo que habría debajo. Recordó el ascensor del hotel y el pasillo. Cómo sus manos fuertes y surcadas de venas la habían sujetado de las caderas. Cómo había trazado un caminito con la lengua en el lateral de su cuello. Y, hablando de su cuello, se echó un vistazo a sí misma en una de las puertas de cristal y vio una distintiva marca roja cerca de su clavícula. Una rozadura de la barba de Thomas. Plantó una de sus manos sobre ella.

Thomas esbozó una sonrisita. ¡Una sonrisita!

—¿Has dormido bien? —le preguntó, sin arrepentirse lo más mínimo.

—Como un bebé —contestó ella, frotándose el lugar de la marca para luego apartar la mano—. ¿Y tú?

—Di unas cuantas vueltas, pero al final conseguí descansar un poco.

—Los he encontrado. —Penny había aparecido de nuevo—. Ya están sentados, pero nos han guardado sitios en la segunda fila. ¡Vamos! —exclamó, en un tono que indicaba que no se estaban moviendo con la suficiente rapidez. Mika no le dijo a su hija que sus padres siempre llegaban temprano y se sentaban en el mismo sitio—. Y recuerda, no son muy dados al contacto físico, papá. Si se inclinan, tú haz lo mismo.

—Entendido —contestó Thomas. Un rizo de pelo cayó sobre su frente, como una mancha de tinta que Mika quiso apartar con la mano.

Llegaron a la parte delantera de la iglesia y vieron a los padres de Mika de pie junto a los asientos, esperando. La primera vez que Mika había ido a misa con sus padres, el viejo pastor los había invitado a una cena de fin de año la semana siguiente, en la que cada uno llevaba un plato de comida. Hiromi se había emocionado mucho, aunque no lo hubiera demostrado. Tras meses viviendo en los Estados Unidos, flotando a la deriva en la soledad, su pequeña familia había encontrado un lugar en el que integrarse.

Los días previos a la cena de Año Nuevo, Hiromi había dedicado todo su tiempo a preparar un *osechi ryori* para llevar y compartir. Mika la había ayudado a empaquetar la comida: rollitos de tortilla japonesa, croquetas de pescado, raíz de loto encurtida; habían organizado las piezas de comida como si fueran joyas diminutas dentro de las cajas barnizadas. El día del evento, había ayudado a su madre a ponerse su kimono más elegante. Shige se había vestido con un traje. Cuando llegaron, fue como si les cayera un cubo de agua fría. Nadie iba con kimono. Aun así, se quedaron durante toda la velada. Los miembros de la iglesia eran amables y cariñosos y les dieron la bienvenida. Al volver, Mika ayudó a su madre a quitarse el kimono. Observó cómo esta lo doblaba con cuidado por los lados, luego como una pieza de origami y, por último, lo guardaba en un tubo de plástico en el armario. Nunca más se lo había vuelto a poner.

—Encantado de conoceros —saludó Thomas a los padres de Mika—. Muchas gracias por recibir a Penny con tanta amabilidad.

—Oh, no es nada. —Hiromi esbozó una sonrisa educada.

Shige estiró una mano para estrechar la de Thomas, y, si este se sorprendió, no lo demostró. Estrechó la mano del padre de Mika sin mayor problema. La pastora Barbara se situó en el púlpito, y ellos se acomodaron en sus sitios. Mika se sentó junto a su madre, y Penny entre ella y Thomas. Mika nunca había llevado a nadie a la iglesia. Ni a Leif ni a Hana. Aquello era un terreno nuevo, salvaje y desconocido.

—Me alegro de veros a todos el día de hoy, incluidos aquellos que sois nuevos —dijo la pastora Barbara.

Hiromi le dio un codazo a Mika.

—Es muy alto —le susurró en japonés.

—*Hai.* —*Sí*, contestó Mika.

—Demasiado alto —insistió Hiromi, de nuevo en japonés—. Es muy difícil mirarlo a los ojos al hablar. La estatura ideal de un hombre es menos de 1,80 m. Tu padre mide 1,70 m.

Mika no supo qué decir, por lo que no dijo nada. El sermón siguió su curso, y cantaron un par de canciones sobre la amistad. Los anuncios fueron lo último.

—El Obon está a la vuelta de la esquina, y aún necesitamos bailarines para la ocasión.

Hiromi le volvió a dar un codazo a su hija.

—Deberías apuntarte —le propuso en inglés, de manera deliberada. Para que Penny la oyera. Cuando Mika había dejado de asistir a sus clases de danza, había sido la primera vez que había desafiado a su madre. Se había negado a subir al coche y asistir a más clases, con el ceño fruncido y apartando el brazo cada vez que su madre la sujetaba de él. Había pataleado y había gritado que no.

Mika bajó la voz para contestarle:

—Yo creo que no.

Penny se giró hacia ella, con la boca abierta como para decir algo, pero se detuvo al ver que la pastora seguía hablando. Tras la misa, Penny y Mika se atiborraron de dulces con alegría. La pastora Barbara se les acercó para presentarse.

—Muchas gracias por venir hoy —le dijo a Thomas. Él estaba bebiendo un poco de té verde y su postura era casual y relajada, a pesar de que destacaba como un abedul entre bonsáis. Por el contrario, Penny era un pez en el agua y no podía dejar de sonreír.

La señora Ito, la archienemiga de Hiromi, se les acercó. Le hizo una reverencia a Hiromi.

—¿Cómo estás, Suzuki-san? He venido a conocer a tus invitados.

Mika se acercó un poquito a Penny.

—Señora Ito, esta es mi hija, Penny. Y su padre, Thomas.

La señora Ito abrió la boca y luego la volvió a cerrar. Finalmente esbozó una sonrisa.

—Ah, ya veo. Es uno de esos programas de hermana mayor y hermana menor.

—No, no. Me quedé embarazada a los dieciocho y di a mi bebé en adopción —aclaró Mika—. Penny es mi hija biológica.

—Mi nieta —anunció Hiromi, muy orgullosa, y Mika la fulminó con la mirada. Así que esas tenía...

—Thomas es su padre adoptivo —añadió Mika.

—Mira tú por dónde —dijo la señora Ito, con un brillo en los ojos. *¡Qué cotilleo más escandaloso! ¿Cuánto tardaría en marcharse para contárselo a todo el mundo?*—, pero qué increíble. Debí haberlo sabido. Os parecéis mucho. —Mika solía odiar cuando la gente le decía que se parecía a Hiromi. Lo único que podía ver eran los defectos de su madre—. Y parece que coméis igual de bien. —La mirada de la señora Ito se clavó deliberadamente en los platos que Penny y Mika llevaban en las manos.

Por el rabillo del ojo, Mika vio que Thomas se tensaba y se removía en su sitio, incómodo. Ella meneó la cabeza de manera casi imperceptible en su dirección. Lo mejor era no involucrarse.

—Penny es atleta —interpuso Hiromi—. Necesita la energía. Y Mika aún está joven, puede permitirse comer lo que quiera durante algún tiempo más. ¿Te he contado que mi hija ahora tiene un puesto importante en Nike? —Mika no clasificaría su trabajo como *importante*, pero sabía que no debía corregir a su madre cuando esta había tomado carrerilla—. Se pasa todo el día caminando por ese campus. Me preocupa que no coma lo suficiente con todo lo que está trabajando. De hecho, quería llevarle algunas galletitas después de la misa de la semana pasada, pero vi que tu hijo Kenji se las guardó todas. No sé por qué necesitaría tantas si aún vive solo, ¿verdad? A lo mejor eran para sus gatos.

Los ojos de la señora Ito brillaron con furia, y también los de Hiromi. Mientras las dos mujeres japonesas y menuditas se fulminaban con la mirada, Mika recordó de pronto la película *Gladiator*. La parte en la que Russell Crowe se enfrentaba a Joaquin Phoenix en la última escena. *Me llamo Máximo Décimo Meridio...*

—¿Vendréis todos al Obon? —soltó de pronto la pastora Barbara. Durante todos aquellos años, la señora Ito y la señora Suzuki la habían mantenido ocupada. Mika se preguntó si todas las madres harían aquello, tratar de probar que eran dignas de un empleo al que no se iban a presentar.

—No creo... —empezó a decir Hiromi, con el ceño fruncido. Penny agachó la cabeza, y la señora Ito sonrió, triunfante.

—Allí estaremos —interrumpió Mika con valentía, mientras las inseguridades de Hiromi se volvían las suyas—. Y vamos a bailar.

—¿Lo haremos? —preguntó Penny, sorprendida.

—Sí —asintió Mika—. Te enseñaré todos los pasos que tienes que saber durante las siguientes dos semanas por las noches. —Le dio un empujoncito a su hija—. ¿Te parece?

—Claro. —Penny pareció iluminarse entera de la emoción—. Papá, tienes que volver para vernos.

Thomas también pareció iluminarse. Sus ojos se clavaron en los de Mika, y compartieron una sonrisa secreta entre ellos antes de que él se girara hacia su hija.

—No me lo perdería por nada del mundo, pequeñaja.

El miércoles, Mika salió del trabajo a las cinco en punto. Recogió a Penny de la residencia y se despidió de Devon con la mano mientras Penny se subía al coche. Pidieron comida para llevar y, mientras se deleitaban comiendo rollitos de primavera, Mika le explicó a su hija todo lo que tenía que saber sobre el Bon-Odori. Cómo los pasos de danza se enseñaban de generación en generación; cómo muchos creían que, en aquel día sagrado, se danzaba con los ancestros. ¿Podría imaginar Penny algo así? ¿A los fantasmas del pasado a su lado resiguiendo los movimientos de sus manos mientras las alzaba hacia el cielo?

—Espera un segundo —dijo Mika, deteniéndose al ver que su teléfono sonaba con un mensaje entrante. Era de Thomas. Una foto de una de las tarjetitas, que decía: «¿Has tenido alguna premonición de cómo vas a morir?».

¿Te las llevaste a casa?, contestó Mika. Robarlas de la furgoneta es una cosa, pero esto ya es una absoluta depravación. Miró de reojo a Penny, que estaba practicando los pasos, y la observó girar, con su cabello extendiéndose detrás de ella como un abanico oscuro. Seguro que será algo humillante, como morir ahogada en el retrete por accidente, le contestó. ¿Y tú?

Debía haber tenido pensada su respuesta. Un ataque de oso, sin duda.

Mika soltó una carcajada. No sabía que hubiese tantos osos en Ohio, le escribió.

Oh, ni te imaginas, contestó Thomas.

Penny se detuvo, con una sonrisa intrigada en el rostro. Había visto la mirada que tenía Mika, la sonrisa coqueta.

—Es Hana —mintió, antes de dejar su teléfono a un lado—. Lo siento —se disculpó, con un nudo en la garganta por sus sentimientos en conflicto. No debería haber mentido. Se sentía culpable, pero no estaba lista para explicarle a Penny su relación con Thomas—. Haz ese paso de nuevo, pero esta vez mantén la mirada en el horizonte y no hacia abajo.

Penny asintió y siguió practicando.

En la noche del viernes, ambas volvieron a ensayar.

—¿Quieres salir un rato mañana? —le preguntó Penny mientras salía del coche.

—Claro —contestó Mika—. Dame un toque, estaré por la zona.

—Guay —dijo su hija, cerrando la puerta. El móvil de Mika sonó, y el nombre de Thomas le apareció en la pantalla. Vio a Penny desaparecer tras las puertas giratorias y luego contestó.

—Hola —saludó ella un momento más tarde.

—*Hola* —contestó Thomas.

—Acabo de dejar a Penny en la residencia. Por si… Mmm, por si la estabas llamando y no te ha contestado. —Mika mantuvo el coche aparcado. El último rayo de sol se ocultó en el horizonte. Y con la oscuridad llegó la calma, una quietud que a ella siempre le había encantado.

—*Ya he hablado con Penny antes.* —Se oyó un tintineo, como de cubos de hielo chocando con el interior de una copa.

—Ah, ¿sí?

—*Sí. Ahora quería hablar contigo.* —Hizo una pausa—. *¿Te parece bien?*

Una pequeña sonrisa levantó la comisura de los labios de Mika.

—Claro.

—*Perfecto.*

—¿Qué tal tu día? —le preguntó ella. Se reclinó en su asiento, sin importarle quedarse allí un rato.

—*Mi día no ha terminado aún. Sigo en la oficina, puede que me quede a dormir aquí* —repuso Thomas, tras soltar un suspiro.

—Suenas cansado —dijo Mika.

—*Lo estoy. Este caso en el que estoy trabajando está tomando más tiempo del que pensé. Represento a una empresa de diseño que está demandando a una empresa más grande por usar uno de sus diseños. Tendría que haber quedado resuelto ya. Por lo general, las empresas grandes deciden llegar a un acuerdo en lugar de ir a juicio, pero parece que esta pretende pelear hasta el final* —contestó él—. *Pero bueno, ¿lista para otra tarjeta?*

—Lista —repuso ella. Las farolas parpadearon, una y luego otra.

—*Comparte con tu compañero un momento vergonzoso en tu vida.*

Mika soltó un quejido.

—Paso.

—*No puedes pasar* —indicó él—. *Pero empezaré yo si así te sientes mejor.*

—Soy toda oídos.

—*Perdí una apuesta cuando estaba en la universidad y ahora tengo un pequeño tatuaje en la cadera.*

—¿Un tatuaje de qué?

—*De un tiranosaurio rex tratando de atarse los zapatos.* —Hizo una pausa—. *Mis amigos pensaron que sería graciosísimo... ya sabes, porque los tiranosaurios tienen los brazos cortos.*

A Mika se le escapó la risa.

—Ya, ya. Lo entiendo.

—*Te toca* —la animó él.

—Bueno. —Hizo tiempo durante un rato, pasando una mano sobre el volante—. Mi padre nos llevó de acampada cuando tenía diez años. —Y Hiromi lo odió—. Creo que estaba tratando de adaptarse, ¿sabes? Hacer las cosas que los estadounidenses hacen. Yo tenía muchas ganas de ir al baño, pero el sitio en el que acampamos era bastante rústico y no había ninguno. —Se detuvo, con las mejillas encendidas—. ¿Tengo que seguir?

—*Oh, claro que sí* —contestó Thomas, con cariño—. *No puedo volver al trabajo hasta que no me lo cuentes todo.*

—*Arg*, vale. Me puse los zapatos de mi padre y me adentré en el bosque. Me agaché, pero... no tuve en cuenta lo largos que eran los zapatos y terminé empapándolos. —Mika cerró los ojos y dejó que la vergüenza la cubriera entera.

Thomas se echó a reír.

—*¿Y qué hicieron tus padres?*

—Nada —contestó Mika—. Enterré los zapatos y me hice la loca cuando los buscaron por la mañana. —En algún lugar del bosque nacional del monte Hood, un par de chanclas Adidas había encontrado su hogar permanente en una tumba poco profunda.

Tras aquella llamada, no hubo más mensajes. Mika llamaba a Thomas, o Thomas la llamaba a ella. Él le dejaba mensajes a Mika mientras ella trabajaba. «Hola, estaba pensando en ti». «Me ha pasado una cosa graciosísima...». «Quería contarte...». Cenaban juntos con el otro al teléfono y hablaban hasta tarde, con las tarjetitas como un camino que recorrían juntos.

—*¿Hay algo que lleves mucho tiempo soñando con hacer?* —le preguntó él, una noche que ya era tarde.

Mika se hizo una bolita sobre su costado. Estaba tumbada a oscuras en su habitación, y fuera, al otro lado de la ventana, la luna era una delgada línea en el cielo.

—Hace mucho tiempo quería viajar. Iba a ir a París primero, para ver el Louvre y el Museo de Orsay.

—*¿Por qué no lo has hecho?* —En el otro lado de la línea, se oyó un crujido. ¿Estaría él también en la cama?

—No sé —contestó ella, metiendo una mano bajo su almohada. Se preguntó cómo sería tener a Thomas a su lado en la cama y apoyar la cabeza en su hombro. Cómo su cálido aliento mecería sus cabellos. Estaría bien tener a alguien en quien apoyarse.

—*¿Es por dinero?* —le preguntó él.

—No, es más una cuestión de circunstancias. —Peter le había enseñado que el mundo era un lugar cruel y hostil. Que había demasiadas sombras en las que la gente se podía esconder. Demasiados salientes escarpados desde los que se podía caer.

—*¿Puedes contarme algo más?*

—Mejor no. Cuéntame tú.

—*Viajar suena bien. Últimamente he estado pensando en cerrar el bufete. Era lo ideal para una familia, pero estoy notando que tengo más tiempo para mí mismo y que estoy en una posición económica en la que puedo intentar algo más. Aunque aún no estoy seguro de qué.*

—¿Kayakista profesional? —preguntó Mika, sonriendo.

—*Quizás. Tampoco me he rendido con el élfico* —dijo él. Se oyó otro crujido, aquella vez de papeles—. *¿Te gustaría ser famosa? ¿Y cómo?*

—Otra tarjeta. Thomas contestó primero—: *Yo creo que no, estoy bastante bien con mi situación actual. ¿Y tú?*

Las manos de Mika se curvaron al recordar la sensación de sostener un pincel en ellas.

—No sé si famosa, pero sí exitosa. O al menos conocida. Solía... Solía pintar. —«Tienes el mayor talento natural que haya visto nunca», le había dicho Marcus. Mika soltó un suspiro—. Pero era solo un pasatiempo.

—*Pues no lo parece.* —La voz de Thomas se volvió más grave—. *París tiene más sentido ahora. Nos puedo imaginar a los dos allí* —añadió.

Mika tuvo la sensación de que el corazón se le atascaba en la garganta.

—Bueno, ya tienes la boina —dijo ella, aunque el comentario la hizo pensar. Se atrevió a soñar. Siempre se había imaginado a sí misma sola por las calles adoquinadas. Pero quizás podía haber alguien más allí. Alguien que la llevara de la mano y bebiera café junto a ella bajo una sombrilla de rayas rojas. Alguien que la besara a las afueras del Louvre.

—*Es una cita, entonces. París, tú y yo.*

Las palabras de Thomas la atrajeron, la sedujeron como si se tratara del canto de una sirena. Respiró hondo y luego exhaló.

—Vale, Thomas —aceptó, somnolienta y feliz—. Tú y yo. París, allá vamos. —Se quedó dormida con una sonrisa en el rostro.

● ● ●

El tiempo pasó volando. Mika y Penny estaban teniendo un día de señoras mayores. Terminaron un rompecabezas de mil piezas, se quedaron dormidas en el sofá, jugaron al bingo en un local y cenaron a las 5 p. m. Penny se había vuelto una experta en el Bon-Odori, y lo celebraron con una pijamada. Comieron caramelos de canela picantes y regaliz rojo mientras veían a una pareja que salía en anuncios de teletienda con la que estaban obsesionadas.

—Parecen hermanos —dijo Mika, absorta.

—¿Y qué es lo que venden? ¿Suplementos en polvo? ¿Para que la gente no tenga que comer verduras? —comentó Penny.

—No puedo dejar de verlos.

—¿A que sí? Es como si me hubiesen hipnotizado.

Cuarenta y ocho horas antes del Obon, Thomas llamó a Mika.

—Hola —contestó ella—. ¿Qué haces? —Ella estaba sentada en el sofá, con las piernas cruzadas bajo ella. Solo había una lámpara encendida y, en el exterior, el sol se estaba ocultando.

—*Acabo de llegar a casa* —le contestó—. *Y estoy revisando una pila de cartas que he ignorado toda la semana.*

—¿Quieres que hablemos en otro momento?

—*No, voy a…* —Thomas dejó de hablar.

—¿Todo bien?

—*Sí* —dijo él, tras una muy larga pausa—. *Hay una carta de la agencia de adopción.*

—Ah, ¿sí? —Mika se inclinó hacia adelante. Qué realidad más rara y algo espléndida la que estaba viviendo.

—*Seguro que es el recordatorio de que debo escribirte mi informe anual.*

—Me muero de ganas. No apartaré la mirada del buzón hasta que lleguen tus siguientes cinco líneas sobre Penny. —Su tono fue más belicoso de lo que había pensado y un decibelio más alto, también. Las cartas tan cortas de Thomas habían sido muy distintas a las de Caroline. Entre líneas, Mika casi había podido oír a Caroline susurrándole al oído, prestándole atención a su dolor. *No te preocupes. Estoy cuidando de nuestra hija. Tranquila, la quiero tanto como la quieres tú.*

Thomas inhaló súbitamente.

—*He captado el tono. ¿No te gustaban mis cartas?* —le preguntó. Parecía que estaba frunciendo el ceño, confuso.

Mika jugueteó con los dedos de sus pies.

—Las cartas de Caroline eran... más largas. Me hacían sentir como si formara parte de la vida de Penny.

—*¿Y las mías no?*

Mika soltó un suspiro.

—No. La verdad es que no. —Resistió el impulso que la instaba a disculparse. A inventar alguna excusa para Thomas. A decir: «No pasa nada, sé que estabas pasando por un mal momento». Hacía seis meses, habría dejado el tema sin más. Pero Thomas y Penny, lo que había sucedido y seguía sucediendo entre ellos, hacía que Mika se sintiera más grande. Más valiente. Más dispuesta a pedir cosas. A quererlas.

La línea se quedó en silencio, y Mika supo que Thomas estaba escogiendo sus palabras con cuidado.

—*Joder, lo siento.* —Hizo una pausa, con la voz insegura, una mezcla de arrepentimiento y desasosiego—. *Ese tipo de cosas no me sale natural. Estoy acostumbrado a los contratos y la brevedad. ¿Por qué escribir seis palabras si con dos me basta?* —Otra pausa y una risa incómoda—. *Pero fue desconsiderado de mi parte. He sido un gilipollas.*

—Yo no diría que eres un gilipollas. —No en el presente, al menos.

—¿*Me perdonas?*

Mika inhaló poco a poco. Aquello no sanaba sus heridas. Siempre habría una herida abierta en su interior por haberse perdido la vida de su hija. Y Thomas había contribuido con eso al guardarse información. Pero, aun así... el viento en las velas de su enfado dejó de soplar.

—Ya lo he hecho.

—*Vale* —dijo él, para zanjar el tema, aunque le dio la impresión de que no le creía del todo—. ¿*Lista para otra tarjeta? Esta es la última.*

Mika se echó hacia atrás en el sofá y enganchó los dedos de los pies en la mesita.

—Lista.

—*Termina la oración: «Me gustaría tener a alguien con quien compartir...»* —dejó la oración en el aire.

Mika contestó de inmediato.

—Las cosas del día a día. Como cuando tienes un mal día o uno bueno, los programas de televisión favoritos, las historias vergonzosas. —Se detuvo, sonrojada. Porque, en realidad, había estado compartiendo todas esas cosas con Thomas. Ya no podía negarlo. Thomas estaba ocupando un espacio en su vida, se había afianzado en ella. Flexionó una mano al sentir una especie de calor fantasma. Ícaro se estaba acercando al sol. Lo tocaba. Y le gustaba mucho. La luz, el calor... ¿Cómo podría no querer quedarse allí para siempre?

Thomas contestó, y Mika sintió que el peso de sus palabras la envolvía como un abrazo:

—*A mí también.*

CAPÍTULO 28

La noche anterior a su actuación, Mika y Penny recorrieron media ciudad hasta llegar a la casa de Shige y Hiromi.

—Hacía años que no sacaba los kimonos —les contó Hiromi mientras extraía los tubos de plástico del armario. Había cierta rapidez en sus movimientos, una ligereza en el ambiente, como si su cadera, rodillas y espalda ya no le dolieran. Como si fuese joven de nuevo. ¿La había visto alguna vez así de emocionada? Entonces su madre añadió—: Desde que Mika dejó de bailar. —Ah, claro. Allí estaba el pinchazo verbal. Cuando Mika bailaba, los ojos de Hiromi habían tenido cierto brillo de orgullo. Pero Mika había sido bastante rápida en acabar con él. «Sois como un par de llamas que lo incendiáis todo a vuestro alrededor», había dicho Shige. Se había dicho a sí misma que había dejado de bailar para centrarse en otras cosas, en la pintura. Pero, en realidad, había sido para molestar a Hiromi, para lastimarla como ella la había lastimado.

—A ver, te ayudo. —Mika avanzó un paso y le quitó el tubo a Hiromi para luego dejarlo sobre la manta de la cama de sus padres. Le quitó la tapa, y el olor a bolas de naftalina llenó la habitación.

—Son preciosos —dijo Penny, asomándose. El que se encontraba más arriba era el kimono que se había puesto Hiromi para la celebración de Año Nuevo en la iglesia cuando Mika había tenido seis años. Un rosa claro que se degradaba hasta convertirse en lila con grullas bordadas a mano. Mika recordó que, cuando era pequeña y se apretujaba contra la pierna de su madre, notaba los bordados contra su mejilla.

—Los *yukata* están al fondo —explicó Hiromi. Para el Obon vestirían kimonos más ligeros hechos de algodón. Mientras su madre extraía el kimono, le temblaron las manos. Quizás ante el recuerdo de que hacía mucho tiempo había sido una *maiko,* de que alguna vez había brillado con su propio esplendor. Hiromi sacó tres *yukata* y ayudó a Mika y a Penny a ponérselos. Primero iban las prendas interiores blancas y sencillas y luego el *yukata* en sí.

»Los brazos arriba y hacia afuera —le indicó Hiromi a Penny. Mika se vio a sí misma con trece años, sosteniendo los brazos rectos, con los bordes de las mangas del kimono enganchados a las manos, la tela cayendo alrededor de sus pies y sufriendo muchísimo para quedarse quieta. Pero Penny se mantuvo rígida como si se hubiera convertido en piedra y asimiló cada palabra que le decía su abuela como si esta fuera sagrada. Hiromi dobló la cintura del kimono hacia arriba hasta que el borde de este le llegó a Penny a los tobillos—. Y ahora lo envuelvo —añadió. Con manos expertas, metió el borde derecho del *yukata* alrededor de la cadera izquierda de Penny, y luego el lado contrario. Con un cordón lila, ató el yukata para que se mantuviera cerrado. Por último, se encontraba el *obi.* Una vez más, Mika recordó que, cuando era niña, tenía que mover los pies ligeramente al haberse quedado quieta demasiado tiempo, casi sin respirar, mientras apretujaban el *obi* alrededor de su cintura en un lazo perfecto. En aquel momento, Hiromi le hacía lo mismo a Penny. Los ojos de Mika se llenaron de lágrimas sin saber por qué. Pero entonces la mirada de Penny conectó con la suya, y Mika vio que los ojos de su hija también estaban vidriosos. Su corazón pareció hincharse al doble de su tamaño.

—¿Cómo me queda? —preguntó Penny, algo insegura.

—Puedes verlo tú misma —le indicó Hiromi. En una esquina de la habitación, había un espejo de cuerpo completo. Arrastraron los pies hasta él.

Y allí estaban. Hiromi aún en su ropa normal, pero Penny y Mika iban vestidas con los *yukata* completos y sus largas melenas oscuras les caían sobre los hombros, como una cascada al anochecer.

—Te recogeremos el cabello para el Obon —dijo Hiromi y volvió a por el tubo para sacar de él una *hana kanzashi,* una pinza tradicional con forma de flor—. Esta era de mi madre —añadió, mientras recogía el pelo de Penny en lo alto de su cabeza y lo aseguraba con la pinza.

—¿Qué te parece? —le preguntó Mika. Se miraron en el espejo: tres generaciones de mujeres Suzuki. Mika casi podía ver los jardines en Japón, donde ella y su madre habían pasado sus tardes en algún momento de sus vidas. Las filas de árboles cuidados con mimo. Casi podía oír las campanas del templo tañer. El sonido de los altavoces anunciar que el tren se acercaba. Hacía mucho tiempo, Mika había pensado que no compartía nada con su madre. Que eran como alienígenas para la otra y orbitaban planetas distintos. Qué equivocada había estado. En aquel momento tenían algo nuevo en común, las corrientes de la maternidad tirando de ellas en la misma dirección. Hacia Penny. Hacia una niña que ambas adoraban. Que inspiraba la clase de amor que podía partir a uno en dos. ¿Sería así como Hiromi se sentía respecto a Mika?

Shige llamó a la puerta.

—He pasado por la tienda. —Estiró una mano y reveló un montón de varillas de madera. La alegría invadió el rostro de Hiromi.

—¿Qué es eso? —preguntó Penny.

—*Mukaebi,* fuego de bienvenida —le explicó Mika—. Para guiar a los espíritus de vuelta a casa.

En el jardín trasero, Shige prendió fuego a las varillas y las colocó en un plato de cobre. Se apretujaron alrededor de ellas, y Mika se plantó sobre la mancha donde Hiromi teñía el pelo de Shige cada dos meses. En Japón, habrían ido al hogar de sus ancestros para encender el fuego. Habrían visitado tumbas, las habrían limpiado y habrían dispuesto sandía y algunos dulces en el *shouryoudana*. Habrían celebrado con la familia y con comida. No obstante, al vivir en los Estados Unidos, tenían que hacer todo tipo de sacrificios culturales.

Vieron cómo se consumían las varillas, y las hebras de la tradición que surcaban las generaciones los ataron a los cuatro juntos. Mika observó a Penny, ante el fuego que parecía lamer sus mejillas, con el rostro alzado hacia el cielo. Vio cómo sus sombras crecían hacia la noche, hacia la oscuridad que se extendía desde sus cuerpos como esqueletos. Se preguntó si Penny estaría pensando en Caroline, en llamarla de vuelta a casa. Si se había acercado siquiera un poco a encontrar una respuesta a su pregunta. *¿Quién soy? ¿Quién soy?*

● ● ●

Mi vuelo va con retraso, le escribió Thomas temprano a la mañana siguiente, el día del Obon. Os veré allí. Hiromi volvió a vestir a Mika y a Penny en *yukata* y pasó tiempo extra arreglando a su nieta. ¿Quién habría dicho que Hiromi podía ser una *obāchan* tan maravillosa? Condujeron hasta el Obon en coches distintos. En el templo budista de Portland, el patio había sido transformado y el ambiente estaba animado: había tamborileros tocando el *taiko* sobre un escenario *yagura*, habían colgado linternas de papel que se balanceaban con la brisa de verano y habían dispuesto casetas con juegos y premios.

Hiromi, Mika y Penny se unieron al círculo de bailarines. Aplaudían y luego juntaban las manos como si estuvieran sosteniendo un montón de carbón. *Cavar. Cavar. Llevar. Llevar.* Se movieron a la vez en sintonía con los tambores. Tras un rato, Hiromi se cansó y las dejó para irse a sentar a la sombra del templo junto a Shige.

El sol se estaba ocultando y el cielo estaba inundado de tonos naranjas encendidos. Las linternas brillaban y atraían polillas y otras criaturas de la noche. Otro giro más, y la sonrisa de Mika se hizo tan grande como el cielo. Sus ojos encontraron una figura familiar entre el gentío. Thomas estaba de pie, a un lado de la multitud, y esbozaba una sonrisa torcida. La saludó con la mano.

—Ha llegado tu padre —le gritó a Penny.

Penny lo saludó con la mano.

—Voy a seguir bailando —dijo.

—Yo iré a saludar. —Mika abandonó el círculo de danza. Hacía calor aquella noche, y algunos mechones de cabello se habían soltado de su moño y se le pegaban al cuello.

—Hola —la saludó él cuando llegó a su lado. Mika se deleitó en la calidez de su sonrisa y en la forma en que su mirada tranquila se posó sobre ella, con un brillo que ocultaba una sutil intensidad. Thomas iba vestido con unos tejanos y una camiseta—. No me esperaba algo así —continuó, haciendo un gesto con el dedo para envolver la fiesta en general—. ¿Han venido tus padres?

—Están en el templo. —Mika hizo un ademán con la cabeza en la dirección del sencillo edificio blanco. Se alisó la tela de su kimono, azul oscuro con amapolas rojas y brillantes—. A Penny se le da de miedo bailar. Debí haberlo sabido, con lo atlética que es. —Si hubiese tenido que elegir un momento que revivir una y otra vez, habría sido aquel. Justo ese preciso momento y lugar. Con su cuerpo ligero y su corazón feliz.

Thomas cambió el peso de su cuerpo a sus talones. En aquellas pocas semanas, el cabello le había crecido un poco, y él se lo apartó hacia atrás con una de sus grandes manos.

—Está en su salsa. —Observaron a Penny danzar, con movimientos fluidos como si se hubiese pasado la vida practicando *odori*—. Para serte sincero, todo esto me hace sentir como una mierda.

—¿Por qué?

—Es que… nunca hicimos algo así por Penny.

Pero ¿cómo habrían podido hacer algo así? Mika se sintió mal por Thomas. Y también se sintió tan mal como él, porque aquello también era culpa suya. Ella le había entregado a Penny a unos padres blancos, a sabiendas de que le faltaría algo. Tendría que haber insistido en que se esforzaran más cuando habían acordado la adopción. *Compradle libros con personajes japoneses. Una muñeca con cabello oscuro y bonitos ojos marrones. Aseguraos de que sabe de dónde viene. Aprended japonés, estudiad* kanji. No tenía ninguna duda de que Caroline y Thomas amaban a Penny. Habían ido de un lado para otro para calmar a Penny cuando esta estaba consumida por la fiebre. La habían apuntado a clases de fútbol y la habían animado durante cada partido. Le habían comprado los suministros necesarios para que pudiera explorar (de manera desastrosa) cómo hornear pasteles. Mika tenía cartas y fotos que lo probaban. Habían tratado a su hija como si fuera suya. Pero ¿era eso suficiente?, ¿en algún momento lo era?

—¿Te refieres a cosas japonesas? Penny me contó que la llevasteis a fiestas populares.

Thomas dejó caer la cabeza.

—Lo hicimos, pero no era como esto. No parecía que fuera su lugar. Un día condujimos hasta Cincinnati para ir a la fiesta del Cerezo en Flor. Caroline y Penny iban con jerséis a juego. Estábamos visitando las casetas, y unas señoras japonesas se quedaron encantadas con Penny. Nos preguntaron de dónde la habíamos sacado.

—¿Y qué les dijisteis?

—Que la habíamos adoptado, pero hizo que Caroline se sintiera incómoda. No mucho después de eso ya quería marcharse.

Mika tragó en seco y contuvo el impulso de darle una patada al suelo. *No era justo. No era nada justo.*

—Pero hablasteis sobre esto, ¿verdad? ¿Antes de adoptarla? Sabíais que era japonesa, que no se parecería a vosotros.

—Lo hicimos. Caroline dijo que no importaba, que podríamos criarla como nosotros quisiéramos…

La confesión envolvió a Mika, y la furia, ardiente como el fuego, le atravesó el pecho.

—Eso es horrible —soltó, enfadada. Había idealizado a Caroline en su mente, como la madre que quería para Penny. La madre que deseaba haber tenido. La madre que había deseado poder ser.

—Lo sé. Y lo siento. Ya te dije, los padres cometemos errores. Por eso no tuve problema con que Penny viniera a pasar todo el verano aquí. Necesitaba algo que yo no podía darle. Por favor, no te enfades —le pidió Thomas, en voz baja—. Adoro a Penny, estoy tratando de hacer las cosas bien.

Ante la suave súplica de Thomas, algo del enfado de Mika desapareció. ¿Qué era lo que hacía que alguien fuera una buena madre? A lo mejor las madres perfectas no existían. Quizás una solo podía hacerlo lo mejor que sabía y ya. Aquella nueva información empezó a carcomerla. ¿Podría haber sido ella una buena madre? No sabía qué decir. Y no sabía si podría perdonar a Thomas. Ni siquiera sabía si podía perdonarse a sí misma.

—¿Me has visto? —Penny apareció de pronto, con las mejillas sonrojadas por el orgullo. Al verla tan contenta, toda la tensión que Mika había estado acumulando se esfumó.

—Por supuesto, pequeñaja. Lo he grabado y todo. —Thomas le mostró su teléfono—. ¿Queréis quedaros un rato más o tenéis hambre? —Habían hecho planes para ir a cenar, solo los tres—. Tus padres son bienvenidos si quieren acompañarnos. Yo invito —le dijo Thomas a Mika.

—Es muy amable por tu parte, pero imagino que estarán cansados y querrán irse a casa pronto —repuso ella. Shige solía quedarse dormido viendo NHK. Y a ella le gustaba la idea de que solo fueran ellos tres, con su delicado ecosistema familiar.

Penny había sacado su móvil y le estaba escribiendo a alguien.

—¿Os importa que pase? —preguntó—. Olive está de camino.

—Pero ¿y el restaurante que te prepara la comida frente a ti? —preguntó Thomas en un tono claramente decepcionado. A inicios de semana, había hecho una reserva en un *teppanyaki,* un restaurante que servía parrilla japonesa, y les había enviado a Penny y a Mika el enlace. ¡Tienen volcanes de cebolla!, les había escrito, muy orgulloso y emocionado.

—Oh —dijo Penny, alzando la vista de su teléfono—. ¿Queréis que vaya? Bueno, si de verdad de verdad es lo que queréis... —dejó de hablar, y estaba claro que sus palabras eran lo opuesto a lo que en realidad quería hacer: pasar tiempo con sus amigos, ser una adolescente.

—No, claro que no —la tranquilizó Thomas—. Pásalo bien con tus amigos.

—Pero vosotros dos deberíais ir de todos modos —dijo Penny, sonriendo, encantada, al haberse librado con tanta facilidad.

—¿Estás segura? —Thomas miró a Mika, y esta clavó la vista en sus zapatos.

—Claro —contestó Penny, mientras volvía a escribir en su teléfono—. Id y pasadlo bien.

Thomas siguió a Mika hasta el coche, con la mochila al hombro. Podía notarlo a sus espaldas. Su calor, su presencia. El corazón de Mika latía muy rápido, al ritmo de los tambores *taiko.* Si bien el sol ya se había ocultado, aún podía percibir su calidez en los huesos. Cuando estaban por llegar al coche, Thomas atrapó su mano en la de él y entrelazaron los dedos. Ella se detuvo de improviso y se giró. Él la miraba con atención, con sus ojos verdes y brillantes.

—Hola —dijo él, con el ceño ligeramente fruncido.

—Hola —respondió ella.

—¿Soy una persona horrible si digo que me alegro de que Penny nos haya dejado plantados?

—Si tú eres horrible —admitió ella, a media voz—, entonces quizás yo también lo sea.

Hicieron el trayecto hacia casa de Mika en silencio. Thomas miró por la ventana y tamborileó los dedos sobre su muslo. En los semáforos, Mika lo miró de reojo. Las venas que le recorrían el brazo, la curva de sus pómulos, el cabello alborotado y salpicado con unos cuantos mechones grises que reflejaban la escasa luz solar. Él la había atrapado observándolo una vez, y ella había apartado la mirada al instante, aunque no con la suficiente velocidad como para no ver la sonrisa pícara que llegó a su rostro.

—No tardo nada —le dijo en cuanto llegaron a su casa, mientras trataba de desatar el nudo del *obi*—. Aunque…, ¿podrías ayudarme? —Se acercó hacia él y bajó las manos al sentir los dedos fuertes de Thomas empezar a desatar el *obi*. Él se detuvo cuando notó que se soltaba a la altura de su cintura. Mika lo sostuvo para que no se abriera y se agachó para recoger el *obi*. Se giró entre sus brazos para mirarlo—. Gracias —continuó.

—No hay problema. —Su voz sonó ronca, y recorrió los costados de Mika con las manos.

—Ya vuelvo —dijo ella despacio. Sus manos dejaron de mantener el kimono cerrado y dejaron ver la prenda interior blanca.

—Vale —repuso él, con la voz aún más ronca.

—Vale. —Apoyó las manos en su pecho y sintió que su piel le quemaba allí donde sus dedos lo tocaban. Le dolía separarse de él, pero necesitaba un minuto. Necesitaba tomarse un descanso, respirar hondo. Llegó hasta su habitación, cerró la puerta y se apoyó en ella con todo su peso. Se desvistió de manera lenta y metódica. Dobló el kimono como su madre le había enseñado. Podía oír a Thomas por la casa. Caminando, abriendo la nevera y luego una cerveza. Cuando Mika salió de su habitación en tejanos y una camiseta, él estaba sentado en el sofá y una bolsa marrón de papel estaba dispuesta sobre la mesita.

—¿Qué es eso?

—Un regalo, pero primero... —Tenía un trozo de papel en las manos—. Es para ti —le dijo, ofreciéndoselo.

—Qué curiosidad —contestó ella, antes de abrir la carta y leerla.

Querida Mika:

Penny va a cumplir los diecisiete dentro de poco, y hemos tenido un año de lo más interesante. Para mantener la tradición de los hijos haciendo que sus padres se preocupen, Penny compró un billete a Portland para conocerte a ti, su madre biológica. ¿Recuerdas la primera vez que te llamé? Porque yo sí. De hecho, no recuerdo todo lo que te dije, sino tan solo el miedo. El miedo a que quizás estaba perdiendo a mi hija, no por ti, sino por el mundo. Y yo... simplemente no estaba listo aún.

Joder, es difícil de admitir, pero he tenido miedo durante mucho tiempo. Estaba aterrado del futuro. No me siento cómodo con los cambios. Lo cual es bastante complicado cuando lo único que quiere hacer tu hija es transformarse. Parece que cuanto más me aferro, más cosas se me deslizan entre los dedos. Es un recordatorio de lo poco permanente que es la vida.

El deseo de Penny de convertirse en su propia persona me queda muy claro cada día que pasa. Hablamos cada vez menos, en especial este verano. Porque está fuera corriendo o con su nuevo novio (quien planea visitarla durante el año). Estoy fingiendo que soy un padre guay. Incluso le he ofrecido que se quede en nuestro sofá, para que veas mi evolución (aunque, entre tú y yo, me he plantado en nuestro salón para deliberar dónde esconder algunas cámaras).

Penny aspira a entrar en distintas universidades, muchas de ellas fuera del estado. Comprendo que ha crecido y ahora es muy grande para la casa que construí para ella. Sé qué papel me corresponde interpretar. Mi trabajo es llevarla a un punto en el que ya no me necesite. Me corresponde proporcionar los fondos y aceptar que no puedo quedármela para siempre. Es otra especie de muerte, supongo. El último adiós a la vida que tenía con Caroline. Se suponía que íbamos a llevar a Penny a la universidad. Se suponía que nos íbamos a quedar sentados en el coche fuera de casa porque no soportábamos la idea de volver a entrar a una casa sin ella o sabiendo que la próxima vez que volviera sería de visita. Se suponía que íbamos a echarla de menos durante una semana y que luego lo aceptaríamos sin hacer muchos aspavientos y que nos avergonzaríamos un poco por estar bien nosotros solos. ¿Cómo es que mi vida pasó de tres a dos y ahora a uno? Por supuesto, sé la respuesta: las personas mueren, las personas crecen.

Ha empezado a ser un poco más fácil, y, en parte, eso es gracias a ti. Me has aliviado la presión que sentía en el pecho. Durante un tiempo, lo único que he podido hacer es mirar hacia atrás. Y ahora, de pronto, miro hacia delante. Tengo ganas de saber qué nos depara el futuro a ti y a mí. Tengo ganas de saber a dónde irá Penny, qué descubrirá, en quién se convertirá. También me he dado cuenta de que, si bien los vientos del cambio puede que la alejen de mí, siempre seré su padre.

Podría seguir, porque la verdad es que no sé cómo terminar esta carta. Supongo que terminaré diciendo que espero que los días que nos esperan sean más brillantes que los que hemos dejado atrás. Y, que conste, creo que lo serán.

Thomas

Mika terminó de leer y miró a Thomas, con los ojos muy abiertos. Abrió la boca para hablar, pero no pudo formular ninguna palabra. Se había quedado aturdida por aquel acto de Thomas de brillante generosidad. Había hecho lo que no se le daba bien. Y lo había hecho por ella, se había entregado sin pedirle nada a cambio.

—Tu carta anual —explicó él, con la voz ronca y escondiendo una sonrisa—. Entregada a mano y compuesta de más de cinco líneas. Tendrás que esperar para las fotos, aún las estoy juntando. Lo creas o no, es difícil conseguir fotos impresas estos días. ¿Me hace muy viejo decir: «recuerdas esos tiempos en los que podías ir a una tienda y que te revelaran un carrete de fotos»? Las cosas eran más sencillas por aquel entonces.

—Sí —contestó Mika, esbozando una sonrisa igual a la suya—, pero no se lo diré a nadie. —Le hizo un gesto con la carta—. No tenías que hacerlo —le dijo, aunque, en realidad, lo que quería era envolverlo entre sus brazos. Era el mejor regalo que le habían dado nunca. Le había pedido más a Thomas, y él se lo había dado. Tuvo que contener las ganas de llorar.

—Claro que tenía que hacerlo. —Thomas se frotó las manos—. Y ahora, tu siguiente regalo. No he acabado de encandilarte. —Agarró la bolsa de papel que había en la mesita.

Con la emoción bullendo en su interior, Mika abrió las manos y recibió el regalo.

—¿Para mí?

—Para ti —le confirmó él, y sus ojos claros subieron por su cuerpo hasta centrarse en sus ojos.

—¿Debería abrirlo? —Se acomodó en el sofá a su lado.

—No es gran cosa, solo algo que vi y me hizo pensar en ti. —Sonrió—. Lamento no haberlo envuelto.

El estómago le dio un brinco. Metió la mano a la bolsa y sacó lo que había dentro.

—Óleos —dijo, a media voz. Era un set introductorio de una marca de calidad. Nueve tubos de pigmentos puros: amarillo cadmio, carmín de alizarina, azul ultramar, verde esmeralda, ocre quemado. Miró por la ventana y vio su propio reflejo. *¿Quién soy? ¿Quién soy?* Las palmas le empezaron a sudar.

Thomas se acercó más a ella en el sofá, y sus rodillas chocaron. Su mano cayó sobre su muslo y le dio un ligero apretón.

—Tú hiciste que volviera a remar, así que yo también quería devolverte algo.

Mika dejó las pinturas sobre la mesita, lejos de ella, y le entró frío de pronto.

—Son geniales. Gracias.

Thomas frunció el ceño.

—¿No te gustan?

—No es algo que siga haciendo. —Se giró para esconder su añoranza y el dolor en su corazón.

—¿Por qué no?

Mika notó que el pecho se le cerraba y la garganta se le secaba.

—¿Mika? —la llamó Thomas, inclinándose hacia ella con sus ojos claros mirándola desconcertado—. ¿Qué pasa? —La atrajo hacia él en un abrazo—. Puedes contármelo.

Ella enterró el rostro en su pecho. Thomas acarició su espalda una y otra vez, mientras la atraía hacia él. Murmuró sonidos reconfortantes, y Mika percibió su olor a jabón y café. Le empapó la camiseta al llorar en silencio y dejar salir todo su dolor. Al dejar que todo saliera de ella.

Entonces Mika retrocedió un poco.

—Quiero... —se interrumpió ella.

—¿Qué quieres? —La expresión de él era seria, y tenía el ceño fruncido como si la estuviera estudiando bajo un microscopio, quitando las capas bajo las que ella se escondía. Deslizó una de sus manos por su cabello y le acunó la nuca.

Mika le sostuvo la mirada mientras pensaba. *Lo quiero todo de vuelta. El tiempo que perdí. Quiero de vuelta mi futuro, mi inocencia, mi valentía, mi sentido de la seguridad. Quiero enamorarme de nuevo. Liberarme de la jaula que Peter construyó a mi alrededor.* Lo quería todo: a Penny, una familia, pintar, viajar. La vida fantasma que había fingido tener. Pero empezaría por Thomas.

—A ti. Te quiero a ti.

—Mika. —Le besó la frente y luego ambas mejillas—. Mika, pero si ya me tienes.

La acercó más a él. Luego, muy muy despacio, se agachó hasta que su nariz rozó la de ella.

—¿Puedo? —le preguntó. Le estaba pidiendo permiso. Ella apretó los puños y la camiseta de Thomas se arrugó dentro de ellos.

—Sí —dijo.

Él bajó en picado y se sumergió en ella. Sus labios fueron suaves al principio, mientras capturaba los de Mika. Tan cálidos y tan lentos que Mika creyó que iba a explotar. Él cambió de posición, y sus ingeniosas manos se deslizaron alrededor de su cintura. Luego subió un poco más por debajo de su camiseta, justo hasta el borde de sus pechos. Su agarre se volvió más fuerte y su lengua se deslizó dentro de su boca. Mika se sorprendió y abrió la boca para profundizar el beso.

De algún modo, se movieron a través del tiempo y el espacio y cayeron sobre la cama de Mika. La ventana estaba abierta, con las cortinas estampadas corridas, y revelaba el cielo de Portland en verano: un puñado de nubes, un borde difuso sobre el horizonte debido a la contaminación lumínica y una luna creciente. El corazón de Mika retumbó con el sonido del galope de mil caballos. Thomas retrocedió y recorrió los labios de Mika con el pulgar. La besó de nuevo. Ella llevó las manos hacia abajo, agarró el borde de su camiseta y tiró hacia arriba hasta quitársela.

—Tú también —pidió él, y Mika obedeció, para luego tirar su camiseta hacia un lado. Él enganchó uno de sus dedos en la tira de su sujetador y lo deslizó hacia abajo, mientras el músculo de su barbilla se tensaba—. Guau.

—¿Quiero pensar que eso es bueno? —preguntó ella, y sus labios se torcieron en una sonrisa.

—Muy bueno. —Le besó la parte superior de los pechos.

Mika envolvió una pierna alrededor de su cintura y lo presionó contra ella para sentir cuánto la deseaba. Se apretaron el uno contra el otro y se besaron más, besos ardientes y con la boca abierta. Él empezó a bajar por su cuerpo, y por donde pasaba dejó un rastro de fuego. Abrió el botón de sus tejanos y se los deslizó por las piernas.

—Espera —soltó ella. El calor le pulsaba por debajo de la piel.

Thomas se quedó quieto de inmediato.

—¿Te he hecho daño? —le preguntó.

No, pero podría hacerlo. Mika deslizó las manos por el cabello de él.

—Quiero hacerlo. Te quiero a ti. Pero tengo algunas reglas.

La expresión de él era inescrutable, y su aliento le hacía cosquillas en la tripa.

—Vale —asintió él.

—Está bien que te pongas encima, pero no me pongas la mano sobre la boca.

—No haría algo así. —Hizo una pausa—. ¿Qué más?

Ella negó con la cabeza. Su corazón parecía balancearse como un barco atrapado en un oleaje.

—No estoy del todo bien —admitió ella.

—Yo tampoco —dijo él. Mika lo sabía, era parte de lo que los había unido. Pero dos corazones rotos podían formar uno completo—. Deberías saber que ha pasado algo de tiempo desde la última vez —añadió.

Ella se removió, nerviosa.

—¿Cuánto tiempo?

—Tuve un par de citas con una mujer hace un año y nos acostamos...

—Trescientos sesenta y cinco días. Eso es mucha presión.

—Pero no me gustó. —Thomas la miró a los ojos—. No puedo estar con una persona de la que no estoy... por la que no siento nada.

Mika se apoyó en un codo y le acarició el cabello.

—Yo tampoco.

—Me alegro de que nos entendamos. —Él apoyó la barbilla en su estómago, justo al lado de su ombligo—. ¿Alguna otra regla?

Mika negó con la cabeza.

—No.

—Vale —dijo él—. Pero deberías saber que creo fervientemente en que todas las mujeres deberían ser tocadas del modo en que quieren.

Lo dijo con tanta convicción que Mika se derritió y se dejó caer de espaldas.

—Buena respuesta. Puedes continuar.

Thomas soltó una carcajada y le besó la tripa.

—¿Qué tal esto?

Ella se apretó contra él.

—Bien.

Él la besó más abajo, haciendo un caminito por su estómago.

—¿Y esto?

—Ah, muy bien también.

Siguió bajando. Deslizó sus bragas por sus piernas y le apretó los muslos, para luego probarla. Mika se fue quedando sin aliento conforme la presión que sentía iba en aumento.

—¿Qué tal ahora? —le preguntó él, con su aliento caliente contra su centro.

Mika no podía responder. Movió las caderas contra él para estar más cerca, para que la liberara.

—Thomas —gritó finalmente.

Él volvió a subir por su cuerpo, mientras se desabrochaba los pantalones y se quitaba la ropa interior.

—Necesitamos protección. ¿Tienes un condón? —preguntó ella, mientras enredaba sus piernas alrededor de su cintura y lo atraía hacia ella.

—Ehhh, no. No tengo ninguno. —Se pasó una mano por el pelo—. Mierda.

—Puede que yo tenga alguno en el cajón de arriba.

Thomas se levantó de un salto. Abrió el cajón y lo sacó de sus guías.

—¿Por qué hay tantas cosas de licra aquí? —Era todo de Charlie, los conjuntos de ciclismo que no le había devuelto—. Aquí están. —Tiró la ropa al suelo y volvió a la cama, con un envoltorio metálico en la mano. Lo abrió con los dientes y luego se puso el preservativo. Se acomodó entre sus piernas, la besó de forma suave y con paciencia, y entonces se hundió profundamente en ella. Mika gimió y contuvo un grito. El placer la recorrió entera. Sus manos envolvieron la espalda de él y se clavaron en su piel. Una de las manos de Thomas se escabulló entre sus cuerpos y llegó a su centro. Siguió embistiéndola a un ritmo extraordinario. Esperó a que ella alcanzara el clímax primero, y ella llegó con un grito, con el nombre de él en sus labios. Entonces Thomas la embistió una vez más, más profundo y más fuerte, y se refugió en su cuello mientras se estremecía.

Cuando todo acabó, Thomas se dejó caer a su lado. Las sábanas eran un lío enredado entre ambos. Mika se cubrió su cuerpo sin fuerzas con las mantas y clavó la vista en el techo.

Thomas atrapó su mano bajo las mantas y se quedaron allí tumbados durante un rato, mientras esperaban a que sus corazones dejaran de latir tan rápido, que sus respiraciones se calmaran, que sus mentes les dieran el alcance a sus cuerpos, para darse cuenta de lo importante que había sido aquel momento.

—Madre mía —dijo él, al tiempo que su pulgar acariciaba la palma de Mika.

—Ajá —suspiró ella.

Thomas se apoyó sobre uno de sus codos y le acunó una de sus mejillas. Pasó el pulgar por sus labios, y Mika le besó la punta del dedo. Él se inclinó sobre ella y rozó sus labios con los suyos. Mika deslizó un pie por su pantorrilla y Thomas apoyó una de sus manos sobre la cadera de Mika. Luego se dejó caer de espaldas.

—Agua. Necesito agua —dijo. Se bajó de la cama y se estaba poniendo de nuevo el bóxer cuando Mika soltó una carcajada.

—Tu tatuaje. —Rodó sobre su estómago y estiró una mano para bajar un poco el elástico de sus calzoncillos. Y allí estaba, el contorno de un tiranosaurio tratando de atarse los cordones del zapato—. Pensé que estabas bromeando.

—Un hombre no bromea sobre sus tatuajes humillantes —le dijo, extremadamente serio. Tras ello, le dio un rápido beso en los labios—. Ya vengo.

Para cuando volvió, Mika había cambiado la luz por la de la lámpara de la mesita de noche y se había puesto las bragas, además de una camiseta que le iba grande. Él sostenía un vaso de agua helada y le dio un largo sorbo antes de ofrecérselo a Mika. Había algo en compartir un vaso de agua con él que era incluso más íntimo que lo que acababan de hacer.

El sonido de un teléfono que zumbaba llamó la atención de Thomas. Lo sacó de uno de los bolsillos de sus tejanos.

—Penny me ha enviado un mensaje. —Frunció el ceño—. Olive no se sentía bien y se ha ido a casa. Quiere saber dónde estamos. Va a pedir un Uber para venir para aquí.

Toda la calidez que había sentido se evaporó del cuerpo de Mika. Fuera, la puerta de un coche se cerró de golpe. El tiempo pareció detenerse y luego ir a toda prisa, demasiado rápido.

—¿Has cerrado con llave la puerta principal? —preguntó ella, saliendo a trompicones de la cama.

—¿Qué? —Thomas iba por detrás de ella.

Alguien llamó a la puerta.

—¿Mika? ¿Papá? ¿Estáis ahí? He usado la *app* Buscar a mis amigos —dijo Penny desde fuera.

Thomas y Mika corrieron hacia la puerta, pero no fueron lo suficientemente rápidos. El pomo giró, y Penny entró en la casa, con una sonrisa en el rostro.

—Ah, ahí estáis. Vayamos a comer. —Hizo una pausa para mirarlos a ambos: Thomas en ropa interior, y Mika también, además de con una camiseta. Ambos se quedaron muy quietos, cual conejos en una trampa. Penny dejó de sonreír, y su expresión cambió a una de confusión—. ¿Qué está pasando aquí? —preguntó, a pesar de que era bastante evidente. Ella aún iba vestida con su kimono, pero se había soltado el pelo. Se quedó boquiabierta al tiempo que se cubría los ojos y les daba la espalda—. No me jodas. No. Me. Jodas. ¿Estabais follando?

—Penny, esa boca —la regañó Thomas entre dientes.

—¿Estás de coña? —Penny resopló y se giró para confrontarlos. Dos manchas rojas y brillantes habían aparecido en sus mejillas debido al enfado. Se concentró en Mika. Esta vio que la barbilla de su hija temblaba y quiso correr a consolarla—. ¿Cómo podéis hacerme algo así?

Al oírla, Mika hizo una mueca de dolor. No sabía qué decirle. ¿Qué podía decirle? ¿Cómo podía explicarle aquella situación para que Penny pudiera entenderlos?

—No ha sido algo deliberado, solo ha pasado… —Sonaba a excusa incluso para sus propios oídos, el ocultar lo que sentía acerca de todo ello, lo que sentía por Thomas. Quizás debería corregirse. *Estábamos manteniendo en secreto nuestra relación porque pensábamos que eso sería lo mejor para ti.* Sabía que, de algún modo, Penny no se lo iba a tomar bien. ¿A qué adolescente le gustaba oír que no era lo suficientemente adulto para manejar las cosas?

—Penny —intervino Thomas.

Penny volcó todo su enfado sobre su padre.

—De todas las mujeres en el mundo, ¿tenías que escogerla a *ella*? ¿A mi madre biológica?

Thomas meneó la cabeza.

—Está claro que estás enfadada, y es comprensible. Hablémoslo.

Penny empezó a escribir algo en su teléfono.

—Penny —insistió Thomas.

—No me lo puedo creer, joder —murmuró para sí misma.

—Penny. Para. Deja el móvil un minuto —exigió Thomas. Se pasó una mano por la cara, exasperado—. Penny, mírame.

Unos instantes después, Penny lo miró, con los ojos entrecerrados y una mirada tan afilada como la punta de una daga.

—¿Sabéis qué? No me apetece mucho estar con ninguno de vosotros. —Su teléfono soltó un pitido, y ella puso una mano en la puerta y la abrió.

Fuera, un coche estaba parado en el bordillo con la ventana abierta.

—¿Penny? ¿Has pedido un Uber? —preguntó un hombre en voz alta.

—¿A dónde vas? —Thomas dio un paso hacia adelante—. Penny, ni se te ocurra cruzar esa puerta.

Penny miró a su padre de arriba abajo.

—¿O qué? ¿Qué vas a hacer?

Thomas se detuvo, derrotado.

—Eso es lo que pensaba —soltó Penny antes de cruzar la puerta, recorrer el sendero del jardín y subirse al coche. Mika y Thomas solo pudieron observarla, de piedra, mientras ella se alejaba a toda velocidad.

CAPÍTULO 30

Mika se puso en acción.

—¿Dónde están mis llaves? —preguntó, mientras buscaba por el salón y detrás de los cojines. Levantó revistas, volcó el set de pinturas al óleo—. Voy a buscarla. ¡Mierda! —El mando le cayó sobre el pie, y empezó a brincar a la pata coja por todas partes.

—Están aquí. —Thomas agarró las llaves de la mesita. Cuando ella estiró una mano para recibirlas, él las apartó.

—Thomas, dame mis llaves. —Mika volvió a estirar la mano.

—Para. Respira un poco —le dijo él, con voz tranquila—. Piénsalo durante un momento. Vas a buscarla, ¿y luego qué?

—Voy a hablar con ella, voy a… —Mika dejó la frase en el aire. En realidad, no tenía ni idea. Su primer instinto era perseguirla. Ya pensaría qué hacer cuando encontrara a su hija. Sacudirla hasta que los entendiera, quizás. O arrodillarse y suplicar su perdón, aquello era más probable.

Thomas la observó.

—Dale algo de espacio, algo de tiempo para que se le pase el enfado. Ninguno de los tres estamos pensando con claridad ahora mismo.

Mika meneó la cabeza, iba en contra de su instinto natural.

—No sé…

Thomas dejó las llaves a un lado.

—Confía en mí. Esperaremos a que se le pase.

Mika consideró su consejo durante un momento. Penny volvería a casa. Los hijos siempre volvían a casa, ¿verdad?

—Vale, de acuerdo.

Thomas la atrajo hacia él y la envolvió en un abrazo. Luego le dio un beso en la coronilla. Intentaron ver la tele, una serie de comedia, pero ninguno de los dos estaba de humor para risas. Thomas le dejó a Penny unos mensajes. A las 9 p. m.: Oye, pequeñaja, avísame si has llegado bien a la residencia. A las 10 p. m.: Sé que esto es mucho que procesar. Llámame cuando quieras hablar. A las 10:45 p. m.: Es la última vez que llamo, lo prometo. Ya no te molestaré más. A las 11 p. m.: Solo envíame un mensaje para saber que estás bien.

Thomas dejó su teléfono a un lado.

—Penny ha apagado la *app* en su móvil, así que no puedo ver dónde está. Pero el Uber la ha dejado en la residencia.

—Debe estar durmiendo —dijo ella, con una sonrisa cansada, pero infundiéndole a su voz toda la confianza que no sentía para tratar de que no se notara el pellizco de preocupación que la invadía—. Va a levantarse descansada y nosotros seremos los pringados por quedarnos despiertos toda la noche.

—Ven. —Thomas alzó un brazo, y Mika apoyó la cabeza en su pecho. Hicieron lo posible por quedarse despiertos, pero tras un rato terminaron durmiéndose en el sofá, con las luces del porche y del salón aún encendidas, por si Penny decidía volver. A las 2 a. m., el teléfono de Thomas los despertó de improviso.

—¿Hola? —contestó él, medio dormido.

—*Hola, ¿es usted el padre o tutor legal de Penelope Calvin?* —preguntó una voz desde el otro lado de la línea.

Thomas se enderezó.

—Soy su padre.

—*Soy el doctor Nguyen y soy un médico en la sala de emergencias del Hospital Saint Vincent.* —Mika se dobló sobre sí misma, como si un cuchillo se le hubiera clavado en el estómago. No Penny. No su bebé. No—. *Tenemos a Penny con lo que parece ser un caso de intoxicación etílica.*

—Perdone, ¿cómo dice? —dijo Thomas.

—*Intoxicación por alcohol* —repitió el médico—. *Necesitamos su autorización para tratarla con fluidos intravenosos, oxígeno y probablemente una sonda nasogástrica. ¿Tenemos su autorización?*

—Sí, sí, claro. Tienen mi autorización.

El médico continuó dándole a Thomas más información. El nombre del hospital una vez más, dónde podrían encontrar a Penny.

—Pero está bien, ¿verdad? —preguntó Thomas, con la desesperación clara en su voz.

—*Sus amigos han hecho lo correcto al llamar a los paramédicos.*

Para cuando Thomas cortó la llamada, Mika ya se había puesto una sudadera y estaba por agarrar sus llaves.

—Yo conduzco —dijo.

—¿Sabes dónde queda el hospital? —Thomas dio algunas vueltas, se puso los zapatos y se echó la mochila al hombro.

—Sí, tú también has estado allí. Es donde nació Penny. —Mika ignoró el salto que le dio el corazón. No había vuelto a aquel hospital desde entonces.

En el coche, Thomas iba demasiado callado. Tenía las manos cerradas en puños que luego volvía a abrir.

—¿Penny estaba bebiendo? ¿Quién le daría alcohol a una niña de dieciséis años? —preguntó.

Muchísima gente, pensó Mika. Había pasado una cantidad considerable de su tiempo dando golpecitos a los hombros de los clientes fuera de las tiendas para pedirle a gente mayor que les compraran cerveza a ella y a Hana. Desde los quince años. Aferró el volante con más fuerza. No había mucho tráfico, por lo que iban volando por la autopista. No le contestó a Thomas. No podía hacerlo. Estaba atrapada en un ciclón de rezos. Le hablaba a Penny, tal como había hecho hacía tantos años cuando Penny había nacido y Mika la había dado en adopción. *Por favor, que no te haya pasado nada. ¿Estás ahí? Despierta, Penny. Te necesitamos.*

● ● ●

—Penelope Calvin —dijo Thomas en el mostrador de recepción, con Mika detrás de él. Agotado y desaliñado, Thomas parecía como si hubiese envejecido veinte años en los últimos veinte minutos—. La han traído hace una hora. —Habían aparcado y se había dirigido a la sala de espera de Urgencias sin rodeos. A la derecha de Mika, había un hombre sangrando por la nariz de manera profusa y una mujer que se sostenía el brazo y gimoteaba.

—¿Y cuál es su relación con la paciente? —preguntó la agotada mujer de recepción. La lentitud de sus movimientos agitó incluso más a Mika. *Penny podría estar muriendo en aquel instante. Penny podría estar enferma. Penny podría estar preguntando por ella.* Tras dar a luz, Mika había pensado muchísimo en Hiromi. Había querido que su madre apareciera por allí. Que la curara, o, como mínimo, que la sostuviera entre sus brazos.

—Soy su padre —respondió Thomas.

—Soy su madre —respondió Mika a la vez que él. Nunca lo había dicho en voz alta. «Soy su madre». El momento le parecía tan trascendental como si hubiera alcanzado la cima de una montaña. Incluso más cuando Thomas le dio un ligero apretón a su mano. La mujer les pidió una forma de identificación, y Thomas sacó su cartera del bolsillo trasero de sus tejanos y luego su carné de conducir. Mika hizo lo mismo tras sacar el suyo de su bolso.

La mujer observó los carnés y dijo:

—Habitación cinco.

Presionó un botón, y las puertas automáticas se abrieron. Thomas se metió la cartera en el bolsillo en un movimiento rápido, y luego cruzaron las puertas en apenas unos segundos. Fueron contando las placas numeradas que había sobre las habitaciones, cada pequeño cubículo que sostenía una vida en un punto de inflexión. Mika se detuvo entre las habitaciones cuatro y cinco, donde una figura familiar estaba sentada con los hombros caídos en una silla de plástico: Devon.

—Hola, señor Calvin, señorita Suzuki. —Devon se puso de pie y les bloqueó la vista a la habitación de Penny. Tenía los ojos inyectados en sangre e inflamados—. Penny está bien. El médico acaba de salir a decírmelo. No han tenido que ponerle el tubito ese al final. Está en el baño, arreglándose. —Tenía una gorra de béisbol en las manos y retorció la visera entre sus dedos—. Lo lamento mucho. Penny volvió a la residencia y estaba superenfadada. Quería ir a esta fiesta que había y yo le dije: «bueno, venga». Fiestas universitarias, ¿sabéis? —Se pasó una mano por la cara—. Lo siento —dijo otra vez. Un ligero aroma a alcohol aún se percibía en su aliento, y el estómago de Mika le dio un vuelco. Se imaginó a Penny en una fiesta, con uno de esos vasos rojos en la mano. Apartó la imagen de sus pensamientos y se esforzó para mantenerse en calma. La experiencia que había vivido Penny aquella noche no era la misma por la que había pasado Mika hacía tantos años en el piso de Peter—. Ni siquiera me di cuenta de cuánto estaba bebiendo, de pronto perdió el conocimiento y no podía hacer que abriera los ojos. —Claro que Devon había estado involucrado. ¿No había siempre un chico involucrado?

—¿Llevaste a mi hija de dieciséis años a beber? —le preguntó Thomas, muy serio.

Devon se puso pálido, y Mika se compadeció de él. La mayoría de los chicos que había conocido en el instituto huían ante la primera señal de problemas, pero Devon parecía un buen crío. Se había quedado con Penny, y aquello era algo.

—Lo siento. Penny... es que... cuando de verdad quiere algo... —Dejó caer la cabeza.

Mika avanzó un paso.

—Deberías irte, Devon. Ha sido una larga noche para ti —le dijo con amabilidad, antes de buscar su mirada—. Estoy segura de que Penny te llamará luego. ¿Tienes cómo volver a la residencia?

—Ehhh… sí, sí. Puedo pedir un Uber. —Volvió a ponerse la gorra—. Penny sabe que he estado aquí. De verdad… de verdad me preocupo por ella.

—Lo sé —le aseguró Mika. Quería darle una palmadita en el brazo y decirle que había hecho algo estúpido, pero que se alegraba de que Penny estuviera con él. Al final, había hecho lo correcto—. Que descanses.

Devon se marchó, y Thomas meneó la cabeza.

—¿En qué estaba pensando? ¿En qué estaba pensando *ella*?

Mika se frotó las manos.

—No lo sé. —Los críos cometían estupideces todo el tiempo. *Es algo inevitable,* pensó Mika, al recordarse a sí misma de adolescente, cómo había creído que era invencible. ¿Por qué había ciertas cosas que debían aprenderse a las malas?—. Venga, vamos a verla.

Siguió a Thomas cuando este llamó suavemente a la puerta de la habitación cinco.

—Pequeñaja, soy yo. —Entró a la habitación, y Mika entró detrás de él, en silencio.

Penny estaba en la cama, con una bandeja de comida intacta frente a ella, una manta blanca de hospital sobre sus piernas y enfundada en una bata de hospital. Joder, tenía el mismo diseño que la que Mika había vestido años atrás. Se vio a sí misma a los diecinueve en una cama de hospital, mientras tocaba la mejilla de Penny bebé y frotaba su nariz contra la suya.

—¿Qué hacéis aquí? —La voz de Penny era áspera. Tenía ojeras bajo los ojos y su piel estaba pálida y del color de la cera.

Thomas cerró la puerta con un suave chasquido y apoyó las manos en las caderas.

—¿Qué clase de pregunta es esa? Hemos venido a verte.

—Pues ya me habéis visto. Estoy viva —dijo ella, y luego se giró para mirar la pared. En el silencio que siguió a sus palabras, Mika y Thomas intercambiaron una mirada, sin saber qué hacer. Había una papelera en un rincón de la habitación y en ella se encontraba el kimono hecho una bola, como un ciervo al que le habían disparado.

Thomas avanzó un paso.

—Lo que has hecho ha sido muy estúpido, Penny.

Penny se volvió para mirarlos y puso los ojos en blanco. Mika recordó que, una vez, Hiromi casi le había dado una bofetada por hacer lo mismo, que había avanzado hacia ella como una valkiria bajando del cielo.

Mika soltó un suspiro. Apoyó una mano en el brazo de Thomas y se situó delante de él. Sabía que no debía hablarle enfadada. Conocía bien a los adolescentes, lo terco que podía ser su precioso corazón.

—Nos has dado un susto de muerte —dijo Mika, a media voz—. Y a Devon le has dado un buen susto también. —Al oír eso último, Penny hizo una mueca. Mika le había dado donde dolía—. Te podrías haber matado. —Se acercó un poquito más—. Estás molesta, y seguro que te sientes como una mierda —añadió, tratando de quitarle algo de seriedad a su tono—. Mira, sabemos que estás enfadada, lo tenemos claro. Lamento que hayas tenido que ver eso. No era nuestra intención que te enteraras así. Queríamos asegurarnos de que íbamos en serio antes de contártelo. Penny, por favor. —Se sentó en una silla al lado de la cama de hospital y apoyó una mano sobre la de su hija.

Penny observó la mano de Mika y retiró la suya. Su cuerpo entero se tensó.

—¿Qué es lo que pensabas? —le preguntó, con voz amenazante—. ¿Que podrías acostarte con mi padre y te convertirías en mi madre? ¿Que podrías reemplazarla? Porque ¡sorpresa! Tenía una madre. Y murió —le dijo.

Mika parpadeó una vez.

—Penny —oyó que decía Thomas.

Mika se puso de pie poco a poco. Se llevó una mano al pecho y empezó a frotar allí donde una repentina sensación de intenso calor la quemó.

—Ehh... Mmm...

Retrocedió hasta llegar a la puerta y su mano se dirigió al pomo de esta. Una mirada de reojo a Thomas le permitió ver que su boca se movía, pero Mika no podía descifrar sus palabras. Se sentía como si estuviese bajo el agua, y el resto del mundo estuviese en silencio, borroso.

—Voy a... —dijo ella. Alzó la mirada y se encontró a sí misma en el pasillo fuera de la habitación de Penny. El sonido volvió a ella con la velocidad de un grito. Las máquinas pitaron. Las enfermeras conversaban sobre los pacientes. Alguien anunció un código gris por los altavoces. La flecha que habían sido las palabras de Penny se clavó más hondo. Había llamado a Mika una suplente. Le había dicho que no era lo suficientemente buena. En un cegador segundo, todos sus miedos se habían vuelto realidad. Solo tomaba algunos segundos acabar con una persona, y Penny lo había hecho con la gracia de una experta profesional.

El ambiente a su alrededor olía a café pasado y antiséptico. Mika odiaba el olor a hospital. Lo había odiado desde que Penny había nacido. Con las manos hechas puños, Mika tuvo la sensación de que el aire escaseaba y le costaba respirar. Se sentía mareada y con náuseas. Se apresuró hacia fuera, donde tenía que estar.

Unos pasos resonaron a sus espaldas.

—Mika —la llamó Thomas.

Ella cruzó las puertas. Y luego otras más, hasta que, al fin, se encontró al aire libre. Las noches eran frías durante los veranos en Portland. Incluso más justo antes del amanecer. El cielo estaba teñido de aquel color azul de madrugada, como un moretón atrapado entre la noche y el día.

—Mika, para —exigió Thomas. Su mano envolvió el brazo de Mika, y ella se giró para enfrentarlo. Sobre ambos, una lámpara estaba rodeada de polillas. Él la soltó y se pasó una mano por el pelo—. Joder, eso ha sido duro. De verdad está enfadada. Más de lo que creía... Lo siento mucho, Mika. No lo ha dicho en serio.

—Yo creo que sí. Todo esto... —Hizo un gesto para señalar el espacio entre ambos, con las mejillas sonrojadas—. Tú, yo, Penny. Es demasiado.

Thomas clavó la mirada en sus zapatos y asintió.

—Lo entiendo, pero podemos resolverlo.

Mika aún podía oír las palabras de Penny en sus oídos. «Tenía una madre. Y murió». Ella podría haber querido a Penny, pero aquello no quería decir que Penny la hubiese querido a ella. Que fuese lo suficientemente buena para ella. Había echado a perder a Penny del mismo modo en que Hiromi la había echado a perder a ella. Dobló los brazos y se cubrió el estómago en un acto de autoprotección.

—No creo que podamos —dijo ella, con voz vacilante. No podía mirar a Thomas. A lo que estaba a punto de perder—. Tiene razón, ¿sabes? Sí que tenía una madre, una que la quería y la cuidó durante dieciséis años. Y yo no... No puedo... No puedo reemplazar a Caroline. No podemos convertirnos en alguna especie de familia así de fácil. No funciona así.

Mika se sintió pequeña, como una adolescente de nuevo. Una niña tonta con sueños tontos. ¿Qué había pensado? ¿Que podía convertirse en la madre de Penny, la pareja de Thomas, y que juntos podrían sanar las heridas del otro? Lo podía ver con claridad en aquellos momentos. Penny y Thomas habían estado buscando algo, alguien que los ayudara a salir de la oscuridad de la pérdida. Podría haber sido cualquier persona, pero, por un giro cualquiera del destino, había sido Mika. Se habían chocado en puntos trascendentales de sus vidas. Solo que Mika no podía quedarse con ellos. Ellos no encajaban con ella. Thomas y Penny eran un mundo por sí mismos, y Mika solo había sido una turista de paso.

Thomas caminó de un lado a otro.

—Penny está enfadada, pero necesita tiempo para acostumbrarse a la idea —dijo muy rápido—. Lo superará. Es una adolescente. Los adolescentes cambian de parecer todo el tiempo.

Mika sintió un vacío en el estómago.

—Thomas... No creo... Creo que esto no va a funcionar.

El rostro de Thomas se ensombreció.

—No digas eso —le dijo. Su teléfono sonó, pero él lo ignoró.

Mika respiró hondo y luego exhaló. *No la mereces,* susurró una voz en su cabeza. *No lo mereces. A ninguno de los dos.*

—Míranos. Mira dónde estamos. En el hospital. Penny podría haber muerto esta noche. No está lista para esto. —El teléfono de Thomas volvió a sonar—. Debe ser Penny —dijo ella, señalando su teléfono con un movimiento de la cabeza—. Deberías ir con ella. Te necesita.

—Vale —asintió él. Uno de los músculos de su barbilla se tensó—. Vamos —continuó, estirando una mano en su dirección.

Mika negó con la cabeza.

—No. Tú. Que yo vaya solo hará que se enfade más. Y ya que estamos... —Hizo una pausa y alzó la vista al cielo, a sabiendas de que había un hecho inalterable. Penny estaría mejor sin ella en su vida. Había llegado el momento de retirarse en silencio—. Creo... Creo que lo mejor será que no nos veamos más.

—Mika —dijo él, con vehemencia—. No hagas esto. No después de todo lo que hemos pasado juntos. Por favor.

—Ya está hecho —repuso ella, clavando la vista en sus zapatos. Tenía miedo de enfrentar a Thomas, de enfrentar al mundo. ¿Cuántas bofetadas podía recibir uno antes de rendirse?

El móvil de Thomas volvió a sonar.

—A Penny le están dando el alta —dijo él—. Tengo que ir a firmar unos papeles.

Mika asintió en silencio.

—Claro, ve —le dijo—. Toma. —Alzó la mano para entregarle las llaves—. Puedes llevarte mi coche, no creo que Penny quiera verme. Pediré un taxi o algo para volver a casa. Solo dime dónde recogerlo.

Thomas no se movió. Unos agonizantes segundos pasaron.

—Ya me las arreglaré con el transporte —dijo, sin emoción.

—Vale. —Volvió a llevar las llaves cerca de su cuerpo.

Él la observó durante un momento. Esperó. Al ver que ella se negaba a hablar, soltó una maldición por lo bajo y se alejó. Una vez Thomas se marchó, Mika dio tumbos hasta llegar a un banco que había cerca. Cerró los ojos, respiró hondo y luego los abrió.

Aquella parte del hospital le resultaba familiar.

Se encontraba fuera de la planta de maternidad en la que había dado a luz, donde había esperado junto a Hana tras entregar a Penny, incapaz de dar los últimos pasos que la llevarían hasta el bus. Cuando había creído que iba a morir del dolor por haber perdido a Penny, solo para darse cuenta de que había cosas incluso peores que la muerte. Habían pasado dieciséis años, y había terminado allí de nuevo. Unas campanas sonaron. Las mismas que había oído cuando Penny había nacido. El tiempo sí que se movía en círculos.

Todas las sensaciones de su cuerpo se agudizaron. Algo se rompió en su interior. La fusión falló. Ícaro cayó. Oyó voces que no estaban allí, y unos recuerdos se la tragaron en un remolino.

Hiromi haciendo una mueca de disgusto al ver el dibujo de Mika. «¿Quién se supone que es esa? ¿Tu amiga? Has hecho su cara muy grande, está gorda».

Su arte arrugado en la mano de Marcus. «¿Cuál es tu historia?».

La mano de Peter cubriendo su boca.

«Estás haciendo lo correcto», le había dicho la señora Pearson mientras firmaba los documentos de la adopción.

«¿Quieres cargarla una última vez?», le había preguntado Hana, mientras acomodaba el gorrito de Penny sobre su cabeza.

Los recuerdos saltaron hacia adelante e inundaron la arquitectura de su mente. Se estaba ahogando. Necesitaba respirar. Pero todo convergía, su pasado y su presente. «¿Eres Mika Suzuki? ¿Diste a una bebé en adopción?». Penny tan dulce y luego tan ácida. «Tenía una madre. Y murió». Tendría que haberlo sabido. Tendría que haber sabido que todo terminaría de ese modo. «¿Qué sabes tú de criar a un bebé?», le había preguntado Hiromi.

Se dobló sobre sí misma y se echó a llorar contra sus manos, en el silencio de la mañana, mientras deseaba que la tierra se la tragara. Sacó su móvil y buscó el itinerario de la gira de Pearl Jam. Quería estar con Hana. Quería alejarse de aquel lugar. Ajá, Pearl Jam tenía un concierto en Eugene, en Oregón. Volvió a trompicones a su coche, encendió el motor y empezó a conducir. «Luchar o huir es una respuesta natural», le había explicado Suzanne, su terapeuta, cuando Mika le había contado cómo había salido corriendo del piso de Peter. Lo que Peter le había hecho la había convertido en su ser más básico, le había explicado. «Tu mente no podía procesar nada, así que tu cuerpo tomó las riendas. Es como te pusiste a salvo», le había dicho. Así era como se mantenía con vida.

CAPÍTULO 31

A medio camino en dirección a Eugene, Mika se detuvo en un área de servicio. Adivina quién va a ir a verte, le escribió a Hana. La alegría del mensaje ocultaba la oscuridad que se cernía sobre ella.

Hana le devolvió el mensaje dos horas después, justo cuando Mika estaba llegando a las afueras de la ciudad. No me jodas. ¿Vas a venir a Eugene?

Mika aparcó bajo un paso elevado y se apretó las palmas de las manos sobre los ojos. Su coche se sacudió debido a los camiones que pasaban sobre ella. Corrección: ya estoy en Eugene. Dime en qué hotel estás.

Apoyó las manos sobre las rodillas y las apretó, mientras esperaba. Finalmente, Hana le envió el enlace a un mapa con un mensaje. Estaré en el vestíbulo.

● ● ●

Mika cruzó el torniquete de cristal del hotel más lujoso de Eugene. Y, tal como le había dicho, Hana la estaba esperando, de brazos cruzados, mientras tamborileaba los dedos contra su bíceps.

—¡Hola! —sonrió Mika, aunque se imaginó que su expresión parecería extraña. Ella se sentía extraña. Como si estuviese cayendo de una gran altura y no pudiera hacer nada para detenerse.

—Hola —la saludó Hana con cuidado—. Qué sorpresa.

Eran las 7 a. m., y el pomposo vestíbulo estaba transitado en su mayoría por familias. Mika inhaló. El ambiente olía a cítricos, mucho mejor que el olor a antisépticos del hospital.

—Lo sé. Es solo que pensé: «¡Qué carajos! Echo de menos a Hana».

—Ajá. —Hana la miró, sin creerse lo que le decía—. ¿Así que lo dejaste todo un domingo a las cinco de la madrugada para conducir hasta aquí?

—Exacto. ¿A que es divertido? Quiero algo de beber. Vayamos a por algo de beber. —Mika observó el vestíbulo para saber dónde estaba el bar.

—Son las siete, los bares están cerrados.

—¿Y el minibar? —Mika se sintió muy lista. Tenía una solución para todo.

Hana alzó la mirada al techo.

—Vale —le dijo—. Pero más que nada porque no creo que debas estar en público en estos momentos.

La habitación de hotel de Hana era elegante y moderna y tenía una cama enorme, una mesita y ventanas que iban desde el suelo hasta el techo y daban a un río enlodado. Mika disfrutó de las vistas durante aproximadamente dos segundos antes de buscar la mininevera, la cual había sido situada de manera astuta en una de las cómodas. Agarró la primera botellita que vio, la destapó y se la bebió entera. Era *whiskey*. Se limpió la boca con el dorso de la mano. La garganta le quemaba y aquello le gustó, pues la distraía del dolor que sentía en el alma.

—Debo confesar —empezó a decir Hana, apoyada contra una pared— que no me estás dando unas vibras demasiado estables ni acogedoras.

—Y que lo digas. —Mika no se sentía estable. De hecho, se sentía bastante inestable. Como si se estuviera balanceando sobre ramas rotas. Volvió a la mininevera y se bebió otra botellita de *whiskey*.

¿Debería comer algo? Bah, qué cosas decía. Aquello podría echar a perder su chispa.

Hana cruzó la habitación y sacó una botella de agua de la nevera.

—Al menos bebe sorbos de esto entre tus tragos.

—Gracias. —Mika bebió un buen sorbo de agua. Cuando se le acabó el *whiskey*, pasó al vodka. Era una buena marca y era incluso mejor cuando se mezclaba con arándanos, pero Mika se lo bebió sin nada.

Hana se sentó en el borde de la cama.

—¿Me vas a contar qué te ha pasado? No te veía así desde nuestro primer año de universidad.

Mika se dio un golpecito en la nariz.

—¡*Ding, ding, ding!* ¡Correcto! ¿Qué me ha pasado? Pues que la he cagado otra vez. Eso es lo que ha pasado. ¿No hay un dicho sobre cómo el pasado tiende a repetirse? —El alcohol empezaba a hacerle efecto. Sentía el estómago cálido. Las extremidades se le adormecieron. Aquello era lo que quería: no sentir nada, como le había pasado durante los últimos dieciséis años. Era mucho más seguro de aquel modo. Volvió a la mininevera. ¿Otro vodka? ¿Tequila? ¿Por qué no?

—Mika —la llamó Hana, con calma—. ¡Mika! —Dio una palmada.

Mika ladeó la cabeza.

—¿Qué?

—Siéntate —le ordenó Hana, como si fuese un perro.

Mika se dejó caer al suelo, cerca del minibar. Mejor quedarse cerca, porque ese tequila no se iba a beber a sí mismo. Estiró una mano para agarrarlo.

—¡No! —La mano de Hana le envolvió la muñeca a Mika. ¿Cómo se había movido tan rápido? ¿O era que ella se estaba moviendo muy despacio?—. No más hasta que me expliques qué está pasando.

Hana cerró la mininevera, y Mika se apoyó contra la cómoda. Se llevó las piernas contra el pecho y las envolvió con los brazos.

—Me acosté con Thomas, y Penny nos encontró. —Hizo una pausa para enfatizar sus siguientes palabras—: En ropa interior.

—Ay, madre. —Hana se sentó en el suelo, frente a Mika.

—Se pone peor.

—¿Mucho peor?

—Quiero otro trago.

—No hasta que me cuentes todo lo que ha pasado.

Mika hizo pucheros durante un momento, pero luego le explicó cómo se había besado con Thomas hacía un tiempo en su hotel. Cómo habían llegado al acuerdo de mantener su incipiente relación en secreto, porque no querían hacer que Penny se preocupara por nada, que sería mejor esperar a que hubiera algo que contarle. A que ellos dos fueran algo. Cómo la siguiente vez que habían estado solos, se habían lanzado a los brazos del otro como amantes reunidos tras la guerra. Entonces Penny había entrado, con su expresión llena de enfado.

—Nos quedamos despiertos hasta tarde y al final nos dormimos en el sofá. —Recordó haber descansado entre los brazos de Thomas. Entre su preocupación mutua, en aquellos momentos aún le había parecido que todo iría bien—. Penny salió a beber, supongo. —Entonces Mika cayó en cuenta de que estaba haciendo lo mismo que Penny había hecho: ahogar sus penas. Pero apartó la comparación de sus pensamientos de un empujón. Ella tenía treinta y cinco años, no dieciséis. Podía hacer lo que le diera la real gana—. Terminó en Urgencias por intoxicación por alcohol. Fuimos a verla y... estaba tan enfadada. Dijo cosas muy horribles. —«Tenía una madre. Y murió». La sangre de Mika se le congeló en las venas al recordar el veneno en las palabras de Penny.

Echó la cabeza hacia atrás para observar el techo.

—Tenía a Penny. —Mika abrió y cerró las manos—. Después de dieciséis años, la *tenía,* y he hecho la única cosa que sabía a ciencia cierta que iba a hacer que se alejara de mí. Sabía que era un riesgo, pero lo hice de todos modos. —Tendría que haberlo sabido. Si uno tocaba el sol, se quemaba. Se frotó los ojos con las palmas de las manos—. ¿Por qué llegué a creer que podía tener una relación con Penny y con Thomas? Soy tan estúpida.

—Espera, espera —le dijo Hana, frunciendo el ceño—. ¿Qué estás diciendo?

—Mira mi vida, Hana. Mira el caos de mierda que es. Mira el caos de mierda que son las vidas de Penny y Thomas ahora. ¿Sabes cuál es el denominador común? Yo. —Se clavó un pulgar en el pecho. También había hecho que su madre fuese miserable. Si Hiromi no hubiese tenido a Mika, una hija a la que criar, ¿se habría quedado en Japón? ¿Habría vivido la vida que había querido? Todo indicaba que sí.

—Vale, tienes razón en que la situación no es ideal. —Hana estiró las piernas y las cruzó a la altura de los tobillos—. Es complicada, eso seguro. Y Thomas y tú no os lo habéis pensado del todo. Pero, nena, ¿de verdad crees que esto lo has ingeniado tú de algún modo? ¿Que tienes las fuerzas para echarlo todo a perder?

Mika asintió en silencio.

—Ay, por favor —resopló Hana—. Eres bastante menos poderosa de lo que crees.

—No importa —repuso Mika, tras alzar la barbilla.

—Pero sí que importa —recalcó Hana—. ¿Qué es lo que quieres de todo esto? ¿A Thomas? ¿A Penny?

«¿Qué quieres?», Thomas le había preguntado lo mismo. Entonces ella lo había besado. Porque había querido, pero también para evitar la pregunta. Para evitar ser sincera consigo misma.

—Quiero a Penny. Y a Thomas también. Pero quiero más que eso… —Apretó los puños y se golpeó las rodillas con ellos—. Quiero ser feliz y quiero dejar de tener miedo. —Pensó en el set de pinturas al óleo que se había quedado tirado en el suelo del salón. «¿Qué vas a hacer con un grado en Arte?», le había preguntado su madre. Y, poco después, había conocido a Marcus. Mika había visto aquella serendipia como un premio por haber confrontado a su madre. Pero cuando Marcus había traído a Peter a su vida, aquel premio se había convertido en un castigo. Por no hacerle caso a su madre, por ir en contra de sus deseos. ¿Cómo no había visto aquellas dos cosas como algo relacionado? Todo lo que le había pasado había reafirmado lo que su madre siempre le había dicho: que no valía la pena. Que si intentaba volar, se caería, por lo que era mejor quedarse con los pies en la tierra.

—Cuéntame sobre el miedo —le pidió Hana, con gentileza.

Un fuerte dolor pulsó en el interior de Mika.

—¿No te pasa que a veces te parece que la vida te ha dejado atrás? ¿Alguna vez piensas en la época en la que estábamos en el instituto? En cómo todo parecía tan certero y... No sé. Es como si hubiese perdido toda la estabilidad, Hana. Y tengo mucho miedo de que vaya a pasar de nuevo. —El amor involucraba dolor. El vivir involucraba dolor. Y le había pasado de nuevo. Mika arrugó los dedos sobre la alfombra.

—No me siento de ese modo, pero puedo entender por qué tú sí.

—A veces me gustaría volver al pasado, pero eso significaría no tener a Penny, y nunca querría... Pero es que todo esto duele demasiado. Cuando volví a entrar en contacto con ella, parecía una segunda oportunidad. Al inicio solo quería saber que no la había echado a perder demasiado, pero entonces ella quiso conocerme a mí. —Como si se hubiese reencarnado, de pronto Mika se había sentido como si su vida no tuviese que ser un tren a toda velocidad.

—No puedes depender de otros para apreciarte a ti misma —le dijo Hana—. Eso tiene que venir de dentro de ti. —Se puso de rodillas y se situó frente a Mika. Le acunó las mejillas—. ¿Puedes creer eso?

Mika miró a cualquier lado, menos a los ojos de Hana, y esta le pellizcó las mejillas con más fuerza de la necesaria.

—Ay —se quejó Mika.

—Mírame, borrachina. Quiero que recuerdes esto. Mereces existir. Mereces ocupar espacio. Mereces tener las cosas que quieres.

—La soltó, pero luego presionó una mano sobre el pecho de Mika—. Te veo. Veo todas esas ganas de viajar, de pintar, todo eso aún está dentro de ti. Te está carcomiendo, y temo lo que pueda hacerte eso si sigues manteniéndolo en tu interior. No puedes volver al pasado, nunca se puede volver al pasado. Pero puedes decidir cómo salir adelante.

Mika no dejó que las palabras de Hana hicieran mella en su interior. La herida era demasiado reciente, estaba abierta y supurando.

—¿Qué me ha pasado? —se limitó a preguntar, resignada.

—Que la vida te ha tratado como una mierda.

Mika asintió.

—Quizás me vaya contigo de gira, al final.

Hana se echó hacia atrás.

—No. No te dejo. Has empezado a construir algo en Portland. —Se dio un tirón en la oreja—. Eso y que Josephine viene esta noche. Y te lo digo de la mejor manera posible, pero me vas a privar de un buen meneo horizontal.

—¿Meneo horizontal? —Mika soltó una risita, y luego un hipo.

—¿Un revolcón? —Hana arrugó la nariz—. ¿Mejor?

—Mucho mejor —asintió Mika—. ¿Ya puedo beber más?

—No. —Hana gateó hasta los pies de Mika y le quitó los zapatos. Luego la ayudó a quitarse la sudadera—. Ahora puedes dormir. Yo tengo que ir a ensayar.

Mika se puso de pie y se balanceó un poco. Le latía la cabeza, pues el alcohol y las lágrimas eran una mala combinación. Pero dormir sonaba bien.

—Quizás una siestecita. —Juntó mucho los dedos y se dejó caer sobre la cama. Se metió bajo las mantas y fue como estar sobre una nube.

Hana la arropó.

—Puedes ducharte y ponerte algo de mi ropa cuando te despiertes. Pero no uses mi cepillo de dientes. Llama a recepción y pide que te traigan uno.

—Bah —dijo Mika—. Usas el cepillo de otra persona una vez que...

—Límites. Una buena amistad tiene límites. —Hana les dio un apretón a los pies de Mika sobre las mantas.

—Me gusta tu cara —dijo Mika, acurrucándose en las mantas.

Hana cerró las cortinas y apagó las luces. La habitación estaba fresca y oscura.

—Me gusta tu cara —le contestó. Cerró la puerta y Mika se quedó dormida.

CAPÍTULO 32

Mika durmió cinco horas y se despertó atontada y mareada. Durante un rato, se quedó tumbada en la cama en la oscuridad, mientras escuchaba el sonido de su propia respiración. Contó las veces en las que su pecho subía y bajaba. Finalmente, se levantó y abrió las cortinas. Eran las primeras horas de la tarde. El sol brillaba y se reflejaba en las ondas que hacía el agua del río. Lo primero que hizo fue prepararse una taza de café y luego rebuscar en la maleta de Hana hasta dar con ropa limpia. Usó su dedo como cepillo de dientes. Tras ello, se comió una hamburguesa y un *sundae* en el restaurante del hotel.

Una vez en su coche, le escribió a Hana. Me voy a casa. Gracias. Por cierto, he pasado el pago de mi comida a tu habitación. Imaginaba que querrías pagar tú.

A las afueras de Eugene, Hana le contestó. Me alegro de que sigas conservando el apetito. Le llegó otro mensaje justo después de ese. Solo recuerda que hay gente que muere en el bosque por negarse a cambiar de dirección.

Mika hizo el trayecto de dos horas en una hora y cuarenta minutos. Aparcó fuera de casa y soltó un quejido al ver un coche que le resultaba familiar aparcado en la entrada: el viejo Honda de su madre. Hiromi estaba sentada en el asiento del conductor. A Mika le llegó un mensaje de Thomas. Me llevo a Penny de vuelta a casa. A Dayton. Nuestro vuelo es en un par de horas. Solo quería que lo supieras.

Mika se mordió el labio. Gracias. ¿Penny está bien?

Él le contestó de inmediato. Está bien. Es su actitud la que necesita un reajuste. ¿Puedo llamarte cuando lleguemos? Le preguntó Thomas. Me gustaría continuar con nuestra conversación.

Hiromi bajó de su coche y observó a Mika a través del parabrisas. No creo que sea buena idea, contestó Mika.

¿Eso es todo, entonces?, preguntó Thomas.

Por ahora, dijo ella, aunque en su cabeza lo corrigió por un *por siempre*.

Dejó su móvil a un lado y se frotó los ojos. A pesar de su conversación con Hana, todo le parecía… una mierda. Finalmente, abrió la puerta del coche.

—Mamá, ¿qué haces aquí? —le preguntó a Hiromi en inglés. Se agachó hasta llegar al asiento trasero para recuperar las prendas sucias que se había quitado para ponerse la ropa limpia que Hana le había prestado.

Se giró, y Hiromi se la quedó mirando con sus ojos negros como botones.

—¿Ya no hablas japonés?

Mika se encogió de hombros y pasó por el lado de su madre, con las manos hechas puños en su camiseta y pantalones arrugados. Hiromi la siguió por la entrada y al interior de la casa. Mika dejó la ropa sucia sobre el sofá. Hiromi arrugó la nariz y se acercó a la cocina para observar el jardín trasero.

—Te dije que ese árbol necesita que lo riegues. —Las hojas del arce se habían enroscado y se habían tornado marrones. Había algo irónico en que Hiromi señalara que, cuando se descuidaba algo, cuando uno se negaba a alimentarlo, ese algo moría.

Mika se detuvo y enfrentó a su madre, con las manos en las caderas. Su postura era tan rígida como si estuviera en el borde de un abismo.

—¿Hay alguna razón por la que hayas venido?

Hiromi frunció el ceño.

—He venido recoger el kimono. He llamado a ti y a Penny, pero nadie contesta teléfono —dijo, y se le escaparon algunos errores de gramática. Nunca había dejado que su boca se acostumbrara al inglés, y aquello hacía que Mika se pusiera furiosa.

Mika se pasó una mano por la cara.

—Perfecto, iré a por él. —Una vez en su habitación, agarró el kimono. Lo sostuvo en sus manos y se quedó mirando las sábanas arrugadas. Recordó a Thomas. Su cuerpo. Cómo había respondido ella ante él. La forma en la que Penny le había hablado en el hospital. Su corazón se rompió un poquito más. ¿Cuándo se volvería irreparable?—. He ido a visitar a Hana a Eugene. Y Penny está volviendo a Ohio. —Le entregó a su madre el kimono.

—¿Por qué? —Hiromi frunció el ceño. Recibió el kimono, y sus pulgares acariciaron el algodón—. Su programa termina dentro de una semana aún. Teníamos planes para el miércoles. Iba a preparar *sukiyaki*.

Mika hizo caso omiso de la pregunta de su madre.

—El kimono que llevaba Penny se estropeó. Te lo pagaré. —Se dirigió a la puerta y la abrió de par en par, como una invitación para que su madre se marchara. *Por favor, vete ya.*

Hiromi no se inmutó y mantuvo el kimono aferrado a su pecho.

—¿Qué le ha pasado al otro kimono? ¿Por qué se ha marchado Penny?

La última rama sobre la que Mika se había estado balanceando terminó de romperse.

—Si tantas ganas tienes de saberlo, Penny fue a una fiesta anoche y bebió demasiado. Terminó en el hospital por intoxicación etílica.

—¿Por qué la dejaste ir a una fiesta? Deberías estar en el hospital con ella. —Hiromi meneó la cabeza y, entonces, frunció el ceño—. ¿Qué has hecho?

Por supuesto que tenía que culparla. Mika soltó la puerta, pero la dejó abierta. Que el vecindario entero las escuchara, ya le daba igual. Se había hartado de quedarse callada. Había tenido suficiente.

—¿Por qué crees que he sido yo quien ha hecho algo? Porque siempre es mi culpa, ¿no? ¿Siquiera te importa lo mucho que me dolió dar a Penny en adopción? —Mika recordó el banco, la planta de maternidad, el olor a antiséptico.

Hiromi meneó la cabeza.

—No quiero hablar de eso.

Su madre avanzó hacia la puerta, pero Mika le bloqueó el paso con un brazo.

—¡Nunca hablamos de nada! —exclamó, cortante. Las lágrimas empezaron a rodar por sus mejillas. Dio un paso en dirección a su madre, y esta retrocedió—. Y creo que ese es el problema. Así que hablemos. Hablemos de cómo di a mi hija en adopción. Hablemos de cómo estuve sola en el hospital. Hablemos de cómo me violaron. —Dejó de moverse y un pinchazo de dolor le atravesó el estómago. La palabra quedó colgada en el aire entre ambas, cayó al suelo y salió corriendo. Mika bajó la voz—. ¿Lo sabías? Me violaron —dijo de nuevo, y le sentó bien hacerlo. Quizás los secretos que guardaba eran en realidad mentiras. Mentiras que se contaba a sí misma. Que le contaba a su madre. *Nadie me ha hecho daño. Tú no me has hecho daño.*

Los ojos de Hiromi brillaron con lágrimas, pero no tardó en parpadear para hacerlas desaparecer.

—¿Y qué? Ocurren desgracias todos los días, así que tienes que superarlo. Olvídalo. Yo no quería irme de Japón y aun así lo hice. —Las palabras de su madre hicieron que Mika se sobresaltara. Era exactamente como había temido que su madre reaccionara si en algún momento le contaba la verdad. *No bajes la cabeza. No te comportes como una víctima*—. ¿Por qué me estás contando esto? —añadió.

—No sé —repuso Mika, llorando, pero luego consiguió calmarse—. No sé. Supongo que quería contártelo. —Necesitaba librarse de sus cargas—. Quizás quería que me dieras tu apoyo y comprensión.

Hiromi alzó los brazos, con las palmas hacia arriba.

—Pero ya está todo bien. Tienes un buen trabajo. Tienes a Penny. Aun así, siempre te quejas. Nada es lo suficientemente bueno para ti.

Mika se echó a reír. Habrase visto.

—No, nada es lo suficientemente bueno para ti. —Señaló a su madre—. ¿Y dices que está todo bien? Y una mierda. —Se secó las mejillas y se quedó mirando a su madre. A la mujer que le había dado la vida. La mujer que había pasado años y años haciendo que Mika dudara de sí misma. Hiromi. Su madre. Quien la había creado, pero también quien la había destruido—. Nunca has creído en mí. —Ser la hija de Hiromi y luego una chica a la que habían violado había sido como pasar de una prisión a otra. ¿Era aquello lo que les pasaba a las chicas? ¿En aquello se convertían sus vidas? ¿Pasaban de una jaula a otra sin más?

Hiromi había vuelto a alzar sus muros. Mika casi podía ver los ladrillos en su mirada. Impenetrables. Jamás se entenderían la una a la otra.

—Tú nunca has creído en ti misma —repuso Hiromi.

Se hizo el silencio entonces, pesado y espeso. La estancia se oscureció cuando una nube pasó por delante del sol. *¿Cómo termina esto?*, se preguntó Mika. No como ella había querido. Pensó en Caroline vistiendo a Penny con ropa que fuera a juego con la suya. En Hiromi obligándola a tomar clases de danza. En cómo las madres veían a sus hijas como ecos, como nuevas oportunidades, como versiones más jóvenes de sí mismas que quizás podrían tener la vida que ellas no habían tenido o la misma vida que ellas, pero de una mejor manera. *Pero los hijos no son segundas oportunidades*, se dio cuenta Mika con un sobresalto. Era injusto que Hiromi creyera que sus deseos debían vivir en el interior de Mika. Se suponía que los hijos debían recibir el amor de sus padres y continuar transmitiéndolo.

—Lamento no haber sido la hija que querías —dijo Mika, con voz débil y baja, aunque por dentro se sentía liberada, como una presa al romperse. La última atadura de la aprobación de su madre se soltó por fin. Había tenido unas expectativas poco realistas de lo que una madre debía ser. Una fantasía. Pero nunca más. Desde aquel momento en adelante, iba a dejar de preguntarse qué era lo que iba mal con ella—. Y ahora, si no te importa, mañana tengo que ir a trabajar. —Mika se alejó y dejó de bloquear la puerta.

Hiromi vaciló, pero luego se marchó, cabizbaja. Mika cerró la puerta tras ella. Se dirigió a la cortina y observó por la ventana cómo su madre se subía en su coche y se alejaba. Entonces volvió a acomodar las cortinas hasta cerrarlas por completo. Cerró la puerta con llave y se dejó caer contra ella. Su vista se clavó en el sofá, en las pinturas al óleo que habían terminado bajo él. Se acercó a gatas y las sacó. Abrió el paquete, destapó uno de los tubos y puso un poquito de ocre amarillo en uno de sus dedos. Lo frotó entre el pulgar y el índice y después se levantó del suelo. Le parecía como si la maldición se hubiese roto. Mika había dicho la verdad. Y aún seguía en pie.

CAPÍTULO 33

Volvió a quedarse dormida, y su sueño fue profundo y tranquilo, como el agua quieta y cristalina. Cuando despertó, las pinturas al óleo seguían en la mesita en la que las había dejado. Se quedó mirándolas durante un momento, recién levantada y aún atontada. Su estómago rugió, pero Mika no le hizo caso al hambre. Había otra cosa que la alimentaría más.

Era tarde, casi la hora en que cerraban las tiendas, cuando Mika entró en el Emporio del Arte. Un chico joven con perilla estaba sentado sobre un taburete detrás del mostrador. Alzó la cabeza de su desgastado ejemplar de *El castillo soñado* para darle la bienvenida.

Mika agarró un carrito y empezó a llenarlo con un caballete, una paleta, barniz, lienzos, imprimación y pinceles. Ya tenía un set de pinturas al óleo, por lo que lo omitió. Se congeló frente a los disolventes. *Aguarrás.* A pesar de que las botellas estaban cerradas, el olor de resina de pino aún se podía percibir en el aire ligeramente. Le dieron arcadas. Era demasiado pronto. Lo único que podía ver era a Peter. Lo único que podía notar era su mano cubriéndole la boca.

—¿Puedo ayudarla? —Era el chico del mostrador.

En la estantería más baja había una botella de disolvente mineral. La destapó y la olisqueó. Un tufo parecido al queroseno se escapó de la botella. Aquello era mejor, pero aun así era muy fuerte. No era lo que estaba buscando.

—*Arg*, se supone que no debe abrir eso. ¿Acaso no ve la etiqueta que dice que se debe usar en un área ventilada? —le dijo el chico.

Mika volvió a cerrar la botella y escogió otra marca de disolvente mineral, la destapó y la olisqueó. Lo mismo. Debería haberlo sabido—. ¿Qué hace? —El chico se le acercó, con las manos por delante. Había visto a un policía hacer lo mismo una vez en el tren, cuando se acercaba a un sintecho que se había quitado toda la ropa.

Mika lo miró, con la botella en la mano.

—Creo que no le he estado haciendo caso a las piezas de mi pasado sin darme cuenta de que eran la clave para mi futuro.

El chico se pasó la lengua por el interior de la mejilla.

—Ya… —dijo, en el tono que se usa cuando uno quiere ser precavido con alguien. Pero él no tenía que preocuparse por Mika.

—¿Qué otro disolvente puedo usar además de aguarrás y disolvente mineral? —le preguntó, mientras devolvía el disolvente mineral a su sitio en la estantería.

—Disolvente de aceite de lavanda, en la estantería de arriba. —Lo señaló—. Es más caro que el aguarrás, así que normalmente solo tenemos un par de botellas.

Mika se puso de puntillas. Las puntas de sus dedos apenas rozaban la botella.

El chico avanzó un paso.

—¿La ayudo?

—No, gracias. —Mika dio un saltito e hizo que la botella cayera hasta sus manos—. Yo puedo sola. —Esbozó una sonrisa victoriosa—. Creo que eso es todo lo que necesito. —Su carrito estaba lleno. Su corazón estaba lleno. Había olvidado lo mucho que disfrutaba con los materiales de pintura. La emoción se estaba aunando en su interior por crear algo nuevo.

El chico empezó a cobrarle. Cuando Mika vio el total de su compra, tuvo que dar un paso al costado y transferir algo de dinero de sus ahorros.

—Lo siento —se disculpó, mientras entregaba su tarjeta de débito.

Él la deslizó por la máquina.

—No pasa nada. Solemos tener un montón de artistas extraños por estos lares —le dijo, sin haber entendido la razón por la que Mika se disculpaba. A sus espaldas había un mural con citas de artistas famosos. EL ARTE SACUDE DE TU ALMA EL POLVO DEL DÍA A DÍA, Pablo Picasso. EL ARTE NO ES LO QUE VES, SINO LO QUE HACES QUE OTROS VEAN, Edgar Degas. LA PINTURA ES DESCUBRIRSE A UNO MISMO, UN BUEN ARTISTA PINTA LO QUE ES, Jackson Pollock. USAS UN ESPEJO PARA VER TU ROSTRO, PERO USAS TU ARTE PARA VER TU ALMA, George Bernard Shaw.

—Gracias. —Recogió sus materiales de pintura y los metió en el asiento trasero del coche.

El día estaba llegando a su fin, pero a ella le parecía como si ella misma acabara de empezar. Como si hubiera renacido. La última parada que tenía que hacer era un supermercado. Café, necesitaba café. Pasó como un bólido por Tierra Extraña, una tienda orgánica que vendía sardinas salvajes y nada que tuviera grasas hidrogenadas, jarabe de glucosa y fructosa ni sabores artificiales. Agarró la primera bolsita de café que vio y se chocó con alguien cuando se giraba para marcharse.

—Perdone —musitó.

—¿Mika?

Mika se detuvo y alzó la mirada. Un gigante rubio que le resultaba conocido se estaba frotando el hombro.

—Leif.

—Creía que odiabas esta tienda —dijo él, con una cesta en la mano. Cuando habían estado saliendo solían hacer la compra allí, y, demasiado tarde, Mika recordó que aquella era la misma tienda en la que Leif le había pedido a la cajera que introdujera manualmente los códigos de barras para que los láseres no tocaran su comida—. ¿Estás bien? —le preguntó, observándola—. No te había visto desde la inauguración de la galería. —Cuando todo se había ido a la mierda.

—Ah, sí. —Se quedó mirando a Leif y pensó en la relación que había tenido con él. ¿Qué les había pasado?—. Gracias de nuevo por ayudarme, no tenías que hacerlo.

—Claro que tenía que hacerlo —repuso él, sin más—. Me preocupo por ti, Mika.

Mika se miró los zapatos.

—Y yo. Siento mucho todo lo que pasó. —Hizo un gesto en su dirección con la bolsita de café—. Por no apoyar tus sueños, por echarlo todo a perder... —Se percató en aquel momento de que la clave para permanecer a salvo había sido no asumir ningún riesgo, no enamorarse ni esperar nada más allá de las siguientes veinticuatro horas. Soñar lo volvía a uno libre. Y había resentido a Leif por hacerlo.

Leif soltó un resoplido.

—¿Crees que fuiste tú la que lo mandó todo a la mierda? Yo estaba drogado todo el día, no me sentía satisfecho conmigo mismo ni con mi vida. No solo fuiste tú, Mika. Ambos estábamos atascados.

Mika asintió y tragó en seco.

—Debería haberte contado lo de Penny. —Debería haberlo dejado formar parte de su vida. Nunca le había dado a Leif una oportunidad. Nunca le había ofrecido lo que sí le había ofrecido a Thomas. Nunca había sido honesta del todo con él. Había guardado para sí misma una parte de ella. Su embarazo, la adopción. Incluso había fingido sus orgasmos. Su madre le había enseñado que, para que una relación funcionara, una tenía que limitarse a hacer lo que la sociedad aceptaba. No debía enfadarse. No debía estar triste. Mika había sido condicionada a mantener la paz, a quedarse en silencio. Nunca le había mostrado cómo era en realidad. En aquel momento podía verlo a la perfección. Había estado demasiado encerrada en la desaprobación de su madre, demasiado asustada para dejarlo ver a la Mika que era en realidad. ¿Cómo podía uno aceptar el cariño de alguien si no se creía digno de merecerlo?

Una persona pasó por su lado, y ambos se apartaron hacia el lado para dejarla pasar. Se apoyaron en la estantería de las cajas de cereales.

—De verdad te quise, Mika —dijo él a media voz—. Pero, a veces... —Soltó un suspiro y continuó—: A veces eso no es suficiente. Teníamos que hacer otras cosas. Ser otras personas. Estar con otras personas.

Lo que decía era cierto. Quedarse quietos uno al lado del otro había sido mejor que estar solos, pero aquello no los había ayudado a salir adelante. De hecho, solo había conseguido impedirles avanzar.

—Tendríamos que haber tenido esta conversación hace un año —dijo Mika—. Eres una gran persona, Leif. Te deseo lo mejor, de verdad.

—Lo mismo digo.

—¿Amigos? —preguntó ella, extendiendo una mano.

Él se la estrechó.

—Amigos.

● ● ●

Una vez que llegó a casa, Mika vació los granos de café en la cafetera y lo dejó preparándose. Tras ello, movió el sofá y la mesita contra la pared. Abrió con los dientes el plástico que envolvía la lona protectora y la extendió en el suelo. Lo siguiente que hizo fue montar el caballete, para luego situar un lienzo ya dispuesto sobre un bastidor sobre él. Se lo quedó mirando durante un momento. *¿Había algo más aterrador que un lienzo en blanco?*

Sacó un lápiz de carboncillo vegetal de su caja y se vio a sí misma con dieciséis años en la clase de Marcus. «En la historia está tu poder». No vaciló con el primer trazo ni con el segundo. Cedió ante el deseo. Con cada trazo, hizo que la vida que quería dejara su escondite. Estaban todos allí, todos sus sueños. Habían estado atascados en un rincón en la oscuridad, con miedo a salir a la luz una vez más. Con miedo a que los quemaran o los lastimaran. Pero allí estaba el quid de la cuestión, ¿verdad? En poder sentir, dejar que tocaran su herida y saber que iba a sobrevivir. Por primera vez en muchísimo tiempo, Mika se sentía viva de nuevo. *Con* vida. Y aquello era algo digno de ver.

Un trazo y otro más hasta que una figura comenzó a tomar forma. Una cabeza girada hacia la luz. Una pierna doblada. Había leído una vez sobre un autor que describía su necesidad de escribir como si tuviera dos corazones dentro de su pecho. Uno era para su día a día, mientras que el otro era para su arte. Mika sacó aquel corazón lleno de sangre de su cuerpo y lo colocó a la vista de todos. Porque el crear exigía sacrificios. Terminó la capa inicial de pintura en cuestión de horas y se quedó dormida en el sofá.

El lunes fue a trabajar como de costumbre y se centró en hojas de cálculo, en coordinar el calendario de Gus y en introducir datos. Una vez que volvió a casa, el mundo dejó de existir. Mika y su pintura bailaron. *Ha pasado mucho tiempo. Mucho mucho tiempo,* parecían canturrearse la una a la otra, atrapadas en un vals privado. Lo más valioso que había sostenido en sus manos había sido Penny, pero un pincel había quedado en segundo lugar por los pelos.

Contaba los segundos hasta que podía volver a casa. Los sentimientos crecían cada vez más en su interior. Su cuerpo y su mente ya no le parecían estar vacíos, sino que estaban llenos de tierra fértil que por fin estaba floreciendo. La primavera había llegado pronto. Y ella continuó. Pintaba durante las breves madrugadas y trabajaba sus ocho horas. Lo dio todo para su arte. Las manos, hombros, piernas y espalda le dolían. Aunque su mente había olvidado algunas de las técnicas, su cuerpo las recordaba. Recordaba sostener un pincel. Recordaba la forma correcta de mezclar colores. Recordaba cómo incorporar y matizar. *Su cuerpo lo recordaba.*

La semana pasó volando en un arrebato de intensa creatividad. Thomas le escribió una vez, y luego dos más, pero Mika no le hizo caso. Estaba demasiado absorta en el frenesí. Demasiado ocupada saliendo adelante y persiguiendo el futuro que se había estado perdiendo. Por último, el sábado por la tarde, retrocedió, con el pincel en la mano. Estaba hecho. La fiebre había bajado. Se dejó caer en el sofá para admirar lo que había hecho.

● ● ●

Hayato soltó un silbido por lo bajo.

—¿Esto lo has pintado tú? —Sostenía el lienzo en sus manos, pero luego lo dejó sobre el caballete y se alejó para apreciar la obra de Mika desde lejos.

—Sí —contestó ella. Estaban en la oficina de Hayato en Nike.

—¿Y lo vas a regalar y ya está? —Se frotó la frente. *¿Por qué iba alguien a hacer algo así?*

—Exacto. Se lo voy a enviar a mi hija, Penny.

—¿Y cuántos años tenía?

—Dieciséis, casi diecisiete. —Su cumpleaños era dentro de una semana.

—Demasiado joven para apreciar el arte de calidad —dijo, tras lo cual respiró hondo—. Esto va a valer mucho algún día. Te daré cinco mil dólares por él.

Mika dejó escapar una carcajada fingida.

—No está a la venta.

—Todo está a la venta. —Hayato no podía dejar de mirar el cuadro.

—No todo.

—Palabras de una verdadera artista.

Mika lo miró de reojo.

—¿Me ayudarás a enviarlo?

—¿Quieres decir meterlo a hurtadillas en el servicio postal de Nike y por ende romper un montón de reglas de mi contrato? —Resultaba que enviar un cuadro por correo costaba un riñón. Y Mika acababa de gastar casi todo su dinero en materiales de arte y un billete a París. Había pedido vacaciones y quería pasar una semana en aquella ciudad. Tenía pensado perderse y perder el miedo.

—No tienes que hacerlo. —Mika se dispuso a recoger el cuadro, pero la mano de Hayato en su brazo la detuvo.

—Es coña. Yo envío cosas personales cada dos por tres, incluso a mi familia en Japón. Si alguna vez vas a Japón y ves a un montón de señoras mayores paseando por ahí con ropa de Ralph Lauren, lo más probable es que me conozcan. —Le guiñó un ojo—. Vamos a envolverlo.

Mika se dirigió al armario para sacar un rollo de plástico de burbujas.

—Espera. —La detuvo Hayato—. Déjame verlo una vez más. —Se colocaron uno al lado del otro—. ¿Eres tú? —le preguntó finalmente.

No era fácil precisar quién era en realidad. Podía ser Mika. Podía ser Hiromi. Podía ser Penny. La bailarina estaba sola en el escenario, de puntillas y balanceándose sobre una sola pierna, con los brazos abiertos y el rostro alzado hacia la luz. Una réplica perfecta de un Degas, pero japonesa sin lugar a dudas, con ojos marrones y cabello oscuro que reflejaba la luz. Una pequeña bailarina. El mote cariñoso que Caroline le había puesto a Penny. La niña que Hiromi había querido que Mika fuese.

—No interpreto mi propio arte —dijo Mika.

—Bah. —Hayato puso los ojos en blanco.

Transcurrió un minuto más, y entonces ambos usaron plástico de burbujas, papel de embalaje y una caja enorme para empaquetar el cuadro con muchísimo cuidado. En el exterior de la caja, Mika pegó un sobre que contenía su carta. La había escrito la noche anterior.

Querida Penny:

Llovía el día que naciste. Fuera de la planta de maternidad, el cielo tenía el color de la ceniza líquida y había un cartel que rezaba: LOS NACIMIENTOS SON NUESTRA ESPECIALIDAD. Me concentré en eso mientras daba a luz, mientras las enfermeras y la médica se gritaban entre ellas a mi alrededor. «¡Ya casi!», me dijo una enfermera...

Mika se dijo a sí misma que había hecho todo lo que estaba en sus manos. Le había brindado a Penny lo que Hiromi nunca le había ofrecido: una oportunidad para volver a casa. Un lugar suave en el cual caer. La garantía de que siempre la iba a recibir con los brazos abiertos. Esperaba que fuese suficiente, pues era lo único que podía darle. Lo único que siempre podría darle: la promesa de un amor imperfecto pero incondicional, y aquello era suficiente.

Retrocedió un paso y vio cómo un encargado de correo se llevaba el cuadro. Hacia Ohio. Esperaba que contestara la pregunta de Penny. *¿Quién soy?* Mika creía saber la respuesta en aquellos momentos:

Eres átomos que se separan, tierra que vuelve a ser fértil, kimonos de seda, azaleas en el parque, bento para almorzar, mallas rasgadas y camisas de franela, pinturas al óleo, una enfermera en vigilia, un romance de adolescentes, el silencio que se rompe. Una atleta. Una investigadora. Una bailarina. Un sueño aplazado. Un sueño que se hace realidad. La personificación del amor.

CA PÍ TU LO 34

Había empezado a llover en Portland. Las primeras semanas de septiembre siempre estaban pasadas por agua, pero a Mika no le importaba. Abrió las ventanas para poder escuchar el *plic, plac* de la lluvia y oler la tierra mojada. Su teléfono sonó cuando le llegó un correo. Era de UPS, una copia digital del recibo de su cuadro. Había llegado a Dayton, y Thomas había firmado al aceptarlo. Mika cerró su correo electrónico y dejó su móvil a un lado. Había hecho lo que había podido. La siguiente jugada le tocaba a Penny.

Frente a ella tenía un sándwich, y se dispuso a devorarlo, sin percatarse de lo hambrienta que estaba. Estaba comiendo en la encimera porque ya no quedaba ningún sitio sobre el cual sentarse. Sobre el sofá había lienzos. Sobre la mesa del comedor, materiales diversos. Su pasión, su necesidad de pintar, era una copa. Y había estado llena hasta que, trazo a trazo de su pincel, Mika la había vaciado. Pero entonces la copa había empezado a llenarse de nuevo. Y el ciclo era interminable, intenso, agotador, estimulante e imposible de ignorar. Era como la gravedad, y ella no tenía más remedio que obedecer. Una llave giró en la cerradura de la puerta principal, y Mika se congeló con un trozo de pan en la mejilla.

La puerta se abrió, y Hana entró con una mochila al hombro.

—Cariño, he llegado —exclamó, dejando caer la mochila al suelo, lo que levantó una nube de polvo en derredor. Del mismo modo que había hecho Mika, Hana se detuvo a punto de pisar una lona protectora—. Vaya. Me encanta lo que has hecho con la casa. Es muy Van Gogh en su etapa tardía con un toque de *Grey Gardens*.

Mika terminó de masticar y tragó lo que tenía en la boca. Suponía que la casa podía parecer un tanto caótica. Pero ¿acaso el caos no solía dar pie a los descubrimientos?

—Vaya, qué incómodo. Dijiste que vendrías en un par de semanas.

—Sí, y eso fue hace un par de semanas —repuso Hana, hablándole muy despacio.

¿Tanto tiempo había pasado? Mika no estaba segura. Seguía yendo a trabajar, pero todo le había parecido muy borroso.

—Ah —fue todo lo que dijo.

Hana le sonrió y pisó la lona protectora. Mika había comprado más caballetes, pues quería trabajar en más de un cuadro a la vez. Había continuado con su temática. Había dibujado a Hiromi y Shige en plan *Gótico estadounidense*. Había cambiado a los protagonistas de *El beso* de Gustav Klimt por Josephine y Hana. A Hayato y a Seth los había pintado en *Calle de París, día lluvioso*, de Caillebotte. Hana paseó entre ellos como haría uno en una galería de arte de lujo. Se detuvo y examinó el cuadro de ella y Josephine.

—Me gusta este. Creo que de verdad has capturado mi esencia.

El pecho de Mika se llenó de una sensación cálida y empalagosa.

—Gracias —le dijo.

Hana se le acercó y apoyó los codos sobre la encimera.

—Cambiaste de dirección —declaró.

Mika esbozó una pequeña sonrisa.

—Lo hice. O eso estoy haciendo. Creo que estoy en proceso.

—El mundo parecía brillante en aquellos momentos. Mejor—. Esto… también voy a marcharme un tiempo.

—Ah, ¿sí? —Hana arqueó una de sus perfectas cejas.

—Sí —asintió Mika—. Solo una semana. Me voy a París. Y…

—Un sinfín de emociones se le atascaron en la garganta. Pensó en Thomas. «Nos puedo imaginar a los dos en París». Parpadeó para apartar aquel pensamiento. Había ciertas cosas que una debía hacer por sí misma—. He estado pensando que debería buscar un lugar para mí sola. Ya sabes, donde pueda llevar los delirios de *Grey Gardens* y Van Gogh a su máximo esplendor. —Esbozó una media sonrisa—. Pero necesitaría un poco de tiempo para ahorrar, unos meses.

—Así que esas tenemos. —Hana sonrió.

—Esas tenemos.

—Bien. —Hana apoyó un dedo sobre el plato de Mika y lo atrajo hacia ella, tras lo cual le dio un buen mordisco al sándwich. Masticó, se cubrió los labios con los dedos, tragó y luego dijo—: Ahora voy a echarme una siesta. Y espero que este lugar esté limpio para cuando despierte.

Mika soltó una risa por lo bajo.

—Yo me esperaría sentada.

—Me gusta tu cara —dijo Hana, enderezándose.

—Y a mí la tuya —contestó Mika.

Hana se encerró en su habitación, y Mika les tomó algunas fotos a sus cuadros. Abrió su cuenta de Instagram, aquella que había abandonado y que Penny había encontrado. Subió las imágenes, con la promesa de pronto subir más. Y, porque no pudo evitarlo, revisó su lista de seguidores, los treinta y dos que la conformaban. El nombre de Penny seguía allí.

Mika se mordió el labio con insistencia y le echó un vistazo a la mesa del comedor. Los tubos de pinturas al óleo estaban apretujados y ya casi no les quedaba ni una gota de pintura. Lo mejor sería que fuese a por más en aquel momento si quería pasarse la noche pintando de nuevo. Se colgó el bolso en el hombro y abrió la puerta con las llaves en la mano. Vio una cabeza oscura. Hiromi estaba agachada, colocando una bolsa de plástico que tenía un contenedor de yogurt en su interior sobre el escalón. Mika pudo oler *bento*. Su madre se enderezó, con una expresión de sorpresa. Se miraron la una a la otra, madre e hija.

Hiromi fue la primera en hablar.

—Pareces cansada. —De forma automática, Mika se llevó una mano a sus ojeras—. ¿Has estado comiendo?

Mika negó con la cabeza y su estómago rugió. Se había dejado el sándwich abandonado en la encimera.

—No.

—Toma, entonces —dijo Hiromi, dándole la bolsa.

Mika la aceptó. Notaba el calor a través del plástico. Hiromi había cocinado y le había traído la comida recién hecha.

—Estaba a punto de salir, pero ¿quieres quedarte un rato conmigo mientras como?

—Vale.

—Hana está echándose una siesta, ¿te molesta que nos quedemos aquí afuera? —Su porche era lo suficientemente grande para que cupieran un par de sillas metálicas rojas y una mesita alta entre ambas.

—No hay problema.

—Vale, deja que vaya por unos *hashi*. —Mika entró rápidamente, agarró los utensilios y volvió justo cuando Hiromi se estaba acomodando en la silla.

Su madre abrió la bolsa y sacó el contenedor, para luego retirarle la tapa. Algo de vapor se alzó del *bento*.

—Hoy hace frío. —Hiromi dejó el contenedor frente a Mika, y esta observó las manos de su madre, con su piel seca bien estirada sobre sus huesos como un lienzo sobre un bastidor. Sus propias manos estaban en una situación similar en aquel momento: ásperas y agrietadas.

Mika asintió sin decir nada. Con sus *hashi*, se llevó un bocado de arroz glutinoso a la boca.

—Al menos no está lloviendo. —El cielo estaba cubierto.

Algunos minutos pasaron.

—¿Has hablado con Penny? —le preguntó finalmente Hiromi, con la vista clavada en la calle. La piel bajo sus ojos estaba amoratada e hinchada. Un coche pasó por allí e hizo que unas rocas saltaran hasta la acera a su paso.

—No. No me habla por el momento.

Hiromi hizo una mueca.

—Ahora ya sabes lo que siento.

De hecho, Mika lo sabía. El tener una hija volvía a uno vulnerable.

—Supongo que sí.

Hiromi cruzó las piernas a la altura de los tobillos y alzó un poco la barbilla.

—Lo hice lo mejor que pude —dijo, como si estuviera frente a un tribunal. Mika pensó en su relación con Penny. En la que Penny había tenido con Caroline. Era inevitable. Las madres siempre decepcionaban a sus hijas. Ninguna mujer podía hacerlo bien. Las expectativas eran imposibles.

Mika dejó sus *hashi* a un lado y observó a su madre. Vio su mortalidad contenida en sus 1,57 m de estatura.

—Te creo. —Su madre la quería. Su cariño estaba en los sacrificios que hacía por ella. En las mañanas en las que se levantaba temprano, en las quemaduras que tenía en las manos por culpa del aceite del wok, en las noches en las que se quedaba hasta tarde lavando la ropa a mano. Era su aprobación lo que eludía a Mika. Lo que más había ansiado, pero lo que nunca había podido obtener o siquiera rozar porque hacerlo sería como traicionarse a sí misma. Lo que Hiromi quería era algo opuesto a lo que Mika quería, a quien Mika era. Pero, en aquellos momentos, Mika disfrutaba de quien era, de todas sus partes: artista, madre, soñadora e hija.

Hiromi respiró hondo, su expresión se tornó pensativa y, unos momentos después, dijo:

—*Shouganai.* —Lo cual podría significar algo como «¿Qué se le va a hacer?». Los asalariados lo murmuraban cuando se quedaban atascados por culpa del tráfico. Una madre podría decírselo a su hija si le habían roto el corazón. O un policía a una mujer a la que alguien había manoseado en el tren. Era un recordatorio de que el mundo era voluble, incontrolable y, en ocasiones, cruel. Por lo que lo mejor era seguir avanzando sin arrepentirse.

Mika no contestó. Ya no quería pelear. Se limitó a tomar sus *hashi* de nuevo y seguir comiendo.

—¿Has vuelto a pintar? —preguntó Hiromi, echándole un vistazo a la ropa de Mika y a sus manos salpicadas de pintura.

—Sí. —Hizo una pausa—. ¿Quieres entrar a ver?

Hiromi negó con la cabeza una vez.

—Mejor no. Debo volver a casa con tu padre.

—Vale. Gracias por la comida —dijo Mika, sorprendida al ver que lo decía en serio. Al percatarse de que la descarga eléctrica que solía sentir por el rechazo de Hiromi estaba ausente.

Hiromi empezó a alejarse, pero entonces se detuvo.

—No te olvides de guardar el táper —dijo, por encima del hombro—. Devuélvelo la próxima vez que vayas a casa.

—Lo haré. —Mika sabía que volvería a ver a su madre. Que iría a misa con sus padres y a cenar a su casa. Le gustara o no, era probable que nunca fuese capaz de cortar aquella relación, pero lo que sí podía hacer era salir adelante y descartar el miedo de que, sin su madre, quizás no era nada. Ya sabía dónde buscar cariño y dónde debía resignarse a no encontrarlo jamás.

Una vez en el coche, Hiromi se despidió con la mano y Mika le devolvió el gesto. Dos viejas enemigas, cansadas de su contienda. Se quedó un rato más en el porche. Se reclinó en su asiento y observó cómo empezaba a llover.

Era posible que no fuese capaz de superar ciertas cosas. El ataque. La adopción. Sin embargo, sí que podía darle un sentido. Encontrarle un significado. Podía adentrarse en la oscuridad y salir de ella con las manos llenas. Había visto a Peter y a la adopción como un castigo, porque había sido una mala hija. Había sido desobediente. Se había culpado a sí misma, al pensar que algo iba mal con ella, que no merecía que alguien la quisiera, que no merecía ser feliz.

Pero aquella era la verdadera mentira. Ya no pensaba sufrir más la insatisfacción de su madre. Ya no tenía que sufrir la vida miserable de Hiromi.

Thomas había sido una distracción muy agradable. Y Penny también. Aún los quería a ambos, con tanta intensidad que la dejaba sin aliento. Le dolía lo grande que era todo el amor que tenía para compartir, pero había algo que tenía que hacer antes. Hiromi no era capaz de dejar ir el fantasma de su vida pasada, pero quizás Mika sí podía hacerlo. Se puso de pie, volvió a ponerse el bolso y condujo hasta la tienda de arte. «Bucea profundo», le había deseado a Penny, pero tendría que habérselo deseado a sí misma. Nunca más pensaba nadar en aguas poco profundas. Nunca más iba a terminar varada en la orilla. Nunca más pensaba tener que esforzarse para respirar, sin saber qué mareas la habían empujado hasta donde estaba. Nunca más se iba a sumir en ilusiones confusas del pasado, de lo que había querido o de quién había sido cuando tenía dieciocho años para tratar de capturar lo que podría haber sido. Había llegado el momento de crear nuevos recuerdos. El momento de adentrarse más en el océano.

CAPÍTULO 35

Mika apoyó sus lienzos contra el coche. Distinguió a Leif al otro lado del aparcamiento de gravilla y lo saludó con la mano. Él se acercó trotando hasta ella.

—Venga, a ver. —Leif intentó agarrar uno de los cuadros, pero Mika se acercó para bloquearlo.

—Antes de que los veas, quiero darte las gracias por ayudarme.

Leif hizo un ademán con la mano.

—De verdad, no es ningún problema. Stanley decidió mudarse a Mount Hood, y el lugar ha estado vacío desde hace un par de semanas. Me alegra que lo puedas usar. Además, voy a empezar a anunciar que está disponible. Tú atraerás a la gente y con suerte conseguiré un nuevo arrendatario. Todos salimos ganando. Así que, ¿vas a dejar que los vea?

Mika respiró hondo y dio un paso al costado. Había terminado nueve cuadros. Lo ideal habrían sido diez, pero los Primeros Jueves terminaban en noviembre. Si pretendía exhibir sus obras, iba a tener que ser en aquel momento, de lo contrario tendría que esperar hasta la siguiente primavera.

—Estoy un poco oxidada —dijo, mientras Leif le daba la vuelta a un cuadro. Era el segundo que había pintado. A Hana y Josephine en *El beso* de Klimt. Se estrujó las manos. Exhibir sus obras hacía que sintiera una especie de miedo natural. Una galería era el lugar al que iba la gente a juzgar el trabajo de otros—. He estado pensando en apuntarme a algunas clases por la noche en la uni de Portland.

Leif alzó una mano para hacerla callar. Bajó el cuadro y pasó al siguiente. Uno de Shige y Hiromi como los protagonistas de *Gótico estadounidense*. Pasó a otro y luego a otro más. El último era un autorretrato. Mika como la Virgen María. Lo había terminado hacía solo unos días, tras volver de su viaje a París.

Aquel viaje había hecho realidad todos sus sueños y más. Se había quedado en una habitación pequeñita con un colchón flácido en el centro de la ciudad. Había caminado a todos lados y había visto la *Mona Lisa*, *La consagración de Napoleón*, el autorretrato de Van Gogh..., pero había sido una escultura lo que la había llevado a las lágrimas: la *Victoria alada de Samotracia*. Una mujer sin cabeza y con alas llenas de plumas extendidas por completo, haciéndole frente al viento sin amedrentarse.

—Son increíbles —dijo Leif.

Mika sonrió de oreja a oreja.

—Gracias.

No le llevó mucho tiempo colgar los cuadros. Las nueve pinturas posicionadas a la altura de la vista. Dispuso una mesa con bebidas y luego recorrió la zona para observar a los artistas montando sus casetas en el exterior. Llegó al lugar en el que había compartido su primer momento significativo con Thomas, cuando casi se habían tocado y habían compartido unas risas. Lo notó en aquel momento: el peso de la soledad, las noches sin compañía que hacían presión contra ella. Pero no la sofocaban. Quizás algún día encontraría a alguien con quien compartirlas. Ya estaba lista. Más dispuesta. Su corazón estaba abierto. Mika había entregado a Penny, pero lo que en realidad había necesitado hacer era entregarse a sí misma a la vida. A la inevitabilidad del dolor y el sufrimiento, de la alegría y la dicha.

Penny no le había respondido ni a su pintura ni a su carta, pero Mika todavía conservaba la esperanza de que lo hiciera. Penny podía tardar décadas en volver a casa, pero Mika estaría allí. Lo había dicho en serio. «Te esperaré».

—¡Oye! Te he estado buscando. ¿Qué haces aquí afuera? —Hana le dio el alcance y cubrió a Mika con su abrigo—. Ya está llegando gente.

Mika respiró hondo y apartó a Penny y a Thomas de sus pensamientos.

—Vamos —dijo.

● ● ●

La galería pareció llenarse en cuestión de segundos. Todos habían ido a celebrar a Mika y a comer el queso a temperatura de ambiente que ella había dispuesto en la mesa. A Tuan y a Charlie les encantó su parecido en la *Noche de Verano,* de Winslow Homer. Mika estaba sumida en una conversación con el artista que se había asentado en la sala de al lado y hablaban de cómo había desarrollado sus conceptos.

—Es como si estuvieras reinventando el canon europeo —le comentó—. Deberías conocer a mi agente, de verdad…

Mika se sonrojó. Abrió la boca para contestar, pero una mano le dio un toquecito en el hombro.

—Perdona —dijo, antes de darle la espalda al artista. Sus labios se separaron por la sorpresa. Cabello y ojos oscuros. Un rostro que era un reflejo del suyo—. ¡Penny! Pero que… ¿Qué haces aquí?

—Sorpresa —la saludó ella, abriendo las manos.

Mika las guio con rapidez a una esquina menos ruidosa.

—¡¿Qué haces aquí?! —volvió a preguntar—. Espera. ¿Tu padre sabe que estás aquí? —Se imaginó a su hija subiendo a un avión por su cuenta y riesgo. A Thomas volviendo a casa del trabajo para encontrarla vacía. Se moría de ganas de tocar a Penny. De acariciarle el cabello y sostenerle las manos. Pero se contuvo, pues no quería asustarla. No quería ir más allá de sus límites, por mucho que se preguntara si Penny aún guardaba un espacio en su corazón para ella. Por mucho que solo quisiera pedirle, una y otra vez: *Déjame quererte.*

Penny puso los ojos en blanco.

—Pues claro que lo sabe. Está aquí, de hecho. Bueno, en el hotel. Creyó que primero querríamos hablar un poco. —¿Thomas estaba allí? ¿En Portland?—. Pero bueno, vi tu publicación en Instagram sobre tu primera exhibición esta noche. —Penny se mordisqueó el labio—. Quise venir y pensé que te podría hacer ilusión. —Hizo un gesto hacia la puerta, en donde el cuadro de la bailarina de Mika estaba envuelto con cuidado, apoyado y listo para ser exhibido. A Mika se le hizo un nudo en la garganta. Centró la mirada en Penny con intensidad—. Está bien que haya venido, ¿verdad? Leí tu carta y pensé que era una especie de invitación sin fecha límite...

—Sí. —La voz de Mika sonó frágil y débil, pero feliz y aliviada también—. Claro que sí. Me alegro muchísimo de verte. —*Has vuelto a mí,* pensó.

—Pues guay. —Penny se balanceó sobre sus talones. Se quedaron mirándose la una a la otra durante un momento, y sus sonrisas parecían atraer toda la luz de la habitación hacia ellas.

—¿Lo colgamos? —preguntó Mika, tras un momento.

Encontraron un lugar vacío en la pared y colgaron el cuadro de la bailarina en aquel lugar. Y, con ese, ya eran diez. La colección estaba terminada. *Completa.*

Penny ladeó la cabeza.

—Es un cuadro precioso. Lo he tenido colgado en mi habitación. Cada vez que lo veo, es como si fuera la primera vez. Siempre descubro algo nuevo.

Los labios de Mika se torcieron lentamente en una sonrisa.

—Me recuerda a mi madre. A vosotras dos, en realidad. A mis dos madres. —Penny la miró de reojo, insegura.

Mika se mordió el interior de la mejilla.

—Creo que esa era la intención. A veces no sabes lo que el arte va a llegar a ser hasta que lo creas. Su significado, me refiero. Pero lo he entendido ahora. Creo que te has estado centrando en lo que ibas encontrando y no en lo que habías perdido. —Había sido lo opuesto para ella. Mika se había centrado en sus pérdidas, en lo que había tenido, en la hija que había dejado ir. Jamás podría recuperar el tiempo que había perdido con Penny. El tiempo que había perdido sin pintar. *Nada podía cambiar el pasado, pero el futuro estaba lleno de posibilidades.*

—¿Explicación? —pidió Penny, muy seria.

Mika miró a su hija.

—Te zambulliste por completo en esta relación con Portland y conmigo, en encontrar algo nuevo, creo yo, para que te llene, cuando, en realidad, en lo que tendrías que haberte centrado es en lo que has perdido, en el dolor. Tu madre adoptiva murió, y yo no pude quedarme contigo. No tiene nada de malo estar triste.

Penny consideró sus palabras durante un largo momento. Luego respiró.

—Echo mucho de menos a mi madre. Mientras crecía, te eché mucho de menos a ti, incluso sin conocerte. ¿Tiene sentido? —dijo Penny a toda prisa.

—Bastante, sí.

—No sé… —Una lágrima se deslizó por la mejilla de Penny, seguida de una respiración profunda—. Ni siquiera sé por qué estoy llorando. No es porque esté triste. O quizás sí. Pero también estoy enfadada.

Mika respiró con dificultad.

—¿Conmigo?

—Contigo, conmigo, con mi madre y mi padre. Con el mundo entero.

—Es justo —asintió Mika—. Si sirve de algo, yo también estoy enfadada con mi madre.

—¿Por qué estás enfadada con tu madre?

Mika echó un vistazo por encima del hombro de Penny y descubrió las miradas de Hana y de Charlie. La estaban observando, y sus sonrisas le preguntaban si se encontraba bien. Mika les devolvió la sonrisa y se centró en Penny una vez más.

—¿Que por qué estoy enfadada con mi madre? —repitió Mika. No sabía por qué enrevesado camino la estaba guiando Penny, pero ella pensaba seguirlo de todos modos. Todos los caminos la llevaban hacia Penny. Ella siempre había sido su destino—. Por no creer en mí. —Por estar enfadada. Por ser infeliz. Por ser incapaz de soportar lo que le había pasado a su hija. Pero, por muy enfadada que estuviera Mika, también lo comprendía. Hiromi no podía cargar con ese peso, con saber que alguien había lastimado a su hija. Su madre había hecho todo lo que había podido. Y Mika también. Las madres solían ser santas o villanas con demasiada frecuencia. El primer ejemplo de ello eran los cuentos de hadas. Una madrastra malvada tan celosa de su hija que la hacía dormir junto a la chimenea y le prohibía ir al baile. O un hada madrina que volvía realidad todos los sueños de la heroína. ¿Por qué no había un punto medio?—. ¿Tú por qué estás enfadada con la tuya?

—Por morir. Por escribirme una estúpida carta a la que jamás podré responder. Por nunca llevarme a una tienda asiática. —Las lágrimas habían menguado un poco, y Penny respiró para calmarse.

—Penny —susurró Mika, con un dolor agudo. La muerte de Caroline había condenado a Penny al mismo camino en el que se encontraba Mika. Ambas desconectadas de sus madres. La pérdida era incalculable y las dejaba en medio del bosque para que ellas solas se buscaran la vida. Era por aquella razón que Penny la había buscado. Y Mika la había aceptado porque también había querido algo de ella. Una manera de solucionarlo todo. Había visto la salvación en Penny. La redención. Pero aquello no era justo—. Cuéntame más, ¿por qué estás enfadada con tu padre? —Mika podía hacerse una idea, pero no quería que su relación con Penny fuese como la que tenía con Hiromi: marcada por el silencio, mientras dejaban que las cosas se pudrieran como una herida abierta.

—Os acostasteis —dijo Penny, sin emoción en la voz.

—No lo voy a negar, pero ¿qué es exactamente lo que te molesta sobre eso? ¿Soy yo? ¿Sería diferente si fuese otra mujer? ¿Una desconocida? —La gente había empezado a marcharse, pues empezaba a hacerse tarde.

—Hablar de esto es muy incómodo —señaló Penny.

Mika volvió a pensar en el silencio. En romperlo.

—No tenemos que hacerlo, pero creo que deberíamos.

Penny se quedó callada durante unos segundos.

—Tendrías que haber sido solo para mí. No para él. Pero bueno, no sé si habría sido mejor que fuese una desconocida. Lo más probable es que me hubiera enfadado de todos modos. Mi padre es el que está siempre ahí. Puedo contar con él, ¿sabes? Cuando pienso en mis padres sé que tuvieron una gran historia de amor, y el verlo con alguien más no parece apropiado.

—Así que tú quieres cambiar, pero ¿quieres que todos los demás se queden como estaban?

—Exacto —contestó Penny, alzando la barbilla.

Mika sonrió, pero no dejó que la sonrisa llegara a su voz.

—Parece un poco injusto —dijo.

—La vida es injusta.

—Eso es cierto.

—Pero bueno, ¿qué es lo que hay entre vosotros dos? ¿Ibais en plan... en serio?

Mika se mordió el interior de las mejillas. Si quería que Penny fuese un libro abierto, ella tendría que hacer lo mismo. Incluso si no quería admitir la verdad consigo misma.

—Sí, al menos por mi parte. No puedo hablar por tu padre.

—«No puedo estar con una persona por la que no siento nada», le había dicho Thomas. Mika sintió como si su garganta fuese a colapsar—. Me gusta. Es divertido y me hace reír. Al inicio creo que fue porque nos sentíamos solos sin ti. Dejas un vacío bastante grande. Pero entonces pasó a ser algo más. Deberías hablar con él sobre esto —la animó Mika.

—Lo hice —repuso Penny—. Me dijo que lo haces feliz.

—Él también me hizo feliz —admitió ella. ¿No había un proverbio sobre encontrar una pareja según en quien te convertías en su compañía?

—Vaya, se me han agotado los sentimientos. —Penny se secó las últimas lágrimas. Había acabado de llorar.

—Y a mí. Pero me alegro de que hayas venido. ¿Y qué tal los estudios? —Mika levantó un mechón de pelo de Penny y la miró, divertida.

—Bah —dijo ella—. Me estoy saltando las clases durante un fin de semana largo. El último año no es muy importante de todos modos.

—Me parece que eso no es cierto —contraatacó Mika.

Penny sonrió y enganchó su brazo con el de Mika.

—Venga, dame un *tour*. Quiero que me lo cuentes todo sobre los cuadros. Más que nada sobre cómo te inspiré y soy tu musa de aquí en adelante.

Mika guio a Penny por la galería y se la presentó a Hayato, quien se había pasado por allí junto a Seth. Poco después, el vino se acabó y también todo el queso que había dispuesto en la mesa. Sus amigos se despidieron de Mika con besos en la mejilla y Leif se fue para encargarse de un envío de su tienda. El gentío fue disminuyendo hasta que solo quedaron Hana, Penny, Charlie, Tuan y Mika.

Hana alzó su copa.

—¡Por Mika! —brindó, alzando la voz por encima del barullo—. Durante un tiempo pensé que tendría que recuperar tu cuerpo del bosque, pero ahora siento que mi pequeño pajarillo por fin ha dejado el nido. Que mi tortuguita ha empezado a dar sus primeros pasitos vacilantes hacia el océano…

Mika hizo chocar su copa contra la de su amiga.

—Ya está bien con las metáforas, anda.

Bebieron, y Penny le dio un sorbo a un refresco. De pronto, la expresión radiante de Hana se convirtió en una de sorpresa. Mika se giró para seguir la mirada de su amiga hasta la puerta. Thomas había llegado.

● ● ●

Thomas estaba de pie en la puerta. Llevaba un jersey de color azul oscuro y tenía las manos metidas en los bolsillos de sus tejanos. Saludó a Hana, Tuan, Charlie y Penny con un movimiento de la cabeza, y, tras ello, se detuvo al mirar a Mika.

—Hola, Mika —la saludó, mirándola a los ojos.

Mika parpadeó, claramente incapaz de articular palabra.

—Hola —consiguió contestar.

Thomas se acercó hasta donde estaba.

—Me alegro de verte.

Mika notaba las miradas de todos clavadas en ella y en Thomas.

—Lo mismo digo —dijo.

—Estos cuadros… —Thomas apreció la totalidad de la galería y se apoyó una mano en la nuca—. Eres una artista increíble. No sabía que eras tan talentosa. Me quedé sin palabras cuando vi el cuadro que le enviaste a Penny y ahora… Estoy un poco embobado.

Mika tragó en seco.

—He estado trabajando en unas obras nuevas. He experimentado pintando con espátula y me he concentrado más en los colores… —Dejó de hablar, y ambos se quedaron en silencio. Mika intentó llenarlo—. Gracias por traer a Penny —le dijo.

—¿Quieres ir a alguna parte? —preguntó Thomas a la vez.

Se quedaron callados e intercambiaron una sonrisa. Thomas fue el primero en hablar.

—¿Puedo llevarte a por una taza de café para celebrar?

Mika miró a Penny de reojo. Su hija parpadeó, sonrió y dio un pequeño asentimiento. Mika se volvió hacia Thomas.

—Claro.

—Perfecto —repuso él. Cruzó la sala y sostuvo la puerta abierta para ella. Mika buscó su abrigo y se lo puso, pero luego se detuvo al llegar a la puerta. Quizás debería quedarse y limpiarlo todo. Tampoco se había despedido de sus amigos.

—¿Lista? —le preguntó Thomas.

—Lista —dijo ella, tras tomar aire, y las palabras le supieron bien en la boca, como una bocanada de aire fresco. Entonces cruzó la puerta, con Thomas detrás de ella.

Querida Penny:

Hoy cumples dieciséis años y no estaré allí para verlo.
La primera vez que te sostuve entre mis brazos, froté mi mejilla contra la tuya y tracé las líneas de tu oreja mientras te susurraba promesas. *Seré fuerte por ti. Te amaré de manera incondicional. Siempre estaré allí para ti.* Lamento que no podamos pasar más tiempo juntas.

En el vuelo de vuelta a casa hace dieciséis años, me negué a dejarte ir. Eras tan pequeñita... Tenía miedo de todas las cosas que podrían pasar, de todo lo que podría hacerte daño. Con el transcurso de los años, te vi crecer. Gateaste a los siete meses y, dos meses después, ya estabas caminando. Preparamos la casa para que fuera a prueba de niños: tapamos los enchufes, cubrimos las esquinas en punta y bloqueamos las escaleras con una valla. Pero tú eras curiosa y persistente. Derribaste la valla, quitaste los protectores de los enchufes, mordisqueaste las puntas de las esquinas. Quizás eras más cachorrito que bebé. Me pregunté cómo iba a mantenerte con vida. Tus ansias por lo desconocido no tenían límite. Ningún obstáculo era lo suficientemente grande. Te imaginé conquistándolo todo, escalando una montaña y golpeándote el pecho: siempre victoriosa.

Al año y medio, ya corrías por la acera. A los dos, montaste en un patinete por primera vez. Te perseguía antes de que llegaras a la carretera y te atrapaba antes de que te estrellaras o lloraba cuando no era lo suficientemente rápida y llegabas a caerte. Y así pasó el tiempo, volando por la felicidad. Me plantaba bajo los pasamanos mientras tú colgabas de ellos. Te acompañaba mientras cruzabas con cuidado la barra de equilibrio. Siempre allí, con los dientes apretados, preparada para salvarte. «Ten cuidado», solía decirte. «No vayas tan rápido». Todos ellos eran mis intentos desatinados por tratar de ralentizar el tiempo, de hacer que tú, mi pequeña, se quedara un poco más. Pero no podemos dejar de movernos, de envejecer, de morir.

Cuando tenías cuatro años, empezaste a preguntar por qué. *¿Por qué tengo que cepillarme los dientes? ¿Por qué tengo que dejar de jugar? ¿Por qué no me parezco a mami y papi?* Un rayo me cayó en aquel momento y partió mi corazón lleno de inseguridades. Temí no ser lo suficiente para ti. Que tuvieras preguntas que nunca pudiese contestar. Que alguien te alejara de mí. Que, a pesar de ser mía, antes habías sido de alguien más. Cuando sientes que algo se desliza entre tus dedos, es una reacción normal el cerrar el puño. Te dije que no importaba que no nos pareciéramos. Lo que importaba era el amor que compartíamos. Vi la decepción en tu mirada. Con el transcurso de los años, hiciste más preguntas. Y las contesté, pero no del modo en que debí. Sabía que podías percibir los bordes afilados de mi incomodidad. Lamento mucho todas las cosas que nunca pude decirte.

En el armario de nuestra habitación, en la estantería más alta (detrás de ese sombrero horrible que tu padre compró en nuestras vacaciones en México) hay una caja. Dentro de ella se encuentra tu certificado de nacimiento original, los documentos de adopción y las copias de los paquetes que le envié a tu madre biológica. Se llama

Mika Suzuki. Debes saber que acordamos tener una adopción anónima. No estoy segura de si te dará la bienvenida, pero mi esperanza es que así sea. Espero que te ayude a saciar tu sed por este mundo. Espero que pueda contestar todas las preguntas que yo no pude. No quiero retenerte más. No dejes que lo haga. Tienes mi permiso para correr. Para irte. No es que lo necesites, pero allí está. Mi bendición para que busques a tu madre biológica. Para que le preguntes lo que yo nunca pude responder. Lo comprendo ahora. Y lo siento, cariño, por no hacerlo antes. Creo que de eso se trata ser padres: de amar algo y dejarlo ir.

Te quiere,
Mamá

Agradecimientos

He escrito este libro en un arrebato. Entre publicar un libro y redactar otro, he escrito *Mika en la vida real*. Me he exigido a mí misma física y mentalmente más allá de mis límites para acabar este libro.

También he llevado a mi familia a sus límites: al perderme en otro mundo mientras cenábamos, al dejar lo que estaba haciendo para correr a por el móvil cuando quería apuntar algo porque se me había ocurrido el diálogo perfecto. Este libro me ha permitido explorar lo que no había tenido oportunidad de explorar antes en mis escritos: la relación entre padres e hijos. Desde que traje al mundo a mis mellizos hace cuatro años, me he quedado maravillada con la intensidad de mi amor por ellos. La maternidad es algo muy aterrador en distintos modos. Como dice Caroline en el final de esta novela, de verdad consiste en amar algo y dejarlo ir. Les doy las gracias a mis peques y a mi pareja, Craig, por su paciencia mientras desenredaba esta historia. Y por lo pacientes que han sido conmigo desde que empecé a escribir otro libro (resulta que esta experiencia no era cosa de una sola vez). Craig, siempre has sido mi apoyo más grande. Me has mostrado a través de tus palabras, tus acciones y tu amor incondicional que soy suficiente tal cual soy, y, por todo eso, te doy las gracias. Muchísimas gracias también a mis padres y a mi familia, quienes siempre me han dado todo su apoyo.

A Erin y Joelle, mis agentes y amigas, gracias por acompañarme en el viaje salvaje que ha sido escribir este libro. Muchas gracias también por querer este libro tanto como lo quiero yo. Y, aún más, gracias por tolerar mis correos electrónicos de «¿Ya lo habéis leído?».

Vuestras correcciones han hecho que este libro alcanzara una dimensión que no creía posible. Erin, tú me ayudaste a encontrar la historia que quería contar. Joelle, no sé encontrar las palabras exactas, así que solo te diré: ¡que vivan las segundas oportunidades! También estoy muy agradecida con los miembros de Alloy y Folio, quienes han acompañado a este libro desde el inicio.

A mi editora, Lucia, gracias por leer este libro y encontrar su alma. Mi eterna gratitud a todo el equipo de William Morrow: Liate Stehlik, Asanté Simons, Kelly Rudolph, Jennifer Hart, Jes Lyons, Amelia Wood, Ploy Siripant (cuando vi la portada, me quedé sin palabras) y a Jessica Rozler.

A Tami, gracias por hacerte abogada y no médica. Gracias por esforzarte tanto por mí. Gracias (y también gracias a Randy) por las llamadas a las tantas, fuera del horario de trabajo. Me has dado mucho más de lo que podría explicar.

Y, por último, gracias de todo corazón a mis lectores, clubs de lectura y vendedores de libros. Puedo hacer lo que me gusta gracias a vosotros.